U0360223

清华大学优秀博士学位论文丛书

三岛由纪夫文学与中央公论社杂志

——论连载作品的读者意识

陶思瑜（Tao Siyu）著

Mishima Yukio's Literature and Chuokoron-Sha Magazines:
A Study of The Reader Consciousness
of Serial Works in Magazines

清华大学出版社
北京

内 容 简 介

本书以三岛由纪夫发表在中央公论社系列杂志《中央公论》《妇人公论》和《小说中央公论》上的作品为主要考察对象，通过杂志研究和文本研究相结合的方式，分析三本杂志与三岛的关系、杂志读者与三岛文学的关系，研究三岛文学中所体现的读者意识。三岛文学中的读者意识主要体现在两个方面：一是浅层的读者意识，即如何创作小说；二是深层的读者意识，即为何创作小说。浅层读者意识为深层读者意识服务。通过考察三岛文学中的读者意识，本书尝试解答三岛形象在文学领域内外呈现出的割裂问题，还原一个更为真实和完整的三岛，并为认识和批判三岛的右翼天皇思想提供学术依据。

图书在版编目（CIP）数据

三岛由纪夫文学与中央公论社杂志：论连载作品的读者意识/陶思瑜著.—北京：清华大学出版社，2023.10

（清华大学优秀博士学位论文丛书）

ISBN 978-7-302-64438-5

Ⅰ.①三… Ⅱ.①陶… Ⅲ.①三岛由纪夫(1925–1970)—文学研究 Ⅳ.①I313.07

中国国家版本馆 CIP 数据核字 (2023) 第 153991 号

责任编辑：梁 斐
封面设计：傅瑞学
责任校对：薄军霞
责任印制：曹婉颖

出版发行：清华大学出版社
    网 址：https://www.tup.com.cn, https://www.wqxuetang.com
    地 址：北京清华大学学研大厦 A 座   邮 编：100084
    社 总 机：010-83470000   邮 购：010-62786544
    投稿与读者服务：010-62776969, c-service@tup.tsinghua.edu.cn
    质量反馈：010-62772015, zhiliang@tup.tsinghua.edu.cn
印 装 者：三河市东方印刷有限公司
经 销：全国新华书店
开 本：155mm×235mm 印 张：15 字 数：261 千字
版 次：2023 年 11 月第 1 版   印 次：2023 年 11 月第 1 次印刷
定 价：99.00 元

产品编号：096447-01

一流博士生教育
体现一流大学人才培养的高度（代丛书序）①

  人才培养是大学的根本任务。只有培养出一流人才的高校，才能够成为世界一流大学。本科教育是培养一流人才最重要的基础，是一流大学的底色，体现了学校的传统和特色。博士生教育是学历教育的最高层次，体现出一所大学人才培养的高度，代表着一个国家的人才培养水平。清华大学正在全面推进综合改革，深化教育教学改革，探索建立完善的博士生选拔培养机制，不断提升博士生培养质量。

学术精神的培养是博士生教育的根本

  学术精神是大学精神的重要组成部分，是学者与学术群体在学术活动中坚守的价值准则。大学对学术精神的追求，反映了一所大学对学术的重视、对真理的热爱和对功利性目标的摒弃。博士生教育要培养有志于追求学术的人，其根本在于学术精神的培养。

  无论古今中外，博士这一称号都和学问、学术紧密联系在一起，和知识探索密切相关。我国的博士一词起源于 2000 多年前的战国时期，是一种学官名。博士任职者负责保管文献档案、编撰著述，须知识渊博并负有传授学问的职责。东汉学者应劭在《汉官仪》中写道："博者，通博古今；士者，辩于然否。"后来，人们逐渐把精通某种职业的专门人才称为博士。博士作为一种学位，最早产生于 12 世纪，最初它是加入教师行会的一种资格证书。19 世纪初，德国柏林大学成立，其哲学院取代了以往神学院在大学中的地位，在大学发展的历史上首次产生了由哲学院授予的哲学博士学位，并赋予了哲学博士深层次的教育内涵，即推崇学术自由、创造新知识。哲学博士的设立标志着现代博士生教育的开端，博士则被定义为独立从事学术研究、具备创造新知识能力的人，是学术精神的传承者和光大者。

---

  ① 本文首发于《光明日报》，2017 年 12 月 5 日。

博士生学习期间是培养学术精神最重要的阶段。博士生需要接受严谨的学术训练，开展深入的学术研究，并通过发表学术论文、参与学术活动及博士论文答辩等环节，证明自身的学术能力。更重要的是，博士生要培养学术志趣，把对学术的热爱融入生命之中，把捍卫真理作为毕生的追求。博士生更要学会如何面对干扰和诱惑，远离功利，保持安静、从容的心态。学术精神，特别是其中所蕴含的科学理性精神、学术奉献精神，不仅对博士生未来的学术事业至关重要，对博士生一生的发展都大有裨益。

独创性和批判性思维是博士生最重要的素质

博士生需要具备很多素质，包括逻辑推理、言语表达、沟通协作等，但是最重要的素质是独创性和批判性思维。

学术重视传承，但更看重突破和创新。博士生作为学术事业的后备力量，要立志于追求独创性。独创意味着独立和创造，没有独立精神，往往很难产生创造性的成果。1929 年 6 月 3 日，在清华大学国学院导师王国维逝世二周年之际，国学院师生为纪念这位杰出的学者，募款修造"海宁王静安先生纪念碑"，同为国学院导师的陈寅恪先生撰写了碑铭，其中写道："先生之著述，或有时而不章；先生之学说，或有时而可商；惟此独立之精神，自由之思想，历千万祀，与天壤而同久，共三光而永光。"这是对于一位学者的极高评价。中国著名的史学家、文学家司马迁所讲的"究天人之际，通古今之变，成一家之言"也是强调要在古今贯通中形成自己独立的见解，并努力达到新的高度。博士生应该以"独立之精神、自由之思想"来要求自己，不断创造新的学术成果。

诺贝尔物理学奖获得者杨振宁先生曾在 20 世纪 80 年代初对到访纽约州立大学石溪分校的 90 多名中国学生、学者提出："独创性是科学工作者最重要的素质。"杨先生主张做研究的人一定要有独创的精神、独到的见解和独立研究的能力。在科技如此发达的今天，学术上的独创性变得越来越难，也愈加珍贵和重要。博士生要树立敢为天下先的志向，在独创性上下功夫，勇于挑战最前沿的科学问题。

批判性思维是一种遵循逻辑规则、不断质疑和反省的思维方式，具有批判性思维的人勇于挑战自己，敢于挑战权威。批判性思维的缺乏往往被认为是中国学生特有的弱项，也是我们在博士生培养方面存在的一个普遍问题。2001 年，美国卡内基基金会开展了一项"卡内基博士生教育创新计划"，针对博士生教育进行调研，并发布了研究报告。该报告指出：在美国和欧洲，培养学生保持批判而质疑的眼光看待自己、同行和导师的观点同样非常不容易，批判性思维的培养必须成为博士生培养项目的组成部分。

对于博士生而言，批判性思维的养成要从如何面对权威开始。为了鼓励学生质疑学术权威、挑战现有学术范式，培养学生的挑战精神和创新能力，清华大学在 2013 年发起"巅峰对话"，由学生自主邀请各学科领域具有国际影响力的学术大师与清华学生同台对话。该活动迄今已经举办了 21 期，先后邀请 17 位诺贝尔奖、3 位图灵奖、1 位菲尔兹奖获得者参与对话。诺贝尔化学奖得主巴里·夏普莱斯（Barry Sharpless）在 2013 年 11 月来清华参加"巅峰对话"时，对于清华学生的质疑精神印象深刻。他在接受媒体采访时谈道："清华的学生无所畏惧，请原谅我的措辞，但他们真的很有胆量。"这是我听到的对清华学生的最高评价，博士生就应该具备这样的勇气和能力。培养批判性思维更难的一层是要有勇气不断否定自己，有一种不断超越自己的精神。爱因斯坦说："在真理的认识方面，任何以权威自居的人，必将在上帝的嬉笑中垮台。"这句名言应该成为每一位从事学术研究的博士生的箴言。

提高博士生培养质量有赖于构建全方位的博士生教育体系

一流的博士生教育要有一流的教育理念，需要构建全方位的教育体系，把教育理念落实到博士生培养的各个环节中。

在博士生选拔方面，不能简单按考分录取，而是要侧重评价学术志趣和创新潜力。知识结构固然重要，但学术志趣和创新潜力更关键，考分不能完全反映学生的学术潜质。清华大学在经过多年试点探索的基础上，于 2016 年开始全面实行博士生招生"申请-审核"制，从原来的按照考试分数招收博士生，转变为按科研创新能力、专业学术潜质招收，并给予院系、学科、导师更大的自主权。《清华大学"申请-审核"制实施办法》明晰了导师和院系在考核、遴选和推荐上的权力和职责，同时确定了规范的流程及监管要求。

在博士生指导教师资格确认方面，不能论资排辈，要更看重教师的学术活力及研究工作的前沿性。博士生教育质量的提升关键在于教师，要让更多、更优秀的教师参与到博士生教育中来。清华大学从 2009 年开始探索将博士生导师评定权下放到各学位评定分委员会，允许评聘一部分优秀副教授担任博士生导师。近年来，学校在推进教师人事制度改革过程中，明确教研系列助理教授可以独立指导博士生，让富有创造活力的青年教师指导优秀的青年学生，师生相互促进、共同成长。

在促进博士生交流方面,要努力突破学科领域的界限,注重搭建跨学科的平台。跨学科交流是激发博士生学术创造力的重要途径,博士生要努力提升在交叉学科领域开展科研工作的能力。清华大学于 2014 年创办了"微沙龙"平台,同学们可以通过微信平台随时发布学术话题,寻觅学术伙伴。3 年来,博士生参与和发起"微沙龙"12000 多场,参与博士生达 38000 多人次。"微沙龙"促进了不同学科学生之间的思想碰撞,激发了同学们的学术志趣。清华于 2002 年创办了博士生论坛,论坛由同学自己组织,师生共同参与。博士生论坛持续举办了 500 期,开展了 18000 多场学术报告,切实起到了师生互动、教学相长、学科交融、促进交流的作用。学校积极资助博士生到世界一流大学开展交流与合作研究,超过 60% 的博士生有海外访学经历。清华于 2011 年设立了发展中国家博士生项目,鼓励学生到发展中国家亲身体验和调研,在全球化背景下研究发展中国家的各类问题。

在博士学位评定方面,权力要进一步下放,学术判断应该由各领域的学者来负责。院系二级学术单位应该在评定博士论文水平上拥有更多的权力,也应担负更多的责任。清华大学从 2015 年开始把学位论文的评审职责授权给各学位评定分委员会,学位论文质量和学位评审过程主要由各学位分委员会进行把关,校学位委员会负责学位管理整体工作,负责制度建设和争议事项处理。

全面提高人才培养能力是建设世界一流大学的核心。博士生培养质量的提升是大学办学质量提升的重要标志。我们要高度重视、充分发挥博士生教育的战略性、引领性作用,面向世界、勇于进取,树立自信、保持特色,不断推动一流大学的人才培养迈向新的高度。

清华大学校长

2017 年 12 月

丛书序二

以学术型人才培养为主的博士生教育,肩负着培养具有国际竞争力的高层次学术创新人才的重任,是国家发展战略的重要组成部分,是清华大学人才培养的重中之重。

作为首批设立研究生院的高校,清华大学自20世纪80年代初开始,立足国家和社会需要,结合校内实际情况,不断推动博士生教育改革。为了提供适宜博士生成长的学术环境,我校一方面不断地营造浓厚的学术氛围,另一方面大力推动培养模式创新探索。我校从多年前就已开始运行一系列博士生培养专项基金和特色项目,激励博士生潜心学术、锐意创新,拓宽博士生的国际视野,倡导跨学科研究与交流,不断提升博士生培养质量。

博士生是最具创造力的学术研究新生力量,思维活跃,求真求实。他们在导师的指导下进入本领域研究前沿,汲取本领域最新的研究成果,拓宽人类的认知边界,不断取得创新性成果。这套优秀博士学位论文丛书,不仅是我校博士生研究工作前沿成果的体现,也是我校博士生学术精神传承和光大的体现。

这套丛书的每一篇论文均来自学校新近每年评选的校级优秀博士学位论文。为了鼓励创新,激励优秀的博士生脱颖而出,同时激励导师悉心指导,我校评选校级优秀博士学位论文已有20多年。评选出的优秀博士学位论文代表了我校各学科最优秀的博士学位论文的水平。为了传播优秀的博士学位论文成果,更好地推动学术交流与学科建设,促进博士生未来发展和成长,清华大学研究生院与清华大学出版社合作出版这些优秀的博士学位论文。

感谢清华大学出版社,悉心地为每位作者提供专业、细致的写作和出版指导,使这些博士论文以专著方式呈现在读者面前,促进了这些最新的优秀研究成果的快速广泛传播。相信本套丛书的出版可以为国内外各相关领域或交叉领域的在读研究生和科研人员提供有益的参考,为相关学科领域的发展和优秀科研成果的转化起到积极的推动作用。

感谢丛书作者的导师们。这些优秀的博士学位论文,从选题、研究到成文,离不开导师的精心指导。我校优秀的师生导学传统,成就了一项项优秀的研究成果,成就了一大批青年学者,也成就了清华的学术研究。感谢导师们为每篇论文精心撰写序言,帮助读者更好地理解论文。

感谢丛书的作者们。他们优秀的学术成果,连同鲜活的思想、创新的精神、严谨的学风,都为致力于学术研究的后来者树立了榜样。他们本着精益求精的精神,对论文进行了细致的修改完善,使之在具备科学性、前沿性的同时,更具系统性和可读性。

这套丛书涵盖清华众多学科,从论文的选题能够感受到作者们积极参与国家重大战略、社会发展问题、新兴产业创新等的研究热情,能够感受到作者们的国际视野和人文情怀。相信这些年轻作者们勇于承担学术创新重任的社会责任感能够感染和带动越来越多的博士生,将论文书写在祖国的大地上。

祝愿丛书的作者们、读者们和所有从事学术研究的同行们在未来的道路上坚持梦想,百折不挠!在服务国家、奉献社会和造福人类的事业中不断创新,做新时代的引领者。

相信每一位读者在阅读这一本本学术著作的时候,在汲取学术创新成果、享受学术之美的同时,能够将其中所蕴含的科学理性精神和学术奉献精神传播和发扬出去。

清华大学研究生院院长

2018 年 1 月 5 日

摘　要

　　本书以三岛由纪夫发表在中央公论社系列杂志《中央公论》《妇人公论》和《小说中央公论》上的作品为主要考察对象，通过将杂志研究和文本研究相结合的方式，分析了三本杂志与三岛的关系、杂志读者与三岛文学的关系，研究了三岛文学中所体现的读者意识。三岛文学中的读者意识主要体现在两个方面：一是浅层的读者意识，即如何创作小说；二是深层的读者意识，即为何创作小说。浅层读者意识为深层读者意识服务。

　　文学是三岛宣传"文化概念的天皇"思想的重要工具。在《沉潜的瀑布》中，他让主人公的化身水坝压住象征天皇的瀑布；在《音乐》里，让象征"诗"的妹妹与象征"政治"的哥哥交媾并造成妹妹的性冷淡；还亲自将以"二二六事件"为背景的小说《忧国》改编成电影。三岛在作品中反复表达了对"二战"后自降"人间"的天皇和"神隐"的战后日本的不满与失望，憧憬与向往拥有"神格"天皇的旧日本。为了吸引读者阅读作品，了解和接受其天皇思想，三岛在创作时，会根据杂志的办刊特点和读者定位，紧跟时代热点选择小说题材，设计小说情节，调整叙事方式。在以水坝建设为题材的《沉潜的瀑布》中，弱化了征地赔偿问题，回避了工人罢工问题。在以东京都知事选举为题材的《宴后》里，以现实中本是配角的女性作为小说的主角。在以性冷淡心理治疗为题材的《音乐》中，采用手记的叙述方式，塑造了一个强势的女主人公。此外，还试图借《文章读本》来培养理想读者——能够按照他的意愿来解读其作品，察觉作品中的真实意图。然而，《宴后》引发的"隐私权审判案"及社会大讨论宣告了其读者培养企图的失败，让三岛认识到了读者的不可靠与不可控制。他由此作出改变。从隐晦的《沉潜的瀑布》，到明示的《音乐》，再到公然的《忧国》，可以明显感受到三岛在天皇思想表达上的逐步激进。他不断调整自我，逐步逼近读者，试图用更直白的文字、更大众化的方式，促使人们了解和赞成其天皇思想。

　　目前的三岛文学研究因对读者问题的轻视而陷入一定程度的僵化。文学不能脱离读者，文学研究也不应无视读者，将读者纳入三岛文学研究势在必行，"反精英"和"指向大众"的文化研究为打破这种僵局提供了理论支持。本书通过考察三岛文学中的读者意识，尝试解释三岛形象在文学领域内外呈现出的割裂现象，还原一个更为真实和完整的三岛，并为认识和批判三岛的右翼天皇思想提供学术依据。

关键词：三岛由纪夫；《中央公论》；《妇人公论》；读者意识；天皇思想

Abstract

This book takes the works published by Mishima Yukio in the series of magazines of Chūōkōron-sha, *Chūōkōron*, *Fujin Kōron* and *Shōsetsu Chūōkōron*, as the main objects of investigation. Through the combination of magazine research and text research, the paper analyzes the relationship between the three magazines and Mishima, the relationship between magazine readers and Mishima literature, and studies the reader consciousness embodied in Mishima literature. The reader consciousness in Mishima literature is mainly reflected in two aspects: one is the shallow reader consciousness, that is, how to write a novel; the other is the deep reader consciousness, that is, why to write a novel. Shallow reader consciousness serves deep reader consciousness.

Literature is an important tool for Mishima to publicize the ideas of "The Mikado of Cultural Concept". In *The Submerged Waterfall*, Mishima lets the dam symbolizing the hero suppress the waterfall symbolizing the Mikado. In *The Music*, Mishima lets the sister who symbolizes "poem" have sex with the brother who symbolizes "politics", which causes the sister to get sex apathy. Mishima also adapted the novel *Patriotism*, which is with the background of the "February 26th Incident", into a movie. In his works, Mishima repeatedly expressed his dissatisfaction and disappointment with the postwar Mikado and Japan, longing to the old Japan with the "Godhead" Mikado. In order to attract readers to read his works, and to understand and accept his ideas of Mikado, Mishima would, when writing, choose the theme of the novel following the hot spots of the times, design the plot of the novel, and adjust the narrative way according to the characteristics of the magazine and the positioning of the readers. In *The Submerged Waterfall* with the theme of dam construction, Mishima weakens the issue of compensation for land acquisition and avoids the issue of electric worker strike. In *After the Banquet*, which is based on the election of the governors of Tokyo, Mishima uses a female who is actually the supporting role in reality as the main character of the novel. In *The Music* with the theme of the psychotherapy of sex apathy, Mishima adopts a narrative way of "handwritten notes" and creates a strong heroine. In addition, Mishima also tried to use *The Article Reader* to cultivate ideal readers, who are able to interpret his works according to his will and detect the true intention in the works. However, the "Privacy Trial Case" and social discussion triggered by *After the Banquet* declared the failure of his attempt to cultivate readers, which made Mishima realize the unreliability and uncontrollability of readers. He then decided to make a change. From the obscured *The Submerged Waterfall* to the explicit *The Music*, and then to the blatant *Patriotism*, we can clearly feel Mishima's gradual radicalization in the expression of the ideas of Mikado. He constantly adjusted himself and gradually approached readers, trying to use more straightforward words and more popular ways to prompt people to understand and agree with his ideas of Mikado.

At present, the study of Mishima literature has fallen into a rigid state because of its contempt for readers. Literature cannot be separated from readers, nor can literary research ignore readers. It is imperative to bring reader into the research of Mishima literature. The cultural studies of "Against to elite" and "To the public" provide theoretical support for breaking this deadlock. By studying the reader consciousness in Mishima literature, this book tries to solve the problem of the split of Mishima's image within and outside literary fields, restores a more real and complete image of Mishima, and provides academic basis for understanding and criticizing Mishima's right-wing Mikado ideas.

Key words: Mishima Yukio; *Chūōkōron*; *Fujin Kōron*; reader consciousness; ideas of Mikado

目　录

第1章 绪 论

1.1 选题缘由：三岛由纪夫形象的矛盾

1946 年，三岛由纪夫在川端康成的推荐下，在"二战"后日本文坛风靡一时的文艺杂志《人间》上发表了小说《烟草》，由此正式走上日本文坛。1948 年 9 月，三岛从大藏省辞职，成为专职作家。1949 年，由新潮社直接出版发行的三岛的长篇小说《假面自白》在日本文坛掀起轩然大波，被认为是"翻开战后文学史崭新一页的里程碑式作品"[①]，此小说"确立了三岛在文坛的地位，以作家身份站稳脚跟"[②]。此后，三岛陆续创作了《禁色》《潮骚》《金阁寺》《丰饶之海》等小说，成为日本文坛的知名作家。

在三岛文学创作的巅峰期，日本文坛迎来了一场围绕"纯文学"与"大众文学"的讨论。导火索是 1961 年 9 月 13 日平野谦在《朝日新闻》上发表的文章《文艺杂志的任务——〈群像〉十五周年寄语》。平野谦在该文中指出，战后十五年的文学史既是纯文学概念更新的过程，又是纯文学概念崩塌的过程，"纯文学这个概念已经是历史旧物"[③]。第一个正式发文对此予以反击的是伊藤整，他在 1961 年 11 月号的《群像》杂志上发表题为《"纯"文学能否存续》（「純」文学は存在し得るか）的文章，对平野谦的观点进行反驳，并接着在 12 月号的《群像》杂志上与山本健吉、平野谦直接展开了辩论。[④] 之后有更多的人加入了论战，最终成为一场波及整个日本文坛的大讨论，日本文坛由此进入"纯文学论争"时代。

三岛并没有直接参与到这场论战中，他在原发表于 1962 年 6 月号《风景》杂志上的《〈何为纯文学?〉其他》一文中表示，"我对近来的文坛论争毫无兴趣"，不过是"因为推理小说太畅销，纯文学相对滞销而已，令人发

---

① 島崎博，田中美代子：「解題」，见三岛由纪夫：『三島由紀夫全集第 3 巻』，東京：新潮社，1973 年，第 635 頁。注：如无特殊注明，本书所有的日文文献的中文译文皆为笔者本人翻译。

② 遠藤祐：「三島由紀夫研究の展望とその道標」，见長谷川泉，森安里文，遠藤祐，小川和佑編：『三島由紀夫研究』，東京：右文書院，1970 年，第 441 頁。

③ 平野謙：「文芸雑誌の役割——『群像』十五周年に寄せて」，『朝日新聞』，1961 年 9 月 13 日。

④ 伊藤整，山本健吉，平野謙：「純文学と大衆文学」，『群像』，1961 年 12 月号，第 154-172 頁。

笑"①。"原本推理小说在欧美也是特别畅销，不畅销的推理小说其实就失去了当推理小说的资格。回到日本来说，推理小说的创作和阅读的社会环境终于具备了，那么推理小说无论多么畅销也是理所当然的，今后肯定还会越来越畅销。"②"推理小说的市场本来就是这样，认为纯文学因此受到压制，就像有人认为零食店生意兴隆导致酒铺衰落一样非常奇怪。"③三岛认为，这场辩论的实质不过是纯文学作家眼红大众文学作家的作品畅销而发泄不满而已。纯文学与大众文学天然不同。大众文学本来就是需要尽可能地吸引读者去消费的，而纯文学从来就不是为博取读者好感而存在的，两者的创作目的不同，不可相提并论。"当下，文艺杂志销量低迷成了一个问题，但文艺杂志本来就不是那么畅销的杂志，我赞同人们认为这只是原先暂时的超常销量回归正常了而已的见解。"④三岛虽然表面上不参加论战，但他在内心深处是站在纯文学阵营里的。1963年，中央公论社计划出版《日本文学》全集，在编委讨论会上，身为编委之一的三岛明确反对将松本清张的作品选入全集，他认为松本清张的那些小说属于大众文学，没有资格和纯文学作品平起平坐⑤。这则轶闻让他"一战成名"，进一步确立了其在日本文坛的"纯文学"作家的形象。关于纯文学，三岛认为纯文学的创作究其极致必须是充满幸福感的，"那是表现的幸福，是制作的幸福"⑥。"越是危险、恐怖的工作，在完成之际，就越应该感到幸福。脱稿时的那种幸福感会反过来将整个作品都包裹其中。"⑦字里行间都在昭告世人，其文学创作不在乎也不需要读者，其文学创作的幸福感来自作者自身的创作或表达，而非读者的认可和赞赏。三岛的文学创作理念与纯文学创作自身的封闭性有异曲同工之妙，由此让人们更加确信了三岛的纯文学作家定位。

然而，走出书房后的三岛却呈现出一种与纯文学作家完全不同的表演

---

① 三島由紀夫：「『純文学とは？』その他」，『三島由紀夫全集第30巻』，東京：新潮社，1975年，第243頁。

② 三島由紀夫：「『純文学とは？』その他」，『三島由紀夫全集第30巻』，東京：新潮社，1975年，第243頁。

③ 三島由紀夫：「『純文学とは？』その他」，『三島由紀夫全集第30巻』，東京：新潮社，1975年，第243頁。

④ 三島由紀夫：「個性の鍛錬場——もし私が文芸雑誌を編輯したら」，『三島由紀夫全集第27巻』，東京：新潮社，1975年，第366頁。

⑤ 中央公論新社：『中央公論新社一二〇年史』，東京：中央公論新社，2010年，第218-219頁。

⑥ 三島由紀夫：「『純文学とは？』その他」，『三島由紀夫全集第30巻』，東京：新潮社，1975年，第244頁。

⑦ 三島由紀夫：「『純文学とは？』その他」，『三島由紀夫全集第30巻』，東京：新潮社，1975年，第245頁。

型人格倾向，他是一个热衷处于媒体聚焦之下的明星，喜欢媒体的追踪报道，享受大众关注的目光。有一个非常典型的例子，1965 年三岛在得知自己被提名为诺贝尔文学奖候选人之后，就带着夫人瑶子周游欧美、东南亚多国，并有意将回国日期定在诺贝尔文学奖公布日当天，还特意提前联系了许多媒体，请大家来机场采访，意图策划一场热闹、体面的接机活动。抛开文人身份，三岛还有多种社会面孔或个人形象：他是民众眼中的健身达人，其举重的照片被刊载在诸多杂志上，其"肉体改造"理论曾引发大众的普遍好奇，引得各家媒体争相报道；他是明星演员，一生出演了多部电影，其中，有作为电影原作者出演的，也有纯粹以演员身份出演的，并自编自导自演了电影《忧国》；他还是摄影模特，与专业摄影师细江英公合作，参与策划并亲自担任模特拍摄了写真集《蔷薇刑》。《蔷薇刑》大胆、鬼魅、怪异、晦涩，在当时成为一个爆炸性的社会话题，引得众人"侧目"。诸如此类，等等。三岛在大众文化领域里频繁跨界活动，常常处于万众瞩目之下，颠覆了之前人们心目中清高孤傲、静居独处、与世隔绝的文人刻板印象。山中刚史曾撰文《作为偶像的三岛由纪夫》，认为三岛的演员活动、写真集出版是在反抗将私小说作家的自身形象与其作品相绑定的风气，三岛"有意识地从刻板印象中制造偏差，创造出各种面具，其结果是面具与真面目彼此不分，继续制造偏差本身成了三岛的形象"[1]。戴面具是需要观众的。三岛强烈的表演欲表明，三岛实际上是重视观众的，而且这种关注有时甚至很强烈。然而，现实是残酷的。在三岛自杀前不久的一次与石川淳的对话中，三岛表示，"失败的悲剧演员说的不就是我吗？我走上舞台，拼命想让大家哭，而大家却哈哈大笑"[2]。尽管三岛竭力表现，却并未获得众人的理解。

　　在文学创作中不在意读者，在文学活动之外却格外重视观众。三岛形象的割裂让笔者不禁产生疑问，这到底是真实存在于三岛身上的事实，还是他人塑造出来的假象？

1.2　先行研究：被遗忘的大众小说与读者

　　实际上，对三岛的小说进行统计[3]后会发现，他为通俗杂志创作的连载

---

　　① 山中刚史：「イコンとしての三岛由纪夫」，见松本彻，佐藤秀明，井上隆史编：『三岛由纪夫研究⑩越境する三岛由纪夫』，东京：鼎书房，2010 年，第 106 页。

　　② 三岛由纪夫，石川淳：「破裂のために集中する」，『中央公論』，1970 年 12 月号，第 346 页。

　　③ 依据《决定版·三岛由纪夫全集》（『决定版三岛由纪夫全集』，新潮社，2000—2004 年）所收录作品。

小说粗略估计有 93 部之多，而三岛一生创作的小说总数为 211 部。也就是说，其大众文学类小说作品总数几乎占到了其小说作品总数的一半。除了小说，三岛还参与了戏剧、电影等大众文艺的创作。与日本大多数作家的作品全集不同的是，在由新潮社出版的《决定版·三岛由纪夫全集》（全 42 卷）中，还包含有一张 DVD 和一张 CD，分别收录了其自编自导自演的电影《忧国》和其他作品朗读原声，以及参加的合唱录音。从中也可以看出，三岛参与大众文化活动的涉及面之广、参与程度之深，绝非一般作家可比。据此，我们完全有理由认为，三岛是在意大众的。

然而，长期以来，头顶日本纯文学作家光环的三岛的大众文学作品一直被学界有意无意地忽略。迄今为止，有关三岛小说的研究几乎都集中在《假面自白》《金阁寺》《丰饶之海》等这一类以单行本形式出版的或是连载在文艺杂志上的所谓纯文学作品上。似乎只有纯文学作品才有研究的艺术价值，而需要考虑读者感受的大众文学作品则缺乏研究价值。如此一来，虽然三岛文学作品的经典性得到了加强，却也抹杀了读者在三岛文学创作中的地位，导致其大众文学作品在三岛文学研究中遭到冷遇、忽视，其形象出现割裂。

1.2.1　先行研究的现状

在日本，三岛生前就已经有许多相关研究，比如在三岛自杀的四个月前，即 1970 年 7 月，右文书院就出版发行了《三岛由纪夫研究》①论文集。三岛死后，日本学界对其的研究也从未间断，论文、专著不胜枚举，相关的回忆录也是层出不穷。而且，在三岛逝世三十周年、三十五周年这样具有纪念性意义的年份，更是会周期性地出现"三岛热"。

1999 年三岛由纪夫文学馆在日本山梨县山中湖村开馆，促使三岛作品手稿、草稿等资料的收集、整理工作得以稳步开展，人们也终于有机会看到三岛的文学创作手稿（只提供复印件）等珍贵藏品。随后，在 2000 年三岛由纪夫逝世 30 周年之际，新潮社启动了《决定版·三岛由纪夫全集》（全 42 卷）的出版工作。相较于 20 世纪 70 年代的《三岛由纪夫全集》（全 36 卷），新版全集增录了大量之前未曾公开发表或未曾发现的新资料，主要包括创作笔记、作品草稿、往来书信、三岛在 11—19 岁期间创作的作品等。这些都使得此前三岛文学研究鲜有涉及的一些作品受到关注，成为研究对象。除了一些单独的研究著作以外，2000 年后还相继出版了各种总括性的

---

① 長谷川泉，森安里文，遠藤祐，小川和佑編：『三島由紀夫研究』，東京：右文書院，1970 年。

论文集，如系统介绍三岛生平和三岛文学研究的《三岛由纪夫事典》（勉誠出版，2000 年）、《三岛由纪夫研究（全三卷）》①（勉誠出版，2001 年）、《21 世纪的三岛由纪夫》（翰林書房，2015 年）等。另外，从 2005 年开始，以每年两辑的频率，定期出版发行的《三岛由纪夫研究》杂志（鼎書房），为三岛文学研究者提供了一个很好的交流平台。目前，日本学界已经形成了以三岛由纪夫文学馆新任馆长佐藤秀明为中心的研究阵营，包括松本彻、井上隆史、山中刚史、田中美代子、有元伸子、中元 Saori（中元さおり）、梶尾文武等人。

　　日本学者基于天然的语言优势、资料占有优势等，其三岛研究覆盖面最广、研究深度最深。在作家论研究方面，包括三岛的成长环境、同性恋问题、思想美学、文体、美术、体育、女性等，几乎全方位覆盖三岛的人生轨迹；在作品论研究方面，涉及三岛的小说、戏剧、评论等，不仅有长篇小说，也有短篇小说，不仅有传统的能乐、净琉璃、歌舞伎，也有现代的戏剧。另外，随着《决定版·三岛由纪夫全集》的出版，一大批未曾公开过的三岛创作草稿、创作笔记得以问世，随即引发了三岛文学研究中的草稿研究热、笔记研究热。如井上隆史的《三岛由纪夫　品读梦幻遗作——另一部〈丰饶之海〉》（『三島由紀夫　幻の遺作を読む——もう一つの「豊饒の海」』，光文社新書，2010 年）、大西永昭和中元 Saori 以及有元伸子三人合作完成的《三岛由纪夫〈金阁寺〉的原稿研究》（「三島由紀夫『金閣寺』の原稿研究」，『広島大学大学院文学研究科論集』68，2008 年 12 月）、久保田裕子的《三岛由纪夫与松本清张的东南亚》（「三島由紀夫と松本清張の東南アジア」，『三島由紀夫研究⑩』，2010 年 11 月）、仓本昭的《关于三岛由纪夫〈轻王子与衣通姬〉》（「三島由紀夫『軽王子と衣通姫』について」，佐藤泰正編『三島由紀夫を読む』，笠間書院，2011 年），等等。

　　虽然日本的三岛文学研究涉及的文本几乎覆盖三岛的所有文学题材，但详细梳理后会发现依旧存在一个突出问题，即研究几乎都集中在三岛或三岛作品本身，鲜有人将三岛文学创作中的读者意识纳入研究视野，导致三岛文学研究呈现出一种"换汤不换药""新瓶装旧酒"的现象。虽然研究的文本素材、理论范式在不断变化，也出现了一些比较独特的研究成果，但很多研究就其实质来说，缺乏真正意义上的超越和创新。笔者认为，造成当前这种困局的主要原因是，在三岛文学研究中，学者们对纯文学的追

---

①『三島由紀夫研究Ⅰ　三島由紀夫の時代』、『三島由紀夫研究Ⅱ　三島由紀夫の表現』、『三島由紀夫研究Ⅲ　世界の中の三島由紀夫』。

捧和对大众文学的轻视。

实际上，在日本文坛及学术界，对纯文学小说与大众文学小说的界定并无确切标准，不过有一个依据小说的发表形式来进行判断的简易通行方法：一般将由出版社直接出版发行的或者是连载在文艺杂志、综合杂志上的小说归为纯文学小说，而将刊载在通俗杂志、流行文化杂志以及报纸上的小说归为大众文学小说或娱乐小说。文坛、学界对这一区分标准的认可，从 20 世纪五六十年代《群像》的"创作合评"专栏的小说选择中可以得到印证，即只有直接出版以及发表在文艺杂志和综合杂志上的小说才会被列为讨论对象，而发表在女性杂志、报纸等大众媒体上的小说则不在讨论范围之内。

纯文学与大众文学的根本区别在于是否肯定或接受文学作品创作中读者的参与。在文艺评论家、文学研究者看来，拥有广大读者的大众小说经常采用连载的创作形式，故而在创作时作者必然有着更为强烈的读者意识：不仅要迎合大众的阅读需求，还要主动肩负一定的社会责任，比如揭露社会问题、改良社会风气、提高民智等。而一般采用直接出版或文艺杂志刊载的方式进行发表的纯文学作品，因为其读者的人数相对较少、文学素养相对较高、阅读动机相对纯粹、了解小说的创作过程、熟悉文学的阅读规则，所以在纯文学创作中，作者能够心无旁骛地进行自我表达，掌控小说创作的全过程，作品的大众性不明显。在一些文坛的精英们看来，大众读者由于其构成的复杂性，以及文化水平的差异性，他们的加入可能会干扰或影响文学创作的纯洁性、艺术性、思想性。作家在纯文学里可以尽情表达，在大众文学里则会受到读者制约。因此，不媚众的纯文学要比大众文学的文学价值更高，更具有研究价值。正是基于这种价值认知，导致三岛的文学研究基本集中在其几部代表性"纯文学"长篇小说上。日本研究者认为，"三岛文学的真正价值，需要从现象之中辨别其背后隐藏的本质，需要在被拖拽到作品外部的抽象思考和感觉之中进行寻找"[①]。因此，日本研究者对三岛的作品研究多专注于解析作品里所体现的思想、美学，将视野集中在三岛本人身上，而不去思考其创作与读者的关系。也正是因为如此，涉及同性恋问题的《假面告白》《禁色》和涉及三岛美学、思想的《金阁寺》《镜子之家》、"二二六事件三部曲"（《忧国》《十日菊》《英灵之声》）、《丰饶之海》会成为三岛文学研究的主要文本。相比之下，三岛发表在大众文

---

① 武田勝彦：「海外における三島文学の諸問題」，见長谷川泉，森安里文，遠藤祐，小川和佑編：『三島由紀夫研究』，東京：右文書院，1970 年，第 422 頁。

学杂志、女性杂志或者报纸上的作品则鲜有人问津。

就本书涉及的三岛发表于中央公论社系列杂志上的五部作品——《沉潜的瀑布》《文章读本》《宴后》《音乐》和《忧国》而言,《忧国》的研究之所以最多,很大程度上是受到三岛反复表态的影响。他多次强调,《忧国》是一部"彻头彻尾来自自己的大脑,并通过语言实现了的那个世界""凝结了我自身的各种要素"[①]的作品,以至于在后来研究者的心目中形成了这样一种印象,即《忧国》浓缩了三岛的思想理念,完全是三岛意旨的体现。加之"二二六事件三部曲"的定位和"嶋中事件"影响的消散,使得《忧国》成为考察三岛的天皇思想的最佳文本之一。

仅看 21 世纪以后关于《忧国》研究,就出现了如久保田恭子的《三岛由纪夫〈忧国〉论——"孤忠"与"嫉妒"》(「三島由紀夫『憂国』論——『孤忠』と『嫉妬』」,『百舌鳥国文』,2006 年 3 月)、上里黎子的《三岛由纪夫〈忧国〉中的时间与空间的考察——以丽子为中心》(「三島由紀夫『憂国』における時間と空間の考察——麗子を中心として」,『福岡大学日本語日本文学』,2006 年 12 月)、洪润构的《三岛由纪夫〈忧国〉中的偏差——一九三六年与一九六〇年的断绝与连续》(「三島由紀夫『憂国』におけるズレ——一九三六年と一九六〇年の断絶と連続」,『文学研究論集』,2006 年 7 月)、小裕垫二的《悲叹与痛苦——三岛由纪夫〈忧国〉论》(「悲嘆と苦痛——三島由紀夫『憂国』論」,『上越教育大学研究紀要』,2008 年 2 月)、佐藤秀明的《肯定的创作——〈忧国〉论》(「肯定するエクリチュール——『憂国』論」,『三島由紀夫の文学』,試論社,2009 年)、中元 Saori 的《作为模仿的〈忧国〉——复制/被复制的物语》(「模倣としての『憂国』——コピーし/されていく物語」,『国文学攷』,2011 年 12 月)、稻田大贵的《两则"物语"与"无法理解"的面孔——关于〈决定版・三岛由纪夫全集〉所收〈忧国〉的正文校订》(「二つの『物語』と『不可解』な顔——『決定版三島由紀夫全集』収録『憂国』の本文校訂をめぐって」,『近代文学論集』,2012 年 2 月)等。另外还有从比较文学角度展开的研究,如布什马金・瓦迪姆(Bushmakin Vadim)的《三岛由纪夫的〈忧国〉与大江健三郎的〈十七岁〉——观看的主人公与被看的主人公》(「三島由紀夫の『憂国』と大江健三郎の『セブンティーン』——見る主人公と見られる主人公」,『人間社会環境研究』,2012 年 3 月)、木田隆文的《秘密共同

---

① 三島由紀夫:「製作意図及び経過(『憂国 映画版』)」,『三島由紀夫全集第 32 巻』,東京:新潮社,1975 年,第 306 頁。

创作——〈忧国〉与武田泰淳》（「ひそやかな共同創作——『憂国』と武田泰淳」，『三島由紀夫研究⑫』，2012 年）。此外，《决定版·三岛由纪夫全集》中收录的修复版《忧国》影碟，也引发了关于电影《忧国》的研究，如守安敏久的《三岛由纪夫的电影〈忧国〉——书/器官/假面/乐土》（「三島由紀夫の映画『憂国』——書／器官／仮面／楽土」，『宇都宮大学教育部紀要』，2010 年 3 月）、山中刚史的《作为自我神圣化的供奉——电影〈忧国〉考》（「自己聖化としての供養——映画『憂国』攷」，『三島由紀夫研究②』，2006 年）、长谷川明子的《能乐舞台上的切腹——关于三岛由纪夫、电影〈忧国〉》（「能舞台上の割腹——三島由紀夫、映画『憂国』について」，『東京藝術大学美術学部紀要』，2012 年 12 月）等。

　　从以上研究可以看到，虽然因为新资料的出现，《忧国》的研究出现了新成果，但实际上这些研究成果并没有突破前期研究的固有思路和逻辑，遵循的依旧是以往作品论研究、作家论研究的思维模式，围绕着三岛、《忧国》文本、电影的《制作意图及过程》（「製作意図及び経過」）文本、能乐艺术等展开分析研究，指出三岛天皇思想的形成原因以及三岛当时的心理和思想状态。从研究结论来看，研究者们普遍认为，《忧国》的成功在于色情的完全燃烧必须通过为大义殉死的志向节操的高度而得到保证。[①]《忧国》的非纯粹第三人称叙事使得《忧国》的叙述部分拥有了控诉和拒绝天皇的构造。[②]三岛通过乔治·巴塔耶（Georges Bataille）找到了自己与战后及战后思想不相容的根据，而根据的背景就是"二二六事件"[③]。笔者认为，三岛写小说《忧国》、拍电影《忧国》首先是为了自我表现，即所谓的"自我神圣化"[④]，但其最终目的是想要影响大众，让他们了解并接受自己的观点。换言之，要实现《忧国》的创作目的，就离不开读者或观众的参与。这就从客观上要求研究者把读者或者观众纳入研究考察的范围，否则，研究结论就有可能不完整或者有失偏颇。在《忧国》的研究中存在缺乏对读者考

　　① 谷崎昭男：『憂国』（「国文学」1970 年 5 月臨時増刊），转引自神谷忠孝：「逆説としての殉死『憂国』」，见松本徹，井上隆史，佐藤秀明編：『三島由紀夫研究 II　三島由紀夫の表現』，東京：勉誠出版，2001 年，第 238 頁。

　　② 佐藤秀明：「肯定するエクリチュール—『憂国』論—」，『三島由紀夫の文学』，東京：試論社，2009 年，第 295-312 頁。

　　③ 鎌田広己：「『憂国』およびその自評について」，『国文学研究ノート』，1988 年 8 月，转引自神谷忠孝：「逆説としての殉死『憂国』」，见松本徹，井上隆史，佐藤秀明編：『三島由紀夫研究 II　三島由紀夫の表現』，東京：勉誠出版，2001 年，第 239 頁。

　　④ 山中剛史：「自己聖化としての供養——映画『憂国』攷」，见松本徹，佐藤秀明，井上隆史編：「三島由紀夫研究②三島由紀夫と映画」，東京：鼎書房，2006 年，第 55-71 頁。

察的问题，那么其他四部作品的先行研究又如何呢？

《沉潜的瀑布》被视为三岛的过渡期作品，此时的三岛正在尝试将在古典主义时代习得的自我他者化方法，融入其原生气质所引发的主题再现之中。[1]研究者们从故事整体、男主人公"城所升"的人物塑造和男女主人公的"人工爱情"三个角度，展开了对《沉潜的瀑布》的分析。

就小说而言，栗栖真人认为，三岛在《沉潜的瀑布》中强行将"气质性"主人公和"反气质性"主人公结合在一起，是因为当时的三岛虽然向往健全的人生，却又难以对自己的人生方向做出抉择。三岛将内心的这种矛盾纠结投射到了当时创作的《沉潜的瀑布》的主人公城所升身上。一方面，精神无感者城所升的"人工爱情"提议表明，他似乎渴望挣脱精神无感的桎梏。城所升和菊池显子的"人工爱情"乃是两个在情感上为"负"的人企图合成"正"的情感的尝试，他们渴望体验需要消耗感情、热情、激情的恋爱。另一方面，城所升希望显子经历漫长的隔绝后，能涅槃成一个"崇高的"、"悲剧性的"、永恒的冷漠女子。精神无感者城所升邂逅了肉体无感者菊池显子，从显子那绝望状态下的鲜活肉体上感受到了平静。他回想起了自己与石头、钢铁为伴的童年，自己可以随意把玩从属于另一个坚固世界的东西，这让城所升体会到了巨大的快乐。城所升这种对"气质"的渴望和对"气质"的反抗所形成的矛盾心理，正是三岛当时心境的真实写照[2]。松本彻指出此处的"气质"，是指发源于自身的、如化学物质般的、巨大的感受性，并引发浪漫情怀的一种气质。它"有着过于敏锐的感受性，始终孤独，容易陷入梦想，面对性时就关闭性欲追求纯洁无邪的爱情，实际上变成'无能'，通过成为同性恋者再最终从'无能'中恢复过来"[3]。现实生活中，三岛一直受到自己"气质"的折磨，他拼命挣扎着，想将那种"气质"提炼为自己独有的"思想"，具象化为文学作品。在松本彻看来，《沉潜的瀑布》中暗藏了三岛从同性恋到异性恋的"圆环理论"[4]。

就主人公城所升来说，首先有人将城所升视为《镜子之家》的杉本清一

① 野口武彦：「第二幕への前奏曲——『真夏の死』と『沈める瀧』——」，『三島由紀夫の世界』，東京：講談社，1968 年，第 147-164 頁。

② 1. 栗栖真人：「『沈める瀧』小論」，『昭和文学研究』(3)，1981 年，第 41-47 頁。2. 栗栖真人：「三島由紀夫『沈める瀧』考」，『語文』(90)79，1994 年，第 13-23 頁。

③ 松本徹：「同性愛から異性愛へ——『潮騒』『沈める瀧』『金閣寺』」，『三島由紀夫 エロスの劇』，東京：作品社，2005 年，第 194-195 頁。

④ 松本徹：「同性愛から異性愛へ——『潮騒』『沈める瀧』『金閣寺』」，『三島由紀夫 エロスの劇』，東京：作品社，2005 年，第 188 頁。

郎的前身，体现了三岛对待战后社会的处理方式。[①]村松刚指出，1954 年至 1955 年，世界开始进入新的发展时期，日本社会逐渐安定下来，需要符合工业时代、自动化时代的新人物类型。此时《沉潜的瀑布》正好就出现了，城所升是此后众多小说里出现的冷酷青年的鼻祖。[②]其次，城所升被拿来与《禁色》的南悠一做比较。如果说南悠一是从"被观看者"变成了"观看者"，城所升则是从"观看者"变成了"行动者"，城所升在无思想这一点上比南悠一更为完美。[③]再次，城所升被指人物形象稀薄。虽然三岛笔下的主人公向来"稀薄"，是观念性的存在，与其作为人类的形象相断离，但是城所升"最稀薄"[④]。虽然三岛试图赋予主人公"现实性"[⑤]，但在现实生活中难以找到如此完美的人物，城所升形象的"稀薄"正是源于其不真实性。平林泰子认为，三岛试图在"富三代"青年与女性、同事们的人际关系之中，构建青年依据石头与钢铁而形成的性格及人生观。城所升的"石头和钢铁形成的性格"其实是外强中干的，因此引发了许多人的共鸣。这种创作尝试是极为观念性或者说唯心的，是对在现实中寻找主题的现实主义小说的一种挑衅。[⑥]

就"人工爱情"来说，松本彻表示，三岛在《盗贼》《禁色》中就已经尝试过了。永恒的爱这种观念难以在现代社会扎根。对于贵公子城所升来说，因为他没有那些普通青年的世俗味，即世俗的热情，所以他会觉得爱是虚妄的，人生、告白也是虚妄的。城所升被刻画成不相信爱情的青年。虽然他与许多女人同床共枕过，但那只是出于客观的好奇心、追求官能的满足，并没有触及其内心、情感和生活[⑦]。村松刚分析评价道，《沉潜的瀑布》背后的作者形象是不相信道德的道德家、拒绝爱情的爱情诗人、害怕咏叹抒情却又是浪漫的赞美家。[⑧]寺田透认为，自然和性冷淡女子都是"超自然的事物"，都是人类不可控的。城所升为了发现自己的能力而建造的水坝最后也会成为"超自然的事物"。这三种"超自然的事物"共同奠定了小

---

① 野口武彦：「第二幕への前奏曲——『真夏の死』と『沈める瀧』——」，『三島由紀夫の世界』，東京：講談社，1968 年，第 147-164 頁。

② 村松剛：「解説」，見三島由紀夫：『沈める瀧』，東京：新潮社，1968 年，第 239-245 頁。

③ 大岡昇平，寺田透，三島由紀夫：「創作合評」，『群像』，1955 年 5 月号，第 194 頁。

④ 大岡昇平，寺田透，三島由紀夫：「創作合評」，『群像』，1955 年 5 月号，第 195 頁。

⑤ 大岡昇平，寺田透，三島由紀夫：「創作合評」，『群像』，1955 年 5 月号，第 196 頁。

⑥ 平林たい子：「文芸時評」，『朝日新聞』，1955 年 3 月 26 日。

⑦ 松本徹：「同性愛から異性愛へ——『潮騒』『沈める瀧』『金閣寺』」，『三島由紀夫　エロスの劇』，東京：作品社，2005 年，第 177-195 頁。

⑧ 村松剛：「解説」，見三島由紀夫：『沈める瀧』，東京：新潮社，1968 年，第 239-245 頁。

说的基础。① 服部达指出，虽然表面上城所升将恋爱与工作对等分开了，但是这两种兴趣到最后其实必须是一致的，治愈显子的性冷淡与建设深山的水坝都需要去寻求未知的人类力量。② 与世隔绝的建设工地就是一个"实验空间"③，越冬生活是在"真空地带"进行的，因为生活气息会破坏作者想要营造的雪山的审美效果。"整部小说的这种真空感、绝世感让小说非常像一首小说化的诗歌。"④

针对三岛发表在《中央公论》上的另一部长篇连载小说《宴后》，野口武彦指出，小说连载时期正好是安保斗争运动达到高潮并逐渐冷却下来的时期，他认为《宴后》是一部"反政治小说"⑤。在野口看来，《宴后》的主题简而言之就是，廉洁正直的政治家野口雄贤反而没有因为盲目的爱情而与之结婚的福泽胜的"政治性"高。整部小说就是一首针对笃信政治"理想"而败北的野口雄贤的讽刺性哀歌。野口认为，《宴后》的"宴"既是雪后庵的晚宴，又是东京都知事选举的政治贺宴，还是安保斗争的思想狂宴。《宴后》昭示着三岛期盼已久的政治讽刺的新季节的到来，而政治浪漫主义的根本情感——"一种无机的陶醉"⑥，则是三岛在安保斗争结束后掌握的政治讽刺标语⑦。有山大五在比较分析三岛的三部原型小说——《青的时代》《宴后》和《绢与明察》后指出，三岛以社会事件作为小说素材，不是为了从素材中获取灵感，找到新主题，而是要让素材来贴合他已经深思熟虑过的小说主题。⑧ 矶田光一通过对《宴后》女主人公福泽胜的考察，指出"福泽胜"是"幻影"意识的产物，而非三岛自我意识的体现，这反倒使得《宴后》相较于三岛的许多观念小说，显得格外具有现代性。⑨

① 大岡昇平，寺田透，三島由紀夫：「創作合評」，『群像』，1955 年 5 月号，第 194 頁。

② 服部達：「三島由紀夫『沈める瀧』」，『三田文学』，1955 年 8 月号，第 33-34 頁。

③ 松本徹：「同性愛から異性愛へ——『潮騒』『沈める瀧』『金閣寺』」，『三島由紀夫　エロスの劇』，東京：作品社，2005 年，第 181 頁。

④ 大岡昇平，寺田透，三島由紀夫：「創作合評」，『群像』，1955 年 5 月号，第 197 頁。

⑤ 野口武彦：「永劫回帰と輪廻——『宴のあと』その他——」，『三島由紀夫の世界』，東京：講談社，1968 年，第 194 頁。

⑥ 野口武彦：「永劫回帰と輪廻——『宴のあと』その他——」，『三島由紀夫の世界』，東京：講談社，1968 年，第 203 頁。

⑦ 野口武彦：「永劫回帰と輪廻——『宴のあと』その他——」，『三島由紀夫の世界』，東京：講談社，1968 年，第 193-220 頁。

⑧ 有山大五：「『青の時代』『宴のあと』『絹と明察』——三島文学における時事的諸相」，見長谷川泉，森安理文，遠藤祐，小川和佑編：『三島由紀夫研究』，東京：右文書院，1970 年，第 305-324 頁。

⑨ 磯田光一：「三島由紀夫『宴のあと』」，『磯田光一著作集 1（三島由紀夫論考・比較転向論序説）』，東京：小沢書店，1990 年，第 164-166 頁。

进入 21 世纪后，关于《宴后》的研究更加注重对小说创作的时代背景的考察。松本彻结合创作背景，指出三岛选择东京都知事选举，是有意要直逼当时的政治真实情况。[1]与此前以真实事件为原型创作的作品不同，"篇章构成紧凑、文笔流畅"[2]的《宴后》极为接近现实，深入日常生活的内部，从而得以揭露政治的腐朽与无能。日浦圭子以当时日本社会围绕《宴后》的"隐私权审判案"展开的讨论作为切入口，在结合对 20 世纪五六十年代日本社会的政治热潮和日本文学大众化的考察后指出，"《宴后》事件"正好是文学阅读方法过渡期中发生的一个典型事件。它不仅使得"隐私权"这个概念得以深入人心，而且凸显出了新读者的诞生。无论三岛是以何种心态、何种思想创作了《宴后》，在非文坛读者看来，《宴后》都是一部揭秘有田八郎私生活的作品。[3]佐藤秀明详细分析了《宴后》引发的"隐私权审判案"中三岛败诉的原因，强调文学与现实存在区别，不能将读者的误读责任强加给作者。[4]

相较于上文提到的发表在杂志《中央公论》上的两部长篇小说，发表在杂志《妇人公论》上的《文章读本》和《音乐》两部作品的先行研究就更少了。

就《文章读本》而言，最早的研究出现在 1966 年。林巨树在《三本文章读本的文学观——谷崎润一郎·川端康成·三岛由纪夫》一文中，对谷崎、川端和三岛这三位作家的"文章读本"进行了简单的对比，认为三本"文章读本"都包含着作者对日本文学繁盛的祈愿。林巨树指出，谷崎的《文章读本》作为一本文章写作指南，讲述了日文写作的要领；川端的《新文章读本》主要是根据小说文章，表达了对日本文学今后的展望，讴歌了文章这种表现形式的生命力；三岛的《文章读本》在论述文章的奥秘的同时，提出了对写作人数猛增的担忧。林巨树还认为，在欧美文化的冲击下，如何讲好日本的故事，那种彷徨、苦恼和摸索在三本"文章读本"中都有所体现。[5]

---

① 松本徹：「政治の季節のなかで——『宴のあと』から『憂国』へ」，『三島由紀夫　エロスの劇』，東京：作品社，2005 年，第 222-236 頁。

② 松本徹：「政治の季節のなかで——『宴のあと』から『憂国』へ」，『三島由紀夫　エロスの劇』，東京：作品社，2005 年，第 226 頁。

③ 日浦圭子：「『宴のあと』事件と昭和 30 年代の文学状況」，『聖心女子大学大学院論集』28(1)，2006 年 7 月，第 5-25 頁。

④ 佐藤秀明：「プライバシーと文学——『宴のあと』裁判について」，『三島由紀夫の文学』，東京：試論社，2009 年，第 279-288 頁。

⑤ 林巨樹：「三つの文章読本の文章観——谷崎潤一郎・川端康成・三島由紀夫」，『国文学：解釈と教材の研究』11(5)，1966 年 5 月，第 100-105 頁。

矶贝英夫在《文体与语言美学——从〈文章读本〉说起》一文中指出，《文章读本》既不是解读三岛个人文章理念的材料，又不是"语言美学"的论著。从整体印象来说，平时戏剧化的三岛在书中变成一位极为优秀的精读读者，展示了其宽广的理解能力。该书最引人注目的是，三岛提出了日本小说的两种对立文体范本——森鸥外的《寒山拾得》和泉镜花的《日本桥》，他以这两部作品为两极形成一个坐标轴，在此之上定位所有日本作家的文章。矶贝进一步评价，三岛的文章既有森鸥外所不具备的五彩缤纷的文字词汇，又拥有泉镜花所欠缺的有条不紊的理论框架，兼具审美性和理论性。[①]

野崎欢在《修辞学·神韵——〈文章读本〉〈叶隐入门〉〈文化防卫论〉等》中指出，《文章读本》用"です""ます"体营造了一种向读者倾诉的亲近感，同时书中充满了三岛作为职业作家通过自己引以为豪的工作积攒起来的自负，以及散发出的从容不迫的感觉。支撑本书实现将普通人从文学梦中唤醒、引导普通读者成为精读读者的目标的是，三岛坚信自己绝对不是外行。三岛在《文章读本》开篇就明确表示，并非谁都能写文章，不要期望这是一本"民主化文章"的读物，读者应仔细品读和研究专业作家的技艺。《文章读本》凸显了三岛在文体上的矛盾心理：一方面向往森鸥外式的条理明晰，另一方面又憧憬泉镜花式的华丽辞藻。这种矛盾的喜好不仅与作者本人相关的矛盾直接关联，而且呈现出三岛诸多论述中一脉相承的充满悖论的文体性。虽然在写《文章读本》时，三岛的目标文体已经明显地确定为森鸥外式的文体，但从三岛日后的作品来看，他并没有实现自己的目标，依旧无法摆脱文字的装饰性。[②]

关于小说《音乐》的研究，涩泽龙彦在单行本解说中对小说中所包含的精神心理学的分析，在很长一段时期内制约了《音乐》的研究思路。涩泽龙彦指出，小说体现了三岛对精神分析的认知、思考，三岛灵活地运用弗洛伊德心理学知识，让故事中交织贯穿着自由联想法、恋母情结、乳房情结（agrippina complex）、阴茎崇拜、剪刀寓意等心理学术语。同时，三岛还指出了精神分析理论所无法剖析的人类精神的不合理性，认为近亲通奸的"下流杂乱"与"神圣"是互为表里的关系。由此也可以看出，三岛

---

① 磯貝英夫：「文体と言語美学——『文章読本』にふれながら」，『国文学：解釈と教材の研究』21(16)，1976 年 12 月，第 82-87 頁。

② 野崎歓：「修辞学・テクスチュアル——『文章読本』『葉隠入門』『文化衛論』ほか」，『国文学：解釈と教材の研究』38(5)，1993 年 5 月，第 48-51 頁。

受到了提出"侮辱与神圣""禁忌与冒犯"两组概念的哲学家乔治·巴塔耶的影响。[①]承袭涩泽龙彦的思路，目前有关《音乐》的研究多为结合《假面告白》《金阁寺》《午后曳航》等精神分析元素较鲜明的小说，来综合分析三岛本人的创作心理、三岛与精神分析的关系。西昌树指出，《音乐》从反面证实了三岛对精神分析法的强烈关心，这是一部为了寻找女主人公性冷淡的原因而反复对其进行治疗的解谜小说。三岛以其罕见的理智眼光对整个人类心底的恶魔进行了敏锐分析。小说的关键词是"复仇"，是丽子对于强加在自己身上的残酷现实的复仇。丽子对于男性的憎恶、性冷淡和对濒临死亡的未婚夫的温柔都是其复仇的表现。[②]野口武彦认为，因为大众小说一般都需要作者给出一个完满的结局，所以以喜剧收场的《音乐》是以大众小说笔法创作的作品。在严肃的三岛文学中，虽然不是所有小说都要以悲剧结尾，但所有小说都是从悲剧出发的。这种特点与三岛的精神特质有关。《音乐》中充斥着对精神分析的厌恶、对治愈的激烈抗拒。讨厌精神分析的三岛虽然精通精神医学的相关文献，但似乎并没有直接接受过心理治疗。毕竟三岛与心理医生在对于同性恋的态度上正好相反。三岛并不像一般心理医生那样，认为同性恋倾向是需要被治疗的心理疾病。因此，就三岛来说，其清晰的自我意识的理性没能通过精神分析法，治疗其文学想象力中参与"残虐行为与犯罪"的创作癖好。[③]另外，松本彻结合三岛的多部带有精神分析元素的作品，探讨了三岛与精神分析的关系。松本彻认为，《音乐》采用了心理医生的病例报告的形式，让作品带有一定的娱乐性，将焦点放在性与精神的纠缠上，对人物的刻画则相对较弱。[④]此外，还有青山健的《死亡美神的诱惑——三岛由纪夫的精神分析小说〈音乐〉》（「死美神の誘惑——三島由紀夫の精神分析小説『音楽』」，1996 年）、山中刚史的《针对三岛由纪夫〈音乐〉的一个角度》（「三島由紀夫『音楽』への一視点」，2003 年）等研究。

　　另外，值得注意的是加藤邦彦对《音乐》的研究。加藤结合《妇人公论》，着重分析了《音乐》与性冷淡时代的关系，指出三岛选择以性冷淡作

① 澁澤龍彦：「解説」，见三島由紀夫：『音楽』，東京：新潮社，1970 年，第 229-234 頁。

② 西昌樹：「サイコセラピー空間を旋りて（『仮面の告白』『金閣寺』『音楽』ほか）」，『国文学：解釈と教材の研究』38(5)，1993 年 5 月，第 36-39 頁。

③ 野口武彦：「文学と精神分析——三島由紀夫『音楽』」，『近代日本の詩と史実』，東京：中央公論新社，2002 年，第 238-255 頁。

④ 松本徹：「背徳と神聖と——『午後の曳航』『音楽』など」，『三島由紀夫　エロスの劇』，東京：作品社，2005 年，第 237-254 頁。

为主题创作小说《音乐》，其中包含了两个方面的意图。一方面，体现了三岛对于日本战后性知识泛滥的反思和对女性读者在性心理上的启蒙尝试，契合了《妇人公论》的办刊理念——启蒙女性、解放女性；另一方面，也隐藏了三岛对知识女性的挑衅，与杂志当时提出的对女性进行"激将战术"的编辑方针相呼应。[①]

　　综上可以看到，先行研究从多个角度解析三岛的这五部作品，出现了许多颇有价值的研究成果，但从文学作品与读者的关系这一角度进行考察研究的几乎没有。然而，文学是需要读者的，文学不可能脱离读者而存在。无视读者存在的文学研究是不全面的，也是不充分的。如果因为在非文艺杂志上连载的作品与读者关系紧密，就认为这样的作品缺乏研究价值，仅将研究集中在三岛纯文学作品上，这样的研究不仅不能真正反映三岛文学创作的全貌，而且不能反映三岛文学创作的实质。

　　日本的三岛研究直接影响了其他国家及地区关于三岛的研究。从中国方面来说，自改革开放后，伴随着由多家出版社组织的几次集中译介出版，三岛由纪夫的作品逐渐为中国读者所熟知，并引起了中国学者的关注。从最初的综述性介绍和政治性批判，到后来的思想解读、文本分析等，中国的三岛研究经历了由浅入深、由窄渐宽的过程，取得了一定的研究成果。不过，对中国的三岛文学研究进行梳理后不难发现，中国的三岛文学研究在文本选择上明显受到了日本三岛文学研究的影响，目前仍侧重于小说的文本研究，且研究作品集中在纯文学长篇代表作如《假面告白》《潮骚》《金阁寺》《丰饶之海》等小说文本上，对三岛短篇小说、戏剧、电影等的研究尚显粗浅，对其诗歌的研究几乎无人涉足，这些都有待进一步的挖掘和深化。加之缺乏原始日文文献资料，所以相对于日本学者依靠大量原始资料展开实证研究，中国学者更多的是选择借助各种理论，发掘新的研究视角、新的研究方法。虽然国内不断有新的研究成果出现，但从研究成果的实质看，许多新研究依然停留在国内已有研究所形成的三岛形象和对三岛文学作品文本的解读上，其研究结论大同小异，缺乏创新，多为一种同层次的重复研究。这种问题也存在于国内三岛作品的译介中。三岛的代表作，也即经典的三岛文学研究文本，如《假面自白》《金阁寺》《丰饶之海》等反复出版，且存在多个译本，然而包括大众小说在内的"非主流"作品则长期遭到忽视，译介版本少或者没有被译介。

---

① 加藤邦彦：「冷感症の時代——三島由紀夫『音楽』と「婦人公論」——」，見佐藤泰正編：『三島由紀夫を読む』，東京：笠間書院，2011年，第120-144頁。

以本书将要涉及的五部作品为例，首先从译介方面说，除了《忧国》作为批判日本"右翼法西斯分子"三岛的素材在 1971 年就被译介成中文，《沉潜的瀑布》的中译本（竺家荣译，中国文联出版公司）出现在 1999 年，《宴后》的中译本（杨炳辰译，上海译文出版社）出现在 2011 年，《文章读本》的中译本（黄毓婷译，译林出版社）出现在 2013 年，而《音乐》到目前尚无中译本。

其次，从研究方面说，仅《忧国》有独立的研究成果。曾照华在《血与肉浸润的一朵野花——浅谈〈忧国〉中的丽子形象》中，从女性人物的角度展开分析，认为肉体欲望与忧国忠夫的矛盾贯穿整部作品，集中体现了三岛的残酷美、悲惨美的特异美学。[①]王艳凤在《三岛由纪夫的美意识及其〈忧国〉》中指出，三岛的美学意识从《忧国》开始发生了变异，即他将美与恶视为等同，并导致其美学走向危险与恶的绝境。小说《忧国》展现了三岛由纪夫爱、性、血、死等合而为一的美学意识，不仅追求爱与性，还让血与死融入其中，构成爱与死、血与性瞬间撞击、重叠的残酷美。作者将夫妻的爱放在肉体的欲望与忧国至诚的矛盾旋涡之中，在冲突最激烈最紧张的状态下来完成其所谓的完善的统一，达到热烈的爱与残酷的死的一致。[②]

相比之下，更多的研究是将《忧国》处理为分析和佐证三岛天皇观、武士道及残酷美学的材料。如，李德纯在《日本当代三作家》《"殉教美学"的毁灭》等论文中对《忧国》进行了批评。他通过分析武山夫妻的心理，认为三岛在小说中以自杀行动烘托气氛，鼓吹武士道的"忠"和"义"。[③]叶渭渠在《"三岛由纪夫现象"辨析》中指出，《忧国》以后的三岛将死，尤其是切腹死作为一种教义，在伦理上和政治关系上产生极大的共鸣。一方面，将切腹行动艺术作品化，并发展为"残酷美"，完成了其"艺术表现"；另一方面，将死和切腹死作为其行动哲学，进行长期的积极准备，最后以身心实践其"传统行动"。[④]

值得一提的是，张在利在硕士论文《"文革"期间的三岛由纪夫作品译本及"翻译背景"》中从具体的文本和语境出发，对 1971 年至 1973 年内部发

[①] 曾照华：《血与肉浸润的一朵野花——浅谈〈忧国〉中的丽子形象》，《外国文学研究》1996（01），1996 年，第 102-104 页。

[②] 王艳凤：《三岛由纪夫的美意识及其〈忧国〉》，《内蒙古民族大学学报（社会科学版）》2002（06），2002 年，第 26-28 页。

[③] 李德纯：《日本当代三作家》，《外国文学研究》1980（02），1980 年，第 66-73 页；李德纯：《"殉教美学"的毁灭》，《日语学习与研究》1987（04），1987 年，第 45-47 页。

[④] 叶渭渠：《"三岛由纪夫现象"辨析》，《外国文学》1994（02），1994 年，第 68-75 页。

行的《忧国》和《丰饶之海》四部曲的中译本进行了定性和定量的分析。[1]

除了《忧国》外，其他四部作品中，只有《沉潜的瀑布》和《宴后》曾出现在中国的三岛文学研究里。在硕士论文《论三岛由纪夫小说中的女性形象》中，作者姚亚美将《沉潜的瀑布》的婚外恋归为"绚烂诡异的变态爱情"，将《宴后》男女主人公的爱情归为"有缘无分的平凡爱情"，并将《忧国》里武山夫妇的爱情归为"纯洁唯美的神圣爱情"。[2]姚亚美感叹三岛由纪夫小说中的女性角色都无法拥有自己想要的生活，认为唯有《宴后》的阿胜"无意之中却照亮了三岛由纪夫笔下的整个女性世界……阿胜形象的塑造其实流露出他对女性最真实的品位"。[3]

时至今日，在日本，大众文学长盛不衰，纯文学小说则每况愈下。不仅如此，还有以村上春树、吉本芭娜娜为代表的新一代日本小说作家的出现，他们的作品超越纯文学和大众文学的界限，受到全世界读者的喜爱与追捧，使得纯文学与大众文学之间的界限越来越模糊。而在学术研究领域，随着后殖民主义批评、后结构主义和文化研究的兴起，"文学"概念本身遭到解构，读者的存在受到关注，纯文学的"经典文学"特权地位遭遇质疑，传统文学研究的格局被打破。这些情况都使得研究者们开始反思已有的研究成果和研究方法。越来越多的学者开始在研究中采用读者论、同时代研究、文化研究等研究方法，重新审视传统的文学史观。反观目前的三岛文学研究，陷入了不断重复已有研究结论、固化已有三岛形象的困境。文学研究理论和方法在不断发展，三岛文学的研究也应与时俱进。如果继续把三岛局限在"纯文学"代表作家的定位上，继续让三岛文学研究拘泥于纯文学的框架，继续有意无意地忽视或回避其大众文学作品、大众文化活动及影响，继续将读者排除在三岛文学的研究视野之外，势必导致对三岛文学产生片面的认识和偏颇的评价。因此，未来的三岛文学研究应该秉承"实事求是"的精神，在已有研究的基础上，进一步拓宽研究视野，采用新方法，深挖三岛文学创作的丰富内涵，努力还原一个历史上真实、完整的三岛由纪夫的形象。

---

① 张在利：《文革期における三島由紀夫作品の訳本及び「翻訳背景」》，硕士学位论文，清华大学人文学院，2013 年。

② 姚亚美：《论三岛由纪夫小说中的女性形象》，硕士学位论文，福建师范大学文学院，2009 年。

③ 姚亚美：《论三岛由纪夫小说中的女性形象》，硕士学位论文，福建师范大学文学院，2009 年，第 13 页。

1.2.2　武内佳代的启示：杂志的引入与三岛文学研究的突破

从 20 世纪 50 年代开始，读者研究在日本逐渐受到关注。前田爱指出，阅读本身不但能够创作出已经获得表现的叙事内容的统合性，还能创造出未得到表现的潜在内容的统合可能性。媒体改变了人们对个体与世界关系的认识，这必然导致读者的意识发生巨大变化。①前田爱在其被称为"日本学界读者研究的奠基石"②的《近代日本读者的成立》中，建立起由作者的读者意识、出版机构的构造和读者的享受情况三个相位构成的实证式读者理论。他据此分析研究了菊池宽的小说与女性读者的关系，奠定了日本女性读者论的基础。此外，小森阳一在其研究中也将叙事学理论与读者反应批评理论相结合，在分析作品"叙事"特征的同时强调"读者"的因素。

日本大学文理学部国文学科副教授武内佳代是目前日本三岛文学研究中为数不多的关注到三岛大众小说及其发表媒体的研究者之一。她的研究具有一定的深度和代表性。武内从女性主义角度出发，通过分析三岛"二战"后与媒体的关系，着重研究了三岛由纪夫与战后女性杂志的互动交流，先后发表了《1950 年代前半期的女性杂志与三岛由纪夫》③、《脱离性规范的〈纯白之夜〉〈恋都〉〈永恒之春〉——装点 1950 年代女性杂志的三岛由纪夫长篇小说》④、《"幸福的结婚"时代——三岛由纪夫的〈小姐〉〈肉体学校〉与 1960 年代前半期的女性读者》⑤、《〈女性自身〉上的〈三岛由纪夫的书信教室〉——所谓女性杂志连载这种并行》⑥等多篇论文。

迄今为止，在三岛文学研究领域，研究者一般默认从男性文学的视角出发，分析研究三岛的文学创作活动。然而，武内佳代通过研究发现，虽然女性杂志上的连载小说不受文坛重视，但三岛并未因此忽视这些小说的创作，而且为了赢得读者的喜爱和社会的关注，他一直都在仔细揣摩女性

---

① 前田愛：『近代読者の成立』，東京：岩波書店，1993 年。

② 刘金举：《试论战后日本文学批评中前田爱的作用和地位》，《东南亚研究》2009（05），2009 年，第 87-88 页。

③ 武内佳代：「一九五〇年代前半の女性誌と三島由紀夫」，『社会文学』2011（33），2011 年，第 173-177 頁。

④ 武内佳代：「性規範からの逸脱としての『純白の夜』『恋の都』『永すぎた春』——1950 年代の女性誌を飾った三島由紀夫の長編小説」，『ジェンダー研究』2011(12)，2011 年，第 115-137 頁。

⑤ 武内佳代：「『幸福な結婚』の時代——三島由紀夫『お嬢さん』『肉体の学校』と一九六〇年代前半の女性読者」，『社会文学』2012 (36)，2012 年 8 月，第 44-57 頁。

⑥ 武内佳代：「『女性自身』のなかの『三島由紀夫レター教室』——女性誌連載という併走」，『語文』(156)，2016 年 12 月，第 22-39 頁。

读者的阅读心理和刊载杂志的办刊理念，在尽量满足读者阅读需求和杂志社发稿要求的同时，努力在小说创作中表达自己的见解和观点。实际上，三岛一直都在尝试，借助为女性杂志创作的连载小说，以女性抵达"幸福婚姻"终点前的恋爱、订婚、结婚、夫妻生活的某个阶段作为小说主题，有意识地参与到与女性的对话之中。武内同时注意到，三岛虽然表面上在小说创作中迎合当时日本女性杂志宣扬的婚恋价值观，然而在实际行动上，却是"阳奉阴违"的。因为三岛从内心深处，一开始就对日本社会主流媒体宣扬的婚恋、性爱价值观和支撑这种价值观的纯洁、贞操性规范持批判态度，根本不认同这些价值观。不过，让三岛感到遗憾与无奈的是，他在其女性杂志连载作品中嵌入的对浪漫恋爱观和纯洁贞操性规范的批判，却未能引起女性读者在思想意识、价值观上的任何改变。不仅如此，三岛的批判尝试还使得其小说作品与女性读者的阅读期待相冲突，最终导致其一些作品不受女性读者欢迎。从社会影响来看，三岛对女性读者的影响力也远低于其对男性读者的影响力。即便如此，武内认为，三岛的批判尝试可谓是强有力的反叛启蒙书，他鼓励日本女性反抗当时社会针对女性的性规范说教，这一点值得肯定。

纵观武内佳代的研究历程，可以看出，她的基本出发点或者说立足点是女性主义研究。武内认为，从女性杂志连载小说文本中可以看到三岛与女性读者和女性杂志的积极交流，这是那些仅靠所谓的以男性为主要读者群的"经典文本"所无法完成的，是三岛文学的多面性魅力之一。武内的研究为三岛文学的女性主义研究开辟了一条新的途径，同时在一定程度上证明了，将刊载媒体、读者引入三岛文学研究，重新审视"纯文学作家"三岛由纪夫的大众文学创作活动是可能的，也是可行的，是有价值和有意义的。

此外，进入 21 世纪以后，三岛的大众文化活动越来越受到关注。《决定版·三岛由纪夫全集》中就收录了一张电影《忧国》的 DVD 和其他作品朗读原声以及三岛参加的一张合唱录音的 CD，激发了研究者们对三岛在大众文化领域活动的研究兴趣。《三岛由纪夫研究》杂志也陆续推出《三岛由纪夫与电影》（「三島由紀夫研究②三島由紀夫と映画」，2006 年）、《三岛由纪夫的戏剧》（「三島由紀夫研究④三島由紀夫の演劇」，2008 年）、《三岛由纪夫·近代能乐集》（「三島由紀夫研究⑦三島由紀夫·近代能楽集」，2011 年）、《三岛由纪夫与歌舞伎》（「三島由紀夫研究⑨三島由紀夫と歌舞伎」，2013 年）、《三岛由纪夫与体育》（「三島由紀夫研究⑰·三島由紀夫とスポーツ」，2017 年）等专辑。日本的三岛研究已经呈现出超出单一文学文本研究的趋势，开始关注三岛在电影、戏剧、写真集等多种文化媒体中的活动。在研究方法上，已经开始超越作家论和作品论的研究视角，呈现出全方位拓展深入的研究趋势。三岛研究领域里的这些变化，为三岛文学研究带来了许多新成果和新见解。

1.3　研究思路与创新点

1.3.1　研究思路

萨特曾提出一种知识分子式的写作观，强调作家身为知识分子的社会责任，认为无论在任何时代，每位知识分子的职责都是宣扬、代表特定的看法、观念和意识形态，并促使它们在社会发挥作用，那些所谓的"为艺术而艺术"的观点是不可信的。[①]正是基于这种观点，在以往的文学研究中，许多学者都将作者的意志视为作品唯一的意义。在日本近现代文学的研究里可以看到大量根据作者的生平经历、言论观点来解读作品的研究，同时还可以看到许多研究者从文学作品（特别是"私小说"）来回推、诠释作者的生平经历。就三岛文学研究而言，对同性恋与《假面自白》《禁色》的研究，对三岛的成长环境与《假面自白》的研究就是非常典型的例子。

20 世纪 70 年代前后，罗兰·巴特提出了"作者已死"与"读者的诞生"的观点，认为作品的意义不是由作者决定的，而是由读者读取的。萨特在《文学是什么？》中也指出，创造只能在读者内部完成，作家必须将自己着手开始的工作交由读者完成。换言之，无论作者试图通过作品传达何种思想理念，如果读者无法从作品中读取同等信息的话，那么作者的写作就是无效的；反过来，只要读者从作品中解读出了某种信息，那么无论这种解读是否符合作者的意愿，对于读者来说，这种解读都是成立的。

然而，与已经印成白纸黑字的固定文本不同，读者会随着时代的变迁、环境的改变而发生变化。比如说，小说中一些在发表时不被社会允许或者难以让人理解的事情，或许换到现在来看，就是稀松平常的事情。读者的这种变化无疑会对小说的解读造成影响。因此，藤井淑桢在《小说的考古学——从心理学和电影中看小说技法史》中提出了"同时代研究"的观点。藤井认为，在文学研究中重视读者的作用，并不是说任何读者都可以拿来

---

① 萨特：《什么是文学？》，施康强译，北京：人民文学出版社，2018 年。

考察。研究者应该回到小说创作、发表的同时代，以当时可以对作者的创作产生影响的同时代读者为标准，以他们的眼光去解读作品。[①]武内佳代对女性杂志上连载的三岛小说的研究，表明了三岛的杂志连载小说不仅是可以研究的，而且是值得研究的和应该研究的。此外，武内佳代通过杂志界定读者范围的做法也给笔者以启示：不同的杂志拥有不同的目标读者群和不同的读者策略，而这些都会对作者的写作造成影响。

如前所述，读者研究的缺席导致目前三岛文学研究陷入一种僵化状态。不仅三岛的大众文学作品遭到忽视，即使采用新的文本素材或理论范式，解读也依旧是以三岛本身为第一要义，并没有出现真正意义上的创新和突破。从某种意义上说，正是传统的作家论、作品论研究，导致了目前三岛文学研究的故步自封和止步不前。诚如文学是不能脱离读者的，文学研究也不应无视读者的存在。将读者纳入三岛文学研究的范围内，既是对文学研究视角的深化拓展，又是文学研究发展的必然选择。其实，近年来"反精英"和"指向大众"的文化研究已经为打破这种僵局提供了理论支持。本书以三岛发表在《中央公论》《妇人公论》和《小说中央公论》上的连载作品为中心，通过将杂志研究与文本研究相结合的方法，考察和分析读者意识与三岛文学的关系，即读者对三岛的文学创作是否造成了影响，以及造成了何种影响，尝试解答三岛形象在文学领域内和文学领域外呈现出的割裂问题，希望能够借此推动三岛文学研究的进一步深化。

1.3.2　选择中央公论社系列杂志的原因

第一，相较于同时期的其他通俗杂志，三岛在《中央公论》和《妇人公论》上发表过多部作品。据统计，三岛在《中央公论》上发表了两部长篇小说、五部短篇小说、一部近代能乐作品和多部现代戏剧作品及评论文章；在《妇人公论》上发表了两部长篇小说，两部短篇小说，一部文论和多篇随笔、书信、评论等；在《小说中央公论》上发表了一部短篇小说。相比之下，就综合杂志来说，三岛在同时期的另外两本主流综合杂志《文艺春秋》和《改造》上都没有发表过长篇连载小说，只发表过单期刊载的短篇小说。而且，《改造》在 1955 年时便废刊；《文艺春秋》创刊之初本是文艺杂志，定位比较复杂。就女性杂志来说，三岛在同时期的主要女性杂志

---

① 藤井淑禎：『小説の考古学へ——心理学・映画から見た小説技法史』，名古屋：名古屋大学出版会，2001 年。

《小姐》(『マドモアゼル』)上虽然也很活跃，但只发表了一部长篇连载小说和五部短篇小说。可以说，中央公论社对于三岛而言是一个非常重要的合作对象。此外，三岛在中央公论社这三本杂志上发表的作品形成了一个纵向的考察链，笔者能够借此深入考察三岛文学中读者意识的发展过程，拓展研究的广度和深度。并且，发表在 1959 年 1 月号《妇人公论》上的《文章读本》和连载于 1960 年 1 月号至 10 月号《中央公论》上的《宴后》对于三岛在 1960 年发生的思想转变有着不容忽视的重要意义。

第二，《中央公论》和《妇人公论》的办刊历史较久，在日本杂志界拥有一定的权威性，在社会上具有一定的影响力，其读者画像相对清晰，读者策略相对明确和稳定。而且，作为同一家出版社的三本杂志，《中央公论》《妇人公论》和《小说中央公论》各自定位、分工明确，读者策略各不相同。

《中央公论》的前身是由京都西本愿寺的佛教学校学生于 1887 年创办的同人杂志《反省会杂志》(『反省会雑誌』)。从宗教禁酒组织"反省会"的会刊，逐步转变为基于佛教教义的宗教杂志，到最后成为日本新闻界具有代表性的综合杂志，《中央公论》的读者策略一直是明确的，即以受过高等教育的人群（主要是男性）为目标读者群。为了保证销量，《中央公论》会适时地做出一定的妥协。在评论板块，《中央公论》坚持着"近代日本的知性之泉（近代日本の知性の泉）"[1]的定位，引领着日本舆论界，成为代表日本舆论主流声音的综合月刊杂志；在文艺板块，"虽然《中央公论》是综合杂志权威，不过编辑、读者看重的都是小说栏"[2]。从仅刊登小说，到涉及随笔、游记等多种文学体裁，网罗人气作家，力求雅俗共赏，《中央公论》形成了各流派百花齐放的态势。

《妇人公论》诚如其名，从 1916 年创刊之初就目标明确，"从文艺到政治、社会、经济各个方面来对女性进行知性启蒙，促使其成长"[3]。《妇人公论》在"二战"以前就确立了教养杂志的地位，常常被归为"思想杂志"[4]。《妇人公论》一直以来被视为女性解放运动的意见领袖。以"二战"战败为分界线，《妇人公论》的读者群在战后出现了下沉情况。"二战"停刊

① 編集部：「中央公論とは」，http://www.chuko.co.jp/chuokoron/editorial/about/index.html，2020 年 4 月 2 日。

② 「日本近代文学と『中央公論』」(『日本の文学』広告)，『婦人公論』，1964 年 1 月号。

③ 野上弥生子：「『婦人公論』四百号を迎えて——回顧と希望——」，『婦人公論』，1950 年 10 月号，第 17 頁。

④ 永嶺重敏：「戦前の女性読書調査」，『雑誌と読者の近代』，東京：日本エディタースクール出版部，1997 年，第 172 頁。

前,《妇人公论》以 15 岁至 30 岁的女性知识精英阶层为目标读者群,即来自城市中小资产阶级家庭、拥有初中及以上学历、从事脑力劳动职业的年轻女性和女学生。战败复刊以后,《妇人公论》放下了身段,变成了一本通俗易懂、休闲放松的综合杂志。[①]相对于《中央公论》来说,《妇人公论》更像是读者的良师益友。如果说《中央公论》依靠扩大文艺板块比重吸引读者,那么《妇人公论》则靠开辟读者能够直接参与互动的栏目或举办互动活动来笼络读者。《妇人公论》坚持以读者为中心,不是单方面输出内容,而是让读者成为内容提供者,因此更容易引起读者共鸣,给读者以心灵的慰藉。自创刊以来,《妇人公论》作为一本女性教养杂志,就持续关注着婚恋家庭、日常生活、工作事业、育儿、人际交往、性、健康等与女性息息相关的各类问题,致力于女性启蒙、女性解放却又不止步于此,相较于其他女性杂志显得别具一格,成功地为大正、昭和年代的日本女性提供了大量宝贵的精神食粮。

《小说中央公论》由《中央公论》临时文艺增刊发展而来。作为一本大众文学刊物,《小说中央公论》没有《中央公论》《妇人公论》那种明确的目标读者群定位。不过,从《小说中央公论》的专栏"四本书"的书籍推荐方式可以看出,相较于《中央公论》,《小说中央公论》对读者的文学素养、文化水平定位偏低,力求尽可能地扩大目标读者的覆盖面。

1.3.3　章节布局

在第 1 章,解释了选题缘由,梳理了三岛文学的先行研究现状,简述了研究思路和创新点。一直以来,学界习惯于把研究视野局限在三岛的"纯文学"作品上,有意无意地忽视或回避对其大众文学作品、大众文化活动等的探讨,但倘若长此以往,继续将读者排除在三岛文学的研究视野之外,势必会导致对三岛文学产生片面的认识和偏颇的评价。为此,本书意图在已有研究的基础上,进一步拓宽研究视野,将三岛的读者意识纳入讨论范围,采用新方法,进一步深挖三岛文学创作的丰富内涵,以期努力还原出历史上一个真实、完整的三岛由纪夫。

在第 2 章,梳理《中央公论》《妇人公论》和《小说中央公论》三本杂志的办刊历史及读者策略。同时,通过分析比较三岛对待三本杂志的态度、

---

① 渡辺一衛:「女性のなかの二つの近代—『女性自身』と『婦人公論』—」,『思想の科学』第 5 次 (11),1963 年 2 月,第 76 頁。

其在三本杂志上的形象及定位，对三岛的读者意识进行初步的宏观考察与把握。关于读者策略与读者意识的区别，笔者认为，先有读者意识才有读者策略。读者意识是向内的，更偏向于作者论；读者策略是对外的，更侧重于媒体研究、读者论。因此，本书在讨论中央公论社的三本杂志时使用"读者策略"，而在分析三岛作品时使用"读者意识"。同时，读者意识存在深浅之分：一是浅层的读者意识，即如何创作小说；二是深层的读者意识，即为何创作小说。浅层读者意识为深层读者意识服务。

在第 3 章至第 7 章，按照作品发表的时间先后顺序，具体分析三岛在各个作品中的读者意识。在第 3 章，主要分析小说《沉潜的瀑布》创作中所体现的读者意识，以及小说书名"沉潜的瀑布"的寓意与三岛读者意识的关系。在第 4 章，主要分析《文章读本》的文本特点，试图解释三岛为何会在非文艺类杂志上发表其唯一的文论作品，以及其背后所体现的读者意识。在第 5 章，主要分析小说《宴后》创作中所体现的读者意识，以及"隐私权审判案"之于三岛和三岛文学中的读者意识的意义及影响。在第 6 章，主要分析小说《音乐》创作中所体现的读者意识，以及丽子兄妹乱伦和书名"音乐"的深层寓意与三岛读者意识的关系。在第 7 章，通过比较《忧国》的小说文本、电影剧本与电影，参考三岛的相关言论以及小说、电影的同时代评价等，重新审视三岛小说《忧国》和电影《忧国》之间的关系，考察三岛翻拍电影过程中所体现的读者意识。

第 2 章　三岛由纪夫与三本"公论"

作为同一家出版社旗下的三本杂志，《中央公论》《妇人公论》和《小说中央公论》有着不同的杂志定位和相异的读者策略。这就要求三岛在面对三本杂志时，需要根据杂志的特点、读者的特质进行相应的自我调整，唯有如此，才能与杂志形成良好的互动合作。

2.1　三岛由纪夫眼中的《中央公论》：重要的表现空间

三岛与《中央公论》的合作最早可以追溯到 1949 年，最后一次合作则是在三岛自杀前不久的 1970 年 11 月，贯穿了三岛的整个作家生涯。《中央公论》作为一本在日本文坛颇具影响力的综合杂志，无论是从文学角度还是言论角度，对于三岛而言都是重要的表现空间，是其向读者表达自我的重要平台。

2.1.1　文学活动的平台

《中央公论》起初是排斥小说的。来自西本愿寺的负责人麻田驹之助认为，描写男女情事的小说是反道德和低俗的，登载小说会损坏《中央公论》的高雅性和权威性。然而，小说带来的销量增长却又是显而易见的。当时还叫《反省杂志》的《中央公论》在发行 1897 年 8 月号的同时推出了夏季文艺附录号，发售后立即告罄，甚至还不得不增印。《国学院杂志》的评论认为，此期杂志虽是夏季附录，却内容丰盛，是为翘楚①；《女学杂志》评价道，"这期《反省杂志》作为杂志的夏季附录，引发了该杂志鲜有的热闹非凡景象"②。1904 年，《中央公论》再次陷入低销量的困境，负责人麻田终于接受了开设文艺专栏的建议。新加入的高山觉威（后更名为大山觉威）与泷田樗阴一道开始负责杂志的具体编辑工作，创设并充实了文艺专栏，促使《中央公论》经历了一次飞跃性发展。在泷田樗阴的主持下，小说连载从杂志附录号逐渐转移到常规号上，并增设了刊登中间读物、随笔散文

---

① 『国学院雑誌』第三卷第 10 号，1897 年 8 月，第 91 页，转引自永嶺重敏：『雑誌と読者の近代』，東京：日本エディタースクール出版部，1997 年，第 141-142 页。

② 『女学雑誌』第 448 号，1897 年 8 月，第 35 页，转引自永嶺重敏：『雑誌と読者の近代』，東京：日本エディタースクール出版部，1997 年，第 142 页。。

的"说苑"栏目。小说数量的猛增给当时的读者留下了深刻的印象，伊藤正德就曾回忆称，这一时期的《中央公论》像是以小说为中心的文学杂志[1]。《中央公论》的文艺专栏也成了作家心目中的顶级舞台。对于初入文坛的新人作家来说，《中央公论》如同"龙门"一样，如果能够在《中央公论》的文艺专栏刊载作品，那就意味着今后的作家生涯有了保障。中泽临川曾评价道，"刊载在那本杂志上的小说，感觉有时在文坛中也算是优秀级别的作品，令人不禁充满期待"。[2]在昭和初期，新人作家若只在《新潮》这样的文艺杂志上发表作品的话还不算是得到了认可，要进一步登上三大综合杂志，即《改造》《中央公论》《文艺春秋》以及稍微差一点的《日本评论》，才算是真正在文坛站稳了脚跟。若是还能在这些杂志的新年号上刊载作品，那就算是明星作家了。[3]《中央公论》创设并积极发展文艺专栏的举措不仅为杂志吸引了一大批爱好文学的青年学生，还让杂志进一步渗透到了青年教师群体中。[4]

"二战"期间，在右翼政府的严格管制下，日本传媒界进入黑暗时期。《中央公论》也因坚持客观立场而受到政府打压，于1944年7月正式宣布停刊，中央公论社随之解体。直到1946年，《中央公论》才得以复刊。复刊初期，《中央公论》的重心放在了言论板块。但是，《中央公论》秉承传统，并没有放弃创作栏目，"虽然有不少人认为综合杂志不需要文学创作栏目，但是本刊希望能够发挥自身长久以来在创作栏目上建立的权威性，不仅向读者奉上文坛大家的力作，也能够成为有实力的文坛新人的龙门"[5]。从1950年开始，文艺板块所占比重逐渐增加。首先，刊载小说。常规号的小说连载从复刊之初的每期两部逐渐增加，最多时每期可达到五部，总页数基本维持在整本杂志的三分之一以内。如果遇到评论特辑时，可能就会选择只刊登一部中篇小说。此外，《中央公论》还会不定期地发行临时文艺增刊。其次，开始刊登随笔、游记、报告文学等。《中央公论》从1959年3月号开始设立随笔专栏，每期刊登5～10篇随笔。虽然没有为游记和报告文学单独开设专栏，但每期基本保持2～3篇的比重，还常常会进行系列连载。再次，开始刊登书评、文学评论，并不定期邀请作家和文学评论家举办

① 伊藤正德：「オールド・リベラリスト放談」，『中央公論』1955年11月号，第275頁。
② 中澤臨川：「毎月見てゐる文学雑誌」，『文章世界』第5巻第9号，1910年7月，第94頁。
③ 平野謙，竹内好，高見順：「文壇」，『群像』，1961年2月号，第150頁。
④ 永嶺重敏：「『中央公論』の受容過程」，『雑誌と読者の近代』，東京：日本エディタースクール出版部，1997年，第143-152頁。
⑤ 英吉：「後記　社内だより」，『中央公論』，1948年9月号，第64頁。

文学对谈或者座谈会。战后的《中央公论》延续了其一直以来在日本文坛的权威性。一方面，保持与知名作家的合作；另一方面，努力发掘新人作家。1956 年，《中央公论》设立了"中央公论新人奖小说"文学奖，征集从未在商业杂志上发表过作品的新人作家的作品，希望通过设立这个文学奖，发掘出"可以在正统文学史上正确立足的作品"①。

从《中央公论》的发展历程可以看到，《中央公论》虽然是一本综合杂志，但是其在日本文坛的地位并不逊色于那些文艺杂志。三岛正是看中了《中央公论》所提供的文学平台。

身为作家，三岛在《中央公论》上不仅发表了两部长篇小说——《沉潜的瀑布》（『沈める瀧』，1955 年 1 月号—4 月号）和《宴后》（『宴のあと』，1960 年 1 月号—10 月号），还发表了五部短篇小说、一部现代戏剧作品《圣女》②、一部近代能乐作品《绫之鼓》③、一篇游记《南美纪行 圣保罗的"鸽子之城"》④。除此之外，在三岛死后，《中央公论》还补录了两部三岛生前未公开发表过的戏剧作品——《附子》（「附子」，1971 年 4 月号）和《离爱很久》（*LONG AFTER LOVE*，1971 年 5 月号）。

从这些作品中可以看到，三岛进行了很多文学创作上的尝试，展现了其在文学创作上的野心。短篇小说《周日》⑤是三岛模仿森鸥外文体的实验作品，创作过程中有参考森鸥外的《山椒大夫》、阿图尔·施尼茨勒（Arthur Schnitzler）的创作风格的迹象。⑥短篇小说《门票》（「切符」，1963 年 8 月号）讲述了服装店老板仙一郎与同伴一起逛鬼屋后遇到的灵异事件，是三岛小说中少见的怪异小说。近代能乐《绫之鼓》则改编自日本传统能乐《绫之鼓》。

同时，三岛在作品中也表达了其对现实的种种不满。三岛在《周日》里表现出一种"对小市民幸福的恶意"⑦，体现了三岛对常规化日常生活的一种反感和嘲讽。在短篇小说《急刹车》（「急停車」，1953 年 6 月号）中，三岛表达了其"反时代的孤独"——从战后日益安定、常规化的日常生活

---

① 「懸賞小説募集」，『中央公論』，1956 年 6 月号，第 300 頁。

② 三島由紀夫：「聖女」，『中央公論文藝特集』，1949 年 12 月，第 68-85 頁。

③ 三島由紀夫：「綾の鼓」，『中央公論文藝特集第六号』，1951 年 1 月，第 75-89 頁。

④ 三島由紀夫：「南米紀行 サン・パウロの『鳩の町』」，『中央公論』，1952 年 5 月号，第 178-187 頁。

⑤ 三島由紀夫：「日曜日」，『中央公論夏季文藝特別号』，1950 年 7 月，第 62-72 頁。

⑥ 秋山駿，三島由紀夫：「私の文学を語る」，『三田文学』，1968 年 4 月号，見『三島由紀夫全集補巻』，東京：新潮社，1976 年，第 442-475 頁。

⑦ 奥野健男：「三島由紀夫論——偽ナルシシズムの運命」，『文学界』，1954 年 3 月号，第 138-154 頁。

中所感受到的虚无感，因此反而怀念动荡的战争时期，甚至渴望战争。①相对于因战争的精神性外伤成为社会弱者的众多复原老兵，主人公对战争的迷恋成了一种反讽。思念战争的主人公成为被战后日本边缘化的可怕的异者。从这部小说中可以隐约感受到三岛的右翼思想已经开始有所显现。三岛自称，曾一度被拉迪盖"控制"和"胁迫"，而《拉迪盖之死》（「ラディゲの死」，1953年10月号）这篇文体接近散文的短篇小说，被三岛称作自我克服拉迪盖的宣言②。短篇小说《贵显》（「貴顕」，1957年8月号）表达了三岛对贵族文化的憧憬。坊城俊民指出，《贵显》开头的那句"我并非出自贵族"其实是三岛想要彰显自己的"优雅"而故意写的反语。③三岛在现代戏剧《圣女》中，描写了一位对弟弟不计报酬、无私奉献的姐姐，讽刺了战后和平主义的伪善。

　　三岛还在《中央公论》上发表文学评论，阐述其文学理念。他参与了多场有关文学的对谈或座谈，在会上发表自己的见解、宣扬自己的主张。三岛还多次担任《中央公论》设立的文学奖的评委，以专业作家的身份对他人的文学作品进行评判。

　　三岛在一次与大冈升平的对谈中，指责文艺评论家在评论小说时都是从道德审判的角度展开，而无视对小说创作技巧的分析点评，随即引发文坛的广泛讨论。《中央公论》于是趁机邀请文艺评论家龟井胜一郎与三岛展开辩论——《论争·批评家懂小说吗？》（「論争·批評家に小説がわかるか」，1951年6月号）。针对支持道德评论的龟井，三岛质疑介于主观鉴赏和自我批评之间的文学批评的存在理由。三岛认为，缺乏文体的批评文章没有资格评判小说的文体，而拥有文体的批评文章又变成了艺术作品。艺术的技术是纯粹的美学问题，不应该夹杂对道德的考量。文艺评论家明明应该客观地评判作家的创作行为，却摆脱不了自身文学趣味的影响。④

　　在为1964年5月号特别附录《风报（第101号）——尾崎士郎追悼特辑》（「『風報』第百一号——尾崎士郎追悼特集」）撰写的《文学中的硬派——日本文学的男性原理》一文中，三岛提到当时文学界掀起的一股"硬文学"

---

① 高橋睦郎：「急停車」，见松本徹，井上隆史，佐藤秀明編集：『三島由紀夫事典』，東京：勉誠出版，2000年，第86-87頁。

② 三島由紀夫：「あとがき（『ラディゲの死』）」，『三島由紀夫全集第27巻』，東京：新潮社，1975年，第44-45頁。

③ 坊城俊民：「貴顕」，见松本徹，井上隆史，佐藤秀明編集：『三島由紀夫事典』，東京：勉誠出版，2000年，第81-82頁。

④ 三島由紀夫：「批評に対する私の態度」，『中央公論』，1951年6月号，第91-93頁。

复活热，表示"硬文学"会将情绪化事物看作以政治为代表的事物，而非恋爱。在那种东洋的政治概念中，政治以男性理想及男性人际关系为范本，连接理想与人际关系的纽带是情绪主义。在"硬文学"中，男性的表象会被夸张，这种男性原理的中心是由情绪和力量产生的政治。理论的、知性的政治概念作为所谓无性别的东西，会将异性爱的情感视为女性的东西而予以排斥。想要打破近代文学的困境，必须反省和发掘自己体内的"硬文学"要素。①这篇文章与其说是在讨论文学，不如说是在讨论政治，三岛从侧面委婉地提醒了读者三岛文学与政治的关系。在该文中，三岛提到，自己写这篇文章与林房雄的《大东亚战争肯定论》有关。

三岛作为松竹歌舞伎审议会委员，在 1964 年 7 月号的"特辑·团十郎问题与歌舞伎的危机"的座谈会上表示，歌舞伎作为一种古典艺术，必须且应该知道古典主义。三岛认为，战后对歌舞伎的改良，虽然使得其摆脱了原有的低俗感，努力迎合了新兴资产阶级的审美喜好，却也失去了古典韵味。歌舞伎有大歌舞伎和小歌舞伎之分，就像文学有纯文学和大众文学之分。现在歌舞伎必须逆时代潮流而上，去除掉源自社会名流的改良，恢复歌舞伎的古典传统。如果一味追求高雅，只会使得歌舞伎变得枯燥无味。歌舞伎应该更加露骨、更加原始，要恢复歌舞伎的奇异美。②

此外，三岛还先后参加了《中央公论》举办的永井荷风、谷崎润一郎的逝世追悼纪念座谈会。三岛在永井荷风的逝世追悼纪念座谈会上发言表示，小说家曾经是孤立于大众的精英阶层的代言人，而从永井荷风开始，小说家逐渐在精英阶层中被边缘化，等到三岛自己这一代时，曾经的孤立状态倒是消失了，而议员与作家在感想上已经互不理解了。③在谷崎润一郎的逝世追悼纪念座谈会上，三岛指出，专注于文学的谷崎在文学上有着超高造诣，却因为作品中缺乏对社会伦理道德的照顾，而没能成为"国民作家"，这实在令人遗憾。④从这些话语中可以看到，三岛对当时作家社会地位和影响力的下降十分不满。

除了上述的评论活动，三岛在《中央公论》上最重要的文艺评论活动当属担任《中央公论》设立的文学奖的评委。在此过程中，三岛不遗余力

① 三岛由纪夫：「文学における硬派―日本文学の男性的原理―」，『中央公論』，1964 年 5 月号，第 337-339 頁。

② 福田恆存，三岛由纪夫：「歌舞伎滅亡論是非」，『中央公論』，1964 年 7 月号，第 272-278 頁。

③ 伊藤整，武田泰淳，三岛由纪夫：「『座談会』荷風文学の真髄」，『中央公論』，1959 年 7 月号，第 282-295 頁。

④ 舟橋聖一，三岛由纪夫：「対談·大谷崎の芸術」，『中央公論』，1965 年 10 月号，第 276-283 頁。

地维护作家职业的特殊性和精英性。三岛先是从 1956 年开始，连续担任了六届"中央公论新人奖小说"的评委，同期评委还有伊藤整和武田泰淳。当时，文学奖似乎开始走向娱乐化，文学已不再是文坛的独享，新闻业的造势导致文学已经成为全社会的东西，而《中央公论》"通过这个企划想要得到的，不是通过谩骂世间百态以获取一时之名的情绪类作品。我们期待的作品是，即使朴素，却能在正统的文学史上占有一席之地，而非在十年后沦落为文坛史上的一则轶闻"。①关于评选标准，三岛虽然承认评选委员在挑选作品时，也会潜意识地考虑传媒业的喜好，重视与时代精神相结合，但是他也强调，评委自身没必要过于迎合时代精神，还是希望能够尊重写作技能。②1965 年，"中央公论新人奖小说"被取消，取而代之以"谷崎润一郎奖"。"谷崎润一郎奖"是《中央公论》创刊 80 周年时，为了纪念当时逝世不久的谷崎润一郎而设立的，用于表彰优秀的小说和戏剧作品。《中央公论》当时决定"发展性地取消'中央公论新人奖小说'，新设立以整个文坛为对象的划时代的文学奖'谷崎润一郎奖'"③。三岛从第一届"谷崎润一郎奖"开始，连续担任了六届该文学奖评委，同期的评委还有舟桥圣一、丹羽文雄、伊藤整（伊藤整逝世后，由远藤周作替代）、圆地文子、大冈升平、武田泰淳。关于"谷崎润一郎奖"的评选标准，三岛认为，不必详细规定标准，只要作品是"拥有作家最重要的天赋'官能性'、使用正确优美的日语书写、横跨传统和近代的杰作"④即可。无论是"中央公论新人奖小说"还是"谷崎润一郎奖"，从三岛的发言中都能感受到其对作家职业精英性的坚持。

即便《中央公论》在日本文坛拥有一定的权威性，但若是诚心实意地只是想要开展文学活动，那么从理论上来说，纯粹的文艺杂志应该是比冗杂的综合杂志更优的选择。三岛看重《中央公论》，其实是看上了《中央公论》涉及面更广的读者群，这有利于将其文学作品传播至更远更广的地方。而且，《中央公论》因其综合杂志属性所产生的杂志自身的政治敏感性，也有助于读者感知三岛作品中的政治隐喻和社会认知。三岛的勤奋换来了《中央公论》对其的器重。《中央公论》不仅将其两部长篇小说的第一次连载都安排在新年号上，还两次将资历尚浅的三岛选为其新设文学奖的评委，与

---

　　①「懸賞小説募集」，『中央公論』，1956 年 6 月号，第 300 頁。

　　②伊藤整，武田泰淳，三島由紀夫：「座談会・小説の新人に望む」，『中央公論』，1956 年 6 月号，第 288-300 頁。

　　③「谷崎潤一郎賞規定発表」，『中央公論』，1965 年 5 月号，第 176 頁。

　　④三島由紀夫：「伝統と近代に膀をかけた傑作」，『中央公論』，1965 年 5 月号，第 177 頁。

其他文坛前辈一道"指点"文坛。虽然不可否认其中存在利用三岛的人气赚取销量的考虑，但的确也是对三岛文学造诣的认可。

2.1.2　时事评论的空间

创刊之初，当时杂志名还叫《反省会杂志》的《中央公论》以《国民之友》杂志为办刊榜样。在《国民之友》的影响下，《反省会杂志》脱离了早期单纯的佛教宣传，减少了有关禁酒运动的相关报道，转而致力于以全球性的视野、以最快的速度向读者介绍日本国内外的社会思潮，尽可能多地刊载各类评论文章，并相应地增加杂志的文学内容和照片类插图，扩增英文栏目等。1892 年 5 月，《反省会杂志》更名为《反省杂志》，借此正式表明其脱离禁酒运动团体内部刊物定位的态度。当时《佛教》杂志评价《反省杂志》是"佛教类报刊杂志中思想最进步的杂志，其论调常常能引领社会舆论"[①]。之后，伴随着杂志逐步转型为"言论杂志""评论杂志"，杂志的名字从最初的《反省会杂志》变成《反省杂志》，再到最后 1899 年更名为《中央公论》，取的就是"中央公论"一词中所包含的"公众意见"（public opinion）[②]之义。

《中央公论》有意成为综合杂志，而综合杂志讲究的是权威性，因此主编泷田樗阴采用"一流大家主义"策略，依靠邀请各领域的一流大家写稿，提高杂志内容的质量水平。这一时期《中央公论》的广告宣传中处处充斥着"一流""大家"的表述。重视小说的文艺路线和"一流大家主义"的宣传战略大获成功，《中央公论》得以摆脱了长期以来的佛教杂志的媒体形象，跻身一流杂志行列。知识权威色彩日渐浓厚的《中央公论》的读者群也从最初的青年学生逐渐延伸到各年龄层、各地区，最终发展成为全日本知识阶层中广为人知的综合杂志。杂志月销售量每年以 3000 册的速度递增。1904 年每个月还只有 1000 册，1907 年就增长到了 1 万册，1912 年更是达到了 4 万册。[③]从大正时期开始，知识逐渐出现社会分层，知识精英们不再单纯满足于知识的量，而是开始追求知识的质。他们不再忙于收集各领域新闻信息，而是力图思考知识的一流性。对此，《中央公论》采取的应对策略首先是增加撰稿人，实现内容多样化；其次是网罗大批学院派撰稿人[④]，

---

① 『仏教』81 号，1893 年 12 月，第 42 頁，转引自永嶺重敏：『雑誌と読者の近代』，東京：日本エディタースクール出版部，1997 年，第 137 頁。

② 中央公論新社：『中央公論新社一二〇年史』，東京：中央公論新社，2010 年，第 30 頁。

③ 中央公論新社：『中央公論新社一二〇年史』，東京：中央公論新社，2010 年，第 46 頁。

④ 如早稻田大学的佐野学、猪俣津南雄、大山郁夫，九州帝国大学（现九州大学）的石浜知行、向坂逸郎、佐佐弘雄，京都帝国大学（现京都大学）的河上肇，东京帝国大学（现东京大学）的大森义太郎等。

提高文章的思想性。

"二战"结束复刊后,《中央公论》的新主编蜡山政道在复刊号上亲笔撰写《重建致辞　我等的目标》(「再建の辞　我等の指標」)一文,力图"使《中央公论》成为舆论规则的标杆、编辑标准的基准"[①]。蜡山还提出了五个办刊方针:

第一,培养自由和平的民主思想,以求提高日本在国际社会上的地位。

第二,基于道理和科学精神,努力确立新日本文化的独创自主性。

第三,努力培养热爱真实、拥有勇气并能够独立思考判断的国民。

第四,保持进步的立场,尝试解读和评判国内外各种问题,以此促进健全舆论的形成。

第五,以不屈不挠的精神,为日常生活的合理化和社会现象的改善作出贡献。[②]

从这五个办刊方针可以看出,重生后的《中央公论》在复刊之初,将重心放在了评论板块,密切关注国内外的政治、经济、社会、法律、文化、国际形势等严肃话题,俨然是一位"表情严肃的男性"[③]。从当时的目录也可以看到,每期只有两部小说连载,剩余版面全部留给了评论文章。除了单篇的评论文章,还常常推出专题特辑,举办座谈会或对谈。此外,还开设了杂文专栏"中央公论沙龙(中央公論サロン)"(后相继更名为"central review(中央评论)""春夏秋冬")。面对来势汹汹的走大众路线的《文艺春秋》,此时的《中央公论》没有放弃其精英路线。在三岛与之合作期间,虽然从编辑后记中能看出《中央公论》一直都在查阅读者们寄来的信件,但是杂志坚守着舆论引导者的刊物形象,本身并没有开设"读者来信"栏目。畑中繁雄回忆道,因为杂志的多数文章过于抽象晦涩,所以编辑部曾考虑过是否效仿《文艺春秋》降低文章的阅读门槛,将杂志的目标读者群从知识分子扩展到普通民众,但这个提议被嶋中雄作社长直接否决了。[④]作家猪濑直树表示,如果将《中央公论》的内容稍微低俗化一些就是杂志《文

---

① 中央公論新社:『中央公論新社一二〇年史』,東京:中央公論新社,2010年,第143頁。

② 中央公論新社:『中央公論新社一二〇年史』,東京:中央公論新社,2010年,第143-145頁。

③ 森繁久弥:「かたすみ公論」,『中央公論』,1961年11月号。

④ 池島信平,佐藤観次郎,畑中繁雄,吉野源三郎:「座談会・総合雑誌をめぐって」,『中央公論』,1955年5月号,第136-143頁。

艺春秋》，再扩充一些就会变成杂志《王》(『キング』)①。虽然《中央公论》
后来为了提高杂志销量，不得不逐渐增加文学板块的比重，但"评论立刊"
的规矩从未动摇过，绝不降低对评论板块稿件质量的要求。从每日新闻社
于 1977 年出版的《读书民意调查 30 年——战后日本人的心路历程》一书
中也可以看出，平民化、大众化的《文艺春秋》杂志在男女读者榜单中都名
列前茅，而坚持精英路线的《中央公论》则只在男性读者榜单中保持前五
名的位置（见表 2-1），在女性读者榜单中，则连前十五名都没有进入过。

表 2-1　1961—1972 年日本男性经常阅读的月刊杂志中，《中央公论》的各年份排名②

年份	1961	1962	1963	1964	1965	1966	1967	1968	1969	1970	1971	1972
排名	4	6	5	3	3	3	3	3	3	3	3	4

不过，1961 年发生的"风流梦谭"事件大大打击了《中央公论》成为
舆论领头羊的积极性。1960 年，全日本围绕日美安保条约修订的讨论呈现
出两极分化，反对者在日本国内掀起了日本战后史上空前的抗议运动。在
这种时候，《中央公论》却"大胆地"在 1960 年 12 月号上刊载了含有对日
本皇室"大不敬"情节的小说《风流梦谭》，因而遭到了右翼势力的抗议。
最终在 1961 年 2 月，一名曾是右翼团体大日本爱国党党员的少年闯入当时
的社长嶋中鹏二的家中，刺伤嶋中夫人，刺死家中保姆。虽然抗议活动由
此停息，但是"风流梦谭"事件进一步引发了日本全社会对"言论自由"
的讨论。中央公论社在 1968 年 7 月号的《中央公论》上，刊发题为《关于
"言论自由"》的公告，表示经过这次风波，中央公论社再一次确认了维护
言论自由的办刊宗旨，在未来变幻莫测的国内外形势中，中央公论社将
继续为读者提供多角度的高质量观点，完成创立以来引导社会舆论的使
命，同时也希望读者能够尊重中央公论社及《中央公论》杂志的中立平等
立场。③
　　面对在舆论界有着极大社会影响力的《中央公论》，对政治抱有强烈兴
趣的三岛自然不会仅仅满足于只是发表文学作品、参与文学讨论等纯粹的

　　① 猪瀬直樹，中村彰彦：「没三十年　大宅壮一と三島由紀夫」，『中央公論』，東京：中央公論新社，
2000 年 7 月号，第 204-205 頁。

　　② 毎日新聞社編集：『読書世論調査 30 年——戦後日本人の心の軌跡——』，東京：毎日新聞社，
1977 年，第 168-173 頁。

　　③ 中央公論社：「『言論の自由』」について」，『中央公論』，1968 年 7 月号，第 392-393 頁。

文学活动。相较于文艺杂志,《中央公论》对于三岛而言非常重要的另一原因是其综合杂志的杂志属性。《中央公论》立刊有两大支柱:一个是文艺创作;另一个则是时事评论。可以看到,三岛在《中央公论》上参与时事评论的活跃度完全不亚于其在文学领域的活跃度。三岛不仅发表评论文章,也参与相关讨论,而且还颇受好评。中村彰彦认为,三岛作品中最有趣的当属评论文章,特别是体育类评论文章,值得现在给《数字》(『ナンバー』)这些杂志写评论的年轻人学习。猪濑直树也评价道,三岛的评论之所以正确,是因为其文体比那些到 20 世纪 60 年代为止的日本评论家粗糙的文体要清楚明了得多,那些所谓进步文化人的文章基本都不行。①

文字是传达思想的重要工具,时事评论为三岛提供了直言不讳、畅所欲言其思想理念的机会。三岛在《中央公论》上曾发表过两篇长文评论,《乌龟能追上兔子吗?——所谓发展中国家的各种问题》(1956 年 9 月号)和《文化防卫论》(1968 年 7 月号)。

在《乌龟能追上兔子吗?——所谓发展中国家的各种问题》一文中,三岛分析了日本的资本主义发展过程、发展中国家面临的政治经济问题,讨论了世界史中的亚洲和现代史的焦点问题。在三岛看来,日本因为没有经历殖民统治,所以反倒厌恶旧时代,并将遭受过殖民伤害并企图重振往日辉煌的亚洲视为落后。因为日本的资本主义改革是自上而下进行的,而非像英国一样是自下而上逐渐发展起来的,所以在日本先是军工业得以近代化,这导致日本的资本主义从一开始就带有军国主义色彩。日本资本积累的特殊性在于,不彻底的地租改革所产生的前资本主义的残余与过剩的人口一起,组成了异常廉价的劳动力基础。亚洲的发展中国家多是农业人口远超工业人口,为了不重蹈日本的覆辙,需要进行彻底的土地改革。通过土地改革来打开国内市场,可以形成更为健全的经济基础。要开发本国丰富的自然资源,发展国民生产力,实现经济的多元化,加强国与国之间的合作。既然以原来的殖民主西欧国家作为发展的目标和效仿的榜样,那就需要搁置政治理念,优先集中发展经济。日本身为发达国家,其任务是关注亚洲的发展中国家,向这些亚洲的发展中国家提供建议,以避免激进的近代化而产生的危险扭曲再度出现,并帮助这些国家的知识分子直面和克

---

① 猪濑直树, 中村彰彦:「没三十年 大宅壮一と三岛由纪夫」,『中央公論』, 2000 年 7 月号, 第 211 頁。

服国家近代化后出现的理想与现实之间的矛盾。[①]可以看到，此时的三岛还只是宽泛地分析日本在经济发展上的优劣势，并就未来的发展道路提出自己的见解与建议。

在经历了 1960 年思想大转变后，三岛在《文化防卫论》中，详细阐述了"文化概念的天皇"思想。该文是其天皇思想理论中非常重要的一篇。三岛表示，天皇是日本人统一的象征。即使国家分崩离析，天皇这一象征也依然会安然无恙。所以，天皇与国家应被视为不同秩序的两种事物。他认为，国民的统一不是政治上的统一，而是文化上的统一。日本人在语言、历史、风俗及其他一切文化活动中，形成了一个文化共同体，天皇则象征着作为这个文化共同体的国民或者说民众的统一。代表文化全体性的天皇就是终极价值本身。天皇遭到否定之时就是日本以及日本文化出现真正危机之时。换言之，因为只有天皇能够保证日本人的文化一体性，所以只要还是日本人，就必须保卫天皇。现在年轻人提出为了实现世界史上和平宪法的理想，即使日本遭到侵略也不能进行反抗，即使因此全国覆灭也在所不惜。这种思想其实与当初为了保卫天皇的"一亿玉碎"思想有着异曲同工之处。"一亿玉碎"思想就是号召日本人为了保护肉眼不可见的文化、国家之魂及其精神价值，守护者自身应不惜献出生命，破坏掉可视的全部文化。[②]对此，桥川文三在 1968 年 9 月号的《中央公论》上，发文批评了《文化防卫论》一文表现出的右翼思想。桥川评价这篇文章低于一般水准，完整地展现出三岛的愚蠢和执拗。[③]针对桥川的批评，三岛也马上在 1968 年 10 月号上作出了回应，指责桥川巧妙地将三岛描画成一个热闹的尊王攘夷之士，炮制出了一个蹊跷可疑的人物形象。[④]三岛将自己的天皇思想称作"文化防卫论"，从中可以看到其用心之叵测。他试图弱化其天皇思想的个人特色，有意将其模糊化，使之成为更具普世性的思想。这种做法在其为 1956 年 2 月号上推出"处世训诫"特辑所写的《探访历史之外的自己》一文中，也能窥见端倪。在这篇三岛面向自己当时的同龄人——30～39 岁年龄段的读者撰写的短文里，三岛提到了同样是他们这一代人的神风特攻

---

① 三岛由纪夫：「亀は兎に追ひつくか？―いはゆる後進国の諸問題」，『中央公論』，1956 年 9 月号，第 20-30 頁。

② 三岛由纪夫：「文化防衛論」，『中央公論』，1968 年 7 月号，第 95-117 頁。

③ 橋川文三：「美の論理と政治の論理―三島由紀夫『文化防衛論』に触れて―」，『中央公論』，1968 年 9 月号，第 79-91 頁。

④ 三岛由纪夫：「橋川文三への公開状」，『中央公論』，1968 年 10 月号，第 204-205 頁。

队队员，指出同龄人的神风特攻队队员冲入历史之中，并掩埋在历史之中；侥幸存活下来的人则被留在了历史之外。为此，他一直在探寻处于历史之外的自己的存在理由，然而自己这代人所接受的教育没有教会他们要成为历史的担当者，导致他迟迟找不到答案。[①]

除了发表文章，三岛还参与了不少《中央公论》举办的座谈或者对谈。在他参与的对谈和座谈中，虽然谈论的话题也涉及政治、社会等非文艺领域，但是共同参与的嘉宾基本上都是作家，而三岛也基本上都是基于其作家的身份，从文化人的角度参与到交谈之中，不过这并不影响三岛伺机表达其政治见解。在"杂谈·世态整理学"系列座谈会的最后一次会上，大宅壮一、司马辽太郎和三岛围绕刚刚结束的东京奥运会展开讨论。三岛认为，"二战"时日本的民族主义达到巅峰，日本的战败方式是民族主义的战败方式。日本的民族主义具有自我破坏的特点，越是民族主义者越敢动手杀人或自决，虽然单薄无力，却也越不会依靠群体力量。[②]

1967 年 2 月 28 日，石川淳、川端康成、三岛由纪夫和安部公房针对中国"文化大革命"发表声明。对此，《中央公论》编辑部认为，该声明不仅仅是针对中国的"文化大革命"，还涉及了文化与政治的关系、日本文化人及知识分子的存在方式，全日本应该就此声明展开广泛讨论。为此，《中央公论》邀请四人举行座谈会，阐释他们发表声明的意图。自称"艺术至上主义者"[③]的三岛认为，艺术之道关乎生死的问题；政治是"实"的世界，而艺术是"虚"的世界；对文学等的过誉其实体现了政治的弱小，而且政治过高评价文学时肯定另有企图。四人虽然发表了声明，但是并没有期待政治家会进行反省。舆论对发表声明的四人的反响远比声明内容本身的反响大，这是因为当时日本精神陷入了病态。虽说他们应该站在大众的立场，但是他们对大众其实是极度不信任的。[④]三岛的这番发言颇有刻意弱化其文学的政治色彩的意味，然而石川一针见血地指出三岛是"国士"，即

① 三岛由纪夫：「歴史の外に自分をたづねて—三十代の処生」，『中央公論』，1956 年 2 月号，第 248 頁。

② 三岛由纪夫，司馬遼太郎，大宅壮一：「座談会·敗者復活五輪大会」，『中央公論』，1964 年 12 月号，第 354-361 頁。

③ 石川淳，川端康成，三岛由纪夫，安部公房：「座談会·われわれはなぜ声明を出したか」，『中央公論』，1967 年 5 月号，第 324 頁。

④ 石川淳，川端康成，三岛由纪夫，安部公房：「座談会·われわれはなぜ声明を出したか」，『中央公論』，1967 年 5 月号，第 318-327 頁。

为国事而忧虑、奔走的人。"就声明来说，我是非常赞赏三岛先生的。因为我挺喜欢三岛这个人的。我喜欢为国事而忧虑奔走的人。"[1]

在自杀前，三岛还与石川淳进行了名为"为了破裂而集中"[2]的对谈。三岛认为，不需要强行保存文化，应该消失的东西让其消失便是，集中的结果必然是破裂。三岛还表达了自己的绝望，认为作家都是不幸的，觉得自己不为大众所理解。"失败的悲剧演员说的不就是我吗？我努力想让观众们哭，观众们却反而在大笑"。[3]如此看来，三岛此时已经意识到自己言论主张的"失道寡助"。在这种情况下，三岛并没有选择改变，而是放手一搏，以死相争，颇有一种孤注一掷的疯狂。

当然，三岛也参加过一些风格轻松的对谈，如 1957 年凭借小说《美德的蹒跚》而处于人气巅峰的三岛与小说《阿娴》的作者宇野千代举行对谈——"女性不蹒跚"[4]；1958 年刚从罗马回来的三岛与越路吹雪围绕音乐剧进行对谈——"音乐剧伴手礼对话"[5]。不过，综合杂志《中央公论》对于三岛来说，更重要的意义是一个可以直接表达自己政治主张的优质平台和重要渠道。三岛非常关心时事政治，而且在评论的世界里，三岛得以"开诚布公"地将自己对于战后日本的思考和主张直接表达出来。他有意通过读者面更广泛的《中央公论》来表达其对战后日本现状的担忧，宣传其天皇思想。从三岛的直白语言中，可以感受到他对大众从期待到失望再到不信任的心路历程，而这恰好是促使其走上极端的重要原因之一。

三岛的苦心经营获得了《中央公论》的肯定。起初《中央公论》对三岛的评价是模棱两可、不置可否的。在《沉潜的瀑布》结束连载后，配合单行本的发行，《中央公论》刊登过一篇关于三岛的评论文章——近藤日出造的《我的诊断书：三岛由纪夫》[6]。文中，近藤评价三岛是一个"矫揉造作、虚张声势、沽名钓誉、不知人间疾苦、狂妄自大、内心复杂的实力作家"[7]。在三岛死后，《中央公论》从 1971 年 1 月号开始连续四期推出三岛悼念专栏，公开其生前未公开发表的戏剧作品《附子》和《离爱很久》，邀请

---

① 石川淳，川端康成，三岛由纪夫，安部公房：「座談会・われわれはなぜ声明を出したか」，『中央公論』，1967 年 5 月号，第 322 頁。

② 三岛由纪夫，石川淳：「破裂のために集中する」，『中央公論』，1970 年 12 月号，第 338-350 頁。

③ 三岛由纪夫，石川淳：「破裂のために集中する」，『中央公論』，1970 年 12 月号，第 346 頁。

④ 宇野千代，三岛由纪夫：「女はよろめかず」，『中央公論』，1957 年 9 月号，第 260-265 頁。

⑤ 越路吹雪，三岛由纪夫：「ミュージカルスみやげ話」，『中央公論』，1958 年 3 月号，第 150-157 頁。

⑥ 近藤日出造：「僕の診断書 14　三岛由纪夫」，『中央公論』，1955 年 5 月号，第 202-208 頁。

⑦ 近藤日出造：「僕の診断書 14　三岛由纪夫」，『中央公論』，1955 年 5 月号，第 204 頁。

武田泰淳、山岸外史、唐纳德·金撰写悼念文章。在 1971 年 1 月号至 4 月号每期的"桌边（ですくさいど）"等编辑交流栏目里，还收录了多名编辑对三岛的悼念和回忆文字。1995 年 11 月号的《中央公论》推出了中央公论创立 110 周年特别企划"战后 50 年　那一年的面孔"特辑，三岛被选为了 1965 年的"面孔"，《中央公论》对三岛的评价是"罕见的集近代知性与传统美学于一身的作家"①。三岛凭借自己的努力最终获得了《中央公论》的认可，为自己保住了一个重要的表现空间。能够获得杂志本身的肯定，从某种意义上来说，也间接证明了《中央公论》读者对三岛的认可。

　　总的来说，《中央公论》之于三岛是一个非常重要的表现空间，《中央公论》为三岛提供的读者是远比单纯的文学读者更为复杂和广泛的社会大众。三岛一方面做好作家的本职工作，另一方面还积极参与社会问题讨论。无论是哪方面的工作，其终极目标都是充分利用《中央公论》这个媒介，尽可能地向读者宣传自己的思想、理念和价值观。

2.2　三岛由纪夫眼中的《妇人公论》：自我宣传的渠道

　　自创刊伊始，《妇人公论》就一直以读者为中心，尝试通过各种途径去贴近读者。从 1916 年 10 月推出的秋季特别号《现代女性总动员》（「现代女ぞろい」）开始，编辑部曾一度将《妇人公论》的供稿人全都换成了女性，以消除文章中男性视角的说教感，使之在众多女性杂志中独树一帜。1930年，在杂志迎来创刊 15 周年之际，主编八重樫昊发起了"《妇人公论》全日本读者访问演讲"活动。同年 4 月《妇人公论》在东京日比谷公会堂举办了关东地区第一届《妇人公论》读者大会，5 月在大阪中之岛公会堂举办了关西地区第一届《妇人公论》读者大会，让杂志直接走入读者之中，现场倾听读者的心声，以期建立与读者的亲密互动关系。与此同时，在杂志上刊载演讲实况报道，并推出演讲地的地区特辑。该活动促使在名古屋、京都、神户等地开始出现自发形成的《妇人公论》读者集会。

　　"二战"后复刊的《妇人公论》继续坚持与读者同行的理念，将《妇人公论》打造成了一本读者参与型的杂志。首先，杂志提供了多种多样的渠道，让读者直接参与到杂志的内容创作中。比如，开设供读者进行文学创作的"读者文艺栏"（読者文芸欄）专栏；创立为获选稿件的读者提供免单的"读者的一万日元之旅"（読者の一万円の旅）栏目和"读者的奢华体验

---

① 「戦後 50 年　その年の顔·1965 年」，『中央公論』，1995 年 11 月号。

报告"（読者のデラックス・ルポ）栏目；设立提供情感咨询的"爱的咨询室"（愛の相談室）专栏；设置刊登读者来信的"妇人广场"（婦人ひろば）[①]栏目等。《妇人公论》还围绕家庭、性与道德、夫妻、母子等主题频繁向读者征集稿件，推出手记特辑，以自白手记、论文的方式真实地展现读者们努力寻找新时代女性生活方式的心声，并常常配以著名作家和评论家的评语。许多具有较强的表现力和感染力的优秀读者稿件，引起了大量读者的情感共鸣。其次，杂志设立了读者掌握评判决定权的奖项。1962 年 12 月号上，《妇人公论》宣布设立"妇人公论读者奖"，由读者投票选出其心目中过去一年《妇人公论》上刊载的最佳文章。该奖作为连接读者、作者和编者的年度大奖，获得了读者的极大关注，也极大地激发了读者参与杂志内容编排的积极性。再次，杂志重视与读者的交流。在日常生活逐渐摆脱了战败影响后，《妇人公论》响应读者们的呼声，重新开始在全日本开展"妇人公论读者大会"和"妇人公论文化演讲之夜"活动。这两个活动后来也成为《妇人公论》的重要活动。"妇人公论文化演讲之夜"各地到场人数从1500 到 3000 不等，受到业界瞩目。[②]同时，《妇人公论》继续鼓励各地发展"妇人公论读者团体"。杂志专门开设"读者俱乐部来信"（グループ便り）栏目，刊登各地俱乐部的活动报告，并公布已有俱乐部名单，以宣传和鼓励其他读者参与俱乐部活动或组建俱乐部。

　　如果说"二战"之前的《妇人公论》是一本面向受过高等教育的精英女性的思想杂志，那么战败后复刊的《妇人公论》则放下了身段，变成了一本通俗易懂、休闲放松的教养杂志。[③]面对这样一本极其重视读者阅读需求和阅读感受的女性杂志，三岛采取了明显不同于《中央公论》的态度。

　　三岛与《妇人公论》的交集始于 1948 年，他在 1948 年 10 月号的《妇人公论》上发表了一篇短篇小说《不诚实的洋伞》（「不実な洋傘」），而这一年也正好是他辞去大藏省公职成为专职作家的第一年。三岛一生在《妇人公论》上发表了 5 部小说，发表了包括随笔、书信、评论等在内的 17 篇文章，以及 1 部文论，主持过 1 个有奖竞猜活动，参加了 4 次对谈和 3 场座谈会。在陆陆续续的合作中，三岛在《妇人公论》上的读者意识也逐渐清晰明朗：一方面是打造青年文人、社会精英的形象；另一方面则是顺应《妇人公论》的安排，默许其形象的偶像化。

---

　　① 在每期目录里被称为"忠实读者之页"（愛読者の頁）。

　　② 中央公論社：『婦人公論の五十年』，东京：中央公論社，1965 年，第 253 頁。

　　③ 渡辺一衛：「女性のなかの二つの近代—『女性自身』と『婦人公論』—」，『思想の科学』第 5 次(11)，1963 年 2 月，第 76 頁。

2.2.1　青年文人

《妇人公论》对于身为作家的三岛来说首先是一个发表作品的地方。三岛不仅在《妇人公论》上发表了多部小说和多篇随笔，参与了数场文学讨论，而且还在《妇人公论》上发表了其唯一的一本文论著作《文章读本》，并为《妇人公论》出了 9 期文学知识有奖竞猜题"三岛由纪夫 QUIZ[①]"（三岛由纪夫クイズ）。

就小说作品来说，包括两部短篇小说、两部长篇小说以及与阿部艳子共同创作的一部恋爱小说。小说《不诚实的洋伞》（「不実な洋傘」，1948 年10 月号）讲述了年轻的继母爱上继女男友的故事；小说《朝颜》（「朝顔」，1951 年 8 月号）则是三岛以自己对病逝的妹妹的思念创作的一篇鬼怪小说；小说《纯白的夜》（『純白の夜』，1950 年 1 月—10 月号）讲述了有夫之妇村松郁子与多名男子的情感纠葛；小说《音乐》（『音楽』，1964 年 1 月—12 月号）讲述了年轻女子弓川丽子治疗性冷淡的过程；与阿部艳子共同创作的小说《爱的往来书信》（「愛の往復書簡」，1951 年 4 月号）以及《再续·爱的往来书信》（「続々·愛の往復書簡」，1951 年 6 月号）以书信方式，讲述了松山充（三岛由纪夫）和安场冴子（阿部艳子）的恋爱婚姻故事。可以看到，三岛在以年轻女性读者为目标读者群的《妇人公论》上发表的小说作品，皆以女性为故事的主要人物，除了《朝颜》以外，主要讲述的是年轻女性的日常情感生活，这与其在《中央公论》上所发表的作品存在明显不同。

就随笔来说，主要是一些关于日常生活的感想或感悟。三岛在严肃的《中央公论》上几乎没有发表过这类文章，但是在偏生活的《妇人公论》上发表了不少。三岛在《舞蹈时代》一文中，从自身的跳舞经历，延伸到对德国存在主义的思考。[②]在"我家的饭桌"栏目中，三岛和母亲平冈倭文重一起详细介绍了平冈家的多个菜品的烹饪方法。[③]在《〈银座复兴〉与梅德拉诺曲马》一文中，三岛回忆起妹妹去世前自己去看歌舞伎和自己在巴黎时被偷了 50 万日元的事情。[④]在《潮骚外景拍摄随行记》一文中，三岛介绍了 1954 年版电影《潮骚》在歌岛拍摄时的一些轶事，讲述了自己对小说翻拍电影的思考。[⑤]在《我的永恒的女性》一文中，三岛提到了拉迪盖的

---

① QUIZ：知识竞赛、测验、猜谜。

② 三岛由纪夫：「ダンス時代」，『婦人公論』，1949 年 8 月号，第 52-53 页。

③ 平冈倭文重：「香りと色と」，『婦人公論』，1952 年 8 月号，第 148-149 页。三岛由纪夫：「母の料理」，『婦人公論』，1952 年 8 月号，第 149 页。

④ 三岛由纪夫：「『銀座復興』とメドラノ曲馬」，『婦人公論臨時増刊·花薫る人生読本』，1953 年 3 月号，第 127-128 页。

⑤ 三岛由纪夫：「『潮騒』ロケ随行記」，『婦人公論』，1954 年 11 月号，第 178 页。

《德·奥热尔伯爵的舞会》中弗朗索瓦兹的母亲、石桁真礼生改编的歌剧《卒塔婆小町》中小町的扮演者们，以及读泉镜花的《紫阳花》时脑海中闪现出的母亲平冈倭文重的形象。[①]通过这些随笔散文，读者不仅可以了解到三岛的许多生活细节，还可以从中或多或少知晓一些三岛对于人生世事的认知。三岛不再是那个躲在小说或戏剧作品背后的影子，而是一个有血有肉的活生生的人。

三岛只参加过一次文学讨论，即第四回"文学讨论会"——"平家物语与能乐、狂言"。《妇人公论》组织这个座谈会的本意是引导读者去了解能乐、狂言等文学体裁，而非严肃地探讨专业问题。三岛虽然在"关于能乐的文体"部分有一段接近 900 字的发言，旁征博引地阐述了自己对能乐和狂言文体的看法，但是没有涉及对专业创作技巧的探讨。[②]另外，《妇人公论》还刊载过三岛的一篇演讲稿。在 1958 年 2 月 5 日举行的"谷崎润一郎全集发行纪念暨中央公论社读者大会"上，三岛向听众们讲解了美食之于文学的重要性，并详细探讨了谷崎润一郎文学中的"盛宴性"，用浅显易懂的语言，生动形象地向普通人介绍了谷崎润一郎文学的伟大所在和精彩所在，指出无论是语言还是主题，谷崎润一郎的文学都是百分百描绘表现了人类盛宴世界的文学。[③]

无论是从三岛发表的作品内容来看，还是从他参与的文学相关活动来看，如果说三岛在《中央公论》的作家形象是严肃的文坛作家，那么在《妇人公论》上的作家形象则更贴近日常生活，是一位从"神圣"的文坛走入平凡人世间的"亲民"作家。于三岛而言，《中央公论》相对来说是一个更为正式的、专业的文学平台，三岛在《中央公论》只发表过小说和戏剧这样更具专业性和艺术性的文学作品；而《妇人公论》则更像是一个倾诉情感的场所，三岛发表在《妇人公论》上的作品，更多的是诉说日常所思所感的随笔和散文。虽然《妇人公论》拥有读者创作专栏，也设有女性作家文学奖，但是三岛在《妇人公论》上既没有担任过专栏的评委，又没有担任过文学奖的评委。这进一步印证了在日本文坛影响力有限的《妇人公论》对于三岛而言，只是一个推广和宣传三岛文学的渠道，并非重要的文学战场，因此《妇人公论》上三岛的文人形象会偏生活化一些，更为随意一些，

---

① 三岛由纪夫：「私の永遠の女性」，『婦人公論』，1956 年 8 月号，第 230-231 页。

② 池田彌次郎，白洲正子，三岛由纪夫，山本健吉：「平家物語と能・狂言」，『婦人公論』，1957 年 4 月号，第 182-189 页。

③ 三岛由纪夫：「美食と文学——谷崎文学は饗宴の世界を100%表現した文学だ——」，『婦人公論』，1958 年 4 月号，第 128-131 页。

对专业文人形象的强调则偏弱一些。

不过，《妇人公论》还是十分重视三岛的作家身份的，编辑部邀请三岛撰写了文论、出过文学知识竞猜题。《妇人公论》在三岛生前也刊登过两篇从文学角度评价三岛的短文。其中一篇《关于三岛由纪夫》指出，三岛文学中缺乏其他战后派作家所共有的创伤文学元素。该文作者认为：虽然三岛在《假面告白》中描写了自己从幼年期到青年期的性倒错思想，然而他没有沉迷于"告白的感伤"中，而是创作出小说《禁色》，以战斗姿态重塑了自己的伦理观；三岛在当时连载的《禁色》续篇《秘乐》中，用自己桀骜不驯的美学思想裁判战后人间百态，对各种人群的心理进行精彩的剖析，《秘乐》必将成为战后文学中的一朵奇葩。①另一篇是转载自平林泰子发表于 1959 年 7 月号《群像》的《三岛由纪夫论》。平林在该文中指出，包括三岛在内的这批年轻作家全都是接受过优质教育的英才，绝不是自然主义时期前辈们那样"剑走偏锋""特立独行"的"惹人厌恶"的人，不过正因为缺乏"异常"人生的体验，所以他们无法像前辈作家们一样以自己的人生经历来进行创作，而只能借鉴他者的经验——多为欧洲书籍来展开想象、进行创作，三岛的作品也因此有一股 19 世纪西洋唯美主义的遗风。②

2.2.2　社会精英

三岛在《妇人公论》的文人定位，不是一般作家，而是"精英"作家。唐纳德·金评价三岛是"比任何精英都更为精英"③。对三岛而言，《妇人公论》的女性读者是需要引导和规训的，是一群待教育的对象，树立"精英"人设有利于他确立自己在杂志上的话语权以及话语的权威性。因此，三岛尽管没有担任过《妇人公论》读者创作专栏和任何文学奖项的评委，却担任了《妇人公论》（1964 年 7 月号）为纪念 1964 年东京奥运会而推出的有奖征文"为实现日本女性更高水平的国际化"（日本女性のより高い国際化をめざして）④的评委。

在当时还是皇太子的明仁满 20 岁之际，《妇人公论》邀请包括三岛在内的三人撰写了"致皇太子殿下的信"（皇太子殿下への手紙）。日本作家

---

① U：「＜ブックガイド＞今日の焦点・三島由紀夫について」，『婦人公論』，1953 年 5 月号，第 189 頁。

② 平林たい子：「三島由紀夫論」，『婦人公論』，1959 年 7 月号，第 327 頁。

③ ドナルド・キーン：「三島由紀夫における『菊と刀』」，『中央公論』，1971 年 3 月号，第 214 頁。

④ 其他评委：大宅壮一（社会评论家）、平泽和重（外交评论家）、芦原英了（音乐、舞蹈评论家）、角田房子（作家、评论家）。

中里恒子的女儿佐藤圭子，从同龄人的角度出发，认为皇太子没有必要急于加入大人的行列，希望皇太子即使成年后也不要忘记年少时的那种纯真无邪和好奇心，成为一个有血有肉、有真情实感的人。①日本哲学家谷川徹三的儿子谷川俊太郎希望皇太子能先想清楚如何做人，再考虑如何当皇太子。②如果说佐藤圭子和谷川俊太郎是站在旁观者的立场来提出自己的期望，那三岛则是设身处地地以同伴的立场来发表看法和提出建议。三岛将围在皇太子身边的人分为"多嘴的侍从""狂热的崇拜者""古板的老师""清教徒老处女""充满好奇的拜谒者"和"利己主义的忠臣"③，并称自己与这些人不同。三岛认为，皇太子所面临的虚伪不过是普通人所面临的虚伪的集中放大版，两种虚伪的性质完全相同。他希望皇太子成为一个伪善的人：面对各种要求，皇太子无须太过认真，既不用放弃抵抗、任由摆布，也无须奋力抗争、奔波劳累，更没有必要为自己的自由受限而感到不幸。皇太子也没有必要去努力救助贫民，只是过好自己注定孤独的人生就已经尽到在世为人的责任了。④其实，"致皇太子殿下的信"不过是《妇人公论》借皇太子成年之际来寄语读者，为读者的人生指路、导航，但三岛借机将自己"拔高"到皇太子的"战友"的位置，向读者表明自己与皇太子是校友，刻意在读者心目中营造自己的贵族精英气质。

在直接与女性读者对话时，三岛的言语间明显带有一种男性对女性居高临下的俯视意味。在为 1959 年 8 月号临时增刊《美丽的人生读本》撰写的《女性若想要优美地活下去》一文中，三岛指出，女性的天性被男性制造的各种规章制度所束缚压制，导致女性既察觉不到自己的丑陋，又不知道真正的优美为何物。⑤在题为"关于恋爱"的座谈会上，三岛发言认为，女性应该有女性的样子，应该恪守妇道和妇德。他还表示，自己之所以持这种观点，并不是因为自己封建保守，而是因为这女性的生理结构所导致的必然要求。⑥三岛在《自恋论》里指出，男性的上半身与下半身是分离的，大脑只存在于上半身，因此肉体与精神可以各自独立行动；而女性则像古

---

① 佐藤圭子：「同時代の娘の願い」，『婦人公論』，1952 年 12 月号，第 52-54 頁。

② 谷川俊太郎：「まず人間として生きて下さい」，『婦人公論』，1952 年 12 月号，第 54-56 頁。

③ 三島由紀夫：「最高の偽善者として」，『婦人公論』，1952 年 12 月号，第 57 頁。

④ 三島由紀夫：「最高の偽善者として」，『婦人公論』，1952 年 12 月号，第 56-57 頁。

⑤ 三島由紀夫：「女が美しく生きるには」，『婦人公論臨時増刊・美しき人生読本』，1959 年 8 月号，第 17-20 頁。

⑥ 福田恒存，三島由紀夫，堀田善衛，木下順二：「恋愛をめぐって」，『婦人公論』，1952 年 10 月号，第 94-99 頁。

代的爬虫类动物一样，头部和下半身各有一个大脑，因此女性的精神同时受到头脑和子宫的束缚，肉体与精神无法分离。正是由于女性的肉体与精神无法分离，所以女性无法客观地看待自我。女性无论是从生理上还是精神上，都没有也不会具备自恋的特质。自恋是具备客观视角的男性独有的东西。[①]"纯客观的镜子是自我意识的镜子，是男性的镜子；纯主观的镜子是缺乏自我意识的镜子，是女性的镜子。男性的镜子是自恋的镜子，女性的镜子不过是为了化妆、改变相貌的镜子。"[②]明明知道读者大多是女性，但三岛在言语中毫不掩饰对女性的蔑视。虽然从三岛在《妇人公论》上发表的小说中可以感受到其对女性读者的照顾，但是从小说的背后走到现实的台前，作家三岛变成"精英"三岛后，就不再去刻意讨好女性读者了。三岛的这种转变一方面呼应了嶋中鹏二主编提出的所谓"刺激疗法""动摇女性战术"[③]，作为"精英"男性的三岛应该去点拨、启蒙女性读者；另一方面，战后《妇人公论》一度立志成为"可以与丈夫、男友一起享受的杂志"[④]。三岛在以本人身份进行发言时，就觉得没有必要为了照顾女性读者的心情而刻意违背自己出于男性的认知和思考。

　　从《妇人公论》为三岛的杂文集《不道德教育讲座》所做的宣传来看，《妇人公论》不仅认可三岛为自己树立的精英人设，更是全力支持和促成三岛的精英人设。《妇人公论》对原载于《周刊明星》（1958 年 7 月 27 日号—1959 年 11 月 29 日号）并由中央公论社出版（1959 年 3 月）的《不道德教育讲座》的宣传，远远超出三岛在中央公论社发表的任何作品的宣传。《妇人公论》刊登广告，宣称该书"不仅受到了年轻人的喜爱，各界具有良知的领导者也纷纷称赞这本别具一格的教科书是'现在道德教育最佳指导书'"[⑤]，"该话题书籍让唠唠叨叨的道德家战栗，年轻人和具有良知的领导者则初读拍手称快，再读陷入深思"[⑥]。《妇人公论》邀请教育家永靖道雄、东京教育大学教授杉靖三郎、作家有吉佐和子留言推荐，还节选了三段[⑦]刊登在图书专栏里进行推荐[⑧]。三枝主编在"编辑后记"里写到，《不道德教

---

① 三岛由纪夫：「ナルシシズム論」，『婦人公論』，1966 年 7 月号，第 108-118 頁。

② 三岛由纪夫：「ナルシシズム論」，『婦人公論』，1966 年 7 月号，第 112 頁。

③ 中央公論社：『婦人公論の五十年』，東京：中央公論社，1965 年，第 232-233 頁。

④ 『婦人公論』，1967 年 3 月号，第 402 頁。

⑤ 『婦人公論』，1959 年 5 月号。

⑥ 『婦人公論』，1959 年 6 月号。

⑦ 《应该对女子施暴》（「女には暴力を用いるべし」）、《应该榨取女子钱财》（「女から金を搾取すべし」）、《处女就是道德的吗？》（「処女は道徳的か？」）

⑧ 「婦人公論特選ダイジェスト・一般書籍篇」，『婦人公論』，1959 年 5 月号，第 326 頁。

育讲座》在年轻读者中具有超高人气，在政府、文部省大力提倡道德教育时，年轻人却从这一类"反道德"的书中寻找真正的道德意义，这种现象引人深思。[①] 近藤纯孝认为：三岛的《不道德教育讲座》受到喜欢"不道德"的现代女性的追捧；书名中的所谓"不道德"，不过是吸引那些厌恶世事而想要胡作非为和叛逆抵抗的当代读者的宣传伎俩；在这本书里，三岛巧妙地找到了道德与不道德的临界点，使得其观点亦正亦邪，从而吸引人们阅读，引发人们讨论，给那些被无用的道德所束缚的人们带来些许心灵的慰藉。[②] 从《妇人公论》在荐书栏目挑选的三篇节选和在广告中所选登的单篇题目（见表 2-2）来看，除了内容上与女性的情感生活息息相关外，所涉及的女性形象与杂志本身的女性读者形象也存在重合之处。这体现了《妇人公论》对三岛形象的一种塑造或舆论引导，即强化三岛在女性读者心目中的"高高在上"的教导者、引导者和评判者的形象。《妇人公论》如此不遗余力地宣传该书，一方面是出于商业考虑，另一方面也是认可了三岛的"精英"甚至是"人生导师"的形象。

表 2-2　《妇人公论》的《不道德教育讲座》广告[③]

原书编号	题　　目
第 1 回	应该同不认识的男子去喝酒（知らない男とでも酒場へ行くべし）
第 2 回	应该在内心蔑视教师（教師を内心バカにすべし）
第 6 回	处女是道德的吗（処女は道徳的か）
第 7 回	不应将处女或非处女当作问题（処女・非処女を問題にすべからず）
第 8 回	应该尽早抛弃处男之身（童貞は一刻も早く捨てよ）
第 9 回	应该榨取女子钱财（女から金を搾取すべし）
第 23 回	应该对女子使用暴力（女には暴力を用いるべし）
第 25 回	应该欢迎色狼（痴漢を歓迎すべし）
第 28 回	拥有大量的不道德（沢山の悪徳を持て）
第 30 回	应该说场面话（空お世辞を並べるべし）

不同于三岛在《中央公论》上发表的评论文章，三岛在《妇人公论》上的评论文章并不涉及时政、经济、社会问题，《自恋论》、《殉情论》（「心

① 三枝佐枝子：『婦人公論』，1959 年 5 月号，第 390 頁。
② 近藤純孝：「現代不道徳教の教祖たち」，『婦人公論』，1959 年 8 月号，第 180-185 頁。
③ 『婦人公論』，1959 年 5 月号。

中論」,1958 年 3 月号）以及为 1960 年新年号《妇人公论》所写的"卷首语"①都只谈论人生、情感问题。可以这样说，对三岛而言，如果说《中央公论》是一个平等交流的沙龙，那么《妇人公论》则是一个向下"布道"的讲坛。《妇人公论》里的三岛不甘心于仅仅当一个作家，他更有意利用自己的作家身份和精英出身，为自己建立起社会话语权，吸引和诱导万千读者成为自己的拥趸，仰慕自己并追随自己。

2.2.3　文化偶像

在与三岛合作的过程中，《妇人公论》敏锐地觉察到了三岛在女性读者中的号召力。在 1950 年 10 月号中的"年轻艺术家谈年轻女性"座谈会②上，关于狂热读者的讨论中有这样一段对话：当与会嘉宾均表示自己没有狂热读者后，杂志编辑主持人问嘉宾们："没有收到过狂热读者的信吗？"加藤周一回答说没有。主持人接着说："听说三岛由纪夫先生可是收到了很多来信的。"高泽圭一马上接过话说："那是因为他很男人。淡淡的贵公子气质很有魅力。"③作为一本以年轻女性为目标读者群的杂志，为迎合女性对男性的想象，将青年才俊三岛偶像化，也是能够让人理解的。《妇人公论》不仅有意利用三岛的热度和人气，还试图将三岛包装成一个有血有肉、有情有义的"文化偶像"。三岛默许了《妇人公论》的做法。

《妇人公论》曾邀请多位日本知名女性介绍她们眼中的三岛。歌唱家佐藤美子赞扬三岛是一位平易近人、爽朗直率的男性，与她通过三岛的作品、照片和杂志访谈所形成的三岛印象并不相同。④新剧女演员杉村春子大力赞扬三岛的文学天赋，极力肯定三岛的男子气概："三岛非常时髦，直言不讳，能够恰到好处地逗女性开心，是一位美食家，擅长玩乐，一直就有一种奋不顾身的劲儿，会让人有点心动，是个不错的男子。不仅如此，还浑身洋溢着才气，其作品接连成为畅销作品、流行语。无论从哪个角度看，在我心目中都是男人中的男人。"⑤在森茉莉眼中，三岛是一个充满好奇心、探

---

① 三島由紀夫：「一九六〇年代はいかなる時代か」,『婦人公論』, 1960 年 1 月号，第 55 頁。

② 岡本太郎, 加藤周一, 高澤圭一, 芥川也寸志：「『座談会』若き芸術家たち　若き女性を語る」,『婦人公論』, 1950 年 10 月号，第 100-108 頁。

③ 岡本太郎, 加藤周一, 高澤圭一, 芥川也寸志：「『座談会』若き芸術家たち　若き女性を語る」,『婦人公論』, 1950 年 10 月号，第 101 頁。

④ 佐藤美子：「三島由紀夫（現代人物評論百人集）」,『婦人公論』, 1951 年 6 月号，第 124 頁。

⑤ 杉村春子：「一九五八年男性女性第一線人物論・三島由紀夫」,『婦人公論』, 1958 年 1 月号，第 96 頁。

索心的孩子。[①]这些女性将三岛从文学神坛拉到了平凡人间，褪去其文学给人造成的疏离感，成为更具真实感、更有世俗味的青年男子。通过她们的描述，读者们发现，原来不同于《假面告白》《禁色》等涉及性倒错的作品所形成的三岛印象，其本人在生活中很可能会是一位不错的男友或者丈夫。

在《妇人公论》主持的一次"帅气男性"评选活动中，三岛作为唯一的一名作家，与歌手西乡辉彦、导演市川昆、摄影师石本泰博和俳人加藤郁乎一起，被选为五大"帅气男性"[②]。《妇人公论》还采访了五位当选者，要求当选者回答杂志提出的 50 个问题。在 50 个问题中，有 40 个问题涉及日常着装、身体情况、生活习惯和女性，剩下的 10 个问题则是采访记者随机提问。三岛被问到的 10 个随机问题分别是"最喜欢的昵称""最不喜欢被人看到的样子""是否买了人身保险""最害怕的东西""最喜欢的电视节目""70 岁时想做什么""日本国内最喜欢的地方""如果家里发生火灾，会带上什么东西逃跑""如何看待 1970 年""当选五大帅气男性有何感想"[③]。在这场完全不涉及文学的访谈中，三岛不再是文坛作家，而成了"大众情人"。相较于《中央公论》中的严肃文人三岛，《妇人公论》里的三岛呈现出很明显的"偶像化"倾向。

于是，身为"大众情人"的三岛在结婚时，就需要像娱乐偶像一样出来进行解释。1958 年 6 月，三岛通过相亲与杉木瑶子结婚。在人们都在纷纷追求自由婚恋时，具有浪漫主义情怀和"离经叛道"气质的精英作家三岛却选择了用最传统的相亲方式来寻找结婚对象，这件事在全日本引起了轰动。《妇人公论》见机邀请三岛撰文进行解释。三岛在《作家与结婚》一文中表示，虽然自己不屑于舆论的哗然，但觉得自己有必要给喜欢自己的读者们一个交代。[④]三岛愿意撰文曝光自己的私生活，《妇人公论》愿意为他的解释提供刊发版面，既表明三岛重视读者、看重社会舆论，又印证了三岛形象的偶像化已经为杂志的读者所接受。《妇人公论》里的三岛已经不是单纯的文坛作家，而是偶像化的作家，是一个"偶像明星"，他的所作所为必须满足人们对"偶像"的期望。

在文学被当作一种娱乐手段的时代下，偶像化的三岛虽然获得了不少

---

① 森茉莉：「あなたのイノサン、あなたの悪魔——三島由紀夫様——」，『婦人公論』，1967 年 3 月号，第 366-370 页。

② 久里洋二，白石かずこ，立木義浩，長沢節，横尾忠則：「『座談会』選別会議（特集・カッコいい男性に探りをいれる）」，『婦人公論』，1967 年 9 月号，第 124-138 页。

③ 三島由紀夫：「三島由紀夫氏との 50 問 50 答」，『婦人公論』，1967 年 9 月号，第 134-137 页。

④ 三島由紀夫：「作家と結婚」，『婦人公論』，1958 年 7 月号，第 158-162 页。

关注度，但同时也加重了大众对三岛了解的"浅尝辄止"。相较于三岛的文学和思想，人们更关注的是其私生活。三岛的自杀似一个警钟，敲醒了将三岛形象偶像化的《妇人公论》。偶像化所带来的"负面影响"或许是《妇人公论》之前没有想到的，而对于一本立志于教化读者的杂志来说，这无异于是一种讽刺。于是，在三岛死后，《妇人公论》在 1971 年 2 月号推出了纪念特辑，在再次刊登《文章读本》的同时，还邀请了文学评论家奥野健男撰文《三岛由纪夫的文章》。在该文中，奥野特别强调了三岛的文人身份，认为三岛是当今最重视文章、在文章上下功夫最多的文人，肯定了三岛对文章格调和意境的追求。①《妇人公论》通过奥野健男呼吁读者重新审视三岛的文学和思想。正如编辑部在再刊导语中所说：希望读者能够通过重读《文章读本》，"感受到三岛文学的精髓，领悟到三岛美学的核心"。②

　　总的来说，三岛充分利用了《妇人公论》的杂志特点，为自己在文学世界里塑造了温文尔雅的文人形象，在现实世界里打造了社会精英的人设，并默许《妇人公论》对其偶像化的宣传策略。只不过偶像化虽然激发了大众关注三岛的兴趣，却也造成了对三岛认知的片面化。

2.3　三岛由纪夫眼中的《小说中央公论》：无需在意的大众文学刊物

　　《小说中央公论》对于三岛而言，不过是《中央公论》的临时替代品，并非一个重要的发表平台，两者的唯一一次交集可以说是一个意外。

　　《中央公论》历来重视小说栏目，会不定期地刊发文艺特刊。面对其他综合杂志纷纷创办小说专刊的形势，为了应对出版界的急速发展和激烈竞争，中央公论社从 1960 年 7 月开始，将《中央公论》临时文艺增刊的名字固定为《小说中央公论》。此后《小说中央公论》以季刊或隔月刊的形式发行，并且从 1962 年年底开始，发行频率提高到每月发行。

　　在《小说中央公论》创刊的第一年，即从 1960 年 7 月号到 1961 年夏季号（第一号至第六号），《小说中央公论》还是一本比较纯粹的文学刊物。当时杂志以刊载小说作品为主，每一期都会推出一个小说特辑（见表 2-3）。不过，从 1961 年春季号（第四号）开始，刊载的文学体裁呈现多元化趋势，除了小说，还开始刊载散文、报告文学、游记等，撰稿人也不再仅限于专

---

① 奥野健男：「三島由紀夫氏の文章」，『婦人公論』，1971 年 2 月号，第 471-474 頁。
②『婦人公論』，1971 年 2 月号，第 377 頁。

业作家或者文艺评论家。进入 1963 年后，《小说中央公论》不仅发行频率固定下来了，其栏目构成也基本稳定了，整体风格彻底通俗化、泛娱乐化。除了占据重头的小说栏目外，还开设了文学评论栏目（プレス・クラブ）、致信作家栏目（作家への手紙）、荐书专栏（四冊の本）、游记专栏（旅の風物誌、世界の旅·日本の旅）、社会评论栏目（マス・コミ時評、街頭戯評、親のしつけ·子のしつけ）、影评专栏（ワイドスクリーン）、摄影专栏（グラビア）、漫画专栏（漫画、漫画競作集）、体育评论栏目（スポーツ異聞）、卫生评论栏目（ぼくは町医者）、科普专栏（なんでも百科時典）等，丰富多样。

表 2-3　《小说中央公论》1960—1961 年特辑目录

期　　　号	特　　　辑
1960 年 7 月临时增刊（第一号）	现代作家三十五人集
1960 年秋季号（第二号）	现代作家三十五人集
1961 年冬季号（第三号）	现代代表作家二十人创作集
1961 年春季号（第四号）	中篇力作特辑
1961 年夏季号（第五号）	故乡小说集、中篇小说集
1961 年秋季号（第六号）	特选时代小说

为了提高杂志销量，编辑部不断调整办刊思路，丰富刊物内容，开辟了"致作家的信"（作家への手紙）和"读者角"（読者コーナー）互动专栏，以求提高读者对杂志的忠诚度。如果说初期的《小说中央公论》作为《中央公论》的文艺特别版，还保留了一定厚度的文学性，那么独立成刊后，为了迎合大众读者的阅读兴趣，其通俗化、泛娱乐化的程度明显加剧。即便如此，"晚生"的《小说中央公论》终究还是没能熬过"风流梦谭"事件所造成的影响，于 1963 年 12 月宣布停刊。

对于这样一本在当时来说非常普通的大众文学刊物，三岛并未给予特别关注。三岛虽然曾为同样由中央公论社推出的短命周刊杂志《周刊KOURON》（1959 年 11 月 3 日号—1961 年 8 月 21 日号）写过推荐词，却从未与《小说中央公论》有过互动。如果没有"嶋中事件"的影响，短篇小说《忧国》估计也不会发表在《小说中央公论》上。

《小说中央公论》对三岛的关注度也不高。在 1961 年冬季号的"现代代表作家二十人创作集"中，杂志在每篇小说后附上了一篇关于作家的介

绍文章。在《忧国》后面的介绍文章——《三岛由纪夫其人与作品》是由
江藤淳撰写的。文中，江藤淳高度评价三岛是一位优秀的掌控者、优秀的
剧作家，是少数不写小说也仍旧具有魅力的天才作家。虽然三岛的趣味属
于旧秩序，但是他的感受性属于新的无秩序。支撑起其古典秩序的是强烈
乞求灭亡的浪漫热情。①此外，在1963年1月号《小说中央公论》的"四
本书"②专栏里，编辑以"正书"（正書）的名义介绍了三岛的长篇小说《美
丽的星》。该介绍以金星宇宙省银河系局太阳系部行星课地球总局极东支局
长的口吻，介绍了《美丽的星》的故事梗概，文末还给出了建议阅读时长
和单行本零售价信息。③从书籍推荐的方式也可以看出，有别于《中央公论》，
《小说中央公论》对读者的文学素养、文化水平定位偏低，力求尽可能地扩
大读者的覆盖面。

2.4　小结：三岛因杂志而异的自我定位

在与中央公论社三本杂志的合作中，三岛不仅以作家身份参与各种文
学活动，还以社会精英身份参与各类社会活动。可以看到，三岛面对定位
不同、读者群相异的三本杂志，采取了明显不同的合作策略。

在以男性读者为主的《中央公论》和以女性读者为主的《妇人公论》
两大综合杂志上，三岛虽然都发表文学作品和评论杂文，但对比他在两本
杂志上的活动就可以发现其对两本杂志的区别对待。首先，从文学作品来
说，在文坛拥有一定权威的《中央公论》对于三岛而言是非常重要的专业
平台，三岛不仅在杂志上发表作品，还担任文学奖的评委；而在相对生活
化的《妇人公论》上，不仅发表的作品数量和体裁种类数都不及《中央公
论》，而且三岛没有担任《妇人公论》举办的任何文学奖的评委，也没有担
任过读者文艺专栏的评委。其次，从评论杂文来说，三岛在《中央公论》
上积极参与政治、经济和社会热点问题的讨论，在《妇人公论》上则几乎
不涉足时政经济社会话题，主要是围绕女性的情感和生活发表看法，语言
表述更为浅显易懂。在《中央公论》上，三岛保持着与读者平等交流、相
互切磋的谦虚态度；而在《妇人公论》上，三岛则想努力成为被读者崇拜
拥护的意见领袖。相较于《中央公论》和《妇人公论》两本杂志，"短命"

---

① 江藤淳：「三島由紀夫の人と作品」，『小説中央公論』，1961年冬季号，第53页。

② 另外三本：谷山治雄的「官僚交際作戦（役人の交際作戦）」（"斜书"）、会田雄次的「収容所（ア
ーロン収容所）」（"良书"）、小田実的「美国（アメリカ）」（"青书"）。

③ 「四つの本」，『小説中央公論』，1963年1月号，第336-337页。

的《小说中央公论》因为社会影响力有限，几乎没有被三岛放在眼里，《忧国》的刊载不过是一个意外妥协的结果。无论是将《中央公论》视为重要的表现空间，还是把《妇人公论》当作自我宣传的渠道，这种区别对待的背后，毋庸置疑是三岛明确的读者意识使然，其最终目的只有一个，那就是一切只为更好地传播其思想理念服务。

当然，杂志与作者是相辅相成、相互成就的关系。三岛在《中央公论》《妇人公论》上的形象，不仅有其主观能动的作用，而且受到杂志对三岛的定位或者塑造的影响。然而，从三岛对待《小说中央公论》的态度上可以看到，即便有些客观情况是三岛无法控制的，但三岛本人的主观意识还是非常清晰明确的。对于"无利可图""无足轻重"的媒体，三岛的态度就是明显的无所谓。

第3章 《沉潜的瀑布》中的读者意识：相信读者

3.1 《沉潜的瀑布》的已有评价与遗留问题

三岛由纪夫与《中央公论》的合作从 1949 年就开始了，然而直到 1955 年，三岛才第一次在《中央公论》上连载长篇小说。1955 年正好是《中央公论》杂志创刊 70 周年，而此时的三岛凭借着 1953 年出版的话题小说《禁色（第二部）》[①]和 1954 年出版的畅销小说《潮骚》[②]，正处于其职业生涯的一个巅峰期，有着很高的社会知名度与影响力，对于《中央公论》来说，三岛是一个不错的约稿对象。

《沉潜的瀑布》作为《中央公论》创刊 70 周年文艺专栏的新企划——"每期百页、每部四期"的第一部小说，最初连载于 1955 年 1 月号至 4 月号的《中央公论》上，并在同年 4 月由中央公论社出版发行了单行本。

小说《沉潜的瀑布》的主人公城所升是一名 27 岁的土木工程师，年轻英俊，出身名门，家境殷实且事业有成。城所升幼年丧亲，由祖父抚养长大。城所升的祖父城所九造曾是电力行业的风云人物，城所升如今就在祖父生前担任会长的电力公司工作。城所升从小与"石头和钢铁"为伴，几乎没有朋友，加之人生太过顺利，成了一个没有感情的人。城所升经常与女性发生一夜情，但也都仅仅是一夜情，直到有一天遇到有夫之妇菊池显子。显子因为性冷淡遭到丈夫冷遇，对异性持有不信任感，而城所升却因此觉得遇到了和自己相同的女人。于是，城所升有生以来第一次与女人在一夜情后还保持联系，并提出两人一起建立完全脱离情感的"人工爱情"，为此两人需要承受互不见面所带来的痛苦。城所升申请参加了公司奥野川水坝建设工地的越冬工作。水坝建设工地位于深山，冬季因为大雪封山，工

---

① 第一部《禁色》连载于 1951 年 1 月号至 10 月号《群像》，第二部《秘乐》连载于 1952 年 8 月号至 1953 年 8 月号《文学界》。在 1954 年 4 月新潮社出版的《三岛由纪夫作品集 3》中，《秘乐》的题名被抹掉，两部统一作为《禁色》被收录于该作品集中。

② 1954 年 6 月由新潮社出版发售，后迅速成为畅销书籍，并于同年 10 月被翻拍成真人电影，12 月获得第一届新潮社文学奖。

地上的人们将有接近半年的时间与世隔绝，这也就断绝了城所升与显子见面的可能性。越冬期间，城所升在工地附近发现了一道小瀑布，这道瀑布总让他联想到显子。越冬结束后，城所升与显子重聚，却发现显子摆脱了性冷淡，这让城所升大失所望，顿时对显子失去了兴趣。显子得知城所升因此与自己分手后，彻底绝望，投身那个小瀑布自尽了。瀑布在水坝建成后也沉入了水底。

　　小说发表后获得了广泛的好评。《中央公论》的主编嶋中鹏二在小说最后一次连载的 1955 年 4 月号《中央公论》编辑后记中表示，杂志每期百页的新企划和三岛划时代的小说创意相得益彰，给予了《沉潜的瀑布》极高的评价。[①]在小说单行本的发售广告宣传语中，《沉潜的瀑布》直接被形容为"享誉文坛内外的鬼才三岛由纪夫的野心之作"[②]。平林泰子指出，当时的日本文坛一边是视抽象观念如大敌的私小说文学，另一边则是依靠已有题材的力量吸引读者的报告式文学。虽然进步的读者将"我"的非社会性与核爆文学的社会性相混淆，但看似相互对立的私小说和报告文学都不具备自己的文学化观念。此时涉世未深、愣头愣脑却怀揣自我文学化观念并能将其具象化的三岛横空出世，自然就获得了年轻人的追捧，因此像《沉潜的瀑布》这样的观念小说会受到欢迎。[③]田中澄江认为，三岛在《沉潜的瀑布》里，在对自然的描写上、对主人公之外的人物说明上，以及大篇幅的环境设计上都取得了成功，而他费尽心思创造出来的主人公，却是一具青春洋溢的行尸走肉。主人公以自我放弃为理想，这种去人格化的情感思想让人不禁为之动容。"作品中的行尸走肉名不虚传地在我心中占据了位置。可以说是小说的成功。"[④]寺田透认为，三岛在创作这部小说时一定是非常沉着的，只写必要的东西，让必要的东西变得活灵活现，使人感觉各种自然意象、事件都自然而然地从作品内部冒出来。[⑤]

　　《沉潜的瀑布》作为三岛的"不透明的过渡期作品"[⑥]，也受到了评论家、研究者们的关注，"许多批评家都认同这部小说是三岛重要的作品之一"[⑦]。

---

① 嶋中鵬二：「編集後記」，『中央公論』，1955 年 4 月号，第 344 頁。

② 『婦人公論』，1959 年 10 月号。

③ 平林たい子：「文芸時評」，『朝日新聞』，1955 年 3 月 26 日。

④ 田中澄江：「『沈める瀧』の男と女」，『中央公論』，1955 年 6 月号，第 219-220 頁。

⑤ 大岡昇平，寺田透，三島由紀夫：「創作合評」，『群像』，1955 年 5 月号，第 195 頁。

⑥ 三島由紀夫：「十八歳と三十四歳の肖像書——文学自伝」，『三島由紀夫全集第 29 巻』，東京：新潮社，1975 年：第 338-348 頁。

⑦ 村松剛：「解説」，見三島由紀夫：『沈める瀧』，東京：新潮社，1968 年，第 242 頁。

《沉潜的瀑布》与三岛的大多数小说一脉相承，具有明显的"观念性"。三岛一直受到"气质"的折磨，一直挣扎着想将那种"气质"提炼为自己独有的"思想"，具象化为《沉潜的瀑布》。三岛在《沉潜的瀑布》中不惜冒着图式化的风险，去寻找"如果无法相信梦想、告白、老套的男女故事，那么是否仍能让梦想、告白、故事的花朵绽放？"①的答案，使得这部小说变得"非常地格式化、寓言性，宛如在桌子上画好草图后搭建起来的小说"②。小说体现了三岛对投身现实社会与固守内心世界的矛盾和纠结，预示着其对自身特异性的妥协与接受。然而，先行研究围绕小说的"观念性"、城所升人物形象的"稀薄"、男女主人公的"人工爱情"而展开的分析解读，总是局限于小说连载预告、三岛在《群像》座谈会上的发言，以及评论文章《十八岁与三十四岁的肖像画》等圈定的逻辑里，没有人想过挣脱三岛的"束缚"，去思考他为何要在此时选择水坝建设工地作为小说的故事舞台？三岛为何要借鉴"贵种流离谭"的模式来塑造主人公？显子的"性冷淡"是否存在更深层次的寓意？"沉潜的瀑布"与水坝的寓意到底是什么？

3.2 《沉潜的瀑布》中的读者意识：选择水坝题材的原因

在三岛写的《沉潜的瀑布》的连载预告里，有这么一段话：

这部小说不是要讨论众所周知的赔偿问题。主人公是土木工程师，我虽然主要描写的是水坝建设的技术方面，但并无意效仿报告文学，向读者汇报水坝建设的实际情况。我不过是觉得水坝恰好是最合适用来展开主题的素材。③

三岛为何要特别说明将故事舞台定为水坝建设工地纯粹是为了作品的艺术性？为何要特意强调虽然主要描写的是水坝建设，但并不是要写水坝建设的报告文学？通读《沉潜的瀑布》后，可以明显感觉到三岛对于水坝建设的描写占据了不少篇幅，这的确与三岛其他小说的写法不大一样。与同年发表的另一部类似题材的小说——井上靖的《满潮》（『満ちて来る潮』，

① 村松刚：「解説」，见三岛由纪夫：『沈める瀧』，東京：新潮社，1968 年，第 241 頁。

② 松本徹：「同性愛から異性愛へ——『潮騒』『沈める瀧』『金閣寺』」，『三島由紀夫　エロスの劇』，東京：作品社，2005 年，第 178 頁。

③ 三島由紀夫：「——新年号から連載の——『沈める瀧』について」，『中央公論』，1954 年 12 月号，第 112 頁。

《每日新闻》1955 年 9 月 11 日—1956 年 5 月 13 日）相对比，也能看出《沉潜的瀑布》在内容篇幅安排上的特别之处。《满潮》的男主人公绀野二一郎也是水坝设计工程师，女主人公瓜生苑子也是有夫之妇，小说重点围绕男女主人公的婚外情故事展开，并加入了苑子的丈夫医学博士瓜生安彦、苑子的堂妹笙子、植物学家真壁之间的感情纠葛。井上靖表示，整部小说就是"每天都在向读者汇报绀野、安彦、苑子、笙子这四人之间，谁与谁在交往、交往活动，以及人物心理"[①]。《沉潜的瀑布》虽然也是围绕城所升与菊池显子的"人工爱情"展开的，但是对水坝建设的描写占据了整部小说的大量篇幅。

为了写好水坝建设，三岛在创作准备阶段搜集了大量关于水坝建设的资料。虽然准备时间较短，但是三岛对水坝建设的情况调查无丝毫懈怠。不仅搜集了《笹平·小田切发电站 设备概要导引》宣传册、东京电力株式会社员工的来往信件、越冬亲历者的笔记等大量资料，还在负责连载的责任编辑竹内一郎陪同下前往奥只见和须田贝两个水电站进行实地考察，写下了四本创作手记。其中，有三本采用的是 21.2 厘米×15 厘米的白素本，一本采用的是 21 厘米×15 厘米的白素本。四本手记上的内容除了专业知识之外，还涉及人文地理，甚至是政府官僚、地方势力等。一号笔记本的封皮标注着"水坝或水泥或三岛由纪夫"（ダム or コンクリート or 三岛由纪夫），除了有小说的框架、情节设置等关于故事本身的笔记之外，还有小说预计会涉及的具体水电业相关知识、信息等。二号笔记本的封面上只有三岛的姓名，笔记内容囊括了日本自"二战"前开始的电力公司发展史、各地山林开发和水坝施工的进展说明、森林采伐、木材运输、与木材加工业的摩擦、征地赔偿问题、庄川问题、政界财界及当地恶势力等的暗中活动、高利贷、木材王等人的个人经历及奢靡私生活、长良桥的赔偿问题、飞州木材的策略、奥利根水坝建设的招募活动、淹没地区村民的搬迁问题和权力争斗、土建公司及员工的作风问题、劳动环境、土地情况、工程进度，以及与邦峰先生就当地历史、生活变迁、逸闻等进行交谈的谈话记录。三号笔记本的封面标注有"须田贝 奥只见 三岛由纪夫"，主要记录了水坝工程的详细情况、通往水坝的道路情况、现场写生图、幸知发电站、枝折岖传说、荻原丈夫的《发电水力》和参考书、冬季施工情况、施工人员的详细情况、山路周边风景、黑又川、北之又川、小瀑布、福岛县国境宿

---

① 井上靖：「次の朝刊小説・作者の言葉」，『每日新聞』，1955 年 9 月 5 日，见『井上靖全集第十卷』，東京:新潮社，1995 年，第 779 頁。

舍周边风景、开发计划和利益争斗、测量、地质勘探、水坝的地质钻探实际情况、八崎池周边情况、爆破情况，等等。四号笔记本的封面标注为"奥只见上游散步　重访须田贝　三岛由纪夫"，详细记载了须田贝开发勘探阶段的各种艰苦过往，比如越冬经历、现场施工的危险，以及水坝建设中的各类技术问题，如机械设备、人员配置、水泥化学分析实验、水压铁管焊接实验等。除了翔实的水坝建设相关笔记，三岛还专门委托竹内一郎询问了东京电力公司员工村上克哉详细的越冬情况。村上克哉请奥利根水利建设所的长坂普美夫和奥只见的吾妻先生介绍了具体情况。[①]

虽然在《沉潜的瀑布》之前，三岛已经在《中央公论》上发表过作品，但发表长篇小说尚属首次。而且这个创刊70周年文艺栏目新企划邀请的其他三位作家——伊藤整、椎名麟三、堀田善卫，都是三岛的文坛前辈。即便当时三岛正处于人气的巅峰时期，但是能够在顶级综合杂志《中央公论》的新年号上发表作品，并被杂志寄予厚望——"期待三岛由纪夫先生的新连载可以与其新的连载形式一道开辟文坛新时代"[②]，对于三岛而言，仍是莫大的荣誉。作为整个企划中最年轻的受邀作家，而且是四位作家中第一个发表作品的，三岛自然非常重视这部小说的创作。在连载结束后的新企划座谈会上，三岛说，自己在创作中一直承受着很大的压力。1954年10月定下题目和内容，1954年11月开始创作，一直到1955年2月的4个月期间，每月5号提笔、月末交稿的高强度工作，让他几乎没有休息，也罕见地没有同时兼顾创作其他作品。三岛说："已经是极限了。再多就写不了了。会疯的。"[③]

《中央公论》是一本综合性杂志，虽然文艺专栏颇有名气，但终归是以时事评论栏目为主，其读者多是关心政治经济社会问题的人，不像文艺杂志面对的主要是单纯的文学爱好者。三岛在构思时必然要考虑到综合杂志读者的特殊性，而这种读者意识正是解答为何选择水坝建设工地作为故事舞台疑问的突破口。

3.2.1　水电开发黄金期

在《沉潜的瀑布》中可以看到许多关于水坝建设的文字。城所升的爷

---

① 田中美代子：「解題」，見三岛由纪夫：『決定版三岛由纪夫全集第5卷』，東京:新潮社，2001年，第805-815頁。

② 嶋中鵬二：「編集後記」，『中央公論』，1954年12月号，第300頁。

③ 伊藤整，椎名麟三，堀田善衛，三岛由纪夫：「『座談会』新しい長編——その発表形式と作者の態度——」，『中央公論』，1955年4月号，第276-282頁。

爷城所九造是日本东北地区的电力行业巨头，城所升大学毕业后就进入爷爷担任会长的电力公司，成为一名土木工程师，并申请前往奥野川水坝工地参与建设。城所升在抵达奥野川水坝工地的翌日就开始了日复一日的繁忙工作：晴天去进行地形勘测；雨天在堆满设计图纸的办公室做设计、画图纸；下雪后去观测雪况、测量奥野川水流量；气温回暖后，不定时出去调查雪崩情况。对城所升的工作和工地日常生活的详细描述占据了整部小说至少一半的篇幅。这些描写不仅为整个故事增添了真实感，也让不了解水坝建设实际情况的读者增长了不少见识。

在这个虚构的小说世界里，水坝建设如火如荼。为了方便施工，城所升所在的电力公司自己出资 3 亿日元修缮、加长了前往大坝工地的公路。人烟稀少的深山中也因为建水坝才有输电线牵进来，通了电。忙碌的冬季结束后，公司给冬季留守水坝工地的职工放了两周的越冬假，不过水坝建设并未随之暂停。在这两周的时间里，公司将新购置的两台用于制造混凝土掺合料的美国巨型粉碎机运至工地；开工建设联通喜多川和奥野川的引水渠；拓宽并修缮了靠近荒泽岳的喜多川沿岸公路；路边的山崖也被凿开；还在奥野川的对岸挖了一条通向水坝下游的临时排水渠，便于喜多川和奥野川合流的水顺着水渠流向水坝下游。水坝选址附近的水被排尽后，工人在连接奥野川和喜多川的两条 L 字形排水隧道的入口处建了一个拱坝。奥野川水坝的建设使通往水坝的山路得到了很大改善，路面拓宽，弯道减少，险阻之处也开凿了隧道。小说末尾，三岛还让城所升在结束美国学习回到日本后，又马上投入新水坝的建设准备工作中。在现实世界中，20 世纪50 年代是日本水电业的一个黄金发展期。"二战"结束伊始，遭受战争重创的日本对电力的需求曾一度骤减，加上当时 GHQ①改造电力行业旧运营体制政策的影响，直到 1949 年日本才逐渐开始着手电力开发。1950 年5 月，日本政府颁布《国土综合开发法》，日本各府县据此相继制订了以河流综合治理为主干的地区开发计划，这些计划普遍涉及治山、治水、电力开发。1951 年年末，日本发送电株式会社宣布将于 1952 年正式解体，并依据地域划分，分别成立北海道电力、东北电力、东京电力、中部电力、北陆电力、关西电力、中国电力、四国电力和九州电力共计九家新电力公司（即所谓的"电力九分断"）。1952 年 7 月，日本政府颁布《电源开发促进法》，并于同年 9 月成立了电力开发株式会社（J-POWER），开始大规模的水电开发。1953 年，日本政府提出首个电力开发五年计划，投入电力开发的资金大幅度增加，电力开发的土方工程规模较 1952 年秋季翻了一倍。

① GHQ："General Headquarters"的英文缩写，即驻日盟军总司令部。

对此，三岛在创作笔记中也提及："战后的政策是，若要大量发电，就要扩大各类工业。"[①]吉田内阁（1949 年 2 月 16 日—1952 年 10 月 30 日）在朝鲜战争后，把产业投资的优先顺序从原来的煤炭、钢铁、电力、化工、机械、纤维改为电力、海运、钢铁、煤炭。据相关统计，1951 年到 1953 年期间，日本开发银行向电力、海运、运输和通信四个产业共计投资 1464 亿日元，占到该银行同时期贷款总额的 80.2%。[②]从当时的电力开发各年度发电设备增加计划表（见表 3-1）可以看出，在 1955 年之前，水电的投入总体上处于上升趋势。

表 3-1　电力开发各年度水力发电设备新增计划表（1000kW）[③]

	新增设备合计	1953 年	1954 年	1955 年
电力公司	1511	524	665	252
公营	305	69	37	189
开发公司	1153	42	45	316
总计	3248	745	836	756

此外，《沉潜的瀑布》还提及了美国军需订单与日本电力开发的关系。"建成后的水坝的电力，只能是用于军需产业了"[④]，"奥野川水坝的三十万千瓦的最大发电量促进了军需工业的发展"[⑤]。在 20 世纪 50 年代，日本水电业的急速发展与朝鲜战争有着密切关系。朝鲜战争所产生的美军特需订单，刺激了日本国内市场，使得朝鲜战争前日本国内的滞销货物被一扫而光，加速了资金周转，进而促进了生产规模的扩大，工矿业生产的全面恢复，对电力的需求迅速增加。在小说中，美国对奥野川水坝建设也有着非常重要的影响。公司的赤间社长几番前往美国洽谈引进外资。为了获得美国银行的投资，赤间社长不得不答应对方的附加条件，同意美国的建筑公司参与水坝建设。赤间社长回到日本后，就指名鹤冈组和樱组为银行钦点的蒙哥马利的合作公司。与美国方面的谈判取得成功，加速了奥野川水坝建设的施工进程，美国制造的建筑机械被陆续运至工地。"休假结束后，一

　　① 三岛由纪夫：「『山の魂』創作ノート」，『決定版三岛由纪夫全集第 19 巻』，東京：新潮社，2002 年，第 760 頁。
　　② 吴廷璆：《日本史》，天津：南开大学出版社，1994 年，第 856 页。
　　③ 吉岡俊男：「日本のエネルギ経済と電源開発——昭和 29 年 6 月 15 日特別講演会——」，『Journal of the Fuel Society of Japan』33(329)，1954 年，第 484 頁。
　　④ 三岛由纪夫：『沈める瀧』，『三岛由纪夫全集第 9 巻』，東京:新潮社，1973 年，第 422 頁。
　　⑤ 三岛由纪夫：『沈める瀧』，『三岛由纪夫全集第 9 巻』，東京:新潮社，1973 年，第 405 頁。

回工地，你肯定又会大吃一惊。美国制造的机械正在陆续被运抵工地，等着你们赶紧地组装好临时设备"[1]，"明年夏天这里将遍地都是美国制造的建筑机械了"[2]。城所升因为其出众的设计能力获得了美国工程师的赞赏，在奥野川水坝竣工后，受邀前往美国访学。在小说里，美国还与日本的保守党势力相勾结。电力公司从美国获得投资后，赤间社长把与美国银行签订的投资合同的回扣送给日本的保守党，以此为条件说服通产大臣同意这次与美国的合作。"投标大概是在明年春天。显而易见，这次投标将以不透明的结局告终。也就是说，即便价格高，在通产大臣的默许下，也要让蒙哥马利公司中标"，"赚到的钱将投给日本的保守党"[3]。对于这种政商勾结的行为，三岛在小说里明确指出，"这么做是欠妥当的"，这是"卖国行为"[4]。将水坝建设与政治外交结合起来，讽刺公司上层与政府的"卖国求荣"行为，与战后日本人对日美关系的抱怨和不满相呼应。

3.2.2　征地赔偿问题

　　水电大开发随之引发了水坝建设的征地赔偿问题，并一度成为当时日本水坝建设的难题之一。当时的通产省公益事务局技术长吉冈俊男在 1954 年 6 月 15 日的特别演讲《日本的能源经济与电力开发》中提到，令人遗憾的是，水淹土地赔偿及相关对策已经越来越棘手了。不仅导致水坝建设成本陡增，还导致水坝建设越来越困难。如何顺利地、经济地推进水坝建设将成为今后的重要议题。[5]对此，日本政府也通过减税、贷款的方式帮助电力公司减轻负担，以尽可能地避免电力公司上涨电价。[6]查阅当时的报纸也能看到不少有关水坝建设征地赔偿的报道。比如，1954 年 11 月 22 日的《朝日新闻》就报道称，1953 年开工的藤原水坝在与当地居民达成住宅地最高2100 日元、一级水田地每反（一反≈990 平方米）195000 日元等赔偿协议后，终于可以重新开始施工了。[7]在这则报道的一周后，11 月 29 日的《朝日

① 三島由紀夫：『沈める瀧』，『三島由紀夫全集第 9 巻』，東京:新潮社，1973 年，第 501 頁。

② 三島由紀夫：『沈める瀧』，『三島由紀夫全集第 9 巻』，東京:新潮社，1973 年，第 421 頁。

③ 三島由紀夫：『沈める瀧』，『三島由紀夫全集第 9 巻』，東京:新潮社，1973 年，第 422 頁。

④ 三島由紀夫：『沈める瀧』，『三島由紀夫全集第 9 巻』，東京:新潮社，1973 年，第 423 頁。

⑤ 吉岡俊男：「日本のエネルギ経済と電源開発——昭和 29 年 6 月 15 日特別講演会——」，『Journal of the Fuel Society of Japan』33(329),1954 年，第 482-491 頁。

⑥ 「電力会社負担軽減　大蔵省事務当局は反対　既に五十億実施済み」，『朝日新聞』，1954 年 7 月 7 日。

⑦ 「藤原ダム近く着工——地元民が補償案のむ」，『朝日新聞』，1954 年 11 月 22 日。

新闻（晚报）》报道称，田子仓水坝在达成了高达 6 亿 3000 万日元的赔偿协议后，得以在 11 月 30 日开工。[①]

　　也是在这一时期，日本出现了不少涉及水坝建设问题的小说，如 1959 年小山系子的《水坝一侧》（『ダム・サイト』）、1960 年城山三郎的《黄金峡》（『黄金峡』）等。尽管征地赔偿问题是当时谈及水电开发时不能回避的问题，但三岛在小说连载预告中明确表示不会作深入探讨。在《沉潜的瀑布》中，关于征地赔偿情节的描写只出现过一次：在越冬假的最后一天，城所升在回奥野川工地前，去公司向科长道别。科长高兴地告诉城所升，已经交涉了两年多的赔偿问题得到了彻底解决，公司最终需要承担奥野川水坝的征地补偿、25 公里公路的改道补偿、被淹没的约 300 平方米农田和约 8300 平方米山林的损失赔偿以及 43 户居民的搬迁赔偿。查看小说的创作笔记，三岛其实认真调查过当时水坝建设赔偿问题（见表 3-2），特别是群马县的藤原水坝和须田贝水坝。[②]或许是考虑到《中央公论》主要面向城市中产阶级读者，因此《沉潜的瀑布》里并未过多涉及对于读者而言较为遥远且容易引起不快情绪的征地赔偿问题。然而，三岛并不想浪费自己辛苦准备的大量资料，他还创作了一部取材于庄川水坝赔偿问题的短篇小说《山之魂》（「山の魂」），发表在 1955 年 4 月号的《别册文艺春秋》上。在《山之魂》中，因为修建庄川水坝，庄川上游居民的流木业将被迫废止，为此木材王桑原隆吉带领众人与水坝建设方进行谈判，索要赔偿。在此过程中，桑原隆吉体会到了一种从未有过的社会正义感。此后，在飞田的唆使下，桑原逐渐成为职业的水坝建设抗议活动者。《山之魂》基本就是围绕水坝建设赔偿问题展开的。"最近对九头龙水坝事件、吹原产业事件抱有兴趣的人，或许会对这部建立在可谓是旧式模型的事实基础上的故事，抱有一点兴趣。"[③]只是不同于《水坝一侧》《黄金峡》这些小说对被征地者的同情，《山之魂》则是将桑原从一个水坝建设受害者转变成一个敲竹杠的地痞无赖，暴露了作者三岛对底层人民的鄙夷。三岛在创作《山之魂》时感受到"极度痛苦"[④]的真正原因，或许并非由于创作本身，而是源自对桑原所代表的"愚民"的厌恶。

---

　　①「田子倉ダムあす着工——補償額六億三千万で解決」,『朝日新聞（夕刊）』, 1954 年 11 月 29 日。

　　② 三島由紀夫:「『沈める瀧』創作ノート」,『決定版三島由紀夫全集第 5 巻』, 東京 : 新潮社, 2001 年, 第 762 頁。

　　③ 三島由紀夫:『三島由紀夫短篇全集第 5 巻』, 転引自田中美代子:「解題」,『決定版三島由紀夫全集第 19 巻』, 東京 : 新潮社, 2002 年, 第 795 頁。

　　④「三島由紀夫・大原富枝宛書簡【高知県本山町立大原富枝文学館所蔵】」, 見松本徹, 佐藤秀明, 井上隆史, 山中剛史編:『三島由紀夫研究⑯三島由紀夫・没後 45 年』, 東京 : 鼎書房, 2016 年, 第 94 頁。

表3-2　《沉潜的瀑布》创作笔记中的征地赔偿笔记[①]

序号	内　　容	页码
1	唆使流木业从业者，骗取赔偿金的罪魁祸首	735
2	水利——征地赔偿花费巨大。须田贝的赔偿金不多，资金用于工程本身。虽然赔偿金应该控制在总资金的两成，但花费了 20 亿资金中的 5 亿	737
3	**赔偿问题（参照另一本笔记的一页）	753
4	水坝工程——赔偿问题（山地村民和村长） 完成资金筹备，敲定支出总金额，才算开始"开工"（返款资金[②]等） "开工"——期限从何时到何时；计划开工日已过，计划竣工日不变；要在此期间施工，在此期间解决赔偿问题 ○藤原水坝 ○须田贝水坝——工地的建设所长负责赔偿问题。工地所长仅擅长技术	762
5	因为征地协商（赔偿）、工程延迟	765

3.2.3　电力工人大罢工

电力工业成为 20 世纪 50 年代日本社会的热门话题还有另外一个重要原因，那就是大规模的电力开发和生产引发了电力行业声势浩大的劳资纠纷。

1945 年日本战败后，日本政府随之废除了电力工业的战时国家管理体制，采用新企业体制。1950 年，日本政府颁布电力工业重组令之后，当时负责全日本发电、输电的日本发送电株式会社公司有条不紊地开始了内部调整，由此伴随的裁员可能性使得电力工人们深感不安。虽然 1950 年年末的工资纠纷在工人发起罢工之前，劳资双方达成了共识，资方提前支付了 1951 年 1 月的工资，但此举反而导致新年过后电力工人们生活愈发困窘。在这种情况下，1951 年年初，成立于 1947 年的日本电力产业工会（以下简称电产工会）决定加入日本劳动组合总评议会（日本労働組合総評議会），希望通过加入强大的组织，提高自身在劳资纠纷中的战斗力。经过一年的准备，1952 年，面对电力公司逐渐增长的利润和居高不下的物价，电产工会从 9 月 24 日开始发起了系列的大规模罢工，要求九大电力公司提高普通

---

① 三岛由纪夫：「『沈める瀧』創作ノート」，『決定版三島由紀夫全集第 5 巻』，東京:新潮社，2001 年，第 733-776 頁。

② 日语原文为"見返資金"，特指美国占领期间对日援助返款资金。

员工的薪酬。仅在 9 月 24 日到 10 月 29 日的一个月之间，就举行了 9 次罢工，不仅每次罢工的时间逐渐延长，而且规模不断扩大。虽然不断升级的罢工让各电力公司蒙受了巨大损失，但是九大电力公司统一口径拒绝协商。因为电产工会举行的罢工全都是在合法范围内进行的，所以政府不能强行阻止罢工活动，只能劝解双方协商谈判解决问题。电产工会始终要求九大电力公司统一将薪酬提高到同一水平，而电力公司联盟则坚持各公司单独调整。而且双方在协商方式上也存在分歧，有时甚至连协商本身都无法开始，这导致罢工时间大大延长。面对强势的资方、电产工会内部不断扩大的裂痕以及国内的舆论压力，电产工会最后选择妥协，被迫接受了中央劳动委员会于 11 月 27 日提出的调停案。这场长达 96 天、共计 349 小时的大罢工最终以电产工会的失败告终：被迫接受了偏袒资方的调停案，工人劳动条件进一步恶化。随后九大电力公司的工会相继成立，电产工会落得个名存实亡的下场。①

在 20 世纪 50 年代，原本日本国内电力供应就紧张，此起彼伏的罢工更是加重了电力短缺，导致全日本各地频繁断电。不仅普通家庭、工厂、商店受到影响，甚至连医院、排水系统、学校、信号灯等也经常停电。1953 年，由日经连主导、十二个团体组成的 "电源·停电罢工影响调查委员会" 经调查发现，仅矿产业就因此次大规模罢工损失了 260 亿日元。1952 年 11 月 2 日《朝日新闻》刊登的评论文章《电产争议的意义》指出，此起彼伏的电力罢工给日本人的生活造成不便，让大家怨声载道，直接导致民众对电产工会罢工的态度从原来的宽容支持变为现在的抵触批判，并认为电产工会应该尽快改变斗争方式。②虽然频发的停电给生产生活带来了极大不便，造成了巨大损失，但是因为处理赔偿问题的日本政府公共事业令已于 1952 年 10 月 24 日失效，而每次罢工的时间正好又错开了各电力公司的《电力供应规程》里针对停电的打折补偿措施的规定时间，所以遭受损失的企业和家庭几乎没有获得任何赔偿，于是各地开始出现自发的拒交电费团体。1952 年 11 月 20 日，电力协会召开全国电力消费者大会，共有来自全国的500 多人出席，会议通过决议：反对电产工会的工资斗争，要求政府出台规定，禁止电力行业罢工。1952 年 12 月 12 日，民间自发成立了 "禁止电力罢工法立法请愿协议会"。受此影响，家庭主妇联合会也号召主妇们围着围裙、手拿写着 "拒绝支付电力罢工期间的电费"（スト中の電力料金払う

---

① 労働争議調査会：『戦後労働争議実態調査第 2 巻·電産争議』，東京：中央公論社，1957 年。
② 大河内一男：「電産争議の意味するもの」，『朝日新聞』，1952 年 11 月 2 日。

まい）的饭勺，上街游行，激起社会舆论对电力罢工的反对。各家报纸也连日刊载批评文章，指责电产工会的电力罢工给生产生活造成极大不便，要求政府尽快采取措施。这轮声势浩大、影响严重的罢工还促使日本政府于 1953 年颁布《罢工规制法》（「スト規制法」），对罢工活动设定明确的界限标准，避免今后再次出现对国民经济和国民生活造成重大影响的罢工。[①]正是因为电力工业与人们的日常生活息息相关，所以电力行业的大罢工就更加受到人们的普遍关注。

　　《沉潜的瀑布》以水坝建设工地作为故事主要舞台，既然耗费了大量笔墨描写水坝建设过程，也触及了建设征地赔偿问题，力求营造出真实感，那么在《沉潜的瀑布》里理应对电力行业的罢工有所涉及。然而，小说里没有任何罢工的迹象，整个奥野川工地上下齐心、一派和谐。不仅如此，"吸血资本家"的继承人城所升被打造成了吃苦耐劳的好员工，而"贫苦无产阶级"的濑山反倒成了好吃懒做的小人。

　　"被上天过分眷顾"[②]的城所升并不是游手好闲的纨绔子弟。敏而好学的城所升以理科第一名的成绩从高中毕业，进入工科大学攻读土木工程专业。城所升在工作上兢兢业业，上班从不迟到；下班后还会购买和阅读专业书籍，提高专业技能。比如，城所升会在周末拿着刚买的美国开拓局编纂的《大体积混凝土调查》（マス・コンクリート・インヴェスティゲイションズ）[③]去多摩川河边研读；在奥野川水坝工地越冬结束后的两周假期里，城所升还专门去丸善书店的外文书专区，买了两三本土木工程学的外文书。奥野川水坝工地林总工程师在与城所升的初次见面时就表示一直盼着城所升的到来，"现阶段最急需的是优秀的人才，其次才是资金和机械设备"[④]。在三岛的笔下，城所升的成就看似都是他凭借个人努力得来的，但仔细想来，其实都离不开其家庭出身的影响。虽然三岛没有明确给出故事发生的具体时间，但是结合其刊载媒体的综合杂志属性和小说的连载预告来看，可以推测出故事大概发生在 1955 年前后。那么 27 岁的城所升就是 1928 年出生的。也就是说，城所升的成长阶段正好是日本社会处于物资匮乏状态的时期，但是有了电力行业巨头爷爷的庇护，即使父母双亡，城所升也衣食无忧。不仅如此，城所升还在爷爷的培养和土木工程专业教授舅舅的影

① 労働争議調査会：『戦後労働争議実態調査第 2 巻·電産争議』，東京：中央公論社，1957 年。
② 三島由紀夫：『沈める瀧』，『三島由紀夫全集第 9 巻』，東京：新潮社，1973 年，第 329 頁。
③ 三島由紀夫：『沈める瀧』，『三島由紀夫全集第 9 巻』，東京：新潮社，1973 年，第 348 頁。
④ 三島由紀夫：『沈める瀧』，『三島由紀夫全集第 9 巻』，東京：新潮社，1973 年，第 371 頁。

响下，成为一名土木工程专业的大学生。城所升就职的公司是爷爷担任会长的电力公司，公司上下全都知道其特殊身份，如此一来，城所升能够进入公司工作的理由也就变得复杂了。尽管因为爷爷已经离世，城所升入职后并没有直接进入公司管理层，而是从底层做起，但是他仍旧受到了优待。因为有老会长孙子的身份，大家认为城所升迟早是会成为公司董事的。所以，即使是城所升自己主动申请去奥野川水坝工地，上司和人事科长还是会特意找他反复确认。不过，三岛在小说里反复强调城所升没有任何向上攀爬的野心，只想安心做一名技术工作者，既没有资产阶级的架子，又没有资产阶级的贪婪。

城所升不仅工作能力出色，在生活中也赢得了工地同事的心。城所升换下平日的灰色西装，同其他人一样，穿上夹克和结实的黄褐色工装裤，裹着绑腿，套着日式布袜，没有丝毫架子。闲暇时，城所升满肚子的逸闻趣事让他与同事田代的双人间宿舍成了工地无聊人群的聚集地。城所升喜欢工地的生活，工地的年轻工程师们也都与他成了朋友。"或许有人会揣测，这个继承了老会长城所九造血统的青年是想以自己的牺牲来掩盖公司劳务管理上的问题，是个具有令人敬畏的资本家精神的人。可是看着城所升会香甜地喝着曾因偷工减料而被投诉到公司本部的味增汤，会和民工们一起泡山间的野温泉，大家又自然而然地放下了戒备心。"①越冬假期结束，城所升从东京回到奥野川工地时，认识他的民工们都会向从车窗探出头的城所升鞠躬问好。较之《沉潜的瀑布》里整个工地的融洽祥和，现实世界中声势浩大的电力工人大罢工波及全日本，电力行业劳资双方势不两立。更具讽刺意味的是，小说里的"资三代"城所升甚至还会因自己的富家子弟身份而感到愧疚。在城所升与工地其他人一起越冬时，祖父的遗产所带来的房租收入、股份分红和银行利息收入，让城所升的财产增加了三百万日元。城所升不仅没有为这笔"横财"感到高兴，反倒是觉得自己仿佛背叛了一起在工地越冬的同事们，"别人的越冬是真实的，只有我的越冬是虚假的"②。值得注意的是，城所升只是与奥野川工地的同事们相处融洽。在公司本部时，城所升因其特殊身份和独来独往的性格，被传不合群，这也直接导致奥野川工地上下起初对未曾谋面的城所升有所顾忌。然而，当肤色浅黑、朴素和善的城所升第一次出现在工地时，大家顿觉眼前一亮。加之总工程师宣布城所升已经主动申请了越冬，在座的所有人都不禁对城所升产生了

---

① 三岛由纪夫：『沈める瀧』，『三岛由紀夫全集第9巻』，東京：新潮社，1973 年，第 379 頁。

② 三岛由纪夫：『沈める瀧』，『三岛由紀夫全集第9巻』，東京：新潮社，1973 年，第 493 頁。

一种亲近感，"那就是说跟我们一样咯"[①]。在公司本部独来独往的城所升到了工地后，反倒经常与同事工友们聊天玩耍。他的实际行动让之前"不合群"的传闻被证实是子虚乌有的谣言，所有人都喜欢上了这个新来者，他一下子成为工地的焦点人物。在劳资矛盾白热化的时代背景下，三岛却在小说中刻意回避和消除有产阶级和无产阶级之间的矛盾与差异。

不仅如此，除了从头到尾都完美无缺的富三代少爷城所升，三岛还塑造了一个对立面人物——自始至终一无是处的无产阶级平民濑山。

34 岁的濑山任职于总务科，原是广岛人，曾在城所九造家当过书童，因此是工地上与城所升最熟络的人。已经结婚生子的濑山背负着养家糊口的重担，一直谋求能够升职加薪。然而，他却怕苦怕累，爱自作聪明，工作态度不端正，与勤奋踏实的城所升形成了鲜明的对比。濑山每逢和城所升单独相处时总要说，"这有什么呀，在工地这地儿，会吹牛就行"[②]。

濑山因负责工地物资联络等相关事宜，原本就在工地越冬人员的备选名单里，但是他一直都很抗拒，还曾为自己因为不会滑雪而不符合越冬人员资格要求而庆幸，遭到大家的讥讽。不过，跳出小说的叙述逻辑来看，濑山所说的"滑雪是有钱学生玩的，我上学的时候哪有条件去滑雪啊"[③]，其实也包含着其出身贫苦造成的无奈。只是濑山最后还是因为货车抛锚，又正好遇上突降大雪后山区封路，不得不留下来与大家一起在工地过冬。濑山并没有既来之则安之，他一边向城所升抱怨说这是一场阴谋，一边终日抱着电话寻求出山途径，可惜最终无果。因为濑山在工作中出现计算错误，导致工地越冬粮食储备不足。濑山起初耍赖不承认，后来发现实在瞒不住了，才急忙寻求弥补措施。越冬结束后，回事务所办事的濑山被同事嘲笑，还因此面临着被公司解雇的危险。即便如此，濑山依旧毫无反思之意，还坚持认为是有人在从中作梗陷害他，"他们诬陷我贪污，还编造出好多证据"[④]。他用自己记的"一本使他们心惊胆战的"[⑤]笔记去"威胁"董事，"董事以绝不把那本笔记泄露出去为条件，答应了不但不解雇我，还调我到公司本部去"[⑥]。这种换在普罗文学里是揭发资本家丑恶行径的情节，在《沉潜的瀑布》里却被用作凸显濑山无赖嘴脸的佐证。

---

① 三岛由纪夫：『沈める瀧』，『三岛由纪夫全集第 9 卷』，東京：新潮社，1973 年，第 374 頁。
② 三岛由纪夫：『沈める瀧』，『三岛由纪夫全集第 9 卷』，東京：新潮社，1973 年，第 395 頁。
③ 三岛由纪夫：『沈める瀧』，『三岛由纪夫全集第 9 卷』，東京：新潮社，1973 年，第 390 頁。
④ 三岛由纪夫：『沈める瀧』，『三岛由纪夫全集第 9 卷』，東京：新潮社，1973 年，第 505 頁。
⑤ 三岛由纪夫：『沈める瀧』，『三岛由纪夫全集第 9 卷』，東京：新潮社，1973 年，第 505 頁。
⑥ 三岛由纪夫：『沈める瀧』，『三岛由纪夫全集第 9 卷』，東京：新潮社，1973 年，第 506 頁。

在《沉潜的瀑布》里，三岛反复强调，城所升的成功靠的是自身努力，濑山的失败完全是咎由自取。在现实世界里遭到工人抵制的资本家，在小说里成了受人爱戴的工程师，反倒是平民濑山成了"全民公敌"。这种"颠倒黑白"的描写与当时真实的现实世界形成了强烈的反差。需要注意的是，虽然《沉潜的瀑布》完全没有涉及现实世界中的罢工问题，但是在《沉潜的瀑布》连载结束后开始连载的另一部小说——椎名麟三的《美丽女人》（『美しい女』）就涉及了宇治川电车工人罢工问题。椎名麟三曾就职于宇治川电力公司的电车部，还担任过宇治川电车共产党支部的领导，参加过相关的组织活动。他表示，自己就是想在《美丽女人》中以一个劳动运动亲历者的身份去书写真正的劳动人民生活，还原再现悲惨历史。也就是说，三岛在《沉潜的瀑布》里不仅避而不谈电力工人罢工问题，还刻意美化有产阶级、丑化无产阶级，不仅是因为考虑到《中央公论》读者的社会阶级属性，更是出于其个人对无产阶级的厌恶和仇视。这种厌恶源自三岛对代表无产阶级的日本共产党反对天皇制的憎恨，支持天皇制的三岛与反对天皇制的日本共产党之间存在着不可调和的根本性矛盾。

3.3 瀑布为何沉潜：瀑布（菊池显子）与水坝（城所升）的寓意

先行研究因为只关注三岛本人，所以虽然分析了三岛在创作《沉潜的瀑布》时的心理状态，却没有真正找到三岛在这部小说里想要向读者表达的思想内涵。小说书名的寓意是什么？瀑布为何会沉潜？

3.3.1 菊池显子之死

在真正发生肉体关系前，城所升只是把菊池显子当作他众多女伴中的一个，过完这一夜后便永不再见。然而，城所升却发现了菊池显子的一个秘密——性冷淡。菊池显子的性冷淡勾起了城所升的童年回忆。在祖父的严格管教下，城所升整日与河里的石头、铁质的积木玩具、发电机模型为伴。在城所升眼中，这些玩具从属于另一个坚固的世界，虽然是他的东西，但并不属于他。幼年城所升最大的乐趣就是能够用这些玩具搭建自己想要的东西。而眼前的菊池显子仿佛是一个女人形状的石头，让城所升产生一种来自记忆深处的亲近感。城所升喜欢的不是菊池显子的性冷淡，他喜欢的是对物体化的菊池显子的掌控感。就像石头、铁块一样，虽然它们不属于自己，但是自己可以用它们做出自己想要的东西。

　　城所升以为自己可以掌控看起来很容易得手的菊池显子，事实却正好相反。在小说的很多地方，菊池显子都展现出了一种独立性。第一次见面时，她跟城所升聊自己的生活，表示每天是否早起送丈夫上班全凭自己的心情。城所升评价说："所以你的生活全凭你自己的意志咯。"[①]身为一个家庭主妇，菊池显子却趁着丈夫出差九州的间隙，一个人跑到 K 町给城所升打电话。有一次城所升嫌弃菊池显子说话拐弯抹角，菊池显子则说"含蓄的说话方式已经不适合我了。女人非常清楚什么适合自己"。[②]对于菊池显子而言，性冷淡大概是她唯一一件"不是靠意志能解决的"[③]事情。菊池显子不仅是性冷淡，而且完全没有隐藏性冷淡的打算，不会像其他女人一样，为了迎合男性，去伪装性高潮——"她就那样直直地躺在那里，像一块墓碑石头一样"[④]。菊池显子这样做并不是要挑战男性，她只是忠实于自己的绝望，彻底变成物体，沉入深邃的物质世界里。这反倒让城所升感到焦虑，他从未对现实产生如此纯粹的关心。菊池显子让城所升意识到，之前与女子做爱时取悦女人的徒劳，不是为了自己的快乐，而是为了满足自身的虚荣心。此时，在两人的关系中，菊池显子是占优势的。城所升觉得自己无法控制菊池显子，这让城所升感受到从未有过的"不安与怯懦"[⑤]。

　　从小与石铁为伴的城所升，已经习惯了自己可以掌控一切的生活，他厌恶可以凌驾于自己之上的力量。不过，菊池显子的性冷淡让城所升看到了突破点，找到了征服菊池显子的可能性。城所升想到了一个突破方案。他提议，既然两个无法爱上他人的人相遇了，可以尝试从谎言中制造出真诚、从虚妄中制造出真实，合成爱情——"人工恋爱"。具体做法就是不见面，只通过书信、电话、电报这些不需要见面的方式来相互折磨对方。当两人真正觉得相互爱慕时再见面即可，届时"我觉得我可以治好你的性冷淡"[⑥]。城所升告诉菊池显子，他近期就会结束东京的生活，去山中的水坝建设工地。在城所升看来，他一直坚信自己是可以改变生活的，而菊池显子的出现则是一个警示。菊池显子能够在虚无中如此泰然自若地躺着，他自己却做不到，因此他需要回到石头与铁的世界，回归到最熟悉的事物环境里去重拾信心，实现对菊池显子的征服。可是，当菊池显子的性冷淡真

① 三島由紀夫：『沈める瀧』，『三島由紀夫全集第 9 卷』，東京:新潮社，1973 年，第 353 頁。
② 三島由紀夫：『沈める瀧』，『三島由紀夫全集第 9 卷』，東京:新潮社，1973 年，第 499 頁。
③ 三島由紀夫：『沈める瀧』，『三島由紀夫全集第 9 卷』，東京:新潮社，1973 年，第 353 頁。
④ 三島由紀夫：『沈める瀧』，『三島由紀夫全集第 9 卷』，東京:新潮社，1973 年，第 358 頁。
⑤ 三島由紀夫：『沈める瀧』，『三島由紀夫全集第 9 卷』，東京:新潮社，1973 年，第 351 頁。
⑥ 三島由紀夫：『沈める瀧』，『三島由紀夫全集第 9 卷』，東京:新潮社，1973 年，第 362 頁。

正得到治愈时，城所升又开始怀疑治愈她的人不是自己。在越冬结束后共度的第一个夜晚，城所升发现菊池显子已经不再性冷淡时，起初他体会到了一种作为男人和主治医师的成就感。然而，这种胜利的喜悦转瞬即逝，菊池显子之前显示出的独立性、不可控性让城所升不禁心生疑虑。毕竟在城所升去奥野川工地后，菊池显子似乎一直在幽会其他的男人。

　　然而，实际上城所升早已征服了菊池显子，只是菊池显子没有按照他预设的剧本进行改变。越冬结束后，菊池显子就已经彻底放弃了自我独立。具体而言，菊池显子不会做饭、缝纫，便每天为城所升准备好泡澡水。只是在城所升眼中，菊池显子的想法有些幼稚，宛如在出演一场家庭剧。有一次菊池显子穿了洋装，城所升顺口问了一句为什么不穿和服，菊池显子由此判断城所升不喜欢洋装。于是下一次见面时，菊池显子又换回了和服，并向城所升保证"我会按照你的喜好打扮，变成你喜欢的类型。即便你让我光着身子在银座街头走，我也会照做的"①。虽然菊池显子明白自己为什么喜欢城所升，却不清楚城所升为什么喜欢自己。这让她一直感到不安，总是想着如何迎合城所升。菊池显子根据自己的经验，认为男人终归是讨厌性冷淡的女人的，于是，她自作主张治好了自己的性冷淡。菊池显子不知道的是，正是性冷淡让她显得独特，此举让她失去了被城所升喜欢或者说利用的价值。菊池显子的性冷淡让城所升第一次发现，世上竟然也有自己无法控制的东西。城所升之所以喜欢菊池显子，是因为菊池显子激发了他的征服欲。城所升幻想着当菊池显子体内欢喜复苏时，那种愉悦肯定会让她变成更为独特的女人，蜕变成城所升从未见过的崇高的、悲剧的女人，而且她肯定会对改变她的那个不可替代的男人言听计从，成为女人顺从男人的范本，变得比城所升认识的任何女人都更为平庸。菊池显子直到最后才从濑山口中得知，城所升喜欢自己的原因是让她别具一格的性冷淡。菊池显子得知真相后，面如土色，捂着脸跑走了，并跳入那个象征着她的瀑布下面的瀑潭，结束了自己的生命。或许菊池自杀不是因为城所升不再喜欢自己而伤心不已，而是后悔自己为了迎合城所升，做出无谓的自我改变所导致的"平庸化"。

　　在写《沉潜的瀑布》前，三岛在1954年8月号的《文学界》杂志上发表了私小说《写诗的少年》。在这部小说里，十五岁的少年（即三岛）听到学长事无巨细地讲述自己的恋爱，觉得学长很平庸，因此轻视学长，"或许我也（同学长）一样生活着。这个想法让我大为吃惊"②。虽然明知自

---

　　① 三岛由纪夫：『沈める瀧』，『三岛由纪夫全集第9卷』，東京:新潮社，1973年，第512頁。

　　② 三岛由纪夫：「詩を書く少年」，『三岛由纪夫全集第9卷』，東京:新潮社，1973年，第257-274頁。

己与学长一样，但是他无法忍受自己变得"平庸"。城所升也拒绝平庸。他将显子的"欢愉"看作"平庸"，将显子的"真挚"视为"滑稽"。松本彻形容城所升与菊池显子的人工爱情是"错过的悲剧"[1]。正是通向平庸人生的苏醒将菊池显子逼上了自杀的绝路。小说结尾处城所升的那句"在我站着的地方下面沉潜着一个小瀑布"[2]的话里，有着一种将其一度复苏的人性重新扼杀掉的沉重。正如寺田透所说，城所升身上企图复苏的平庸被三岛抹掉了，他选择继续其心若寒灰的生活。[3]

3.3.2 瀑布与水坝

三岛在《群像》的座谈会上明确表示，《沉潜的瀑布》参考了"贵种流离谭"（貴種流離譚）的文学主题，而小说里的"贵种"就是"被上天过分眷顾"[4]的城所升。"贵种流离谭"这一概念最初是由折口信夫提出的，是日本说话文学、口传文艺的重要文学主题。具体而言，年幼的神灵或者身份高贵的年轻主人公离开帝都（或者生长的故乡），流浪四方，历尽千难万险后，依靠动物、女性的帮助，凭借聪明才智，经过重重历练，最后成为英雄，取得高贵的地位。虽然折口信夫没有在其论述中提及，但"贵种流离谭"这一文学主题最早应该可以追溯到《古事记》里的建速须佐之男命。建速须佐之男命被父亲伊耶那岐命安排去治理海原。然而，建速须佐之男命没有听从父亲的指令，而是整日以泪洗面。伊耶那岐命质问建速须佐之男命为何不去治理海原，建速须佐之男命回答说因为思念母亲伊耶那美命，想去母亲的国土根之坚洲国。伊耶那岐命大怒，将建速须佐之男命逐出国土。建速须佐之男命以想与阿姊天照大御神告别为由上到高天原。天照大御神怀疑建速须佐之男命的来访动机，于是双方决定各自立誓生子，以证明建速须佐之男命的清白。结果，建速须佐之男命胜出，便趁机胡闹起来，毁坏天照大御神所造的田埂、水渠等，最后致使天衣织女暴毙。天照大御神惊恐万分，遂躲进了天石窟，导致全天下都陷入永久的黑夜之中，引发种种灾祸。于是八百万众神聚集于天安之河原，用尽各种办法才终于将天照大御神引出天石窟，天地间随之明亮起来，各种灾祸由此消退。而建速

---

① 松本徹：「同性愛から異性愛へ——『潮騒』『沈める瀧』『金閣寺』」，『三島由紀夫 エロスの劇』，東京：作品社，2005 年：第 183 頁。

② 三島由紀夫：『沈める瀧』，『三島由紀夫全集第 9 巻』，東京:新潮社，1973 年，第 564 頁。

③ 大岡昇平，寺田透，三島由紀夫：「創作合評」，『群像』，1955 年 5 月号，第 198 頁。

④ 三島由紀夫：『沈める瀧』，『三島由紀夫全集第 9 巻』，東京:新潮社，1973 年，第 329 頁。

须佐之男命也遭到惩罚，并被驱逐出高天原。这个故事不禁让人联想到三岛 15 岁时写下的诗句："阳光普照/人们赞美太阳/我却在阴暗的坑穴里/躲避太阳 抛出了灵魂。"[①]在《沉潜的瀑布》中也有多处细节体现了三岛对《古事记》的模仿，比如城所升漫步于 K 町时，在某户已经歇业人家的檐廊下，看到一个正在踩缝纫机的女子[②]，让人不禁想起因建速须佐之男命暴毙的天衣织女。

城所升虽然从小衣食不愁，但是缺乏父母的关爱，成天与石头钢铁作伴，导致他成长为一个精神无感者。因此，虽然他频繁与女性发生一夜情，却找不到固定的女性伴侣。城所升被寺田透评为至今为止三岛所有作品中最缺乏人性的主人公，认为城所升是一个"观念"的而非"人类"的存在，在现实生活中难以找到如此完美的人物。[③]栗栖真人指出，城所升是莫名坠入人间的"折翼天使"，他不仅对人类漠不关心，连自身的痛苦也毫无察觉。他虽然试图填补自身的"空虚"，但是缺乏对苦恼的自觉，其"反气质性"的特征正是其人物形象稀薄的原因。[④]城所升尽管在物质上是富足的，但在情感上是匮乏的。可以看到，三岛在创作城所升时，有意将其与"贵种"贴合。

"贵种流离谭"一般由"犯罪""流离"和"回归"三个部分组成。"贵种流离谭"的核心是"罪过"，"贵种"人物的流离是为了赎罪。建速须佐之男命最后因为惹怒了天照大御神，被八百神逐出高天原；辉夜姬因为在月都犯下错误而被放逐到日本岛国；在原业平因为与清和天皇皇后二条后高子的恋情而被放逐东国；光源氏将众多女性玩弄于股掌之中的恶行导致宫廷内的秩序遭到破坏，因而他遭到流放……在《沉潜的瀑布》中，"贵种"城所升的罪过在于他侵犯了性冷淡的菊池显子。菊池显子的性冷淡其实昭示着其不可侵犯性和不可亵渎性，然而城所升不仅与菊池显子发生了关系，还试图征服显子，与之建立"人工爱情"。就像建速须佐之男命因为惹怒了天照大御神而被驱逐出高天原一样，城所升自我放逐前往深山中的奥野川水坝建设工地。如果说东京因为居住着天照大御神的子孙天皇是神界，那么城所升遇见"织女"的 K 町代表的应该是高天原，而奥野水坝所在的静冈县自诩为"富士之国"，则象征着日本国。只不过，在小说里，相对于山下的世界，奥野川并不能算是完全意义上的下界，有着"守护神虚空藏菩

① 三岛由纪夫：「太陽と鉄」，『三岛由紀夫全集第 32 卷』，東京:新潮社，1975 年，第 73 頁。

② 三岛由纪夫：『沈める瀧』，『三岛由紀夫全集第 9 卷』，東京:新潮社，1973 年，第 477 頁。

③ 大岡昇平，寺田透，三岛由纪夫：「創作合評」，『群像』，1955 年 5 月号，第 195 頁。

④ 栗栖真人：「『沈める瀧』小論」，『昭和文学研究』(3)，1981 年，第 41-47 頁。

萨"①的奥野川地区，是一个介于上界与下界之间的地方。这场"流离"也是城所升出于自身考虑主动选择的"流离"。

城所升承载着寓意，菊池显子也是一样。菊花是天皇的象征，"菊池显子"可以理解为菊花——天皇显现在池子之中。而且三岛用了带有显贵含义的"显"字而非普通的"现"字。也就是说，菊池显子代表着天照大神的子孙天皇。城所升对菊池显子的征服，暗示着三岛对天皇看法或者说态度的变化。因为性冷淡，菊池显子是神圣的。任由男人爱抚却无动于衷的菊池显子，宛如三岛心目中任由历史千变万化却能做到万世一系的"天皇"。然而，菊池显子的性冷淡就像冻结的瀑布终将融化一样，其实只是一种暂时的状态，是一种假冒的永恒。果然菊池显子抛弃了"性冷淡"，走向了平庸，就像"二战"后天皇宣读了"人间宣言"，从"神格"降至"人间"，从神圣变得普通一样。天皇不仅失去了曾经的神圣性，还成了 GHQ 维系其在日本统治的傀儡。这也是城所升与建速须佐之男命的结局不同之原因所在。建速须佐之男命惹怒的是真正的天照大神，而城所升面对的却是"冒牌天皇"菊池显子。因此，城所升的流离是其自主选择的结果，流离地点也不是完全意义上的下界，而且城所升还导致了菊池显子的自杀身亡，形成了一"升"一"沉"的结局。

天皇显现的池子当然不是一般的池塘，是会让城所升联想到菊池显子的瀑布所形成的瀑潭。按照三岛的理论，天皇是日本传统文化的核心，日本传统文化与天皇不可分割。在此，可以将显现天皇的瀑潭理解为象征着日本传统文化。如此一来，"冒牌天皇"菊池显子跳入瀑潭是一场洗礼，是其对自身的救赎。然而，瀑布由此也就被世俗化的显子玷污了，所以它必须消失，而完成这个任务的是城所升参与建设的水坝。在菊池显子的遗书里，水坝是城所升的化身，城所升则是三岛在这部小说里的"化身"。城所升通过用自己建造的水坝压住瀑布的方式，完成了对菊池显子的征服，寓意着三岛否定战后的"人间"天皇，并呼吁恢复战前的"神格"天皇。

3.3.3　三岛思想"转向"的影响

服部达在书评里表示，从《沉潜的瀑布》中读出了三岛想要回归社会的欲望，此后的三岛不再沉溺于自己的精神世界，而是走出来，投身、拥抱现实世界。②物质淹没了精神，现实战胜了理想。城所升选择离开菊池显

---

① 三岛由纪夫：『沈める瀧』，『三岛由紀夫全集第 9 卷』，東京：新潮社，1973 年，第 517 頁。
② 服部達：「三岛由紀夫『沈める瀧』」，『三田文学』，1955 年 8 月号，第 33-34 頁。

子所象征的精神世界，回到永恒的自然，回到水坝工地所象征的物质世界，继续其水坝工程师的工作，暗示了三岛"想要回归社会的欲望"[①]。《沉潜的瀑布》连载的 1955 年的确是三岛人生中的一个重要节点，三岛就是从这一年 9 月开始健身，进行肉体改造的。

1956 年，三岛撰文《肉体改造的哲学》（原载于《漫画读卖》，1956 年 9 月 20 日）来阐释健身之于他的意义。三岛表示，健身不仅仅是为了治愈其对自己肉体的自卑感，更是为了保持肉体与精神的平衡。三岛引用安德烈·纪德（Andre Gide）的话，"官能性才是艺术家最崇高的美德"[②]。只有知性异常发达，肉体却没有跟上，这正是近代艺术的短板。在三岛看来，肉体是知性害羞或者谦虚的表现。知性越是敏锐，就越需要肉体将其包裹起来。歌德的艺术就是其典范。精神的羞耻心被肉体包裹在身体内部，这才是完美艺术的定义。不知羞耻的知性比没有羞耻心的肉体更加丑陋。彼时的三岛，面对这个肉体与精神的乖离已经成为普遍现象的当今社会，决定要用强壮的肉体来包裹其精神。

在肉体改造开始十年之后，1965 年三岛发表了《太阳与铁》（《批评》1965 年 11 月号—1968 年 6 月号）。在《太阳与铁》里，三岛表示，肉体是他的第二种语言，形成了他的教养。少年时代，三岛偏爱黑夜，与太阳为敌成为三岛唯一的反时代精神。然而，以"二战"战败为界，"与太阳为敌"突然成为整个时代的主题。在战后文学中，对夜的思考占据了支配地位。在崇拜浓厚之夜的大多数作家看来，少年三岛自以为的浓厚之夜尚属稀薄。这不禁让三岛对自己在"二战"时期所坚信的夜失去信心，开始怀疑自己或许自始至终都是崇拜太阳的。"如果这是事实的话，那么我继续与太阳为敌、坚持自我风格的小黑夜，会不会只是在讨好时代？"[③]三岛认为，思考属于黑夜，而太阳却唆使他将思考从内脏器官所感知的"黑夜"深处，拖拽至被光泽皮肤所包裹的肌肉表面来。他察觉到由病态肉体制造出来的黑夜思想似乎不受人的意识控制，唯有肌肉才能保证思想的形成过程。为此，在训练思考前应该先训练肉体。三岛觉得，自己或许已经在尝试用语言去模仿肉体的古典姿态。他认为，肉体里几乎消失殆尽的古典均衡将通过健美得以复苏，健身会让肉体回复到本应有的姿态。古典形成的尽头，隐藏着浪漫的企图——死亡。虽然这种浪漫企图的念头早已存在于少年三岛的内心中，但

---

① 服部達：「三島由紀夫『沈める瀧』」，『三田文学』，1955 年 8 月号，第 34 頁。

② 三島由紀夫：「ボディ・ビル哲学」，『三島由紀夫全集第 27 巻』，東京:新潮社，1975 年，第 314 頁。

③ 三島由紀夫：「太陽と鉄」，『三島由紀夫全集第 32 巻』，東京:新潮社，1975 年，第 74 頁。

彼时的三岛还不具有完成这个企图的条件。死亡的浪漫冲动需要严格意义上的古典躯体予以实现。也就是说，要实现浪漫主义的悲壮之死，需要如希腊雕塑般的强壮肌肉。英雄的行为需要有英雄的肉体才能完成。信奉知行合一的三岛不是不敢死，而是在等待契机。三岛因为肉体赢弱没有通过"二战"时的入伍体检，而战争幸存者的身份深深地刺伤了他的浪漫矜持。他需要完成肉体改造，才可以拥有"行"，即实现浪漫主义的悲壮死亡的力量。

也就是说，创作《沉潜的瀑布》的三岛从自己的观念世界走出来，并非抛弃了原有的世界，而是在寻找新方法让观念世界与现实社会有机结合起来，而这个新方法就是锻炼肉体，用肉体改造精神。健身让三岛得以重新拥有少年般的年轻身体，从而获得完成壮美死亡的资格。他选择拳击、剑道作为运动项目，全力以赴追求武士梦想。在肉体改造的延长线上，是三岛参加陆军自卫队的集训、前往航空自卫队基地试乘战斗机，并最终建立楯会。三岛这种"行动"思想在《沉潜的瀑布》里的体现，就是水坝（城所升、三岛）将瀑布（菊池显子、"人间"天皇）压在底下。虽然菊池显子为了迎合城所升而进行了改变，城所升却一直纠结于菊池显子不是按照自己的计划改变的。最后，城所升通过水坝压住瀑布的方式完成了对菊池显子的征服。这个征服昭示着城所升的觉醒，不再是沉浸于自己的计划，而是要采取实际行动去征服。

值得一提的是，三岛当时的健身教练玉利斋也曾公开表示，自己开始健身的动机并非单纯为了肉体美。"二战"战败后，日本原本拥有的东西全部遭到了破坏，政治、经济以及日本人一直以来传承珍惜的价值观都与战败一道归零，而美国文化则汹涌而入。面对昂首挺胸、大步流星的美国士兵，营养不良的日本人姿态丑陋、面黄肌瘦。在年少的玉利斋看来，这样的日本人是不可能建设出和平民主的新日本的。于是，同三岛一样曾经面黄肌瘦的玉利斋开始有意锻炼身体，让自己变得强大、强壮。[1]玉利斋的想法与三岛其实是不谋而合的，这也是战后日本右翼保守主义的逻辑。

3.4　小　　结

可以说，三岛在《沉潜的瀑布》中平衡了作品的文学性与话题性，兼顾文艺性和社会性，使其既能达到其自身的创作需求，又照顾到了《中央公论》读者群的阅读喜好。

---

① 玉利斎，山内由紀人，佐藤秀明，山中剛史：「三島由紀夫とスポーツ」，『三島由紀夫研究⑰三島由紀夫とスポーツ』，東京：鼎書房，2017 年，第 5-24 頁。

《沉潜的瀑布》与三岛的大多数小说一脉相承，具有明显的观念性。在这个时候，三岛还是非常信任读者的。虽然故事写得很隐晦，但三岛相信，读者可以察觉到自己创作时的深层读者意识，读出《沉潜的瀑布》里隐藏的其对战后天皇处境的不满。三岛认为，天皇宣告自己是人类，抛弃其自身的神圣性，导致了日本神国思想的破产，日本发动"二战"的"合法性"也就随之被否定了。深受"日本浪漫派"思想影响、崇尚日本传统文化的三岛无法接受这样"残酷"的事实。于是，三岛让"贵种"城所升征服了"假冒天皇"菊池显子，让城所升的化身——水坝压住象征天皇的瀑布，既表达了三岛心中对"人间"天皇的不满，又昭示着三岛思想的转变——"文武两道"，暗示他将采取行动来实现其"以天皇为中心的日本传统文化"。

不过，三岛在创作这部小说时，并没有单纯沉浸于自己的内心世界，只关注于表达自己的天皇思想。虽然三岛自称选择水坝是为了适应小说的主题，然而作品中大量有关水坝建设的描述却与三岛多数作品的写法相形见异。在《沉潜的瀑布》中，无论是人物的设定还是舞台的选择，以及内容的安排，都体现出了三岛创作时的浅层读者意识。

在战后重建过程中，日本对电力的需求越来越大。因为资源匮乏，开发水电成为日本政府的首选。20世纪50年代是日本水电业的一个黄金发展期，整个电力行业成为当时全日本的热门话题。三岛以具体的水坝建设工地作为故事舞台，花费大量笔墨在主人公的职场工作即水坝建设上，不仅与综合杂志《中央公论》的高真实性、强现实性的内容特点更匹配，也贴合以受过高等教育的男性为主的《中央公论》读者在翻阅杂志时的阅读心境。同时，三岛通过对素材的取舍，有意地向读者输入其个人的价值观。弱化征地赔偿和回避电力罢工这两大20世纪50年代初期的日本社会问题，一方面是考虑到《中央公论》读者主要为中产阶级出身；另一方面也包含有三岛个人对无产阶级的厌恶。

第 4 章 《文章读本》中的读者意识：期待读者

4.1 默默无闻的《文章读本》：已有的评价与未解的疑惑

写完《沉潜的瀑布》后一年，三岛由纪夫在《新潮》1956 年 1 月至 10 月号上连载了小说《金阁寺》，该小说在当时获得了文坛内外一致的肯定，成为三岛的代表作之一。1957 年，三岛又凭借着连载于《群像》1957 年 4 月至 6 月号的小说《美德的蹒跚》（『美德のよろめき』），再一次引发热议，在全日本掀起了一股"蹒跚热"。1958 年后，三岛开始投入到被他视为青春纪念碑的长篇小说《镜子之家》的创作之中。《镜子之家》曾在 1958 年 10 月号的《声》上刊载过一章，后续章节则转为直接出版，整部小说的单行本于 1959 年 9 月由新潮社发行。三岛在《镜子之家》上倾注了许多心血，自称在《镜子之家》里描写了所谓的"战后时代"，研究了虚无主义。《镜子之家》整部小说建立在三岛的虚构观念之上，故事情节远离大多数人的日常生活，也没有具体的原型人物。三岛在小说里的四个分身——画家、拳击手、演员和公司职员，分别代表着感受性、行动、自我意识、处世方法。《镜子之家》由于其强虚构性和强观念性，是一部对读者的文学阅读能力有着一定要求的作品，普通读者难以捕捉到三岛想要通过文章表达的思想。然而，在当时的大众读者眼中，小说更像是一种娱乐消遣的手段，没有多少人愿意像曾经的小说读者一样，静下心来去探寻"寡淡"故事背后隐藏的寓意或者说作者的创作意图。对于这种情况，三岛应该已经有所察觉。《潮骚》《美德的蹒跚》受到的追捧和《假面自白》《禁色》获得的关注，让三岛隐约感觉到了大众阅读的肤浅化和娱乐化。三岛选择《镜子之家》在杂志上连载了一章后就转为直接出版，暗示了他对读者的不信任。就在三岛正奋力创作《镜子之家》的时候，他接到了《妇人公论》的约稿，邀请他为读者写一部关于文章写作的指南书。

口述笔记《文章读本》作为 1959 年 1 月号《妇人公论》的"别册附录"发表问世，随后在添加了答读者疑问的部分"附录　质疑应答"后，于1959 年 6 月由中央公论社出版发行。

在 1958 年 12 月号"妇人公论新年特大号预告"广告中，《妇人公论》编辑部介绍《文章读本》是"文坛鬼才的新颖正统的文学鉴赏入门指导"，"250 页的全新力作"[①]。介绍中还刊载了三岛的寄语，"蒂博代[②]将小说的读者分为普通读者和精读读者，而我写这本书的意图在于，将至今为止满足于做普通读者的人引向精读读者水平"。[③]

在 1959 年 1 月号《妇人公论》的目录中，编辑部的推荐语是："在被称作文章混世的当下，我们渴望掌握文章的正确鉴赏与书写方法。本文是作者通过讲述自身体验，倾尽全力创作的 250 页力作。"[④]在该期的《主编后记》中，三枝佐枝子主编说："三岛由纪夫的《文章读本》作为一部突破了所谓的附录概念的佳作，或许会永久地装点各位读者的书斋吧。"[⑤]

单行本发行后不久，《产经新闻》的一则佚名书评评价道："无需赘言，面对混乱的潮流，像该书一样明确的标识是何等重要，而该书又会产生何等尖锐的影响。该书平易近人，采用了符合文章读本的明快文风，对于刚开始读小说的人来说也是容易理解的。作者在'文章种种'的总论中讨论了日语、日语文章的特质，在'小说的文章''戏曲的文章''评论的文章'等各个章节中展开了极具个性又堪称优秀的论述，从内部明确了日本文学，是一本难得的教养书籍。"[⑥]篠田一士在《日本读书新闻》的书评里说："我认为，除了中村真一郎先生外，三岛先生在同时代文学家中堪称小说精读读者第一人。虽说如此，本书的'であります'不会产生来自文坛高高在上的教育口吻的令人厌恶的感觉。末尾的六分之一内容明显是需要事先阅读过作者作品后才能明白的艺术谈话片段……不过读了此书后，任何人都会发现，那并不只是个人的喜好，这种喜好背后是普遍议题赋予的优秀批评。或许，如果根据这个批评原理来评价作者的小说作品的话，与其说是使其小说的优点正当化，不如说更可能会暴露其小说的缺点。虽然没有时间详细介绍作者的文章论，但我最为感兴趣的是该书第七章的'文章技巧'。作者条理清晰地暗示到，小说作品里的人物、自然、心理、行动等描写不过是作品的假象，本质存在于文章本身。这是对于一开口就想对小说进行分类的当今文学评论家的猛烈挑战，若是这样的文学教育，我也是非常赞

---

① 「(社告) 新年特大号予告」,『婦人公論』, 1958 年 12 月号, 第 122 頁。
② 阿尔贝·蒂博代（Albert Thibaudet, 1874—1936 年），法国文学批评家。
③ 「(社告) 新年特大号予告」,『婦人公論』, 1958 年 12 月号, 第 122 頁。
④ 「目録」,『婦人公論』, 1959 年 1 月号。
⑤ 三枝佐枝子:『婦人公論』, 1959 年 1 月号, 第 392 頁。
⑥ 無署名:「文芸時評」,『産経新聞』, 1959 年 7 月 6 日。

成的。"①江藤淳在《周刊读书人》的书评中表示："好文体需要一种类似于运动神经的东西。三岛先生虽然谈到了文章节奏的重要性，但是他的文章却是静态的，缺乏运动神经。作家的批评分为两种：一种是在批评里追求新意，一种则是借助批评来使自己的美学正当化，而《文章读本》就属于后者。这本书披着启蒙书的外皮，实际上是一本极具战斗力的艺术谈话。"②综上可以看到，其实当时已经有人察觉到三岛创作《文章读本》的动机"不纯"。而且，需要注意的是，虽然《文章读本》发表在《妇人公论》这样的知名杂志上，但是并没有在日本社会上引起热烈反响，主流媒体仅有《产经新闻》刊载了相关评论。

野口武彦在中央公论社出版的《文章读本》的解说中表示，《文章读本》毋庸置疑是当代一流的文章鉴赏家三岛才能写得出来的简单明了却又细致入微的文章论、文体论。虽然《文章读本》最初的创作目的是希望引导文学作品的读者成为生活在小说世界内部的人类，但是三岛在写作中途其实已经放弃了写一本单纯的文章鉴赏范本的初衷，《文章读本》最后涉及一些三岛本人的小说创作方法。相对于那些看似读完就能成为作家的文章写作入门书，《文章读本》为立志成为作家的人精心准备了一套优质课程。三岛通过坦白公开其对于各种文章技巧的好恶，向读者展现出了三岛文学的各类文体技巧的冰山一角。正如三岛本人所说的一样，《文章读本》是一本意在让读者敏感地觉察一切样式的文章之美的读本。同时，《文章读本》还能让人们暂时停下对三岛小说文体的各种解读，仔细观察其中纵横交错的理论性与感性。③

另外，在《文章读本》发表将近二十年之后，在《国文学：解释与鉴赏》于 1976 年 4 月推出的特辑"现代作家与文体"的"作家的文体论"部分中，收录了一篇关于《文章读本》的书评——山田博光的《三岛由纪夫〈文章读本〉》。山田博光在文中对《文章读本》进行了简单的介绍，肯定了《文章读本》的文学价值。④

《文章读本》不仅在同时代的反响平平，在三岛文学研究中也鲜有被提及。到目前为止，为数不多的先行研究都只是注意到了三岛和《文章读本》本身，忽视了那些阅读《文章读本》的读者的存在。《文章读本》常常只是

① 篠田一士：「文芸時評」，『日本読書新聞』，1959 年 8 月 3 日。

② 江藤淳：『週刊読書人』，1959 年 8 月 3 日。转引自松本徹，佐藤秀明，井上隆史編：『三島由紀夫事典』，東京：勉誠出版，2000 年，第 329 頁。

③ 野口武彦：「解説」，见三島由紀夫：『文章読本』，東京：中央公論社，1995 年，第 229-236 頁。

④ 山田博光：「三島由紀夫『文章読本』」，『国文学：解釈と鑑賞』41(5)，1976 年 4 月，第 158-159 頁。

被当作分析三岛文体的一个论据或佐证来使用。三岛一生其实发表了不少讨论文章文体的文学评论，但《文章读本》是其唯一一部系统性地讨论文章文体的著作。然而，如前文所述，三岛并没有把《妇人公论》当作一个正式的文学平台，除了发表小说，三岛几乎没有参加过《妇人公论》组织的其他任何文学活动。那么，三岛为什么会选择在《妇人公论》而非专业性更强的文艺刊物发表或者由出版社直接出版呢？野崎欢指出，《文章读本》体现了三岛的种种矛盾心理，其中最关键的是，《文章读本》一方面有意营造向读者倾诉的亲近感；另一方面又直言要击碎普通人的作家梦。^①如果不是想提供写作指导，那么三岛的创作意图到底是什么？既然看不起业余写作，那三岛为何还选择在非专业性的女性杂志《妇人公论》上发表文章论著作？在明知已有文坛前辈谷崎润一郎、川端康成的"珠玉"著作在前的情况下，三岛为何仍旧毫不避讳地推出了自己的《文章读本》？

4.2　《妇人公论》对读者写作的关注

要解答上面提出的疑问，首先需要考察刊载了《文章读本》的《妇人公论》与业余写作的关系。女性的解放首先要从女性的启蒙开始，而在启蒙女性的道路上，《妇人公论》发现了文学写作的"奇妙效果"。

4.2.1　1953 年的"全民作文"活动：业余写作序幕拉开

1953 年，《妇人公论》举办了"全民作文"活动。彼时，以 1951 年日美双方签署《旧金山对日和平条约》为契机，日本人重获民族独立，重拾民族自尊，各种爱国活动在全日本此起彼伏地开展起来。对此，《妇人公论》编辑部在"全民作文"活动寄语中表示，1952 年美国驻日盟军的撤离使得"所有日本人都感慨万分，有许多话要说"。^②

在这场声势浩大的全民爱国活动中，最引人瞩目的是家庭主妇的"异军突起"。当时家庭主妇们的社会活动参与意愿之高，可谓前所未有。一直以来，主妇在家庭生活中扮演的都是夫唱妇随的贤内助角色，脱离社会。然而，"二战"后众多日本家庭主妇为了保护子女、守护家庭、祈愿和平、建立日本社会的新道德，纷纷选择从狭小的家庭小天地中走出来，联合采

---

① 野崎歓：「修辞学・テクスチュアル——『文章読本』『葉隠入門』『文化防衛論』ほか」，『国文学：解釈と教材の研究』38(5)，1993 年 5 月，第 48-51 頁。

② 『婦人公論』，1953 年 1 月号，第 168 頁。

取行动为自我发声。比如，各地频繁开展的反对设立特饮街①的强势活动、为反对电价上涨而召开的妇女大会、以彻底实施儿童宪章为目标而成立的"护子会"（子供を守る会）等。②家庭主妇们不仅走上街头，还拿起了笔杆。随着子女问题、家庭问题逐渐引发全社会的关注，各报社见势纷纷尝试恢复家庭栏目。朝日新闻社率先开设"瞬间"（ひととき）栏目，征集从家庭主妇立场出发的自由投稿。由此，在全日本的家庭主妇中出现了一股写作热。在主妇们开始关注社会问题的同时，社会也开始关注主妇们的写作。

《妇人公论》一直尝试着通过各种途径、借助各种手段来实现对日本女性的启蒙，而文学写作就是其采用的重要手段之一。早在"二战"前，《妇人公论》就已经率先开始尝试借助写作来启蒙女性。后来成为著名女性随笔作家的丰田正子，就是《妇人公论》通过《作文教室》（「綴方教室」）发掘的。《妇人公论》一直坚持在杂志上介绍各种关于写作的知识和信息，邀请作家、文艺评论家刊载评论文章，举办系列文学讨论会，设立"妇人公论特选汇编"（婦人公論特選ダイジェスト）专栏等，鼓励读者"以我手写我心"。值得注意的是，"妇人公论特选汇编"专栏并不局限于对小说的介绍，它还设有"文艺杂志篇""一般书籍篇""综合杂志篇""海外报刊篇"等分栏，每期都会邀请国内知名评论家、学者③挑选日本主要的杂志、书籍以及国外报刊的主要报道进行介绍和点评。

有了前期开展的大量文学活动奠定的基础，《妇人公论》最终在1953年正式推出"全民写作"活动。《妇人公论》认为，家庭主妇的作文一直以来都只是单纯地记录个人身边的事情，伴随着整个社会对家庭主妇关注的高涨，应该努力开拓她们的视野，号召她们站在社会全局的高度来思考个人的生活，心系社会、胸怀天下。

《妇人公论》以清水几太郎的《关于作文》一文和座谈会"谁都可以写文章吗？"为这场"全民作文"活动奠定了基调。

在《关于作文》中，清水几太郎虽然号召全民作文，但是并未谈及具体的写作技巧，只是强调写作内容的重要性。清水在文中表示，日本的学校提供给学生的作文训练，只是单纯模仿所谓的"美文"，全然不顾对所见

---

① 指特殊饮食店林立的街道，而"特殊饮食店"指带有娼妇的饮食店。

② 中央公論社：『婦人公論の五十年』，東京：中央公論社，1965年，第206-207頁。

③ 例如1959年1月号的"妇人公论特选汇编"专栏的撰稿人为青地晨、井上勇、江上照彦、冈崎俊夫、奥野健男、加藤子明、丸山邦男、南新四郎、村上兵卫、山下肇。

所闻、所思所想的表达。然而，只重形式、不看内容，其实是误解了作文的意义和目的。相较于日本的学校教育，清水非常认同欧洲教育对于作文的认知和重视。在与友人的交谈中，清水听说法国的初等教育会教授文法、对文章进行语法分析、让学生掌握文章的写作技巧，由此联想到欧洲文学中时常出现的由非专业作家所创作的名作。他认为，相较于欧洲人作文时的"游刃有余"，日本人因为在学校接受的作文训练流于形式，所以想要写出好的作品，必须另外进行一番写作训练。清水以自己的经验为例，表示自己广泛涉猎外国文学作品，借助大量的阅读积累才摆脱了学生时代养成的"美文癖"。"二战"后，日本社会开始流行起记录生活点滴的潮流。清水建议普通人，不用急于去模仿专业作家夹杂着各种写作技巧的"美文"，可以先试着写日记，将写作重心放在文章的内容而非形式上。作者应该用真实、诚恳的语言来表达自己的生活感悟，并要为自己的文字负责。清水甚至将作文上升到了完成自我改造、振兴大和民族的高度。1953 年是美国驻日盟军撤离日本后的第一年，清水呼吁大家用自己的眼睛来看日本，用自己的笔记录下自己的所见所闻、自己的决心和对日本的期待，树立民族意识，摆脱美国占领所造成的各种影响。①

《妇人公论》还邀请了文学评论家波多野完治、作家国分一太郎和社会学者鹤见和子参加由编辑藤田圭雄主持的"谁都可以写文章吗？"的座谈会，就全民写作展开讨论。从嘉宾的选择来看，波多野完治是文章心理学专家，而国分一太郎不仅是 1950 年日本作文会的发起人之一，还是战后复兴"生活作文"（生活綴方）活动的主要号召者之一。②座谈会首先围绕文章的记录功能展开了讨论。三位嘉宾认为，普通人的写作也许文字不够优美、文体不够考究，但是这些都无伤大雅，重要的是文字要有真情实感。而且，只是在脑海里思考是不够的，唯有将想法变成文字，才能正确把握自己的思想，并与社会整体舆论进行比照。如果发现自己的观点的确存在谬误或者落后于时代，就要进行自我调整，完成自我思想的改造；如果实在无法认同媒体宣传的主流观点，也无需强迫自己。比如，虽然主流媒体大肆宣传战争，但是自己反对战争，也无法被主流媒体的各类报道说服，那就坚持内心即可。现在，文章已经超越了文学的范畴，写作不再是文人

---

① 清水幾太郎：「作文について」，『婦人公論』，1953 年 1 月号，第 168-173 頁。

② 日本大百科全書、日本人名大辞典，见 JapanKnowledge web，2020 年 3 月 7 日，http://NJRYAZLPNNYG875MMWTGP3JPMNYXN/lib/display/?lid=1001000091011，http://NJRYAZLPNNYG875MMWTGP3JPMNYXN/lib/display/?lid=5011060630700.

的专利。其次，波多野、国分和鹤见就文章的交流功能展开了讨论。对于普通人来说，如果觉得有些话不方便说出口，那就不妨用文字来表达。通过写作（记录）、实践、交谈、写作（记录）的往复循环，人们可以表达各自的想法，交流彼此的意见。文字交流不需要人们同时在场，可以避免因为不善于面对面对话而放弃自我表达，文章可以弥补对话的缺陷。文章作为一种交流方式，人人都可以写。总的来说，座谈会嘉宾们的整体观点是，人们不仅可以通过写文章来记录自己的所思所想，完成自我思想改造，还可以通过写作来与他人交流思想情感。需要指出的是，座谈会所讨论的"文章"并不是艺术类文章，而是实用型文章。他们将实用型文章视作人们完成自我思想改造、互相交流的工具，认为不仅人人都可以写文章，而且人人都应该积极主动地写文章。[①]在这个座谈会之后，杂志还刊载了三篇围绕农村生活的命题范文——《我的家》（「私の家」）。

从 1953 年 3 月号开始，《妇人公论》正式设立"读者文艺栏"（読者文芸欄），为读者们提供了一个公开发表作品的平台。《妇人公论》此举是比较超前的。相比之下，当时另一大女性月刊杂志《妇人俱乐部》还只是开设了"短歌评选"和"俳句评选"栏目，而其完全等价于《妇人公论》"读者文艺栏"的"读者文艺"（読者文芸）专栏直到 1958 年才得以设立。创立之初，《妇人公论》的"读者文艺栏"分为"短歌"和"文章"两个分栏，分别邀请了洼田空穗和川端康成担任评委。1957 年 1 月号上增设了"俳句"和"诗"两个分栏，分别由星野立子和藤岛宇内担任评委。"文章"部类的征稿要求如下：1. 题材自由；2. 3200 字以内（每页 400 字的稿纸，不超过 8 页）；3. 截稿日期为每月的十日；4. 中选稿件可获得一定酬谢。[②]另外，每期除了选登作品外，还会附上评委的评选意见，以期提高女性的写作水平。此后，各部类的评委陆续有所更换。比如，刊载三岛的《文章读本》时，"俳句"评委是中村草田男，"短歌"评委是宫柊二，"文章"评委是永井龙男，"诗"评委是谷川俊太郎。在《妇人公论》的精心策划和组织下，"读者文艺栏"成为读者燃烧文学激情、施展文学才华的新天地。

进入 20 世纪 60 年代后，读者的参与俨然成为《妇人公论》的一大特色，将《妇人公论》变成了一本读者参与型的杂志。特别是杂志用"手记"的形式，介绍读者的真实心声，引发了许多读者的共鸣。而且《妇人公论》

---

① 波多野完治，国分一太郎，鶴見和子，藤田圭雄：「座談会・文章は誰にでも書ける」，『婦人公論』，1953 年 1 月号，第 174-185 頁。

② 『婦人公論』，1953 年 3 月号，第 225 頁。

还常常会在读者的来稿后面附上专业人士的评价，为稿件作者和其他读者提供"另一只眼"的分析意见。比如，1961 年 6 月号的"女性的'危险关系'"（女性における"危険な関係"）、1961 年 11 月号的"没有妻子名分的妻子记录"（妻の座なき妻の記録）、1962 年 2 月号的"婚前性行为的好坏"（婚前性交是非）、1962 年 4 月号的"未婚母亲的记录"（未婚の母の記録）等手记特辑。《妇人公论》借助"手记"，为读者提供了一个发泄情绪、交流情感、寻求支持的地方。许多优秀来稿的独特表现力、感染力引起大量读者的共鸣。不仅如此，在那个普遍认为女性只适合写小说、手记这些偏感性文体的年代，《妇人公论》还抢先一步，率先开始向读者征集需要缜密逻辑思维的论文作品，培养女性的逻辑思辨能力。比如，1964 年的"立志实现日本女性的进一步国际化"（日本女性のより高い国際化をめざして）论文征集活动、1965 年的"新的爱情道德"（新しい愛のモラル）征文活动和"物语近代人物女性史"（物語近代人物女性史）征文活动等。《妇人公论》非常重视读者的写作，在用自身的实际行动践行"启蒙女性"办刊宗旨的同时，也为日本社会发掘和培养了诸多优秀的女性作家。

《妇人公论》的"读者文艺栏"以及各种手记、论文的征文活动，为倾诉欲日益高涨的女性提供了一个绝佳的发声和展示平台。《妇人公论》的读者们也积极响应杂志的号召，即使到了《文章读本》刊载的 1959 年，也依旧对写作、文学保持着很高的热情。比如，在 1959 年 2 月号的"读者俱乐部来信"栏目中，伊那支部汇报，在其 1958 年 11 月的例会上，成员们围绕《妇人公论》连载的小说《子种》展开了讨论，邀请熟悉小说的人详细介绍了小说的创作方式、阅读方式、批评方式等。此外，还介绍了俳句、诗歌的品读方法。与会成员体会到了小说创作、阅读的难度，表示学到了很多知识。在麦芽会（带宏）支部 11 月的例会上，与会成员一起讨论了《人类的条件》，交流了小说读后感和对作者创作能力的分析。在中京支部（名古屋）的汇报中，提到了支部制作的文集。[①]可以看出，《妇人公论》的读者不仅仅是爱写作，还注重写作方法，会有意地去了解文章的写作方法。正是这种对文章写作方法理论的渴求，促成了后来《文章读本》的出现。

4.2.2　1957 年的特别附录"新文章读本"：业余写作势头正劲

尽管读者们借助文字进行自我表达的欲望非常强烈，但是写作看似容易，实则困难重重。要想提高读者的写作能力，单靠"读者文艺栏"里评

---

① 「グループ便り」，『婦人公論』，1959 年 2 月号，第 368-370 頁。

委寥寥百字的点评（選の言葉）毕竟不行。为了满足读者们提高写作能力的要求，帮助读者们提高写作水平，《妇人公论》在"读者文艺栏"设立四年后的 1957 年 2 月号上，推出了特别附录"新文章读本"。从这个特别附录的组稿情况来看，杂志邀请了多位业内专家，就文字使用规范、各种常见文章体裁撰文，为读者提供写作建议，"介绍文章之道、写作态度、写作思维、表现方式等具体的写作技巧，以飨读者"，见表 4-1。

表 4-1　"新文章读本"目录（1957 年 2 月号）[①]

题　目	作　者	页码
おもな新字体一覧表（新字体の心得）	広田栄太郎（文部事務官）	330
文章とは何か	谷崎潤一郎（作家）	331
「座談会」投書・評論・小説	伊藤整（作家）・亀井勝一郎（文芸評論家）・臼井吉見（文芸評論家）・平林たい子（作家）	336
「手紙」明晰・簡潔・平易の三原則	河盛好蔵（仏文学者）	343
「日記」自分を書きとめておくこと	吉田精一（国文学者）	348
「生活綴方」具体的な説得力を－女性の思想について－	鶴見俊輔（東京工業大学助教授）	353
正しい現代かなづかい	土岐善麿（文博、国語審議会会長）	357

★原稿用紙の書き方★誤りやすい熟語のなかの漢字★敬語「お」「ご」の整理★同音の漢字による書きかえ★送りがなの理解★評論、小説募集

特别附录的第一篇文章来自文部省官员广田荣太郎的《新字体的心得》（「新字体の心得」）。1949 年，日本政府制定了"常用汉字字体表"（当用漢字字体表），首次确定了 1850 个常用汉字的字体规范。其中，600 个因此发生变化的汉字被称作"新字体"。也就是说，1953 年《妇人公论》创立"读者文艺栏"时，日本正经历着国语、文字的大调整，新旧文字的混用使许多人陷入混乱和迷茫。此时，一篇相关的说明文章就显得既及时又必要。在《新字体的心得》一文中，广田呼吁人们响应政府对汉字的改革，

---

① 『婦人公論』，1957 年 2 月号，第 229 页。

积极使用新字体。《妇人公论》还附上了常用汉字的新旧对照表，供读者参考。

紧随其后，《妇人公论》节选了谷崎润一郎的《文章读本》的第一章"何谓文章"（文章とは何か），作为整个特别附录的基调文章。因为篇幅限制，《妇人公论》在征得谷崎本人的同意后，进行了一定的删减，保留了"语言与文章""实用文章与艺术文章"部分，舍弃了"现代文章与古典文章""西洋文章与日本文章"部分。从对"何谓文章"所保留和删减的内容可以看出，谷崎和《妇人公论》将重点放在了文章的"写实性"上，力图消除读者对于文章写作门槛的顾虑或畏惧，认为读者写文章时不需要过多考虑文章的艺术性，无论是书信文章还是小说文章，文章的要义在于把自己的情感、思想、意见尽可能完整、明了地表达出来。古人所说的"去华就实"，就是指写文章时应去除多余的装饰，只用真正需要的语句完成书写。最实用的文章其实就是最优秀的文章。虽然《何谓文章》是一篇旧作改编，但它依旧寄托着谷崎对当时"全民作文"活动的思考，而且从中可以看出，谷崎是认可和肯定"全民作文"活动的。

在这之后，《妇人公论》开始具体介绍各种文章体裁的写作技巧。《妇人公论》在 1957 年 1 月号上刊登了"首届女性新人评论"和"第二届女性新人小说"的征文通知，并表示将新设"最佳投稿奖"，希望读者能踊跃投稿，见表 4-2。在特别附录"新文章读本"中，杂志邀请担任"首届女性新人评论"和"第二届女性新人小说"的评委们召开"投稿·评论·小说"（投書·評論·小説）座谈会，向读者提出写作建议。针对读者投稿，评委们表示，农村读者的投稿比城市读者的投稿更加生动有趣。有些读者掌握了让稿件获得选登的诀窍，为了迎合编辑部不惜歪曲事实，这种做法其实会让人产生审美疲劳。针对评论文章，评委们认为，只要做到具备理论、伦理和感觉三要素，如实地记录下自己的所思所想即可，不要装腔作势。针对小说，评委们表示，不同于评论，小说不需要也不可以如实记录。为了突出叙述的重点，写小说时可以替换、更改次要的细节。生活记录并非文学，而是人们用来突破自己现有生活的一种手段。针对"首届女性新人评论""第二届女性新人小说"和"最佳投稿奖"，评委们给出的建议是，不要试图模仿之前的获奖者，要突破自我，写自己想写的东西。

在《〈书信〉明晰·简洁·平易三原则》（「『手紙』明晰·簡潔·平易の三原則」）一文中，河盛好藏表示，因为书信交流不能像面对面说话时一样借助表情、肢体语言等传达信息，所以写信时需要换位思考。写信要做到

表 4-2　《妇人公论》各项文学奖[①]

	首届女性新人评论	第二届女性新人小说	最佳投稿奖
截稿日期	1957 年 4 月 15 日	1957 年 7 月 15 日	1957 年全年
稿件页数要求	20 页（每页 400 字）以内	80 页（每页 40 字）以内	无
主题/范围	"现代女性的生活方式"、"我的研究（有关研究室、职场、家庭等各领域的研究）"	无	"生活之窗"、文章、诗歌等各读者来稿栏目
评委	龟井胜一郎、田中寿美子、鹤见俊辅	平林泰子、伊藤整、臼井吉见	不明
结果公示	1957 年 7 月号	1957 年 10 月号	1958 年 1 月号
奖金	入选作品每篇 3 万日元	入选作品每篇 10 万日元	不明

"明晰""简洁""平易"。"明晰"指明确写信的目的，"简洁"指语言精练，"平易"指文体简单、易于理解。只要能做到这三点，至于写信人想在文中加入个人特色，则是完全可以的。在《〈日记〉记录自我》（「『日记』自分を書きとめておくこと」）一文里，吉田精一表示，日记就是一种备忘录，记录自己的思想情感即可。针对读者的杂志投稿，鹤见俊辅在《〈生活作文〉具体的说服力》（「『生活綴方』具体的な説得力を」）一文中指出，生活作文中有许多东西也是需要极高的理论性的。虽然女性思想的力量来自其说服力，但是因为女性常常将说服力与理论割裂开来，导致女性的思想缺乏说服力。女性重视辩论技巧，忽略理论。然而，理论是寻找真理的工具，辩论技巧则是向人传达真理的工具，两者并不相同。女性认为寻求真理的漫长道路是无用的，只认可向人传达真理的行为具有价值。因此，女性的思想是固执、单纯的。当女性想要通过语言或文字来阐述自己的思想时，就会无法应付这些形式所要求的复杂性。鹤见认为，这些问题都应该引起读者的重视与警惕。

　　特别附录的最后一篇文章是《正确的现代假名使用方法》（「正しい現代かなづかい」），与特别附录的第一篇《新字体的心得》形成了首尾呼应的关系。编辑部邀请国语审议会会长土岐善麿就新的汉字、假名使用规范进行了说明，介绍了规则制定的过程，强调了新规则的重要性，呼吁大家积极遵守新的书写规则。

---

① 『婦人公論』，1957 年 2 月号，第 341 页。

从上述《妇人公论》开展的一系列针对提高读者写作能力的活动可以看出，《妇人公论》非常重视读者的写作。在 1953 年推出"全民写作"活动后，经过几年的观察总结，针对其中发现的问题，《妇人公论》推出了 1957 年 2 月号的"新文章读本"特别附录，为女性读者们提供了更为详细的写作指导和建议。然而，"新文章读本"特别附录强调实用性，并非是提高综合素质的教养型指南，内容有些浅薄和简单，所产生的指导效果有限。于是，《妇人公论》决定，邀请一位在文坛和社会上都有一定地位与号召力的名人来执笔《妇人公论》的"文章官方指南"，为读者们提供更专业、更详细、更系统的写作理论指导。

1958 年的三岛因为相亲结婚，受到了女性读者的高度关注。彼时，三岛既有《假面告白》《金阁寺》等享誉文坛内外的"纯文学"作品傍身，又凭借《永恒之春》（『永すぎた春』）、《美德的蹒跚》等"娱乐小说"在女性中颇具人气，与《妇人公论》以及《中央公论》都保持着良好的合作关系。三岛被《妇人公论》选为官方文章写作指南的作者，可谓是情理之中的事情。

只不过，虽然《妇人公论》视三岛为不二人选，但极为看重文学正统性的三岛是否认同《妇人公论》的"全民作文"活动，则另当别论。清水几太郎在《关于作文》一文中，批评日本学校提供给学生的作文训练只是单纯模仿所谓的"美文"。与此相反，三岛在《关于文章读本》一文中表示，读中学时就很反感学校推崇"只认可没有任何修辞、以达意为本的写实主义文章"[①]的作文教育。由此看来，三岛其实并不赞同"全民作文"活动重文章的"写实性"而轻文章的"观赏性"的做法。而且，对于三岛而言，《妇人公论》也不是一个讨论文学写作的地方。那么，三岛为何又会接下《妇人公论》的约稿呢？这背后有着何种意图呢？

4.3　三本《文章读本》之比较：
三岛的读者意识与真正意图

自谷崎润一郎于 1934 年出版《文章读本》一书后，市面上冠以"文章读本"之名的书籍就层出不穷。除了接下来要讨论的川端康成和三岛由纪夫的版本之外，比较有名的还有菊池宽的《文章读本》（1937 年，モダン

---

① 三岛由纪夫：「文章読本について」，『決定版三島由紀夫全集第 30 巻』，東京：新潮社，2003 年，第 322 頁。

日本社）、木村毅的《新文章读本》（1949 年，旺文社）、伊藤整编纂的《文章读本》（1954 年，河出書房）、野间宏的《文章读本》（1960 年，新読書社出版部）等。《文章读本》这类书籍多为出版社或书店的约稿。"文体"问题、"文章"问题是所有近代小说作家必须要面对的一个重要课题，这些为普通民众写的《文章读本》其实也给作家们提供了一次自我反思的机会。从某种意义上来说，日本近代小说正是因为有了这些《文章读本》作者的探索才得以发展起来的。

选取谷崎、川端两人的《文章读本》与三岛的《文章读本》进行比较，是基于三位作家之间的联系以及文本之间的联系的双重理由。林巨树曾指出，谷崎、川端和三岛皆是具有"浪漫派、耽美派倾向的作家"，也都算得上是"美文家"。①虽然作家都讲究行文，但是具有耽美派倾向的作家尤其关心语言的音韵、写作的技能，对文章更为讲究。追求美文不仅是对他们自身的要求，也是对他人的期望。②川端和三岛在创作自己的《文章读本》之前，都熟读过谷崎的《文章读本》。川端在《新文章读本》中多次提及谷崎的《文章读本》，并表示认同谷崎的观点；三岛在 1958 年为谷崎的《文章读本》撰写过推荐词，公开表示自己在中学时代曾熟读过谷崎的《文章读本》。以三岛与川端的师徒关系来看，三岛必然也读过川端的《新文章读本》。这三本"文章读本"都是在有作家却无"文章家"的时代创作的，正好形成了一个发展链条，将日本现代文坛上不同阶段关于文章文体的讨论串联起来。尽管三本《文章读本》都承载了三位作家希望启迪民众关注文章品质的良苦用心，但通过对比可以看出，三岛创作《文章读本》的用意与谷崎、川端存在本质上的差异。笔者认为，这种差异是由三岛创作《文章读本》时的读者意识所导致的。

4.3.1 立意比较：一切只为培养理想读者

虽然三位作家都希望借《文章读本》来启发民众关注文章品质，但各自的立意或者说切入点并不相同，体现了三位作者对于业余写作的不同态度。

最早成书出版的是谷崎的《文章读本》，由中央公论社于 1934 年 11 月直接出版发行。明治维新后，日本引进了新的印刷技术，创立了邮政制度，

---

① 林巨树：「三つの文章読本の文章観——谷崎潤一郎・川端康成・三島由紀夫」，『国文学：解釈と教材の研究』11(5), 1966 年 5 月，第 100 頁。

② 林巨树：「三つの文章読本の文章観——谷崎潤一郎・川端康成・三島由紀夫」，『国文学：解釈と教材の研究』11(5), 1966 年 5 月，第 100-101 頁。

普及了国民教育，报纸杂志作为大众媒体迅猛发展。到了 20 世纪 30 年代时，大众文学已经发展起来并初具规模。人们不仅阅读小说，还开始关注写作本身。"文章才能是今后任何职业都需要的。"① 谷崎的《文章读本》便是顺应这种对写作知识的需求而创作的。在三本《文章读本》里，只有谷崎的《文章读本》是围绕写作技巧来展开的，讲述了"我们日本人书写日语文章的心得"②。

谷崎在《文章读本》的序言中表示，"本书不是面向专业的学者、文人的"，"本读本的目的在于让来自不同阶层的尽可能多的人阅读，所以文字以浅显易懂为原则"。③ 作为一本文章写作指南，谷崎的《文章读本》的排版模仿了当时的教科书，采用文本框加文字的形式，在正文上方留有空白，并将行文中加粗的重点附在空白处，供读者做笔记和写心得。可以说，这种排版方式与谷崎版《文章读本》的创作意图相得益彰。

谷崎是一位"美文家"，对文章非常讲究，注重遣词造句，会使用各种文体，还会关注文章的整体视觉效果。谷崎虽然在书中提到了许多细节和技巧，但是他并不要求普通读者们也刻意效仿。

虽然以前的韵文、美文除了保证读者能够理解之外，还追求视觉、听觉上的美感，然而现代的口语文章则注重"让人明白""让人理解"。如果能具备视觉、听觉上的美感自然是好，可如果总是纠结于此的话，也实在耗费时间。实际上，当今世界变得如此纷繁复杂，单单是写得让人明白就已经够文章作者苦恼的了。④

《文章读本》并不强调文章的专业性、技术性，而是以文章的实用性为宗旨。在全书的起始部分，谷崎指出，文章不存在实用与艺术之分。"写文章的关键是把内心的想法、自己想说的话尽可能地按照原本的样子明确地表达出来。无论是写信还是写小说，都是一样的。"⑤ "古人云，去华就实。说的就是要除去多余的装饰，只写真正必要的话。最实用的文章就是最优秀的文章。"⑥《文章读本》讨论的只是普通人会接触到的一般的实用型文

① 谷崎潤一郎：『文章読本』，東京：中央公論社，1942 年，第 18 頁。
② 谷崎潤一郎：『文章読本』，東京：中央公論社，1942 年，第 1 頁。
③ 谷崎潤一郎：『文章読本』，東京：中央公論社，1942 年，第 1 頁。
④ 谷崎潤一郎：『文章読本』，東京：中央公論社，1942 年，第 12 頁。
⑤ 谷崎潤一郎：『文章読本』，東京：中央公論社，1942 年，第 7 頁。
⑥ 谷崎潤一郎：『文章読本』，東京：中央公論社，1942 年，第 7 頁。

章。谷崎建议读者在写文章时，无需过多顾忌语法，"不要被语法束缚"①；
选择用词时不要标新立异，而是选择通俗易懂的词语，选择自古以来惯用
的熟悉的词语，选择熟悉的外来语、俗语而非陌生的、艰涩的成语。"因为
文章并非仅仅以现代人为阅读对象，也不是仅以大都市的知识分子阶层为
读者，所以选词最好能够保证让后世的人、受教育水平低的人也能够明白。
应尽量避免使用变化激烈、说法因人而异的词语。"②关于文体，选择那些
与自己性格相符的文体即可，这样有利于提高文章的写作水平。在谷崎的
《文章读本》里，文章写作不再是一个需要大量文学积累的高门槛活动，不
会让人对文章写作产生畏难情绪，反倒让人有一种跃跃欲试的冲动。谷崎
欢迎和鼓励普通读者尝试写作。"如果各位读者能够坚持不懈地磨炼自己的
感觉，我相信大家肯定会逐渐掌握本书提到的各种知识点。"③

在谷崎的《文章读本》出版十六年后，1950 年，川端康成的《新文章
读本》问世。《新文章读本》的大部分内容来自从 1949 年 2 月号开始陆续
在镰仓书库发行的大众文艺杂志《文艺往来》上刊载的六期文章，在增加
了四章内容以及《关于作文》（「綴方について」）和《作文的故事》（「綴方
の話」）两篇文章后，由茜书房（あかね書房）于 1950 年集结成册出版了
单行本。虽然《新文章读本》的内容组成比较复杂，但川端在附记中明确
表示，为了避免增加内容后反倒让整体变得空洞，他在《新文章读本》中
尽可能地保持连载文章发表之初时的样子，没有进行任何修订。

川端毫不掩饰自己读过谷崎的《文章读本》，并在书中多次表示对谷崎
许多观点的赞同。然而，谷崎的《文章读本》与川端的《新文章读本》在
立意上有着本质上的区别。虽然《新文章读本》看上去像是一本逻辑严谨
的文章论，但实际上该书只是一本文章赏析读本，并没有详细讲述文章的
写作方法。在书中，川端讨论的主要是小说文章，表达了对日本文学未来
发展的展望，讴歌了文章表现的生命力。川端在书中偶尔也会提到写作的
问题，认为做到直抒胸臆最重要，表示只要坚持不懈地努力写作，迟早会
获得成功，肯定了人人写作的权利和意义。不过，川端更关心的是文章的
未来，而不是非文人的写作。在《新文章读本》中，川端明确地区分了作
家与读者，甚至直言，"所谓的通俗小说的一个特质是对读者常识的妥协"④。
川端在书中只是在陈述事实，而不是以建议的口吻讨论问题。比如，在讨

① 谷崎潤一郎：『文章読本』，東京：中央公論社，1942 年，第 78 页。
② 谷崎潤一郎：『文章読本』，東京：中央公論社，1942 年，第 128 页。
③ 谷崎潤一郎：『文章読本』，東京：中央公論社，1942 年，第 290 页。
④ 川端康成：『新文章読本』，東京：あかね書房，1950 年，第 112 页。

论文体时，相对于谷崎的"文体选择应与自己的性格相符合"的建议，川端只是表示"需要反复重申的是，用词、文体都是非常个性化的东西。优秀的文章文体都是最适合作家自己的个性化的文章文体"。①《新文章读本》寄托的是川端对日语文章乃至日本文学的期待，"对于立志成为小说家的人来说，文章是永远的谜题、永远的课题"。②川端为《新文章读本》设定的目标读者是"年轻的读者"③，而不是像谷崎那样面向全社会各个阶层的读者。川端期待有志成为作家的读者能够写出好的文章。"一切只能靠自己的修炼，如此一来，读者可能会觉得我很冷酷无情。然而，可以说文学苦行的第一步就是由此开始的。"④

在《新文章读本》的序言中，川端表示："将文章单纯地变成小说的一个技巧，这股风潮使得我们的文学变得贫瘠。古人云，文章即人。文章有其自身的生命。如此想来，我在这本小册子里或许也寄托了对'有生命的文章'的思念。……让将来的好文章充满生命力是时代赋予我们的光荣使命。"⑤川端写《新文章读本》的用意是，通过介绍古往今来的各类文章，提醒人们关注文章本身，警惕文章衰落对日本文学造成的不良影响。他在书中讲述文章的创作过程，目的是求得读者对文章或者说对作家的理解与尊重。

艺术活动存在艺术创作和艺术接受两个方面。就文学艺术来说，即指作者的心理活动和读者的心理活动。艺术创作在完成表现后就结束了，艺术接受则在接触表现时才开始。也就是说，表现是两个活动的连接点，是沟通两个活动的桥梁。创作者通过表现，才能首次让自己以外的人认可自己的艺术活动；鉴赏者接触到创作者的表现后，才得以开始艺术活动。⑥

川端引用莫泊桑的一段关于作家写作的话来作为全书的结尾。

我们想要说的话，无论是什么，只有一个词可以表现它，只有一个动词可以使它动起来，只有一个形容词可以形容它。因此，我们必须一直寻找，直到找到那个词、那个动词、那个形容词。绝对不能因为回避困难而

---

① 川端康成：『新文章読本』，東京：あかね書房，1950年，第148頁。
② 川端康成：『新文章読本』，東京：あかね書房，1950年，第47頁。
③ 川端康成：『新文章読本』，東京：あかね書房，1950年，第9頁。
④ 川端康成：『新文章読本』，東京：あかね書房，1950年，第83-84頁。
⑤ 川端康成：『新文章読本』，東京：あかね書房，1950年，第2-3頁。
⑥ 川端康成：『新文章読本』，東京：あかね書房，1950年，第11頁。

敷衍了事，即使技术高超也不能糊弄读者，不能使用语言骗术偷梁换柱。无论是何等细微的东西，只要按照尼古拉·布瓦洛①的"他告知了适得其所的词语的力量"这一诗句中所包含的暗示，就可以表达得很好。②

在《新文章读本》问世将近十年之后，三岛也写了一本《文章读本》。全书一次性地整体刊载在 1959 年 1 月号的《妇人公论》上，并于 1959 年 6 月出版单行本。与刊登在《妇人公论》上的版本相比，单行本的正文内容除了对最开始的几行字作了修订以外，没有其他的改动。单行本在正文之后添加了"附录 质疑应答"，三岛回答了 15 个读者提问。三岛的《文章读本》吸取了谷崎和川端的不足。相较于谷崎的《文章读本》，三岛引用了大量范文；相较于川端的《新文章读本》，三岛为每个章节附上了题目，并补充了对拟声词、段落起始的语句等细节问题的讨论。

不同于谷崎和川端对全民写作的欢迎和期待，三岛的《文章读本》表达了对全民写作潮流的担忧，显示出了其对庸俗文学的蔑视。三岛在《文章读本》的第一章"这本文章读本的目的"里写道：

随着教育的普及，只要不是文盲，一般都能写出文章，这就导致文章的观赏功能逐渐消失，人们读到用于欣赏的文章的机会也就变少了。即便如此，文章还是具有微妙的职业特质的。看似任何人都可以写的简单的文章、谁都能轻松听懂的文章，这些文章里都包含着特殊的职业讲究，却往往被人忽视。如今，即使是以鉴赏为目的的文章，文章的价值也藏于其文章本身之中，可以说表面上看上去与实用性文章并无区别。比如说杂志上的广告文章，虽然其文学价值不高，但其中也融入了根据各种特殊目的而使用的写作技巧，绝非外行人能够随便写出来的。③

三岛还结合自己在大藏省给上司写演讲稿的经历，证明不同的文章需要不同的写作技巧，需要接受必要的训练，不是随随便便就能写出来的。

我在此处并不打算马上开始论述文体的问题。只是最近的"文章读本"的著书目的存在讨好业余文学热的倾向，营造出似乎人人都能写文章的假象，这让我觉得有些难过。女性杂志刊载婚姻生活的报道，讲授读者婚姻生活的规则、新婚的心理、初夜的心得等各种普遍法则。然而，写文章没

---

① 尼古拉·布瓦洛（Nicolas Boileau Despreaux，1636—1711 年），法国诗人、文学评论家。
② 川端康成：『新文章読本』，東京：あかね書房，1950 年，第 167-168 頁。
③ 三岛由纪夫：『文章読本』，『決定版三島由紀夫全集第 31 卷』，東京：新潮社，2003 年，第 414 頁。

有普适的法则。虽然我们从小学开始学习国语、作文，习得了一些文章的写作规则，但是其中存在很多的专业阶段和专业练习。实用文章与鉴赏文章会自动地分为不同的类型。看似打破了门类之间界限的业余文学，将模仿性鉴赏的部分与毫无意义的实用文章部分奇怪地混为一体。虽然有时候会形成一种业余文章特有的趣味，但是我将这本《文章读本》的创作目的限定为读者视角的"文章读本"这一点上，既能明确本书的创作目的，又可以唤醒对业余文学的质疑。①

（注：下画线为笔者所加）

谷崎和川端虽然一定程度上承认写作天赋的存在，但仍旧认为"文章不是天赋，而是努力"②，坚持不懈的练习迟早会获得回报。然而，三岛不仅抵制全民写作活动，甚至都没有对新人作家的期待。1945 年 12 月，新日本文学会创立，开展了民主主义文学活动，提出要团结和发挥人民大众的创造性文学力量，以共产主义作家和工农作家为主体，紧密结合大众的民主、独立需求开展文学活动。新日本文学会认为，文学活动应该被放在阶级斗争的主体，即以工人、农民为首的被压迫的大众身上。③在民主主义文学活动的发展过程中，新日本文学派和近代文学派出现了观点上的差异，其所引发的争论规模逐渐扩大，并引发了 1952 年"国民文学"大讨论。在此过程中，竹内好指出，日本当下国民文学的缺失是近代文学的缺失，或者说近代文学的不完整，表现为文坛文学与大众文学的背离。如果不能打破大众文学与纯文学之间的壁垒，则无从谈起国民文学的建立。④在这场关于"国民文学"的讨论结束后不久，20 世纪 60 年代的日本文坛迎来了围绕"纯文学"和"大众文学"而展开的"纯文学论争"。关于什么是"纯文学"，三岛借用了林房雄的定义："纯文学必须是完美的作文，必须拥有良好的文体。而且必须是有朝一日能入选国语教材的作品。"⑤换言之，三岛认为，"纯文学"与好文章是等价的，是同一事物。在《文章读本》里，三岛有意将自己与大众小说的作家区分开来，称对方为"那些大众小说"⑥作

---

① 三岛由纪夫：『文章読本』，『決定版三島由紀夫全集第 31 卷』，東京：新潮社，2003 年，第 416 頁。

② 川端康成：『新文章読本』，東京：あかね書房，1950 年，第 92 頁。

③ 叶渭渠：《日本文学思潮史》，北京：经济日报出版社，1997 年，第 560-561 页。

④ 竹内好：『国民文学と言語』，東京：河出新書，1954 年。

⑤ 三岛由纪夫：「『純文学とは？』その他」，『三島由紀夫全集第 30 卷』，東京：新潮社，1975 年，第 243 頁。

⑥ 三岛由纪夫：『文章読本』，『決定版三島由紀夫全集第 31 卷』，東京：新潮社，2003 年，第 445 頁。

家，批评大众小说作家像小孩子一样喜欢在文章中使用拟声词。在三岛看来，当时的日本，"日语混乱如麻，劣文怪文横行于世"①，不仅"纯文学"的地位日益受到来自"大众文学"的冲击，而且各种《文章读本》带头营造出的"人人都能写文章的假象"更是让三岛揪心。武田泰淳说，如果说文体是作家赋予自己的教养，那么三岛则端坐在教授文体传统的中心。三岛的评论之所以具有一种权威性和清澈感，是因为他在批评同行时毫无人情味。②面对文学平民化的时代趋势，作为文坛精英的三岛自然"有些难过"③。在《文章读本》的开头，三岛直言不讳地表示，自己的《文章读本》带有明确的读者意识。这种读者意识，是试图号召日渐关注大众在文学中的作用的人们一起来反对业余写作，"唤醒对业余文学的质疑"④。他反复强调成为专业作家的艰辛，承认努力的重要性，同时还强调天赋的不可抗拒性。同谷崎的《文章读本》一样，三岛的《文章读本》也采用口语体，带有明显的指导和教授用意。与谷崎和川端不同的是，三岛希望通过自己的《文章读本》将"普通读者"（lecteurs）培养成"精读读者"（liseurs），而非培养写作者。

我写这本书的意图在于，将至今为止满足于做普通读者的人引向精读读者水平。虽然这完全是我一介作家的狂言，但是，当作家首先要成为精读读者，不经历精读读者阶段则无法品读文学本身。如果不会品读鉴赏，那么此人也无法成为作家。然而，精读读者与作家之间还存在才能这么一个无法解释的问题，而且每个人有其与生俱来的性格、命运。有些人既是绝妙的精读读者同时又是作家，也有些人身为大家而充满偏见，拒绝充当他人小说的精读读者。⑤

虽然《妇人公论》一直在鼓励其读者尝试写作，但是三岛从立意之初，就没打算在《文章读本》里讨论文章的写作技巧，甚至还明确反对全民写作活动。三岛在《文章读本》里反复强调作家的专业性、特殊性，提醒读者认识到作家入行门槛的存在，这样做的背后是其身为文人的矜持与自负。

---

① 三島由紀夫：「文章読本について」，『決定版三島由紀夫全集第 30 卷』，東京：新潮社，2003 年，第 322 頁。

② 武田泰淳：「三島由紀夫氏の死ののちに」，『中央公論』，1971 年 1 月号，第 252-257 頁。

③ 三島由紀夫：『文章読本』，『決定版三島由紀夫全集第 31 卷』，東京：新潮社，2003 年，第 416 頁。

④ 三島由紀夫：『文章読本』，『決定版三島由紀夫全集第 31 卷』，東京：新潮社，2003 年，第 416 頁。

⑤ 三島由紀夫：『文章読本』，『決定版三島由紀夫全集第 31 卷』，東京：新潮社，2003 年，第 416-417 頁。

他希望普通人在盲目地跟风之前，先沉下心来培养一定的文学素养，稳扎稳打地成为精读读者后，再考虑写作。"成为精读读者"的建议其实还掺杂着三岛的私心。1958 年至 1959 年期间，三岛正在创作长篇小说《镜子之家》，试图在这部纯虚构的小说中描写"时代"①。面对"大众的喜好与精读读者的喜好渐行渐远"②的趋势，他急需找到能够读懂他作品的"精读读者"。《妇人公论》的约稿可谓雪中送炭，为三岛提供了一个绝佳的机会，使其能够在大众化的媒体上集中输出和宣传自己的文学理念。正是基于这种考虑，三岛对《文章读本》非常重视，不仅与《妇人公论》联合举办了"三岛由纪夫 QUIZ"有奖竞赛活动，还在单行本的《文章读本》里添加了"质疑应答"部分，回答读者们的疑问。

4.3.2　内容比较：对个人文章偏好的宣传

三本《文章读本》的立意差异导致了三者内容的不同。

谷崎的《文章读本》主要分为三个部分："何谓文章"（文章とは何か）、"文章提高法"（文章上達法）、"文章的要素"（文章の要素）。在"何谓文章"部分，谷崎从语言的功能谈起，认为语言的功能是表达思想、具象化思想，并指出语言不是万能的，语言在发挥作用时，其实会受到各种限制。谷崎分析了实用文章与艺术文章、现代文章与古典文章、西洋文章与日本文章的差异，认为文章不存在实用文与艺术文的区别，而口语体和文章体的写作技巧是一样的。身为日本人，既要承认日语存在词汇贫乏、结构不完整的问题，又要认识到日语所具有的优点足以弥补这些缺陷，并发挥这些优点的作用。在"文章提高法"部分，谷崎给出了两条简练的意见，即不被语法束缚和打磨感觉。谷崎认为，语法正确的文章不一定是好文章，写作中不要过多地去考虑语法，应努力省掉为了保证语法准确完整而加入的赘言，还原日语文章的简单朴素形式。谷崎还建议，读者在大量阅读后应分析总结自己喜欢和偏好的文体，写作时尽量选择与自己性格相符的文体，这样有利于提高文章的写作水平。在"文章的要素"部分，谷崎详细地阐述了他自己总结的六大要素——用词、语调、文体、体裁、品格、含蓄，提出了详尽而具体的在学习写作过程中需要注意的事项，尽可能地降低读者写作的难度。

---

① 三岛由纪夫：「『鏡子の家』そこで私が書いたもの」，『決定版三島由紀夫全集 31 巻』，東京：新潮社，2003 年，第 242 頁。

② 三島由紀夫：『文章読本』，『決定版三島由紀夫全集第 31 巻』，東京：新潮社，2003 年，第 440 頁。

　　谷崎的《文章读本》可以说是一本关于文章写作的指导书。从基本概念到具体方法，谷崎进行了极为翔实具体的阐述，给出了详细的建议与指导，尽可能地降低了文章写作的难度，完成了对文章写作的去魅。可以说，谷崎在《文章读本》中达成了鼓励日本人关注写作、参与写作的著书初衷。

　　川端的《新文章读本》因为没有具体的章节标题，所以单看目录是无法判断作者的著述逻辑和目的的，不利于读者在阅读正文之前对整本书有个提纲挈领的把握。就具体内容来说，《新文章读本》共有十章。第一章从艺术这一宏观角度切入，指出小说是以语言为媒介的艺术，强调小说的文章是小说重要的构成要素，"小说即文章"。[1]川端还表达了对当下文章衰败的不满与担忧。川端认为，不同国家有不同的文章，不同时代也有不同的文章，不存在绝对的文章和文体，人们需要不断地进行研究，推陈出新。在第二章中，川端讨论了关于文章的几个根本问题。首先，川端同谷崎一样，否认了实用文章与艺术文章的划分方式。"所谓文章，为了引发感动，用简单易懂的语言直抒胸臆即可。文章的首要条件是简洁明了。无论文章多美，如果妨碍人们理解，那就是卑劣庸俗的拙劣文章。"[2] 其次，讨论了"美文"，表示真正的好文章不是像《太平记》《平家物语》这类存在很多修辞的美文，强调文章应做到浅显易懂、简洁明了。再次，川端表达了对日语现代文的诸多不满，认为无论是词语、文字、语法，现代日语都有许多需要改进的地方。川端提出了"能够听懂的文章"[3]的设想，即一种可以将汉字、假名完全用罗马字表达且不影响内容表达的新文章。第三章具体讨论了小说的文章。通过对比古今范文，再次强调文章对于小说的重要性。"对于立志成为小说家的人来说，文章是永远的谜题、永远的课题。"[4]本章还探讨了日语本身的性质对于文章的影响。川端认为，现在的日语的确非常不完善，存在模仿外语的必要性，但令人担忧的是，外来语在让日语变得丰富的同时，也导致了日语的混乱。第四章到第九章由对一些知名日本作家文章的点评组成。川端从文体、风格、选词、长短句等方面进行了分析评论，讨论了新文章的问题。第十章主要是讲解小说文章中的描写与说明，指出描写与说明是文章不可或缺的，必须做到同时兼顾而不能偏袒任何一方。"优秀的文章，其描写和说明应该是浑然一体的。为了描写的描写、为

---

① 川端康成：『新文章読本』，東京：あかね書房，1950 年，第 18 頁。
② 川端康成：『新文章読本』，東京：あかね書房，1950 年，第 23 頁。
③ 川端康成：『新文章読本』，東京：あかね書房，1950 年，第 30 頁。
④ 川端康成：『新文章読本』，東京：あかね書房，1950 年，第 47 頁。

了说明的说明，其实是一种错误的做法。文章应该是该描写的地方描写、该说明的地方说明。"①在这一章，川端同样也是通过引用多位作家的作品和作家的分析点评，来佐证自己的观点。除正文之外，川端还附上了两篇文章。第一篇《关于作文》是川端写给中央公论社《模范作文全集》的《编者寄语》；第二篇是他在东京女子大学的演讲稿《作文的故事》。值得注意的是，川端在两篇文章中都"大肆"表达了对儿童作文的赞赏，表示"具有讽刺意味的是，随着文学修养的不断累积，人们的文章反倒变得笨拙、乏味。因为作文的好坏不仅在于作文本身，还与作者的情操、生活密切相关"②。

　　或许因为全书的内容是由连载文章和补充内容组成，导致《新文章读本》的内容显得有些重复和杂乱，条理和思路不如谷崎和三岛的清晰。总的来说，《新文章读本》主要是川端身为作家的个人感悟，其背后是川端对各位名家的文章的主观感受。

　　三岛的《文章读本》没有像谷崎和川端一样从"语言"切入，展开论述（见表4-3）。在第一章介绍了本书的创作意图后，就直接开始讨论文章本身。在第二章"文章的种种"里，三岛先是从"男文字与女文字""韵文与散文"两个角度对文章进行了分类。所谓"男文字与女文字"，其实就是川端在《新文章读本》中提到的"和文调"与"汉文调"。三岛以性别来进行划分，一方面是出于对《妇人公论》读者性别的考虑，便于读者理解；另一方面也是其将男女对立起来的性别观的体现。不同于谷崎和川端，三岛认为，从根本上来说，日本没有必要将韵文与散文进行明确的区分。他既不推崇美文，又不肯定实用文。"虽然我们现在不再认为空洞的华丽文章是美文，但是反过来也不认为像政府公文一样的文章就是美文。"③实用文章与小说文章是不同的。虽然人人都可以写实用文章，但是小说是有才华的人经过训练后才能写出来的。三岛还分析了文章美学的历史变迁，讨论了外语、翻译文章等对日本文章的影响，认为"在新美学发展期间，虽然人们会有种怪诞的不快感，但是这种感觉会逐渐变得寻常，成为平均的美的标准，并随着时间的流逝，最终被视作陈腐的滑稽事物"④。在第二章最后，三岛还探讨了欣赏文章的习惯，认为当代人只关注小说却忽视文章，大众的喜好与精读读者的喜好渐行渐远，提出"品读文章就是品读日语

①　川端康成：『新文章読本』，東京：あかね書房，1950年，第156頁。

②　川端康成：『新文章読本』，東京：あかね書房，1950年，第182頁。

③　三島由紀夫：『文章読本』，『決定版三島由紀夫全集第31卷』，東京：新潮社，2003年，第440頁。

④　三島由紀夫：『文章読本』，『決定版三島由紀夫全集第31卷』，東京：新潮社，2003年，第433頁。

表 4-3 三本"文章读本"的目录

书 名	《文章读本》	《新文章读本》	《文章读本》
作 者	谷崎润一郎	川端康成	三岛由纪夫
出版时间	1934 年（1942 年）	1950 年	1959 年
出版方式	中央公论社	茜书房	《妇人公论》一月号别册
目 录	一、何谓文章	第一章	第一章 这本文章读本的创作目的
	○ 语言与文章	第二章	第二章 文章的种种
	○ 实用文章与艺术文章	第三章	第三章 小说的文章
	○ 现代文章与古典文章	第四章	第四章 戏剧的文章
	○ 西洋文章与日本文章	第五章	第五章 评论的文章
	二、文章提高法	第六章	第六章 翻译的文章
	○ 不被语法束缚	第七章	第七章 文章技巧
	○ 打磨感觉	第八章	第八章 文章的实际——结语
	三、文章的要素	第九章	
	○ 文章的六大要素	第十章	
	○ 关于用词	关于作文的方法	
	○ 关于语调	作文的故事	
	○ 关于文体		
	○ 关于体裁		
	○ 关于品格		
	○ 关于含蓄		

的悠久传统"[1]。从第三章到第六章，三岛引用大量作品，分别讨论了小说的文章（短篇小说的文章与长篇小说的文章）、戏剧的文章（戏剧对话和戏剧文体）、评论的文章以及翻译的文章。第七章具体介绍了文章的写作技巧，包括人物的外貌描写和服装描写、自然描写、心理描写（主观心理描写和客观心理描写）、行动描写，以及语法与文章技巧。在"语法与文章技巧"里，三岛主要讨论了日语省略人称的特性与小说叙述人称之间的关系、日语的拟声词和接续词对文章的影响。三岛提倡省略人称、拟声词和

---

[1] 三岛由纪夫：『文章読本』,『決定版三島由紀夫全集第 31 巻』, 東京：新潮社, 2003 年, 第 442 頁。

接续词①，以保持文章的简洁。在最后一章"文章的实际"中，三岛谈论了自己的写作经验和对文章的思考，指出文章的最高境界源自古典教养的格调与品味。三岛表达了对"日语正在变得杂乱、杂驳"②的不满，认为虽然现在追求文章的格调和品位或许是弄错了时代，但他相信人们终究会意识到格调和品位的重要性。

虽然三岛在第一章表示，他的《文章读本》会"抛开个人的喜好、偏见，承认各式文章都有其趣味所在，希望可以敏感地察觉到各式文章的优美之处"③，但实际上，整本书显示出明显的个人偏好，带有鲜明个人色彩的价值观输出。从举例与论述中可以发现，三岛格外重视泉镜花和森鸥外。对此，矶贝英夫指出，"这本读本最引人注目的是，三岛展示了日本小说文章的两个极端范本④，并在这两个极端之间，给其他作家的所有文章进行定位"⑤。三岛论述的主观性是他有意为之的，体现了其明确的读者意识。他宣传自己的文章喜好、回顾个人的创作历程和反思自身的文章，都是在试图达到驯化读者的目的。

4.3.3　论述比较：对读者自我修养的高要求

为了让论点更为形象，降低理解难度，三位作家在论述中都会使用比喻和类比，还会引用作品原文作为例证，让读者更加直观地感受作者的观点和意图，降低理解难度。不过，虽然都是举例，三者却有些不同。

谷崎在序言中表示，很遗憾因为页数限制，整本书的举例引用很少，"如他日另有机会，希望能够以引用为主再编纂一本读物，作为本书的补遗"⑥。实际上，谷崎的举例虽然量少，却是三本《文章读本》里最用心的。比如，在第一章"何谓文章"中，在讨论西洋文章与日本文章的差异时，谷崎先是引用了西奥多·德莱塞（Theodore Herman Albert Dreiser）的《美国悲剧》（*An American Tragedy*）的英文原文，并在后面附上了谷崎自己的两个翻译：一个是直译，另一个是依照日语习惯的意译。谷崎表示，直译

---

①　书中给出的例词："それから""さて""ところで""ところが""実は""なんといっても""というものの"。

②　三島由紀夫：『文章読本』，『決定版三島由紀夫全集第 31 巻』，東京：新潮社，2003 年，第 544 頁。

③　三島由紀夫：『文章読本』，『決定版三島由紀夫全集第 31 巻』，東京：新潮社，2003 年，第 418 頁。

④　笔者注：两个极端即泉镜花和森鸥外。

⑤　磯貝英夫：「文体と言語美学——『文章読本』にふれながら」，『国文学：解釈と教材の研究』21(16)，1976 年 12 月，第 82 頁。

⑥　谷崎潤一郎：『文章読本』，東京：中央公論社，1942 年，第 1-2 頁。

看似有些难懂，不是因为翻译水平问题，而是日语本身只能达到这个表达水平；意译删除了英文原文中堆砌的定语，虽然意思传达了，但是读者无法想象形容词所表示的复杂表情。谷崎解说完两种翻译版本的差异之后，进一步引用了小林秀雄对同一段英文的评价加以解释。同样，在第三章讨论"语调"时，为了说明"流丽的语调"，谷崎引用了《源氏物语·须磨卷》中的一段文字，给出了谷崎自己写的两个版本的现代文译文——模糊化连接点版本和普通人的错误示范版本，以两个译本的对比来说明省略敬语的效果、句子以"た"结束的效果、加入了主语的效果。在解释"简洁的语调"时，谷崎引用了志贺直哉《在城崎》中描写蜜蜂的一段文字。为了突出志贺直哉文字简练的优点，在引用完之后，谷崎模仿初学者写了一段内容相同却稍显冗长的错误示范，以方便读者对比理解。在第三章讨论"体裁"时，谷崎在引用了《春琴抄》的原文后，又给出了另一种标点符号的版本，以此来说明标点符号与感觉效果的关系。在讨论文章要素"品格"时，为了说明在意思之间设置间隔的重要性，谷崎先是引用了赖山阳致平塚的书信和另一封短信，作为文章中间隔设置的范本，并在两个范本后面分别附上了补全原文中所有间隔内容的版本，供读者比较、理解。

　　除此之外，谷崎对于范文、引文的解说也是三部"文章读本"中最细致的，不仅给出了总体的评价，有时还会逐字逐句地进行解说。比如，在第一章讨论"现代文与古典文"时，谷崎引用了菅原孝标女的《更级日记》，并自己给原文加上重点，逐字逐句地详细解说。

　　川端虽然没有谷崎的细致，但他在每次举例后会给出详细的点评。而且，川端喜欢在引用原文时采用比较的方式，常常同时引用多人的文本来进行例证说明。比如，在第六章第 2 节，川端例举了泉镜花、德田秋声、武者小路实笃、志贺直哉、里见弴、菊池宽、宇野浩二和横光利一等作家的文章，并对这些作家的文章分别作出了细致的点评。在第十章第 1 节讨论描写时，川端介绍了多位作家，并分别进行了点评，指出作家们各自的描写特点。

　　田山花袋的自然描写比较粗略，不敏锐，朦胧地描写出宛如自然中流淌着的空气一样的感觉，形成一种风韵。

　　德田秋声的自然描写有一种沧桑古老的感觉。

　　葛西善藏的自然描写稍稍偏古典，比田山花袋和德田秋声的意境更高，摇曳着一种苍茫的天地元气。

　　横光利一是一位客观描写自然的作家。

虽然一般会将季节、天气、景物及其他自然的种种变化都纳入作品中，创造出作品整体或部分的色彩、空气，但是没有人像**志贺直哉**一样，对自然描写如此神经质般的敏感。

能够写出新颖的自然描写的作家除了**志贺直哉**之外，我能想到的也就**里见弴、佐藤春夫、犬养健**和**横光利一**了。

久保田万太郎作品的情调与季节、天气、时刻有很大关系。

横光利一的自然描写，感觉像是从印象上去捕捉情景、小的点影。

佐藤春夫大概是第一个用近代都市感觉的诗来浸染更换自然的作家。

室生犀星的文章里虽然没有具象化景物，但是却一点点自然地流淌着闲寂的情怀。

泷井孝作的文章是试图将所谓新倾向的俳句心境搬到散文里。我认为，那种打破传统的文脉是，竭尽全力努力尝试用自己的诗歌感觉来表现极不可靠的自我实感的结果。

加藤武雄的自然描写虽然没有什么特色，但他却是少有的试图以田园的或者说牧歌的心情来描写自然的作家。①

（注：作家人名加黑为笔者添加）

在第七章第 1 节里，川端同时引用了泉镜花的《南地心中》第 19 节、里见弴的《椿》、德田秋声的《街头舞场》、菊池宽的《投票》进行点评；在第十章第 3 节里，引用了丹羽文雄《讨人嫌的年龄》的开头部分、舟桥圣一《川音》的开头部分、林芙美子《风琴和鱼镇》的第三章、太宰治《叶》的开头部分进行说明。川端还会同时例举风格相对的作家，借助对比来展开说明。比如，在第六章第 1 节里，川端评价尾崎红叶的文章极为考究，绚丽多彩，而室生犀星的文章则朴素粗犷。

在引用举例方面，同川端一样，三岛也喜欢同时例举多个文本，通过比较，方便读者理解论点。比如，在第一章里讨论"男文字和女文字"时，同时引用了《源氏物语·空蝉》《源氏物语·若紫》《和汉朗咏集·立春日内园进花赋》；在第二章里讨论"散文与韵文"时，同时引用了《平家物语》《曾根崎心中》《好色一代男》；在第三章讨论"短篇小说的文章"时，同时大篇幅引用了川端康成的《夏之靴》和普罗斯佩·梅里美（Prosper Mérimée）的《托莱多的珍珠》（*The Pearl of Toledo*，杉捷夫译）；在第五章讨论"评论的文章"时，同时引用了小林秀雄的《莫扎特》和中村光夫的《作家的青

① 川端康成：『新文章読本』，東京：あかね書房，1950 年，第 153-155 頁。

春》；在第六章讨论"翻译的文章"时，同时引用了日夏耿之介和谷崎精二翻译的埃德加·爱伦·坡（Edgar Allen Poe）的《鄂榭府崩溃记》（*The Fall of the House of Usher*）做对比，另外还引用了斋藤矶雄翻译的比利哀·德·利拉丹（Auguste de Villiers de L' Isle-Adam）的《残酷故事》（*Contes Cruels*）、杉捷夫翻译的梅里美的《马特奥·法尔哥内》（*Mateo Falcone*）；在第七章讨论人物外貌描写时，同时引用了巴尔扎克的《人间喜剧 莫德斯特·米农》（*Modeste Mignon*，寺田透译）、福楼拜的《包法利夫人》（淀野隆三译）、莫泊桑的《泰利埃公馆》（*La Maison Tellier*，青柳瑞穗译）、谷崎润一郎的《恶魔》和《叹息之门》进行比较；在第七章讨论自然描写时，同时引用了志贺直哉的《暗夜行路》、堀辰雄的《美丽的村庄》、武田泰淳的《在流放岛》；在第七章讨论行动描写时，同时引用了荷马的《伊利亚特》（*Iliad*，吴茂一译）和《太平记·卷第十五》进行比较；在第七章讨论语法与文章技巧时，引用了森鸥外的《青年》和织田作之助的《夫妇善哉》。有的时候，三岛只是例举作家的名字或者作品的名字，让读者自己去翻阅作品进行体会。

类似于谷崎，三岛也会自己编写范例加以说明。比如，在第四章"戏剧的文章"中，为了说明戏剧对话的重要性，三岛编写了一对同父异母姊妹之间的对话，通过对话来体现两姊妹同父异母的关系；为了解释戏剧文体与小说文体的差别，三岛将《亲和力》中的一节强行分割成三个人的对话。

与谷崎、川端不同的是，三岛在论述中提到了许多外国的作家及作品（详见附录 C 和附录 D），并在书中摘抄引用外国作品的日文译本。比如，在第七章"文章技巧"的心理描写部分，三岛例举了拉法耶特夫人（Madame de La Fayette）、本杰明·康斯坦（Henri-Benjamin Constant de Rebecque）、弗朗索瓦丝·萨冈（Françoise Sagan）、马塞尔·普鲁斯特（Marcel Proust）和雷蒙·拉迪盖（Raymond Radiguet），引用了普鲁斯特的《追忆似水年华》（*In Search of Lost Time*，淀野隆三译）、拉迪盖的《德·奥热尔伯爵的舞会》（*Le bal du comte d'Orgel*，生岛辽一译）和莫里亚克（Francois Mauriac）的《苔蕾丝·德斯盖鲁》（*Thérèse Desqueyroux*，杉捷夫译）的文本，分别说明主观心理描写和客观心理描写的差异。正如唐纳德·金曾指出的那样，日本与西洋对于三岛的文学来说都是不可或缺的部分，他既赞美日本的过去，又不拒绝西洋，并将东西方的传统转变为自己的东西，没有比三岛更加精通古今欧洲文学的小说家了。[①]三岛在《文章读本》中大量介绍外国作

---

① ドナルド·キーン：「三島由紀夫における「菊と刀」」，『中央公論』，1971 年 3 月号，第 209-217 頁。

家、作品，既展现了其深厚的文学积累，表明了他对外国作家作品的推崇，其实也是对其自身文学理念的一种输出。

可以看出，如果没有较高的文化素养和文学修养，读三岛的《文章读本》会比较吃力。篠田一士指出，"末尾的六分之一明显是需要事先阅读过作者的作品后才能明白的艺术谈话片段"[1]。不仅有大量的外国作家作品，而且在引用时，三岛有时候只是给出作品的文本，让读者自己去阅读体会。即使在叙述中，三岛也使用了不少比喻和类比，但是相对于谷崎和川端的《文章读本》，三岛的《文章读本》对普通读者并不友好。

4.3.4　联动企划"三岛由纪夫 QUIZ"：读者大测验

在《文章读本》刊发三个月后，《妇人公论》从 1959 年 4 月号开始，推出"三岛由纪夫 QUIZ"有奖竞猜栏目。该栏目由三岛出题，配以久里洋二根据题干画的漫画，读者结合题目的文字信息和漫画信息猜题。每期有一个主题，范围涉及古今中外的各类文学作品。栏目设有奖励，正解者人数为 1 人时，该人可获得 10 万日元的奖金；正解者人数超过 2 人但少于或等于 50 人时，所有正解者平分 10 万日元奖金；正解者人数超过 50 人时，则抽选 50 人平分奖金；正解者人数为 0 人时，奖金自动累积进入下一轮猜谜的奖池。此外，《妇人公论》还设置了遗憾奖，即从所有答题者中随机抽选 10 位，赠送百乐超级钢笔。从奖项设置来看，这个有奖竞猜栏目对读者应该很有吸引力。

在奖品和三岛的双重魅力吸引下，"三岛由纪夫 QUIZ"的答题人数在前三回超过了万人，答题人数和正确人数在第二回（1959 年 5 月号）时达到最高峰。在 1959 年 6 月号的"编辑后记"中，编辑近藤说："受到好评的'三岛由纪夫 QUIZ'迎来了第三期。因为博学聪颖的读者们纷纷答对了，所以这次增加了难度。期待各位读者的答案。"[2]突然提高难度的效果立竿见影。第三回虽然有 10822 人答题，但仅有 65 人回答正确，正确率是九次中最低，仅有 0.6%。虽然读者们对文学抱有一定的兴趣，但是文学知识储备并不多，而且随着题目难度的加大，答题人数出现了明显下降。相对于《妇人公论》当时的销售量来说，"三岛由纪夫 QUIZ"的答题人数其实并不算多。

第一次连载时，三岛附上了寄语《人生最大的谜团》。

---

① 篠田一士：「文芸時評」，『日本読書新聞』，1959 年 8 月 3 日。

② 近藤：「コージーコーナー」，『婦人公論』，1959 年 6 月号，第 386 頁。

如果说猜谜很傻，那世间尚有不计其数的傻事。而猜谜作为一种孤独的乐趣，至少不会给他人造成麻烦，仅此就可算是优点。猜谜历史悠久，古埃及时代就已经出现。然而，人类最大的谜团是女性。为谜中之谜的女性出谜题，简直让人呕心沥血。第一回谜题非常浪漫，而与谜中谜的诸位女性读者本人相比，这些谜题估计都很简单吧。[①]

在最后一期连载时，三岛也写了后记《致各位猜谜狂》。

这一年以来，我为谜题绞尽脑汁。我认为，本猜谜系列的特色是，出题者没有狡猾地设置各种陷阱，只要有文学知识就能找到正确答案。正因为如此，谜题逐渐变成高级测试题，常常会听到有读者抱怨"太难了"。同时，我个人也感觉到，19 世纪欧洲文学的知识在日本已经渐渐变成"过时的知识"了。

感谢大家参与了一年的"文学游戏"。如果读者能够通过这些题目发现，仅仅读文学作品的缩微版或者速读版是不行的，那我作为出题者将感到无比高兴。另外，也让我们感谢每期奉上精彩漫画配图的久里洋二先生。[②]

纵观九期的"三岛由纪夫 QUIZ"题目（详见附录 E），可以看到内容涉及日本古今内外的多种文学体裁，对答题者的文学素养有一定的要求。结合三岛本人的两则寄语来看"三岛由纪夫 QUIZ"的答题正确的人数及比率，一开始三岛和《妇人公论》可能低估了读者们的能力，在第三回时突然增加了难度，但是结果有些惨烈，于是又及时调整了难度，之后人数呈现上升趋势，即使第八回出现了一次较大的跌幅，但也未再出现像第三回那样的暴跌情况。可以看出，每次出题，三岛都会根据读者的反馈和编辑的意见，及时对题目难度进行调整。因此，《文章读本》的高阅读门槛，并不是三岛没有读者意识，而正是因为他有读者意识才那样做的。书中出现的大量外国作家作品，既是他自身文学知识体系的体现，又是他对现在"19 世纪欧洲文学的知识在日本已经渐渐变成'过时的知识'"[③]现状的一种担忧和不满。

从《文章读本》和"三岛由纪夫 QUIZ"的发表时间顺序来看，完全可以将"三岛由纪夫 QUIZ"栏目理解为是《文章读本》的后续联动活动。

① 三岛由纪夫：「人生最大の謎」，『婦人公論』，1959 年 4 月号，第 152 页。
② 三岛由纪夫：「クイズ狂の皆様へ」，『婦人公論』，1959 年 12 月号，第 122 页。
③ 三岛由纪夫：「クイズ狂の皆様へ」，『婦人公論』，1959 年 12 月号，第 122 页。

三岛在这个栏目上煞费苦心，不仅要保证出题质量，还要根据答题情况及时调整题目难度。如此用心良苦的目的是，通过这个活动来实现其在《文章读本》中所寄托的愿望，即将"普通读者"培养成"精读读者"。正如三岛在栏目后记中所提到的，"如果读者能够通过这些题目发现，仅仅读文学作品的缩微版或者速读版是不行的，那作为出题者将感到无比高兴"。[①]三岛希望通过有奖竞猜来激发读者们的兴趣，引导读者们放弃速读、学会品读，成为他所希望的理想读者——"精读读者"。对于读者们来说，"三岛由纪夫 QUIZ"或许只是一个游戏，但对于三岛来说，"三岛由纪夫 QUIZ"是一次重要的测验，检测有多少人愿意且能够成为他的"精读读者"。

4.4   小   结

从谷崎《文章读本》的直接出版，到川端《新文章读本》的集结成册，再到三岛《文章读本》的先一次性刊载然后出版单行本；从中央公论社，到大众性文艺杂志，再到女性月刊杂志的特别附录；从三本《文章读本》的发行方式及刊载媒体的变化中，可以感受到大众力量的不断增强。

虽然谷崎的《文章读本》和川端的《新文章读本》营造出一种文坛欢迎业余写作的氛围，然而三岛企图"逆流而上"以一己之力劝退民众的创作热情。川端至少在"文章读本"前加了一个"新"字来回避与前辈谷崎或其他同行的比较，三岛却毫不避讳地直接使用"文章读本"来命名自己的书。一字不差的背后，是三岛想树立话语权的强烈愿望，也潜藏着三岛对前辈们欢迎业余写作的不满。不同于谷崎，三岛对培养大众的写作能力并不感兴趣，甚至是反感全民写作、业余写作的；不同于川端，三岛只是教育读者如何欣赏文章，却并不期待大众加入进来一起改进文章。相对于谷崎和川端对于普通人写作一事的开放心态来说，三岛明确反对全民写作和业余写作，认为这会导致文章的衰败和文学的没落，坚定捍卫作家职业的"精英性"。三岛教育《妇人公论》的读者在提笔之前先做好一名"精读读者"，广泛涉猎和研究国内外的经典文学作品后，才可以考虑写作。这是三岛创作《文章读本》的读者意识的一方面。三岛的《文章读本》将谷崎通过《文章读本》消除掉的创作门槛又补了回来，文学的"精英性"被重新提起。

然而，另一方面，三岛也没有放弃读者，放弃大众。大众文化的繁荣

---

① 三岛由纪夫：「クイズ狂の皆様へ」，『婦人公論』，1959 年 12 月号，第 122 页。

使得文化呈现出"快消性"，文学也成了市场经济中被大众所消费的文化产品，作为一种娱乐手段为大多数人所接受。文学作品不再是属于文坛以及文坛相关人士的小众物品，读者更不再是一个作家可以控制的群体。面对这种情况，正在创作《镜子之家》的三岛决心自己培养读者，将"普通读者"引向"精读读者"，把现实读者变成理想读者。他要培养一群符合自己理想标准的读者，就像曾经的那种与作家在精神思想上紧密相连、共享着固定的解读规则、有着相同的美学欣赏眼光的读者群体一样，按照他的意愿来解读作品，理解他的意思，赞成他的观点，能够从作品中察觉他的真实意图。这是三岛创作《文章读本》时的读者意识的核心。长达 9 期的"三岛由纪夫 QUIZ"就是一场最直接的大测验。

于三岛而言，《妇人公论》的读者类型正好就是三岛想要改造的对象。战后复刊的《妇人公论》一方面想激励年轻女性自立自强，但另一方面，又总是站在男性视角居高临下地指点、规训女性。这种略显别扭的编辑方针反倒与三岛对读者的态度非常相似。三岛一方面想亲近读者，一方面又看不起读者。《妇人公论》作为"业余文学热"炒作活动的参与者之一，其读者已经对业余写作习以为常，缺乏文艺杂志读者那种对文学的敬畏之心，却又比《中央公论》这类严肃杂志的读者对文学更感兴趣、更抱期待。在将自己打造为"文化偶像"的女性杂志《妇人公论》上，三岛还可以利用个人魅力去引导读者接受自己的观点。如此一来，《妇人公论》就成了三岛培养读者的最佳途径。《妇人公论》邀请三岛来给读者提供写作建议，三岛却想培养自己理想的"精读读者"。一方面，他以"平易近人""容易理解"[①]的语言进行叙述；另一方面，他又省略解说，大量例举外国文学作品，设置高阅读门槛。这种矛盾正是其浅层读者意识与深层读者意识的碰撞所致。

---

① 無署名：「文芸時評」，『産経新聞』，1959 年 7 月 6 日。

第5章 《宴后》中的读者意识：测试读者

5.1 热议过后的待解疑惑

1959 年对三岛由纪夫来说并不是一个美好的年份。虽然写了《文章读本》，期待能够培养出一批理想的"精读读者"，然而《镜子之家》到底还是没有逃脱不被读者理解的命运，被指空洞、缥缈虚无，让三岛在精神上备受打击。在这种状态下，三岛接到了《中央公论》的约稿。三岛决定，既然纯虚构的《镜子之家》不受欢迎，那就换一种方式，写一部取材于真实事件的小说，试试读者的反应。

《宴后》原载于《中央公论》1960 年 1 月号至 10 月号，并于 1960 年11 月由新潮社出版了单行本。

《宴后》讲述了雪后庵老板娘福泽胜和原外务大臣野口雄贤的故事。五十多岁的福泽胜经营着一家坐落于东京小石川的高级日本料理店雪后庵。有许多日本政界商界要人频繁进出该店。在某次宴席上，福泽胜结识了曾经担任过外交官及外务大臣的野口雄贤。皆为单身的两人由相识到相恋，最后结为夫妻。此时，野口被所属的革新党推选为东京都知事选举的候选人。为了支持丈夫野口的竞选，第一次参加竞选活动的福泽胜不惜一切，中断了与保守党老顾客的来往，将雪后庵抵押出去以换取竞选资金，积极参与到激烈的竞选运动中。然而，野口最终还是落选了。野口提出变卖现在的房产，去乡下颐养天年，但是福泽胜不愿意。她向保守党的老顾客们借钱，将本来打算变卖掉的雪后庵盘了回来，并重新开业。听闻此事后，野口大发雷霆，两人就此离婚，分道扬镳。

《宴后》发表后，获得了当时日本文坛的一致好评。在 1960 年 10 月号《群像》的"创作合评"栏目中，河上彻太郎、平野谦和中村光夫都肯定了《宴后》的艺术性。平野谦表示，"这部小说非常成熟、世俗，做到了雅俗共赏"[①]；河上彻太郎评价，"《宴后》的男女人物描写得栩栩如生，是一部无愧于世的小说"[②]；中村光夫认为，"《宴后》说不定在三岛内心中也是一

---

① 河上徹太郎，平野謙，中村光夫：「創作合評」，『群像』，1960 年 10 月号，第 240 頁。
② 河上徹太郎，平野謙，中村光夫：「創作合評」，『群像』，1960 年 10 月号，第 238 頁。

部颇具里程碑式意义的作品。虽然《镜子之家》是用力过猛了，但是这部
小说则写得很轻松。能够轻松写出这么丰满柔和的作品，三岛也是上年纪
了"①。中村光夫还直接将其发表在《朝日新闻》上的评论的副标题题名为
"今年的一大收获——三岛由纪夫的《宴后》连载完毕"②。桥川文三也认
为《宴后》是当年文坛的一大收获。③臼井吉见认为，虽然以社会事件主人
公为原型创作的小说往往会让人质疑，该作品是有意借事件的热度，利用
读者低俗的好奇心提高销量，但《宴后》绝对不是这样的小说，作者作为
小说家的野心与自信让大部分人相形见绌。④西尾干二在单行本《宴后》的
解说中评价道："三岛在创作《宴后》时，特意与日本现实社会保持一定距
离，以讽刺的目光进行观望。现实被很好地融入了作品，从中也可以感受
到作品内容的稳定性和整体的高艺术完成度。"⑤

　　虽然《宴后》的文学价值获得了肯定，三岛却因此惹上了一个"大麻
烦"。这部以 1959 年东京都知事选举候选人之一有田八郎及其夫人般若苑
老板娘畔上辉井为原型的小说，在连载到一半时，小说人物福泽胜的原型
畔上辉井就向中央公论社抱怨小说中福泽胜的相关描写。中央公论社与其
进行了协商，并在 1960 年 8 月号和 10 月号的《中央公论》上刊登了申明，
强调《宴后》纯属虚构，与真实人物没有关系。1960 年 9 月，有田八郎与
三岛、中央公论社进行协商，要求停止出版单行本。中央公论社向三岛提
出了修改小说内容、推迟单行本出版时间等建议，遭到三岛的一概拒绝。
中央公论社只好转而答应了有田的要求，放弃出版单行本。三岛知道后，
遂单独联系了新潮社，与新潮社达成出版协议。1960 年 10 月，有田八郎
向新潮社提出抗议，要求停止出版发行单行本《宴后》。新潮社认为，《宴
后》作为文学作品，具有极高的艺术价值，拒绝了有田的要求，于 1960 年
11 月出版了《宴后》的单行本。1961 年 3 月 15 日，有田八郎向东京地方
法院提起诉讼，要求新潮社和三岛停止单行本《宴后》的出版发行及销售，
在报刊上刊登道歉声明，并赔偿损失。1964 年 9 月 28 日，石田哲一法官

① 河上徹太郎，平野謙，中村光夫：「創作合評」，『群像』，1960 年 10 月号，第 240 頁。

② 中村光夫：「文芸時評 上 今年の一収穫 —完結した三島由紀夫の『宴のあと』—」，『朝日新聞』，1960 年 9 月 19 日。

③ 橋川文三：「『宴のあと』について——文芸時評（抄）」，『三島由紀夫論集成』，東京：厳書社，1998 年，第 90-92 頁。

④ 臼井吉見：「文学上のモデルとは 『宴のあと』の投げた問題」，『朝日新聞』，1960 年 10 月 31 日。

⑤ 西尾幹二：「解説」，見三島由紀夫：『宴のあと』，東京：新潮社，1969 年，第 214 頁。

判决有田八郎胜诉，三岛和新潮社赔偿有田八郎 80 万日元。三岛和新潮社不服，提出上诉。在等待开庭期间，1965 年 3 月 4 日有田逝世，三岛与有田家属达成协议，在保证维护有田八郎名誉的前提下，恢复《宴后》今后的出版发行，允许对小说进行广播、电视剧、电影等的改编。三岛私下向有田家属支付了一定金额的现金，以表心意。至此，这场因《宴后》而起的"隐私权审判案"彻底结束。这场日本历史上首次针对"隐私权"的诉讼，让《宴后》在当年受到全社会的极大关注，遭到了社会舆论的广泛批评，使得三岛经受了长期且巨大的心理压力，对其此后的文学创作产生了深远的影响。

《宴后》虽然是获得文坛好评、引起社会轰动的作品，但后来对其的相关研究并不多。近年来，研究者的视野逐渐扩展，开始注意到小说创作的时代背景、作品与读者的关系，却仍没有研究者深入分析三岛选取东京都知事选举作为小说素材的创作用意和其背后的读者意识。另外，目前已有的研究没有将小说的连载媒体《中央公论》纳入考察范围，从而对三岛为何要在 1959 年创作政治题材的小说、《宴后》的主人公为何是女性缺乏深入探讨，而这些对于解读《宴后》的真实创作意图却是十分重要的。

5.2　《宴后》中的读者意识：对政治题材的选择与处理

三岛文学中有多部以真实事件为素材创作的小说，如《青色时代》《金阁寺》《绢与明察》等，然而这些小说都是在真实事件发生数年之后才被用来作为创作素材的，也没有像《宴后》这般赤裸裸地将社会现实直接搬进文学作品里。三岛急于将刚刚结束的东京都知事选举写成小说，其背后是三岛的读者意识使然。

5.2.1　选题背景：1959 年的热点事件

三岛在"隐私权审判案"法庭上表示，自己在 1956 年创作完戏剧《鹿鸣馆》后，就对政治与恋爱的主题产生了兴趣，即作为人类社会一般制度的政治和人类普遍存在的恋爱是如何在政治变动中展开、变化、被扭曲或者被侵蚀的。三岛认为，政治与人类的真善美出现矛盾和冲突的局面在恋爱过程中最常见。他将关注点集中在这种矛盾和冲突中最戏剧化的情节达到高潮时的节点上。除了《鹿鸣馆》这部戏剧，三岛还想以同样的主题再写一部小说。实际上，当时不仅是三岛对政治感兴趣，日本上下全体国民都很关心政治。从 20 世纪 50 年代中期到 60 年代末，日本经历了一个"政治的季节"，《警察官职务执行法》（以下简称《警职法》）抗议、安保斗争、政治腐败交织在一起，整个日本社会都对国家政治保持着高度的敏感与关注。

首先是《警职法》抗议。随着日美政府签署的一系列新法令、新协定的生效，占领时期的旧法令将失效，日本政府为此制订了一系列新的治安管理相关法律。1952 年 3 月，法务省公布了《破坏活动防止法案》《公安调查厅设置法案》《公安审查委员会法案》的主要内容，并计划在 4 月提交国会审议。这些法令遭到了社会各界的质疑。人们认为，这些法令会增加警察部门的权限，使得团体活动受到限制、言论出版自由受到侵犯。1952 年 4 月 12 日、18 日，以日本劳动组合总评议会为主导力量，日本民众发起了两次罢工示威活动，有近 200 万人参加。1952 年 5 月 2 日，40 万人在东京都明治神宫外苑举行集会，中途有一部分人转移场地，闯入被禁止入内的皇居前广场进行游行示威。在与警察的冲突中，一人遭到射杀，多人受伤。其他城市的游行示威队伍也与警察发生了冲突，日本各地出现了多起袭警事件。然而，这种混乱状态反而促使《公安调查厅设置法案》与《破坏活动防止法案》一同在 1952 年 7 月 21 日生效。1958 年 10 月，政府突然公布了《警职法》修正案，将《警职法》的重点从原来的保护个人生命、人身和财产安全变为维护公共安全与秩序，扩大了警察的职权。社会党指责"该法案违反宪法，是从根本上破坏民主主义的恶劣法案，是治安警察法、行政执行法的战后版"[1]，如果遭到恶意利用的话，有可能导致"二战"前的"管束"制、警察临检制度的复活。不仅在野党反对该法案，各种社会民间团体也加入到了日本各地的抗议活动中。面对在野党和国民的反对，日本政府采取了更为强硬的态度，企图通过突然延长国会会期的方式促成法案的通过。社会党于是拒绝参会，执政党内部也开始出现反对的声音。最后《警职法》没有获得通过。这次抗议活动的成功为后来的安保条约反对活动积累了经验。

其次是安保斗争。为确保美国在驻日盟军撤离日本后的在日权益，日美两国签订了《旧金山对日和约》《日美安全保障条约》《日美行政协定》《日美设施区域协定》等一系列有损日本主权和利益的条约协定。同时，驻日美军基地频发的噪声问题、风纪问题、教育问题等各种问题，给周围农民、渔民的生产生活造成了严重影响。这些都招致了日本民众的不安与不满，这些不满情绪最后在 1960 年签订《日美安保条约》时总爆发。1959 年

---

① 辻清明编：『図説日本の歴史 18：戦後日本の再出発』，東京：集英社，1976 年，第 104 頁。

2月，日本外相藤山爱一郎公开了其关于安保条约修订的个人意见，该意见在两个月后被整理为自民党的《日美安保条约修订纲领》（「日米安保条約改定要綱」）。当时，以社会党为首的在野党指出，该修订纲领会强化日美军事同盟的性质，加大日本被卷入战争的风险，要求终止修订谈判，废弃安保条约。1959年3月28日，日本劳动组合总评议会、社会党等130个团体联合成立"阻止日美修订安保条约的国民会议"（日米安保条約改定阻止国民会議）。由于民众早就对驻日美军怨声载道，参与抗议的人数和抗议次数不断增加，抗议活动的影响逐渐扩大。然而，日本政府还是不顾国民的反对，于1960年1月在华盛顿签署了新安保协定。在1960年2月的国会审议过程中，越来越多的人意识到新条约会导致日本自动卷入美国参与的战争中，普通民众纷纷加入抗议活动，由此引发了全日本的抗议活动。据称，每天约有40万人参与到持续数日包围国会议事堂的游行中。[①]1960年6月，岸信介首相预感到国会审议可能会拖延协定的生效，于是强行让新协定通过了国会审议。此举进一步激怒了日本民众，报纸争相刊载指责政府的评论文章，抗议活动从单纯的反对新安保协定上升到了维护民主主义的高度。直到岸信介内阁集体辞职，包围国会议事堂的抗议游行才暂时平息下来。

最后是政治腐败。1953年10月，保全经济会的非法政治献金问题被揭露出来，自由党和改进党的多位高层人士被曝接受了捐款，池田勇人、佐藤荣作等人还被召至国会，接受质询。1954年1月，造船贪污问题浮出水面，政界的混乱和国民的质疑进一步加深。为了能够从政府主持的造船计划中获利，海运业各公司从造船公司收取巨额回扣献给政府高级官僚等政界人士。2月，自由党副干事长有田二郎被逮捕，数十位政界人士受到搜查，其中就包括自由党的佐藤荣作干事长和池田勇人政调会长。4月，检察厅向法务大臣犬养健申请逮捕佐藤干事长，却遭到犬养健的恶意拖延。犬养健随后辞去了法相职务，导致搜查工作事实上被迫停止。政府的这一系列举动进一步加深了国民对日本政府乃至日本政治的不信任。贪污受贿和国会动乱的双面夹击让吉田内阁饱受诟病，日本三大报纸《朝日新闻》《每日新闻》《读卖新闻》联合发表声明进行谴责，"以本次国会群架事件为开端，国家运营已经陷入了我国宪政史上史无前例的违规状态。作为期盼着我国民主政治健全发展的国民，我们绝不能袖手旁观。……面对当下的局

---

① 高畠通敏：「『六〇年安保』の精神史」，见テツオナジタ，神島二郎，前田愛編：『戦後日本の精神史』，東京：岩波書店，1968年，第79頁。

面，我们要求政府、政党和所有议员自我克制、自我约束，尽快结束混乱事态，让国会运营回归正轨，通过采取符合大多数国民意志的行为，力求恢复正在消失的威信"①。

在这种社会背景下，创作政治主题的小说必然更容易受到关注。三岛接到《中央公论》约稿的 1959 年，正好是日本全国统一地方选举年，各报纸杂志的相关报道铺天盖地，《中央公论》也陆续刊登了九篇评论分析文章，见表 5-1。东京都知事选举因为是首都的知事选举，而且竞选中出现了各种违法行为，所以格外受到人们的关注。在《中央公论》的九篇文章中，两篇发表于 1959 年 6 月号上的文章就具体谈及了东京都知事选举，即《日本的政治暗流——国民运动与地方选举》②和《腐败的东京都知事选举》③。《日本的政治暗流——国民运动与地方选举》的共同执笔人多达 11 人，用长达 24 页的篇幅分别从"本次地方选举的性质和问题点""保守势力组织化的发展""国民组织的进步及其问题点""政党与政治指导"和"统一战线的课题"五个角度，详细分析了 1959 年 4 月的统一选举中保守势力（自民党）和革新势力（社会党与共产党）的成败原因，认为社会党失掉东京都知事选举是必然的结果。在发表于"中央评论"（Central Review）专栏

表 5-1　《中央公论》有关统一地方选举的文章

刊　号	题　　名
1959 年 3 月号	国民运动的组织论（国民運動の組織論）
1959 年 3 月号	关于现行选举制度的矛盾（現行選挙制度の矛盾をつく）
1959 年 4 月号	地方选举的条件与课题（地方選挙の条件と課題）
1959 年 5 月号	蚕食选举的泡沫候选人（選挙を喰うウタカタ候補）
1959 年 5 月号	我家小镇选举正火热（わが町は選挙の花ざかり）
1959 年 6 月号	卷首语（巻頭言）
1959 年 6 月号	实地调查・日本的政治暗流——国民运动与地方选举 （〔現地調査報告〕日本の政治的底流——国民運動と地方選挙——）
1959 年 6 月号	福冈知事选举的意义（福岡知事選挙の意味するもの）
1959 年 6 月号	腐败的东京都知事选举（腐敗した東京都知事選挙）

---

① 辻清明编：『図説日本の歴史 18：戦後日本の再出発』，東京：集英社，1976 年，第 110 頁。

②「日本の政治的底流——国民運動と地方選挙——」，『中央公論』，1959 年 6 月号，第 118-134 頁。

③「腐敗した東京都知事選挙」，『中央公論』，1959 年 6 月号，第 173-175 頁。

的《腐败的东京都知事选举》中，评论员哀叹 1959 年的统一地方选举是"二战"后违法行为最多的一次选举，并将矛头直指选战最为激烈的东京都知事选举，详细例举了东京都知事选举中出现的各种违法行为，对自民党和社会党双方进行了严厉的批评。

《宴后》是 1960 年 7 月 28 日[①]完稿的。也就是说，三岛在构思《宴后》时正好是日本全国各地陆续进行地方选举的时期。面对铺天盖地的报道，三岛想起了三年前萌发的念头——以"政治与恋爱"为主题创作小说。有田八郎与畔上辉井两人就像是为"政治与恋爱"主题量身打造的原型。在小说的创作过程中，三岛参考了包括有田写的《败战记》（「敗戦記」，共四期，《周刊新潮》1959 年 6 月 8 日—1959 年 6 月 29 日）、畔上写的《般若苑夫人离婚真相》（「般若苑マダム破局の真相」，《妇人公论》1959 年 10 月号），以及《妇人俱乐部》《SUNDAY 每日》等各大报刊上有关有田、畔上两人及东京都知事选举的大量采访、报道等。三岛在法庭上也承认，这部小说就是基于有田八郎和畔上辉井公开的社会经历、与选举相关的公私活动及新闻报道等事实，以此为原型完成的创作。《宴后》从男女主人公的设定到具体的故事情节，基本上照搬了有田八郎与畔上辉井的故事，因而才有了后来的"隐私权审判案"。

在《宴后》里，福泽胜年少时饱经磨难，后来成为高级日本料理店雪后庵老板，之后与野口雄贤相识并结婚。原外交官野口雄贤年过六旬，丧妻独身，担任过日本驻某小国的公使，后出任外务大臣。"二战"结束后，野口雄贤曾当选过一次众议院议员，在第二次竞选众议院议员时落选，后来成为革新党顾问，并被革新党推选为东京都知事选举的革新党候选人。在野口参选东京都知事期间，福泽胜为筹措选举资金，将雪后庵抵押了出去，并停止营业。保守党忌惮野口的势力，便散布抹黑野口夫人福泽胜的八卦小册子《野口雄贤夫人传》，导致野口在山手地区的人气大跌。而福泽胜欲变卖雪后庵又遭到佐伯首相的阻挠，致使竞选尾声阶段野口方面活动资金短缺。革新党在投票日的前一天，根据职业分类电话簿，以草刈委员长的名义给 5 万人发了电报，请求给野口投票。得知此事后，已经有大量资金流入的保守党迅速作出反应，大肆散财贿赂选票，并动用邮政大臣，发出 10 万封造谣野口病危的电报。最终因为不敌保守党的阴谋诡计和雄厚资金，野口以接近 20 万张选票之差惜败。在竞选结束后，福泽胜为了重开雪后庵，

---

① 松本徹：「政治の季節のなかで——『宴のあと』から『憂国』へ」，『三島由紀夫　エロスの劇』，東京：作品社，2005 年，第 224 頁。

与野口雄贤离婚。在现实中，出身贫苦的畔上辉井通过奋斗打拼，成为高级日本料理店般若苑的老板娘，后与丧妻单身的原外务大臣有田八郎结为夫妻。担任过外务大臣的有田八郎在离开外务省后，曾担任过众议院议员，后代表社会党两次竞选东京都知事，均以失败告终。尤其是在 1959 年的东京都知事竞选中，出现了匿名信战、宣传海报战、"炮灰"候选人、故意诽谤等各种违法行为。污蔑畔上辉井的小册子《般若苑夫人物语》（「般若苑マダム物語」）导致有田的选民支持率暴跌。保守党还制作并散发了诽谤有田八郎的《般若与阿龟的面具》（「ハンニャとオカメの面」）传单。有田八郎一方也以毒攻毒，制作和散布了攻击保守党的《东京七大未解之谜》宣传册。双方为各种违法行为耗费了大量金钱。据传，自民党为东京都知事选举投入了数十亿日元，社会党也勉强筹集到了将近一亿日元。畔上辉井本来打算转让般若苑筹措资金，却因当时的首相插手阻挠，转让交易不得不作罢。在投票日前一夜，有田八郎和东龙太郎双方展开海报大战，互相破坏对方的宣传海报。最后，有田八郎因为 18 万票之差败给对手东龙太郎[1]。

　　可以看出，虽然有个别情节不同，但对于当时刚刚见证了整个竞选活动的读者们来说，三岛在《宴后》里"以大概谁都知道的人物为原型"[2]，而且小说里野口雄贤和福泽胜的私生活部分还"满足"了人们对有田八郎与畔上辉井的私生活的好奇与想象。三岛在法庭上承认，为了让小说显得真实，"需要以某种程度上具有真实感的事物作为故事的背景"[3]，让人联想到有田和畔上。《宴后》是以"原告（有田八郎）的经历、社会地位、竞选、从结婚到离婚的整个婚姻"[4]为原型而创作的，这些构成了"《宴后》的主干和主题"[5]，"如果去掉这些情节则无法独立成为一部小说作品"[6]。在这种情况下，私生活的部分就相当于是主题骨骼上附着的肉，对于一般读者来说，难以分辨根据事实描写的部分和基于想象创作的部分。"不仅是一般读者，就连与有田八郎关系亲密的人也难以分辨小说中一些场景中的虚实、真伪"[7]。也就是说，三岛在创作时，就已经预想到了读者会将小说中

① 「腐敗した東京都知事選挙」，『中央公論』，1959 年 6 月号，第 173-175 頁。

② 河上徹太郎，平野謙，中村光夫：「創作合評」，『群像』，1960 年 10 月号，第 238 頁。

③ 富田雅寿：『プライバシー 『宴のあと』公判ノート』，東京：唯人社，1967 年，第 154 頁。

④ 富田雅寿：『プライバシー 『宴のあと』公判ノート』，東京：唯人社，1967 年，第 92 頁。

⑤ 富田雅寿：『プライバシー 『宴のあと』公判ノート』，東京：唯人社，1967 年，第 92 頁。

⑥ 富田雅寿：『プライバシー 『宴のあと』公判ノート』，東京：唯人社，1967 年，第 92-93 頁。

⑦ 富田雅寿：『プライバシー 『宴のあと』公判ノート』，東京：唯人社，1967 年，第 93 頁。

的野口雄贤和福泽胜与现实中的有田八郎和畔上辉井联系到一起，他是故意照搬了整个东京都知事选举的事实细节。作为要连载于综合杂志《中央公论》的作品，必然需要更加考虑杂志读者的阅读感受。既然观念性极强的纯虚构作品《镜子之家》不受欢迎，那就从观念世界回到现实社会，选择与现实社会联系紧密的题材。正好东京都知事选举因大量违法行为引发了全日本的广泛热议，索性借此完成以"政治与恋爱"为主题创作小说的愿望，借有田夫妇的话题热度为自己的作品吸引眼球、博取关注。事实上，《宴后》中涉及的选举情节也的确与连载期间《中央公论》对当时日本政治的讨论形成了交相辉映的效果。

5.2.2　福泽胜的视角：女性政治地位的崛起

虽然 1959 年 4 月的这场东京都知事选举的候选人是有田八郎，但是三岛将当时的有田夫人畔上辉井设计为小说的主人公。松本彻评价说，三岛成功塑造出了虽然青春不再却活力四射、拥有非常日本式行动力的女性形象。[①]

在《宴后》里，对于革新党东京都知事候选人的邀请，野口雄贤本来是持消极态度的，"在与木村书记长和黑泽事务局长的面谈中，野口几乎每隔五分钟就会强调一次自己不配当东京都知事选举候选人"[②]。相比之下，福泽胜则是从一开始就非常积极主动。面对革新党的两位说客——木村书记和黑泽事务局长，福泽胜请两人一定要说服野口，而且承诺只要两人不告诉野口，她愿意全程提供竞选资金。"野口专断地认为，阿胜必然对政治毫无兴趣。"[③]但实际上，福泽胜的政治热情比野口还高。在野口确定参选后，福泽胜就主动向革新党竞选顾问山崎素一请教竞选的相关问题。在距离选举还有半年多时间时，福泽胜就已经打算瞒着野口，提前独自开展被法律禁止的事前竞选活动，而且此时的福泽胜已经做好了抵押雪后庵来筹集竞选资金的打算。因为革新党只渗透到了精英阶层，所以敏锐意识到普通选民重要性的福泽胜就自己去参加民众活动。"阿胜梦想能够进入选民的心中。"[④]"在东京都的祭祀典礼、选美比赛等各种人群聚集的地方，都能渐渐开始看到阿胜的身影。她捐款、发放名片，偶尔还高歌一曲。参加主

① 松本徹：「政治の季節のなかで——『宴のあと』から『憂国』へ」，『三島由紀夫　エロスの劇』，東京：作品社，2005 年，第 222-236 頁。

② 三島由紀夫：『宴のあと』，『三島由紀夫全集第 13 巻』，東京：新潮社，1973 年，第 96 頁。

③ 三島由紀夫：『宴のあと』，『三島由紀夫全集第 13 巻』，東京：新潮社，1973 年，第 101 頁。

④ 三島由紀夫：『宴のあと』，『三島由紀夫全集第 13 巻』，東京：新潮社，1973 年，第 102 頁。

妇集会时，阿胜就在和服外面罩上罩衣，她的刻意反倒博得了感觉迟钝的人们的喜爱。"[1]福泽胜为了赢得东京都选民们的选票尽心尽力，"留下了高涨的人气"[2]。她在街头演讲中激情四射，让"阿胜的演讲比野口的更受欢迎"[3]。"阿胜将所有的财产和精力都投入到了竞选中，所有人都知道阿胜的巨大付出。阿胜有生以来从未如此持久地、有效地燃烧自己的热情。"[4]福泽胜兼具男性的果断和女性的热情，不愧为"难得一见的女中豪杰"[5]。如果没有那本《野口雄贤夫人传》，福泽胜算得上是非常尽职尽责的候选人夫人了。

从现实中的真实情况来看，畔上辉井在有田八郎的整个竞选活动中也占有举足轻重的地位。无论是从她本身对竞选活动的贡献，还是《般若苑夫人物语》所造成的影响来说，其话题度都不逊色于有田八郎。然而，东京都知事竞选的主角毕竟是有田八郎，并非畔上。《宴后》作为一部将在以男性读者为主的综合杂志《中央公论》上连载的小说，将现实竞选活动中的配角女性列为主角，绝不单纯是为了增加新鲜感，还与当时女性的政治意识高涨有关。

"二战"结束后，在 GHQ 的主导下，日本女性有了与男性同等的政治权利。1946 年 4 月 10 日的议会大选是日本女性获得选举权后参加的第一次选举。在总共 2600 万张选票中，女性选票占比达到了 67%，只比男性选票占比低 9%，由此可见日本女性高涨的政治热情。[6]在 1946 年的选举中，在 79 名候选女议员里，有 39 人当选。越来越多的女性进入社会，走上政坛，参与社会讨论、政治事务，为女同胞们发声。新时代日本女性不仅追求经济独立，也开始追求政治崛起，引发了全社会的关注。

在中央公论社针对女性读者创办的月刊杂志《妇人公论》上，可以看到频繁刊载的讨论女性与政治的文章。在 1958 年众议院大选前夕，1958 年 5 月号《妇人公论》上刊载了一篇座谈会记录《女性具有政治能力吗？》，讨论分析了女性从政的短板。虽然日本在"二战"后初期女性议员曾一度人数猛增，但是此后当选女议员人数却逐年减少，1946 年是 39 人，到 1955 年就只有 8 人了。在座谈会上，大家指出，女性因为过于感性、爱憎分明，政

① 三島由紀夫：『宴のあと』，『三島由紀夫全集第 13 巻』，東京：新潮社，1973 年，第 109 頁。

② 三島由紀夫：『宴のあと』，『三島由紀夫全集第 13 巻』，東京：新潮社，1973 年，第 111 頁。

③ 三島由紀夫：『宴のあと』，『三島由紀夫全集第 13 巻』，東京：新潮社，1973 年，第 142 頁。

④ 三島由紀夫：『宴のあと』，『三島由紀夫全集第 13 巻』，東京：新潮社，1973 年，第 159 頁。

⑤ 三島由紀夫：『宴のあと』，『三島由紀夫全集第 13 巻』，東京：新潮社，1973 年，第 10 頁。

⑥ 辻清明編：『図説日本の歴史 18：戦後日本の再出発』，東京：集英社，1976 年，第 68 頁。

治能力低下，极易出现滥用权力的情况，不适合当政治家，所以女性议员人数较战败之初有所减少。另外，除了女性自己来伸张女性权益外，呼吁男性议员也应重视为女性争取权益。①

在 1958 年众议院大选结束后，《妇人公论》马上再次举行座谈会，讨论女性的政治意识。②在刚刚结束的大选中，有 11 位女性议员当选，相较于 1955 年增加了 3 人。西清子认为，这与女性选民投票率高达 74.4%不无关系，体现了人们对美好政治的期待。高桥也指出，在这次选举中，女性选民受到重视，出现了许多针对女性选民的宣传标语。在投票时，女性选民更重视候选议员本人的品行，而非其所属政党。本次当选的女议员中很多人都具备丰富的从政经验，其政治主张符合一部分选民的利益诉求。虽然女议员不如男议员强势，政治能力存疑，但是普遍比男议员更加清廉。不过，女性的政治意识有待提高，女性喜欢占便宜的性格特点容易被政治家利用。女性应该认识到学习政治、讨论政治是因为政治问题与自己的生活息息相关，而非单纯是为了提高教养或者女性地位。

在有地方选举和参议院选举的选举大年 1959 年，《妇人公论》加大了政治板块的分量。首先从 1959 年 1 月号开始，《妇人公论》推出了为期一年的"我们的政治讲座"系列座谈会，见表 5-2。"选取当下身边的政治问题，为了弄清楚这些问题的本质，而开设了本系列讲座。每个月将邀请对当月主题感兴趣的读者代表和专业人士进行对话。"③ 在 1959 年 6 月号的编辑后记中，编辑中村说："各地围绕'我们的政治讲座'展开讨论会，作为责任编辑，我对此感到非常高兴。非常欢迎各位提出宝贵的建议或问题。"④在该系列讲座中，受邀读者均为与当月话题相关行业、领域的女性或者当事人，如女学生、公司白领、社会团体领导人、议员等，同时也包括家庭主妇。不过，可能是为了提高内容的专业性，从 7 月号开始，座谈会不再邀请读者参与，变成了专业人士之间的政治沙龙。其次，《妇人公论》从 1959 年 5 月号开始推出了同样是为期一年的"世界顶级女性采访记"（世界のトップ・レディ会见记）系列专题，彼时正好是地方选举结束、参议院选举开始前。《妇人公论》邀请原日本首相犬养毅的孙女犬养道子作为特

---

① 大宅壮一，藤原弘达，松冈洋子，松田文子：「女に政治能力があるか」，『婦人公論』，1958 年 5 月号，第 128-136 页。

② 藤原弘达，高橋徹，西清子，吉武信：「女性の政治意識は高まったか」，『婦人公論』，1958 年 7 月号，第 78-85 页。

③「ゼミナール 私たちの政治」，『婦人公論』，1959 年 1 月号，第 170 页。

④ 中村：「コージーコーナー」，『婦人公論』，1959 年 6 月号，第 386 页。

派记者，走访世界各国，采访各领域的顶尖女性。该系列专题采访获得"好评如潮"[①]。在被采访的 12 位女性中，有 8 位与政治相关。既有政府高官夫人，又有女性政府高官，还有三位女性皇室成员。另外，1959 年 5 月号的《妇人公论》还同时推出了《明治·大正·昭和 三代皇后》的特辑，以日本"第一夫人"——三位皇后来呼应"世界顶级女性采访记"第一期采访对象——原美国第一夫人安娜·罗斯福，见表 5-3。

表 5-2　《妇人公论》"我们的政治讲座"系列目录

	刊　号	主　题	嘉　宾
1	1959 年 1 月号	大众运动	丸山真男、日高六郎（东京大学副教授，社会学方向）、永井道雄（东京工业大学副教授，教育社会学方向）
2	1959 年 2 月号	考试地狱	臼井吉见（评论家）、永井道雄、日高六郎
3	1959 年 3 月号	大众媒体	荒垣秀雄（《朝日新闻》评论员）、永井道雄、日高六郎
4	1959 年 4 月号	地方选举	辻清明（东京大学教授、政治学方向）、永井道雄、日高六郎
5	1959 年 5 月号	安保条约	入江启四郎（爱知大学教授，国际法方向）、永靖道雄、日高六郎
6	1959 年 6 月号	宪法第九条	鹈饲信成（东京大学教授、宪法方向）、永井道雄、日高六郎
7	1959 年 7 月号	天皇制	宫泽俊义（立教大学法学部部长、宪法方向）、丸山真男、永井道雄、日高六郎
8	1959 年 8 月号	女性与战争体验	竹内好（都立大学教授）、戒能通孝（都立大学教授）、日高六郎、鹤见和子（评论家）
9	1959 年 9 月号	教育与政治	桑原武夫（京都大学教授）、金泽嘉市（祖师谷小学校长）、日高六郎
10	1959 年 10 月号	日本外交	森恭三（《朝日新闻》评论员）、日高六郎、加藤周一（评论家）
11	1959 年 11 月号	劳动问题	大河内一男（东京大学教授）、松冈三郎（明治大学教授）、日高六郎
12	1959 年 12 月号	舆论	清水几太郎（每日新闻社编辑顾问）、新井达夫（学习院大学教授）、日高六郎

① 三枝佐枝子：「コージーコーナー」，『婦人公論』，1959 年 6 月号，第 386 頁。

表 5-3　《妇人公论》"世界顶级女性采访记"专题系列采访目录

刊　号	采访对象	主　题
1959 年 5 月号	安娜·埃莉诺·罗斯福（Anna Eleanor Roosevelt, 1884—1962 年）	伟大的母亲（偉大なアメリカの母）
1959 年 6 月号	雷纳塔·泰巴尔迪（Renata Ersilia Clotilde Tebaldi, 1922—2004 年）	意大利引以为豪的女歌唱家（イタリアの誇るプリマ·ドンナ）
1959 年 7 月号	维多利亚公主（Victoria of Saxe-Coburg-Saalfeld, 1786—1861 年）	燃烧的拯救希腊之热情（ギリシャ救国の情熱に燃える）
1959 年 8 月号	芭芭拉·卡素尔（Barbara Castle，1910—2002 年）和费雯·丽（Vivien Leigh, 1913—1967 年）	英国的两幅面孔（イギリスの二つの顔）
1959 年 9 月号	荷兰女王（Beatrix Wilhelmina Armgard, 1938 年—　）	荷兰的年轻王位继承人（オランダの若き王位継承者）
1959 年 10 月号	果尔达·梅厄（Golda Meir, 1898—1978 年）	以色列引以为豪的世界唯一一位女性外相（イスラエルが誇る世界でただ一人の婦人外相）
1959 年 11 月号	维贾雅·拉克希米·潘迪特（Vijaya Lakshmi Pandit，1900—1990 年）	培养亚洲的印度良知（アジアを育てるインドの良識）
1959 年 12 月号	孟伦夫人（M·ウォルク·アベバ殿下/Menen Asfaw）	埃塞俄比亚引以为豪的皇太子妃（エチオピアの誇り高き皇太子妃）
1960 年 1 月号	格蕾丝·凯利（Grace Patricia Kelly, 1929—1982 年）	闪耀摩洛哥的世纪灰姑娘（モナコに輝く世紀のシンデレラ）
1960 年 2 月号	娜菲萨·希迪·凯拉外相（ナフィサ·シディ·キャラ閣外相）	阿尔及利亚女性的希望象征（アルジェリア女性の希望のシンボル）
1960 年 3 月号	格查噶夫人（ゲチャガ夫人）	肯尼亚的黑人律师（ケニアの黒人代議士）
1960 年 4 月号	玛格丽特·朗（Marguerite Long, 1874—1966 年）	法国的国宝（フランスの国宝）

实际上，在现实中，畦上辉井的"般若苑夫人"形象相较于"有田夫人"更"深入人心"。在《宴后》的"东京都知事竞选"中，福泽胜的贡献也常常超过竞选当事人野口雄贤。即便如此，三岛的这种安排并没有引起读者的质疑和社会的讨论，原因就在于政治女性对于当时的日本人而言，早已不是陌生的事物。进入 20 世纪 50 年代以后，包括家庭主妇在内，日本女性对政治的关心明显加强。类似《妇人公论》的这一类女性杂志的及时跟进报道，反过来又进一步强化了大众脑海中女性参政的印象。女性积极参政最显著的一个表现是，女性选民的投票率也随之增高，1958 年"东京都区议员选举的女性选民投票率在全日本各类选举中是最高的"[1]。女性选民的高投票率不仅使得女性选民受到重视，作为女性选民代言人的女性议员也受到社会重视。在这样的社会背景下，三岛选择女性作为连载于以男性读者为主的《中央公论》的政治话题相关小说的主人公，也是对时代潮流的一种回应。在仔细考量了读者心理承受度的前提下，将福泽胜塑造成野口雄贤在竞选中的贤内助。在以男性读者为主的《中央公论》上，以女性作为主人公，讲述一个本是以男性为主的故事，也为读者带来了一定的新鲜感。

5.2.3　福泽胜与野口雄贤的对比：对虚无主义的批判

虫明亚吕无指出，《宴后》这部小说表达了三岛对日本政治现实的嘲讽。[2]松本彻也认为，三岛在《宴后》里处处"直戳保守党的痛处，揭露了满口道义的革新党的腐朽和无能"。[3]《宴后》对政治的讽刺集中体现在福泽胜与野口雄贤的对立上。中村光夫指出，"阿胜代表着保守党。阿胜对革新党的不满也是三岛自身想法的体现。革新党只顾着说大道理，却毫无活力。归根结底，野口与阿胜的对立是这部小说的根本所在"。[4]西尾干二在对《宴后》的解说中表示，《宴后》可以说包含了三岛对日本政治现实的讽刺。野口雄贤是个讲究旧式道义的人，脱离现实，对政治认识不清；与此相反，福泽胜是一个率真热情的人。然而，充满讽刺意味的是，雪后庵老板娘福

---

① 藤原弘达，高橋徹，西清子，吉武信：「女性の政治意識は高まったか」，『婦人公論』，1958 年 7 月号，第 78-85 頁。

② 虫明亜呂無：「『宴のあと』『憂国』をめぐって」，『三島由紀夫全集第 13 巻』（月報），東京：新潮社，1973 年，第 8-15 頁。

③ 松本徹：「政治の季節のなかで――『宴のあと』から『憂国』へ」，『三島由紀夫　エロスの劇』，東京：作品社，2005 年，第 226 頁。

④ 河上徹太郎，平野謙，中村光夫：「創作合評」，『群像』，1960 年 10 月号，第 242 頁。

泽胜却比原外务大臣野口雄贤更懂得政治世界的游戏规则。相较于"知识分子"的空想性理想，"民众"饱含生命力的现实感觉更贴合政治。[1]借用桥川文三的话来说，福泽胜"因为其可爱的热情而无节操"[2]，野口则"因为其对原理的崇拜而伪善"[3]。毋庸置疑，三岛喜欢充满活力的"廉洁正直的乐天派"[4]福泽胜。

在《宴后》连载期间，三岛在 1960 年 6 月 25 日《每日新闻》上发表了一则短评《一个政治意见》。三岛认为，当时的首相岸信介有错，但不是错在他是"二战"战犯，不是错在他玩弄权术，也不是错在他亲美，而是错在他是一个"小虚无主义者"[5]。在三岛看来，岸信介不相信任何事物。虽然岸信介觉得自己是有信念的，但是民众能凭直觉感知到他是一个单纯相信政治信条的人。三岛指出，当时民众对政治的关注程度之高可谓异常，这种关注是敏感而盲目的，对于政府和民众来说都是一种政治危机。很多参加游行的人讨厌岸信介的理由其实并不明确，许多人在投票时也都是在凭感情用事。三岛号召大家不要单纯凭借自己的直觉来进行评判。他指出，现在人们出于直觉，厌恶虚无主义者，反对岸信介，那么在竞选中很可能会出现候选人投选民所好，通过隐藏自己的虚无主义者身份而成功当选的情况。三岛认为，当时的日语陷入了极度混乱之中。词语的历史概念被歪曲和变形，一个词语可以包含两个相互矛盾的含义。社会党拒绝审议、全日本学生自治会总联合（简称"全学联"）冲入国会议事堂、政府单独裁决，这些都可以被称作"为了维护议会主义"；从代议制到共产主义革命竟然都能被囊括进"民主主义"的范畴；和平有时候指代革命，自由有时候指代反动政治。三岛认为，日本没有任何一个时代像战后一样，如此高效地利用日语的混乱。明知是谎言，还加以使用，这绝对是虚无主义的征兆，真正的现实主义者不会被外表光鲜的话语所欺骗。三岛认为，日语的混乱会招致民众的混乱，"我等文人迫在眉睫的任务就是把语言带回到其本来的

①　西尾幹二：「解説」，见三岛由纪夫：『宴のあと』，東京：新潮社，1969 年，第 209-214 頁。

②　橋川文三：「『宴のあと』について」，『三島由紀夫論集成』，東京：深夜叢書社，1998 年，第 91 頁。

③　橋川文三：「『宴のあと』について」，『三島由紀夫論集成』，東京：深夜叢書社，1998 年，第 91 頁。

④　橋川文三：「『宴のあと』について」，『三島由紀夫論集成』，東京：深夜叢書社，1998 年，第 91 頁。

⑤　三島由紀夫：「一つの政治的意見」，『三島由紀夫全集第 29 巻』，東京：新潮社，1975 年，第 521 頁。

古典历史概念中去"①。

虽然三岛自己是虚无主义者，但他认为政治家不能是虚无主义者。就像三岛在《一个政治意见》文末打的那个比方一样：梦想家、理想主义者、虚无主义者只会破坏国家，导致国家的毁灭。三岛反复强调，在选举投票时，他绝对不会投给虚无主义政治家，只会投给那些坚强的现实主义者、那些既无梦想又不会绝望的真正的实干家。在《宴后》里，野口就是那个梦想家、理想主义者、虚无主义者，福泽胜则是那个坚强的现实主义者、真正的实干家。

福泽胜与野口雄贤的缘分因一场私人宴席而起，又因一场政治宴席而止。自始至终，福泽胜都是一个目标明确且极具行动力的人——主动选择与野口结婚，协助野口竞选；而野口却"随波逐流"——与福泽胜的婚姻始于福泽胜的主动出击，参选东京都知事选举也是受到了革新党的邀请。如果说福泽胜一直在创造机会，那么野口则总是处于被动等待机会的状态。当福泽胜已经开始进行竞选预热活动时，老爷做派、官僚作风的野口还浑然不知、毫无察觉。坚定守法的理想主义者野口只是每周听山崎讲两小时的课，除此之外一概不管，政策、资金、竞选团队人事等所有事情都是由山崎来决定。"野口对自己的无动于衷甚是引以为豪。"②自竞选活动开始，一直到福泽胜主动提出变卖雪后庵为止，野口才第一次知道原来革新党如此贫穷。就像山崎在给福泽胜的信中所指出的一样，"东京都知事选举击碎了所有虚伪的幸福，野口和阿胜双方得以将最真实的自己展现出来，或许从真正意义上来说，落选并非是不幸的"③。这场政治宴席结束后，"阿胜还是应该恢复原有的热情和活力，野口也应该找回其高洁的理想和完美的正义"④。

野口和岸信介一样，都是只相信空虚信条的人。正是因为什么都不信，所以野口才能做到无动于衷。从某种意义上来说，包括野口在内的整个革新党一直都活在自己的理想世界中，所以会拒绝保守党的合作方案，让更富感染力的福泽胜压缩自己的演讲，在竞选资金筹措上败给竞争对手保守党。用三岛的话来说，野口与其说是一个现实的人物，不如说是一个"观

---

① 三岛由纪夫：「一つの政治的意见」,『三岛由纪夫全集第 29 卷』,东京：新潮社, 1975 年, 第 523 页。

② 三岛由纪夫：『宴のあと』,『三岛由纪夫全集第 13 卷』,东京：新潮社, 1973 年, 第 139 页。

③ 三岛由纪夫：『宴のあと』,『三岛由纪夫全集第 13 卷』,东京：新潮社, 1973 年, 第 220 页。

④ 三岛由纪夫：『宴のあと』,『三岛由纪夫全集第 13 卷』,东京：新潮社, 1973 年, 第 220 页。

念的人物"①。这样的人必然赢不了"始终保持着人类的野性与天真，虽然从某种意义上来说时而有些没规矩、时而有些出格，但是总的来说她最后还是忠于了自己炙热的情感"②的福泽胜。福泽胜击败野口雄贤，不是"知识分子或者说所有男人的失败"③，而是观念败给了现实，虚无主义者输给了现实主义行动者。"小说的主人公在某种意义上是读者想要成为的人，作家在其创造的人物里注入了自己的生活方式的价值。"④热情奔放的福泽胜在世人看来是"无节操的女汉子"，在三岛眼里却是美丽可爱的女强人。正如矶田光一所说，"作者对阿胜无疑抱有强烈的认同感"⑤。在《宴后》里，对政治充满热情和激情的三岛毫不留情地揭露了缺乏行动力的革新党内部的腐朽和无能。《宴后》是三岛送给那些将自己的政治命运全部押注在政治理想上而失败的人的"讽刺的哀悼诗"⑥。

　　与许多日本人一样，三岛因为战败而成为虚无主义者，但他并不甘于做虚无主义者。他是"热情的保守主义"⑦者，喜欢充满行动力的现实主义。三岛推崇阳明学的知行合一，福泽胜身上的行动力正是当时三岛所追求的。三岛认为，人们应该寻找可以为之献出生命的具体目标，从而获得明确的生存意义。三岛对于"行动"的痴迷集中体现在其生命末期连载于 1969 年9 月号至 1970 年 8 月号的杂志《Pocket 重拳 Oh!》（『Pocket パンチ Oh!』）上的口述笔记《行动学入门》里。在《行动学入门》中，三岛用了共十二章来详细阐述其对"行动"的认知和思考，包括"行动的定义""军事行动""行动的心理""行动的模式""行动的效果""行动与等待""行动的计划""行动之美""行动与集团""行动与法律""行动与时机""行动的终结"。三岛认为，行动是最纯粹的个人行为。个人基于自身的判断，不惜以生命为代价实施行动，其肉体的充实感是实施行动的核心。行动的本质是，在创建出最为合理的计划后，必须借助不合理的力量来完成突破。行动就像

---

① 富田雅寿：『プライバシー『宴のあと』公判ノート』，東京：唯人社，1967 年，第 169 頁。

② 富田雅寿：『プライバシー『宴のあと』公判ノート』，東京：唯人社，1967 年，第 169 頁。

③ 富田雅寿：『プライバシー『宴のあと』公判ノート』，東京：唯人社，1967 年，第 169 頁。

④ 中村光夫：「ふたたび政治小説を——『小説神髄』を否定する——」，『中央公論』，1959 年 5 月号，第 290 頁。

⑤ 磯田光一：「三島由紀夫『宴のあと』」，『磯田光一著作集 1（三島由紀夫論考・比較転向論序説）』，東京：小沢書店，1990 年，第 165 頁。

⑥ 野口武彦：「永劫回帰と輪廻——『宴のあと』その他——」，『三島由紀夫の世界』，東京：講談社，1968 年，第 199 頁。

⑦ 橋川文三：「『宴のあと』について」，『三島由紀夫論集成』，東京：深夜叢書社，1998 年，第 91 頁。

武器一样，是适用于某一目的的道具，即朝着一个既定目标心无旁骛地奋勇前行。好的行动会给人们造成深远的影响，并激发出新的行动。

唐纳德·金指出，三岛的天皇崇拜绝非单纯的盲目崇拜，而是"能动的虚无主义"[①]，体现了对超现实理想的信仰。《沉潜的瀑布》时期的三岛回归现实世界后，从健身入手，试图通过具体的行动来实现其政治理想，守卫以天皇为中心的日本传统文化。三岛在同时期创作的另一部长篇小说《镜子之家》中讨论虚无主义，描写"告别战败"的时代。三岛在《宴后》中，进一步试图摆脱虚无主义，立志将日语带回到其本来的古典历史概念中去，并寻找一位现实主义的政治家来拯救日本。在《宴后》里，三岛塑造了活力四射的现实主义者福泽胜和无动于衷的虚无主义者野口，并借助两者的对立以及野口的落选，表达了自己对战后虚无主义政治家的不满。在政治的泥潭里，"人类接受污浊的洗礼。伪善与其说是凸显了不彻底的正直，不如说是解放了人性，恶行反倒恢复了瞬间无力的信赖。……我们之中日常呼吁人性的人转瞬间便消失在了这旋涡中，我热爱这种激烈、痛苦的作用。虽然并非一定是净化，但是它可以让我忘记可以忘记的事情，让我迷失可以迷失的东西，给我们带来一种无机的陶醉"[②]。

5.3　隐私权审判案：小说的去中心化阅读

《宴后》在连载期间，就因为小说人物、情节与有田夫妇及其生平高度相似，引发热议。先是中央公论社在《中央公论》上两次刊登了免责申明，强调《宴后》纯属虚构，与真实人物没有关系。然后，中央公论社迫于压力放弃出版《宴后》的单行本。新潮社出版了单行本，却在 1961 年 3 月遭到有田八郎起诉。1961 年 4 月，法院开庭审理。历经 11 次庭审后，在 1964 年 9 月，法院宣判三岛和新潮社败诉，单行本《宴后》随即停止发行和流通。因为隐私权审判案，《宴后》本身的文学价值几乎被忽视，而这是三岛最不愿意看到的。直到 1965 年 3 月有田逝世，三岛与有田的家属达成和解后，《宴后》才得以重见天日。这场日本的第一起"隐私权审判案"耗时五年终于尘埃落定，受到了全社会的关注。由此引发的关于隐私权与言论自由的大讨论，暴露出了战后日本文学面临的困境，也对三岛的读者意识及创作造成了深远的影响。

---

① ドナルド・キーン：「三島由紀夫における『菊と刀』」，『中央公論』，1971 年 3 月号，第 209 頁。

② 三島由紀夫：『宴のあと』，『三島由紀夫全集第 13 巻』，東京：新潮社，1973 年，第 220 頁。

5.3.1　当事人观点

　　作为原告，有田八郎否认自己同意（默许）三岛以自己为原型创作小说《宴后》。所谓畔上辉井征求了自己的意见，不过是畔上给他打了一个电话，而当时有田的回复是"关于这个问题，我没什么要说的"，"你要怎么办，这个跟我没关系"①。有田表示，真正知道《宴后》的连载是在 1960 年 3 月前后，听人说起后第一次读了《宴后》。因为在小说的前三次连载部分里，小说基本都是以福泽胜为主人公，所以尽管野口雄贤与自己存在一定的相似度，但暂时还未让有田感到不适。到了 4、5 月份时，故事内容开始超出有田的预期，让他明显感到不快。有田觉得，野口雄贤逐渐成为与福泽胜同等重要的主人公，而且野口雄贤与有田八郎的关联性越来越强。不仅许多故事情节在影射自己与畔上辉井夫妻的真实生活，小说可能还会给吉田茂、大野伴睦等其他熟人造成困扰。例如，小说里福泽胜向首相借钱的情节，会给吉田茂本人带来不必要的麻烦；而福泽胜对疑似以大野伴睦为原型的小说人物所采取的淫荡不堪的态度，也会影响大野伴睦本人的声誉。从这时开始，有田觉得，需要采取措施阻止小说的连载。因为打不通三岛的电话，有田让中央公论社社长嶋中鹏二与三岛进行协商，但是三岛拒绝了有田的请求。有田只好期待小说结束连载淡出人们的视野后，那些因小说而产生的流言蜚语会随之逐渐消散。因为担心单行本不仅会唤起已经读过小说的读者的记忆，还会吸引一批新的读者，所以当有田得知《宴后》会出单行本时，他以小说对自己的日常生活造成了严重的干扰为由，先后要求三岛、中央公论社、新潮社停止小说单行本出版发行，更不能授权他人对小说进行广播、电视剧、电影等的改编。

　　作为被告，三岛承认《宴后》是一部原型小说。1959 年，三岛接到《中央公论》的约稿邀请时，各报纸杂志有关有田八郎及其夫人般若苑老板娘畔上辉井的报道铺天盖地，两人的故事正好与自己一直关注的"政治与恋爱"主题相吻合，三岛由此获得灵感，打算以畔上辉井为原型构思小说，并将自己的构思告知了中央公论社。虽然这不是三岛第一次创作原型小说，但是东京都知事选举刚刚结束不久，考虑到当事人畔上辉井的感受，在嶋中鹏二的建议下，三岛与嶋中还有小说的责任编辑青柳正己一起登门拜访了畔上辉井，想征得她的允诺。当时，畔上以"必须征求有田先生的意见"②为由，没有当场给出明确的答复。因此，日后当三岛获得畔上辉井允诺时，

---

　　① 富田雅寿：『プライバシー『宴のあと』公判ノート』，東京：唯人社，1967 年，第 183 頁。

　　② 富田雅寿：『プライバシー『宴のあと』公判ノート』，東京：唯人社，1967 年，第 109 頁。

就自然而然地将其理解为同时已经获得了有田八郎的允诺。而且，三岛后来还收到了由畔上转交的附带亲笔签名的有田的著作《众人曰之笨蛋》(『馬鹿八と人はいう』)，于是更加确信已经获得了有田的许可。连载期间，三岛的确收到过畔上女士的来信。畔上在信中表示，后悔当初的轻率答应，如今深受《宴后》的困扰，想请三岛停止连载。然而，三岛认为，虽然故事中途会出现一些"负面"的情节，但重要的是，小说最终留给读者的印象并不见得会是负面的，而这才是他想达到的效果，于是回信请畔上先忍耐一下。1960 年 9 月，三岛得知有田八郎想与自己进行面谈，却以见面容易引起不快为由予以拒绝，并通过中央公论社表明了自己拒绝修改并坚持出版单行本的意愿。

三岛坚持认为，自己在执笔之前已经征得了主要原型人物的同意，而且小说独立于事实，故事梗概、内容、细节皆为虚构，小说本身属于他自己的文学世界，与那些依赖以原型为噱头吸引读者的原型小说不同。自己虽然是从关于畔上和有田的报道中获得具体的素材，但并不是"生搬硬套"，而是去掉了素材中与小说主题相悖的信息，只保留下那些可以突出主题的纯粹性素材。并且，这些素材仅为小说的外部，小说内部如与出场人物恋爱有关的心理描写、性格描写、情景描写等，都是严谨地按照一定条件下人类心理反应的普遍法则构成的。三岛认为，小说基本上都有原型，比如，福楼拜的《包法利夫人》(三岛在《文章读本》和"三岛由纪夫 QUIZ"中都提到过该作品)就是根据报纸上三个版面的报道而创作出来的。实际上，为了让作品尽可能地感动读者，小说原型与小说中的出场人物必须有所差异。原型是个别的特殊情况，小说人物则是普遍化、一般化的人物形象，这些人物形象的言行、性格、真实感情早就已经在作品中被普遍化了。三岛表示，之所以没有在小说中更换掉一些容易让读者联想到有田夫妇的信息，比如将野口写成原内务大臣，或者将选举地区换成京都府知事选举，是因为他觉得这些信息都是有田夫妇已经公开了的众所周知的事实，不存在暴露他人隐私等问题。而且，三岛觉得，如果刻意改变，会显得不自然，反倒会影响读者的阅读体验。坚持艺术至上主义的三岛认为，如果这一次有田八郎胜诉，那既是对日本文学、文艺的不尊重，又是对言论自由的公开否定。

出版社方面，首先是连载了小说的中央公论社。在庭审中，社长嶋中鹏二表示，小说主题是三岛自己选定的，并非《中央公论》提出的要求。在当时的嶋中看来，小说与其说是写东京都知事选举，不如说是要写般若苑女老板，并不清楚小说的原型还涉及有田。在小说构思确定后，嶋中与三岛、责任编辑青柳一同登门拜访了畔上。畔上没有马上答应，嶋中等人将畔上的婉拒理解为害羞客气。《中央公论》应三岛的要求，为其搜集了关于东京都知事选举、有田夫妇的各种资料，并安排三岛会见了一个熟悉竞选活动流程的资深人士。虽然在小说连载到一半时，畔上提出了抗议，要求停止连载，但是在嶋中看来，艺术作品一旦开始连载发表了，就不能随意中止连载，所以杂志还是继续了《宴后》的连载。中央公论社为了息事宁人，采取刊登免责公告的方式来缓解双方的矛盾。责任编辑青柳正己偶尔也会登门拜访畔上，安抚其情绪。不过，嶋中表示，中央公论社自始至终都没有干涉三岛的创作，"这算是中央公论社对于一般连载中的作家的照顾，无论如何中央公论社都会尽量不告知作家，让作家完成作品"[①]。在小说连载结束后，中央公论社收到了有田的抗议。嶋中亲自接待了有田，答应去劝说三岛修改小说内容或者推迟《宴后》单行本的出版发行。急于了解社会评价的三岛希望《宴后》单行本能早日付梓，便拒绝了嶋中的要求。别无他法的嶋中只好同意三岛另找新潮社出版单行本。

　　其次是出版了单行本、被有田八郎起诉的新潮社。新潮社在 1960 年 11 月 18 日《每日新闻》上做的广告中，在书名《宴后》之后标注了副标题"广受关注的长篇原型小说"[②]。广告在介绍完臼井吉见、河上彻太郎、中村光夫、平野谦四人对小说的评价后写道："顶级评论家称其为'原型小说的模范'。成为小说原型的原外务大臣和高级日本料理店女老板，以及人尽皆知的东京都知事选举，这些真实人物、故事在作品中完成大变身，升华成为艺术后，读者必会毫无怨言地为两人相思却不能相守、女主人公的恋爱悲剧而惋惜。"[③] 11 月新潮社还在东京都的书店等处免费发放火柴。火柴盒正面印有"长篇小说、《宴后》、三岛由纪夫"，反面印有"广受关注的原型小说、《宴后》、三岛由纪夫、定价 390 日元、新潮社"，侧面印有"东京都新宿区矢来町/振替东京八〇八/新潮社"。从正面打开火柴盒，可以看到一段以小说女主人公福泽胜的口吻撰写的谢词："本人的丈夫野口雄贤这次将作为革新党的候选人，参加东京都知事选举。/或许您也知道，本人经营着一家名为'雪后庵'的高级日本料理店，因此似乎有很多人都惊讶于革新党将本人丈夫推举为候选人。其中经过可以通过三岛由纪夫先生的最新长篇小说《宴后》进行了解。恳请您在本次选举中助我们一臂之力。

---

① 富田雅寿：『プライバシー『宴のあと』公判ノート』，東京：唯人社，1967 年，第 151 頁。

② 富田雅寿：『プライバシー『宴のあと』公判ノート』，東京：唯人社，1967 年，第 26 頁。

③ 富田雅寿：『プライバシー『宴のあと』公判ノート』，東京：唯人社，1967 年，第 27 頁。

/十一月吉日/高级日本料理店雪后庵女老板 福泽胜。"①这些宣传无不是在明示《宴后》与有田夫妇存在关联，试图利用人们的八卦心理来提高小说的销量。在法庭上，新潮社社长佐藤亮一也承认，为了卖光《宴后》的三万本初印本，所以在广告文案中使用了以原告有田等人为原型创作的宣传语，如"长篇原型小说"②。新潮社以《宴后》是否"原型小说"的争议作为卖点，可谓火上浇油，彻底将有田的隐忍退让消耗殆尽。

总的来说，有田八郎坚持认为《宴后》暴露了他的隐私，有损他的名誉，给他造成了严重影响；三岛虽然承认原型小说的事实，但坚持艺术至上主义，拒不认错。中央公论社和新潮社都支持三岛的艺术至上观点，只是以综合杂志起家的中央公论社迫于压力选择了中途退出，没有出版单行本；而以文艺杂志起家的新潮社则选择了坚定支持，甚至为了保证小说的销量，还"将错就错"地借机炒作。

5.3.2 同时代的舆论评价

同时代对《宴后》的态度主要分为支持三岛的文坛作家和支持有田的社会势力两派。

鉴于同行利益相关，许多作家在有田正式提起诉讼前就开始发声，支持三岛、驳斥有田。他们通过解释作家的创作过程，来主张文学作品的艺术性，认为不可以就此做出侵害了隐私权的法律判决。讨论并不仅仅只是针对《宴后》这一部作品，而是围绕以《宴后》为代表的这一类文学作品的价值及其评价而展开。就像三岛所说，"隐私权审判案"的胜败关乎整个文坛。③

最早提到"隐私权"问题的是 1960 年 9 月 19 日发行的 10 月号《群像》。在该期的"创作合评"栏目中，河上彻太郎、平野谦和中村光夫一致认为，《宴后》并没有对有田八郎和畔上辉井的名誉造成损害，反倒是将两人都写得"过于完美"④了。在这三位作家看来，原型不过是小说的一个框架，作家是可以随意描写人物的。⑤平野谦还在 1960 年 9 月 27 日《每日新闻》的文艺评论中再次强调，虽然是原型小说，但以三岛在艺术上的自信，不会

---

① 富田雅寿：『プライバシー 『宴のあと』公判ノート』，東京：唯人社，1967 年，第 27-28 頁。

② 富田雅寿：『プライバシー 『宴のあと』公判ノート』，東京：唯人社，1967 年，第 104 頁。

③ 三島由紀夫：「『宴のあと』事件の終末」，『三島由紀夫全集第 32 巻』，東京：新潮社，1975 年，第 466-469 頁。

④ 河上徹太郎，平野謙，中村光夫：「創作合評」，『群像』，1960 年 10 月号，第 239 頁。

⑤ 河上徹太郎，平野謙，中村光夫：「創作合評」，『群像』，1960 年 10 月号，第 238-244 頁。

给小说人物的原型造成麻烦。①河上彻太郎也在 1960 年 9 月 29 日《读卖新闻晚报》的《文艺时评》上表示，"像我这种对花边新闻不感兴趣的人来说，无论主人公是 X 先生还是 Y 先生，都会作为一部小说来阅读"②。此外，臼井吉见表示，引发问题的原型小说十有八九是因为作品本身不够成熟、作者在创作时有所懈怠，但《宴后》却是唯一的例外。臼井评价三岛在《宴后》中，反向利用鲜活、丑陋的社会新闻，来展现作者的美学观念。只保留人尽皆知的事件和人物的外在，将其内在全部替换为别的内容，从而创造出独属于自己的世界。③日沼伦太郎指出，《宴后》完全可能被读者作为娱乐小说来阅读。日沼认为，《宴后》像是三岛在巨作《镜子之家》后的休整之作，是以放松的心态创作的，作品也属于轻快的娱乐类型。④江藤淳在刊载于《朝日新闻》上的文艺评论的开篇强调，小说创作的核心是作者的想象，真实事件不过是激发创作灵感的一个契机。真实事件只是作者借来抒发内心想法的"外壳"罢了。⑤虽然这篇文艺评论主要是在点评大江健三郎的《十七岁》和三岛的《忧国》，但就其发表时间而言，不失为对三岛的一种声援。大冈升平也表示，从《宴后》的字里行间也可以感受到，三岛对于有田的"照顾"，认为这也导致有田在《宴后》单行本出版发行前没有直接上诉，而是采取了沟通协商的方式。⑥

在有田提起诉讼后，依旧有不少作家公开支持三岛。福原麟太郎公开发文强调，"并不是说因为小说是基于某种文学意图创作的，所以作家就在小说里照实描写了原型人物本人"⑦。高桥义孝也指出，至少在创作过程中，作家全身心地投入创作，努力去表达想要通过作品的形式而展现出的某种东西，根本顾不上市民的想法、顾虑。高桥还质问道："与其在艺术作品、文学作品中去探讨隐私权问题，难道不该在广播、电视、报刊的报道中来

---

① 平野謙：「今月の小説　上　政治の文学化ということ」，『毎日新聞』，1960 年 9 月 27 日。

② 河上徹太郎：「文芸時評　下　世俗的な題材だが手ごたえは感じる　完結した長編『宴のあと』」，『読売新聞夕刊』，1960 年 9 月 29 日。

③ 臼井吉見：「文学上のモデルとは　問題をおこすようなのは作家精神のゆるみからだ」，『朝日新聞』，1960 年 11 月 1 日。

④ 日沼倫太郎：「明るい玩具の世界　軽快なエンターテイメント　三島由紀夫著『宴のあと』」，『図書新聞』，1960 年 11 月 19 日。

⑤ 江藤淳：「エロスと政治の作品　三島、大江が共通の主題」，『朝日新聞』，1960 年 12 月 20 日。

⑥ 大岡昇平：「病んでいるのは誰か——常識的文学論(2)——」，『群像』，1961 年 2 月号，第 196-203 頁。

⑦ 福原麟太郎：「プライバシー権利　下　文学に現れた問題」，『東京新聞夕刊』，1961 年 3 月 17 日。

展开大讨论吗？"①福田恒存则指出，有田八郎在起诉书中使用诸如"隐私权"等日本人闻所未闻的外语词汇，给人们造成了一种诉讼的争论点就是"隐私权"本身的印象。②十返肇在《小说的现状与原型问题》一文中也指出，日本的私小说改变了日本读者的阅读习惯，让他们对作家的想象力、个性失去兴趣，不相信作家。日本读者只想读自己感兴趣的事件、故事，他们知道现实生活远比小说更加离奇精彩。所以，读者对作家的期望是，希望作家把故事写得比事实本身更有趣。日本读者需要的是讲故事的匠人，而不是文学艺术家。在这种背景下，作家只能利用读者的心理，同时发挥自我能动性，创造出全新的虚构世界。而《宴后》就是一部成功的作品。虽然取材自真实人物、事件，但三岛在小说中创造出了属于他自己的人物。③

在"隐私权审判案"一审结束后，当时的日本文艺家协会理事长丹羽文雄明确表示，如果有田一方胜诉，会对作家的创作活动造成不良影响。④在法院判决有田八郎胜诉后，中村光夫特意撰写了《"模特"的问题》一文来讨论原型小说的创作问题，以表示对有田胜诉的震惊与不满。中村认为，小说的艺术在于作者利用读者从记录中再现事实时使用的想象力，通过使用写实风格的叙述，故意让读者误将虚构当作真实。因为语言是无法完整再现事实的，所以作家需要进行虚构。从这点来说，读者阅读到的文字实际上是不完整的记录。读者在大脑中还原出的事实，其实是读者想象力的产物。作家非常清楚，作为素材的真实事件只是一个框架，作品的内容完全依靠作家的精神状态或者说作家的思想、文笔。作家的写作目的不是重现事件原样，而是揭露事件中所包含的普遍性，将原本会随着时间逝去而消失的事件上升为能够经得起时间考验的文学经典。⑤

虽然有许多作家从文学创作自由的角度，据理力争声援三岛，然而除文坛之外的整个社会舆论却是一边倒地批评三岛。

许多评论家都发文进行指责，即便是优秀的文艺作品，也没有资格侵犯他人的隐私权。"是否因为《宴后》是一部优秀的文艺作品，其侵犯隐私权的行为就可以被正当化？"⑥池田洁的质问代表了社会舆论的典型态度。

---

① 高橋義孝：「ふたつの権利 下 文学者の立場から」，『朝日新聞』，1961 年 4 月 12 日。

② 福田恒存：「言葉の魔術 プライバシー 上」，『毎日新聞夕刊』，1961 年 4 月 24 日。

③ 十返肇：「小説の現状とモデル問題」，『小説中央公論』，1961 年冬季刊，第 282-288 頁。

④ 『『宴のあと』訴訟 落おいた幕切れ」，『朝日新聞』，1964 年 9 月 28 日。

⑤ 中村光夫：「言葉の芸術（『モデル』の問題）」，『中村光夫全集第 9 巻 文学論 3』，東京：筑摩書房，1972 年，第 333-350 頁。（原載于《群像》1964 年 12 月号、1965 年 1 月号。）

⑥ 池田潔：「基本的権利の尊重を "プライバシー"について」，『毎日新聞』，1961 年 4 月 2 日。

文坛表现出的为了创作不惜侵害他人权利的文学立场，让社会感受到了文学界的傲慢。中川善之助表示："每个人都有不希望被别人知道或看到私生活的一面。只要不违背公共利益，就应该做出妥协，放弃窥探，这才是民主主义，才是尊重人权。……虽然不清楚三岛的小说有多么优秀，但是无论如何，他也绝对没有揭露他人私生活的权利。这与是否属实没有关系。"①泷川幸辰认为："任何人都讨厌私生活被人肆意公之于众，都无法忍受隐私被人公之于世。虽然作家拥有表现的自由，但问题在于，宪法保障的表现自由是否允许作家将个人的私生活写得真假难辨。主张文学作品拥有无限的表现自由，将会损害个人获得尊重、追求幸福的权利。……作家为什么想写侵犯隐私的东西，这是涉及国民伦理意识的问题。如果不从根源上进行修正，那么永远都会源源不断地出现阅读侵犯隐私权的作品的读者以及执笔创作的作者。"②

　　不仅是评论家们指责文坛的傲慢，普通民众也因各种理由普遍表现出对有田八郎的理解与支持。受到评论家观点的影响，大多数普通民众都认同三岛暴露有田的私生活是"笔杆子的暴力"③，"（无论言论表现有何等自由）肆无忌惮地窥探并公开他人私生活都是荒谬至极的行为"④，"总的来看，的确可以说三岛获利、有田受损了"⑤。他们认为，作家觉得为了创作可以不惜损害社会利益，体现了作家群体的自命不凡心理、"文学者的本位主义"⑥。"以谦虚的心态发表声明才是身为作家的优秀态度"⑦，"应该守住社会公认的良知底线"⑧，"即使是包含艺术趣味的作品，……公之于世时也应慎重行事，这是作家的社会责任"⑨。另外有许多人，特别是家庭主妇们，联想到了自己身边发生的隐私权问题，也支持有田。还有人提出，对隐私权的不尊重，其实是日本落后于世界的表现，"尊重私生活"是"民

---

① 中川善之助：「表現と報道の自由」，『朝日新聞』，1961 年 4 月 4 日。

② 滝川幸辰：「内側をのぞき見されたくない」，『読売新聞夕刊』，1961 年 4 月 7 日。

③ 山内浩一：「三島氏の良識に訴える」，『読売新聞』，1961 年 3 月 21 日。

④ 尾形朱美：「『宴のあと』について一言」，『産経新聞』，1961 年 4 月 22 日。

⑤ 中谷宇吉郎：「単純な考え方」，『読売新聞夕刊』，1961 年 3 月 25 日。

⑥ 石坂洋次郎：「俗物の弁」，『風景』，1961 年 6 月号。转引自富田雅寿：『プライバシー『宴のあと』公判ノート』，東京：唯人社，1967 年，第 124 頁。

⑦ 初谷美保子：「三島氏は謙虚であれ」，『東京新聞』，1961 年 3 月 21 日。

⑧ 山口好忠：「プライバシーの尊重」，『朝日新聞夕刊』，1961 年 4 月 3 日。

⑨ 山田正夫：「作家は社会的責任を忘れるな」，『毎日新聞』，1961 年 4 月 20 日。

主主义"的"根本"[1]，应该抛弃"低俗的岛国劣根性"[2]。这些人认为，即使是为了促进日本国民基础教养的提升，也应支持有田八郎。

《每日新闻》的书评就曾指出，小说的畅销很可能就是因为读者对小说原型抱有兴趣。[3]受"私小说"传统的影响，日本读者本来就很容易将类似于私小说的原型小说中出现的虚构情节认定为是真实发生过的事情。不可否认的是，三岛在构思小说时的确利用了读者的这种阅读习惯，新潮社在宣传时也有意利用了大众的猎奇心理。因此，被指责暴露了他人的隐私，引发社会舆论的反感，是必然的。于是，三岛成了"滥用"他人隐私的"恶人"，有田八郎则成为呼吁维护隐私权的正义代表。虽然《宴后》的艺术价值得到了许多作家、文艺评论家的认可，但是小说的艺术价值并不在社会关注的范围之内，普通民众反倒从作家们强调文学作品的艺术性、言论自由的观点中，感受到了一种文人特有的傲慢，转而普遍倾向于支持为了隐私权而斗争的有田八郎。翻看社会上各类相关评论，可以发现，围绕这场诉讼的讨论早已脱离了《宴后》小说本身，讨论的重点基本转移到了新概念"隐私权"上。即使有许多作家、文艺评论家呼吁维护文学创作的自由，但最终人们从这场诉讼中得出的结论是，无论是对于国家还是个人，都应该尊重隐私权，而非"原型小说"的定义、小说创作的特点等。

5.3.3 去中心化阅读

虽然作家、文艺评论家坚持创作自由的观点有其合理性，然而他们高估了作家在大众文化兴盛的年代对其作品读者的约束力和限制力。读者已经不再受作者的控制，文学阅读也不再是单纯为了提高修养。这种情况的出现还与媒体环境的变化有着密切的关系。

"二战"期间，日本举全国之力投入战争，普通人享受文艺的权利被剥夺，报刊媒体成了向人们灌输"军国主义""一亿玉碎"思想的工具。战争结束后，饱受战争折磨的日本人对精神食粮产生了巨大的需求。彼时，出版界迅速转型，出版活动呈现出了空前活跃的态势，加快了文学的"复活"。在此过程中，战后周刊杂志的流行功不可没。除《周刊朝日》《SUNDAY每日》等老牌报社的周刊杂志外，战后还如雨后春笋般地出现了大量新的周刊杂志，如 1956 年新潮社推出的《周刊新潮》，1957 年主妇与生活社推

---

① 野田八千代：「女性の立場から」，『朝日新聞夕刊』，1961 年 4 月 3 日。

② 柿沼勝司：「プライバシーの権利と田舎」，『毎日新聞』，1961 年 3 月 25 日。

③ 「ベストセラー診断『宴のあと』三島由紀夫著」，『毎日新聞』，1960 年 11 月 25 日。

出的《周刊女性》，1958 年光文社推出的《女性自身》、集英社推出的《周刊明星》，1959 年讲谈社推出的《周刊现代》、文艺春秋新社推出的《周刊文春》等。1959 年，讲谈社和小学馆还分别推出了少年漫画周刊杂志《周刊少年 MAGAZINE》和《周刊少年 SUNDAY》。"二战"后的"周刊热"使得周刊杂志这样的新媒体迅速渗透到人们的日常生活中。到了 1960 年，在日本国内杂志的总发行量中，周刊杂志所占比例超过了月刊杂志。周刊杂志在囊括时尚、娱乐界相关信息的同时，还奠定了其作为文学读物的地位。周刊杂志扩大了娱乐性强的中间小说市场，并为文学作品挖掘了一批新的读者。《朝日新闻》的一则报道称，周刊杂志将买不起电视的人群发展成新的读者群，之前从不看杂志的人在周刊热的影响下开始阅读杂志。读者群的扩大又进一步刺激了人们购买单行本的欲望。①1956 年，日本政府在《经济白皮书》中宣布日本告别"战后"时代，经济的高速发展使得日本人收入水平提高，家庭生活实现电气化，人们开始有了更多的闲暇时间。不仅是物质，文化也开始被大量消费，大众文化的繁荣使得文化呈现出"快销性"。文学与其他领域一样，作为被消费的文化，一道被同质化。以周刊杂志为媒介接触到更多读者的小说，与周刊杂志的报道一样，作为一种信息被读者消费；与周刊杂志本身一样，作为一种一次性读物被快速扔弃。文学再也无法抗拒媒体赋予的性格——在市场经济中被大众消费的文化，文学作为一种娱乐手段为大多数人所接受。

　　小说曾经是属于文坛以及文坛相关人士的小众物品，那时小说的读者还是一个限定性的群体，群体成员有着固定的小说解读规则。无论是根据规则来阅读还是故意脱离规则来阅读，成员们都不能无视规则的存在，否则会被认为没有理解作品。这种不成文的阅读规则成为读者与作家互相默认的沟通方式。作家创作时能够预估读者的反应，而读者在阅读时也能明白作家的用意。然而，大众文学的兴起、连接作者和读者的媒介出版社和书店的不断壮大、读者数量的激增，使得作者与读者的沟通变得困难重重。在作者看来，读者变成了抽象、模糊的群体；对于读者来说，作者则是一个不用过于在意的幕后人。作家希望通过作品传达的思想越来越难以准确地传达给读者，所谓正确的"解读"最终消失在人们的视线中，去中心化的阅读方式逐渐普及开来。作品是如何被创作的、如何被销售的、如何被阅读的，这三者背后的意图不再需要保持一致。对于多数读者来说，也没有保持统一的必要，毕竟文学不过是一种娱乐手段而已。连载在综合杂志

---

①「大当たりの出版界 六社が一億円以上 週刊誌ブームの余波で」,『朝日新聞』, 1959 年 6 月 7 日。

而非文艺杂志上的《宴后》引发的"隐私权审判案"正好是文学解读过渡期中发生的一个典型事件。它不仅使"隐私权"这个概念得以深入人心，也凸显出了新读者的诞生。日本文坛普遍认为，作品是作家通过解构素材而发现的理性产物，作品中出现的人物其实是作者个性的体现，而非对现实的重现。作家以真实事件为素材，不是要去还原或者记录，而是要借助真实人物构建自己的观念世界。这在文坛以及纯粹的文学读者中是默认的规矩，没有人会去结合或者参照事件本身来解读作品。然而，现在无论三岛是以何种心态、何种思想创作了《宴后》，在众多的普通读者看来，《宴后》就是一部揭秘有田八郎私生活的作品。在"纯文学"濒临破产、大众文学欣欣向荣的战后，作家再也无法控制读者对作品的解读。

同时，电影、电视、漫画的普及，使得视觉信息变得越来越重要，人们更倾向于"看"而非"读"。因此，周刊杂志用大量照片来加强杂志的视觉冲击力，在文章选材时也会侧重于关注特殊群体而非平凡人家，以激发读者的阅读欲望。总之，一切都以刺激读者阅读欲、购买欲为目标。十返肇就曾指出，受到心境小说、私小说的影响，日本人在读小说时，非常喜欢将小说人物想象成是小说作者本人或者作者认识的人。不仅是普通读者，连作家同行也会这样读别人的小说。但是，当大众媒体兴起后，在周刊杂志、电影和电视的多重刺激下，大众深感现实世界比作家的想象力更加跌宕起伏、复杂多变。如果虚构无法战胜现实，如果即使作家描写自己的真实经历也无法勾起读者的兴趣，那作家就只能将刺激、有趣的社会真实事件或社会焦点人物写进小说里，来吸引读者。在这种背景下，小说与其说是作家表达思想的艺术作品，不如说更像是给人们提供了一个窥探他人隐私的渠道，与报刊这些文字媒体没有什么区别。新潮社在宣传中使用"原型小说"一词，在当时的确可以刺激人们出于八卦猎奇心理而购买《宴后》。

十返肇表示，越是希望有更多读者读自己作品，作家就越容易陷入照搬现实的泥潭之中。即使是曾经只面向少数读者办刊的文艺杂志也不得不迎合这样的风潮。但是，如果将让人极易辨别出原型的真实人物、事件写入小说，那小说就马上会被扣上"原型小说"的帽子，引发类似于《宴后》这样的原型问题。然而，即便"原型小说"屡屡引发争议，那些热衷于照搬现实的流行作家们也无惧批评和指责。因为只有自己的作品被更多的人阅读，作家的信心才会不断增强。流行作家们之所以自负，是因为他们有无数的粉丝读者支持。"我们无法否认的是，读者的问题正在促使现在的小说发生变化。"[1]既然作家需要大量的读者阅读自己的作品，那作家就不得

---

① 十返肇：「小説の現状とモデル問題」，『小説中央公論』，1961 年冬季刊，第 287 頁。

不思考读者需要什么。但是，拥有读者意识并不是作家堕落的第一步。作者是否媚俗迎合大众，才是决定一部作品会不会堕落成一部通俗小说的关键。既然是文学创作，那么作家就不能放任自己被动地接受现实中的事实，而应该积极地从现实中创造出属于自己的全新虚构事实。作者在构建虚构世界时，其基础必然是某种意义上的现实。反过来说，即使描写的是事实，但只要是文学作品，那就存在虚构。如果作者维持消极被动的态度，那作者当然无法从现实事实中想象新的人物，只能依葫芦画瓢地照实描写自己肉眼看到的人物，无法从中创作出文学的人物。但是，令人感到悲哀的是，在当时的日本，作者在创作上的主观能动性无法获得认可。正因为如此，才会出现对所谓"原型小说"的讨伐。

从某种意义上来说，三岛和那些强调《宴后》的艺术价值的人，已经落后于时代，脱离了读者。在大多数人看来，文学仅仅是一种娱乐手段。文学作品的读者已经衍变成一个模糊流动的庞大群体，人们出于各自的兴趣和关切去阅读文学作品，作家是无法控制读者对作品的解读的。因此，有田八郎的主张变得合理，并获得了舆论的广泛支持。

加藤秀俊将战后文化分为高级文化中心阶段（1945—1950 年）、大众文化中心阶段（1951—1954 年）和中间文化中心阶段（1955—1957 年）三个阶段。①加藤用"杂志"作为标准来注明这三个阶段各自的特点。代表高级文化中心阶段的杂志是《世界》《中央公论》《展望》之类的综合杂志，反映了战败后混乱时期浓厚的政治意识；代表大众文化中心阶段的是《平凡》之类的大众娱乐杂志，显示出民众的关心已经由政治转向娱乐；代表中间文化中心阶段的是新书、周刊杂志，这是高级文化与大众文化妥协的结果。中间文化以常识主义作为支撑，特征是适度的政治好奇心、八卦精神和有趣的中间性，其生产者和利用者均是日益壮大的中产阶级，它是在高级文化与大众文化对立的传统图式之后解读媒体状况的关键。加藤认为，大众媒体这种通信手段肩负着文化中间性统一的宿命，大众媒体的发展也就意味着不同阶级的文化落差不断减小。《宴后》就是在中间文化中心阶段发表的作品，加上连载《宴后》的综合杂志《中央公论》自带的社会属性，共同形成了去中心化阅读的环境。小说的读者从固定的文学读者群延伸至整个社会。不属于文学共同体的普通读者对解读作品时要舍弃事件本身的阅读规则一无所知，他们以看八卦新闻的心态来阅读《宴后》。在他们眼中，福泽胜就等同于畔上辉井，野口雄贤则等同于有田八郎，因此

---

① 加藤秀俊：「中間文化論」，『中央公論』，1957 年 3 月号，第 252-261 页。

才有了之后的"隐私权审判案"。社会与文坛在作品阅读和解读上的认知鸿沟所引发的这场围绕隐私保护与创作自由的讨论，就是一个大众文化兴起后去中心化阅读的经典案例。

5.4　小　　结

日本战后周刊杂志的流行昭示了大众对于事实的兴趣正在不断增长，这就为原型小说的出现奠定了基础。山本健吉指出，"小说这种文学形式汲取能量的源泉唯有现实的沼泽。因此，要求作家不仅不能完全无视大众喜欢八卦的客观事实，甚至还要会利用这种低俗的爱好，以建立起自身文学构思的'场'"①。虽然三岛之前也有取材于热点事件的作品，如连载于文艺杂志的《青的时代》和《金阁寺》，故事内容也都是根据真实事件发生时的新闻报道进行构思的，但相比之下，连载于综合杂志上的《宴后》更为写实，几乎是将刚刚发生的真实事件直接搬进了作品中，"这是首次尝试直接将被称为社会现实的事物文学化"②。三岛利用东京都知事选举和有田夫妇的社会热度为《宴后》加持，一箭双雕地完成了夙愿的"政治与恋爱"主题小说的创作。不过，这个大胆的尝试虽然促使《宴后》受到了关注，却也惹上了"隐私权审判案"，给三岛造成了巨大的精神压力和不小的经济损失。经此一劫，三岛认识到，战后媒体、阅读环境和读者的改变，使得作者再也不能随意控制读者对作品的解读了。

发生了全日本安保斗争的 1960 年被认为是三岛思想的转折时期，当年年末发表的小说《忧国》标志着生活在被"二战"一分为二的昭和时代的三岛正式开始寻找其人生的"连续性的根据""理论一贯性的根据"等所谓"道德同一性"③。从这一年开始，三岛的右倾思想越发严重了。笔者认为，《宴后》引发的"隐私权审判案"同样对三岛有着非常重要的影响。"这起官司的败诉可能给三岛的内心造成了非常大的打击，触发了三岛内心的反叛。"④三岛曾试图利用《文章读本》来培养"精读读者"，或者说是培养自

① 转引自大冈昇平：「病んでいるのは誰か——常識的文学論(2)——」，『群像』，1961 年 2 月号，第 198 頁。

② 虫明亜呂無：「『宴のあと』『憂国』をめぐって」，『三島由紀夫全集第 13 巻』（月報），東京：新潮社，1973 年，第 8 頁。

③ 野口武彦：「永劫回帰と輪廻——『宴のあと』その他——」，『三島由紀夫の世界』，東京：講談社，1968 年，第 194-220 頁。

④ 有元伸子：「『プライバシー裁判』はなにを語るか——『宴のあと』にみる小説とモデルの関係——」，『三島由紀夫論集Ⅱ 三島由紀夫の表現』，東京：勉誠出版，2001 年，第 113 頁。

己的理想读者。在《宴后》中，三岛做了一个"测试"。一方面故意照搬东京都知事选举的整个事实细节；另一方面又幻想着读者能够理解他这样做的真实用意，可以将小说里的主人公与现实中的原型区别开来，而不是把《宴后》单纯当作八卦新闻来阅读。三岛的这种侥幸心理从《宴后》的那则"含糊其辞"的连载预告——《题目暂定》中亦可窥见一二。不同于《沉潜的瀑布》的连载预告，三岛在这则刊载于 1959 年 12 月号《中央公论》的预告中，只字未提《宴后》的具体内容，只表示自己想写与良知相违背的作品。[①]可以说，《宴后》中读者意识的核心就是对"原型小说"的利用。三岛以为读者能够穿过其浅层读者意识抵达深层读者意识。然而，他高估了大众读者。"隐私权审判案"让他深刻认识到大众读者的不可靠和不可控制。加上"彻底的失败作品"[②]《镜子之家》的沉重打击，三岛愈发对读者感到失望。既然读者读不出自己的意图，既然自己也无法改变这种现状，那就改变自己好了。于是，我们可以看到，1960 年后，三岛的文学创作和思想观念呈现出极端化趋势，小说中的天皇思想越发直接和露骨。三岛不仅创作出"二二六事件三部曲"，还撰写了大量评论文章，如《太阳与铁》《叶隐入门》《文化防卫论》《反革命宣言》《行动学入门》等。三岛终于卸下了文艺的伪装，公开宣传其天皇思想，宣扬武士道精神。

---

① 三岛由纪夫：「題未定」，『中央公論』，1959 年 12 月号，第 313 頁。

② ドナルド・キーン：「三島由紀夫における『菊と刀』」，『中央公論』，1971 年 3 月号，第 212 頁。

第6章 《音乐》中的读者意识：暗示读者

6.1 《音乐》的已有评价与遗留问题

《镜子之家》《宴后》的双重打击，让三岛由纪夫幡然醒悟。他切身体会到，再也不能寄希望于读者的自我觉醒了。三岛意识到，不仅小说的情节、叙述要贴合读者，在天皇思想的表达上也需要考虑改变以往隐晦的表达方式，采用更为直接的暗示，才能更顺利地让读者察觉故事中的深层含义，完成其天皇思想的传播。

《音乐》原载于1964年1月号至12月号的《妇人公论》，并于1965年2月由中央公论社出版发行了单行本。

《音乐》讲述了心理医生汐见和顺治愈年轻貌美的性冷淡病患女子弓川丽子的故事。为了逃避父母指定的婚约，丽子从家乡农村逃到了东京，进入东京的S女子大学深造。大学毕业后，丽子继续留在东京，进入贸易公司工作。她喜欢上了神似哥哥的公司同事江上隆一，可惜两人的性生活一直不顺利。丽子苦于性冷淡，"听不到音乐"①。在面谈、书信的心理治疗中，汐见初步查明丽子性冷淡的原因是，丽子曾与现在处于失联状态的哥哥发生过性关系。丽子在潜意识中难以忘记与哥哥的愉快体验，因此抗拒与其他男性发生性关系。然而，丽子在照顾身患癌症、时日不多的前未婚夫时体会到了性快感。汐见逐渐发现，丽子容易从丧失性能力的男性身上听到"音乐"，体会到快感。原来丽子患上性冷淡的真正原因是她害怕怀上除哥哥以外其他男人的孩子。丽子希望用自己的子宫生下哥哥的孩子，为此需要保持子宫的空闲状态，避免与其他男子发生性关系。丽子重新见到哥哥，得知哥哥已经有了孩子后，终于释怀，从担心无法为哥哥生孩子的不安中解脱出来，摆脱了性冷淡的困扰，与江上隆一喜结良缘。

连载期间，为了给《音乐》造势，《妇人公论》向全体读者征集个人性冷淡经历感想——"第一次听到'音乐'之时"（はじめて音楽をきいたとき），要求来稿字数为6000字以内（400字 × 15页），稿件文体不限，截稿日期为1964年4月10日，奖金为2万日元。《妇人公论》请三岛担任评

---

① 三岛由纪夫：『音楽』，『三岛由纪夫全集第14卷』，东京：新潮社，1974年，第477頁。

委,从收到的应征感想中,挑出四篇,刊登在 1964 年 6 月号的《妇人公论》上。前三篇来自三位家庭主妇,第四篇来自一名女教师,四名作者的年龄在 25 岁至 29 岁之间。她们当中,有人因为偷窥了家人的性行为产生厌恶感而患上性冷淡,有人因为个人身体原因患上性冷淡,还有人因为不堪婆家压力而患上性冷淡。不过最后她们都通过各种方式结束了性冷淡。对此,在 1964 年 6 月号的"编辑后记"中,编辑尾岛表示,三岛从来稿读者的性冷淡经历中受到了很多启发,非常感谢读者们的积极投稿。①

由于《音乐》发表在女性杂志上,所以在日本文坛并没有受到重视,同时代的评论不多。日沼伦太郎评价《音乐》"打开了独自的想象力世界"②。菱山修三评价《音乐》是"我国(日本)最初的精神分析小说"③。涩泽龙彦在新潮文库版《音乐》的解说里指出,《音乐》在三岛文学中算不上是主流作品,《音乐》在社会上反响也一般,并没有像《美德的蹒跚》那样成为热门畅销小说。④在《音乐》发表四十五年之后,石原千秋在其著作《那位作家被埋没的名作》中,肯定了《音乐》的文学价值。石原认为,小说的连载媒体《妇人公论》属于"严肃类"杂志,这极大程度上影响了小说的基调。披着"娱乐小说"外衣的《音乐》并没有"迎合"读者,而是在"挑衅"读者。⑤

与《音乐》在社会上反响平平的情况相仿,目前有关《音乐》的先行研究同样不多。涩泽龙彦在《音乐》的解说中对小说中所包含的精神心理学的分析,一定程度上影响了后来《音乐》研究的思路。目前有关《音乐》的研究多为结合《假面告白》《金阁寺》《午后曳航》等精神分析元素较鲜明的小说,来分析三岛的创作心理、三岛与精神分析的关系。加藤邦彦的研究虽然突破了之前的先行研究,将注意力从单纯的精神分析上转移开来,发现了《音乐》的"性冷淡"选题意图,指出了《音乐》中的读者意识,但笔者认为,加藤邦彦仍旧没有摆脱三岛的"大男子主义"形象的影响,忽略了对丽子的人物塑造的考察,也未解答"音乐"的寓意。

---

① 尾島:「コージー・コーナー」,『婦人公論』,1964 年 6 月号,第 440 頁。

② 日沼倫太郎:『東京新聞』,1965 年 3 月 17 日,转引自松本徹,佐藤秀明,井上隆史編:『三島由紀夫事典』,東京:勉誠出版,2000 年,第 50 頁。

③ 菱山修三:『マドモアゼル』,1965 年 4 月号,转引自松本徹,佐藤秀明,井上隆史編:『三島由紀夫事典』,東京:勉誠出版,2000 年,第 50 頁。

④ 澁澤龍彦:「解説」,见三島由紀夫:『音楽』,東京:新潮社,1970 年,第 229-234 頁。

⑤ 石原千秋:「否定的な自己肯定——三島由紀夫『音楽』」,『あの作家の隠れた名作』,東京:PHP 新書,2009 年,第 208-223 頁。

小笠原贤二曾指出，有必要结合同时期的"二二六事件三部曲"《忧国》《十日菊》和《英灵之声》来综合分析《音乐》的深层含义。[①]三岛在《沉潜的瀑布》问世近十年后，在日本首次举行奥运会的 1964 年再次创造了一名性冷淡女性，其背后的用意是什么？"弓川丽子"的性冷淡是否具有更深层的象征意义？这些问题是目前被研究者普遍忽略、尚待挖掘的部分，也正是本书试图探索解答的问题。

6.2 《音乐》中的读者意识：丽子、手记与性冷淡

6.2.1 女性的崛起与男性的坚持

弓川丽子是甲府市富裕人家的千金，从东京的 S 女子大学毕业后，成为一家一流贸易公司的事务员，已经工作两年了，至今未婚。丽子当初拒绝了父母订下的婚事，孤身前往东京闯荡，就像当时的许多"京漂"女性一样——"公寓里现在住着四位单身女性，大家好像都着急结婚。虽说如此，但据说都不能接受老家父母的说媒"[②]。在三枝佐枝子担任《妇人公论》总编期间，《妇人公论》对主要读者群的定位是 18 岁至 25 岁至少接受过高中教育的未婚职业女性。1964 年 5 月号推出的特辑"东京女性单身生活"（東京おんな一人暮らし）的三位作者就是平均年龄为 23 岁的年轻女性。随着受教育程度的提高，越来越多的年轻女性从阅读传统的大众型女性杂志，转向了阅读文章质量更高的知识分子型女性杂志。《妇人公论》就是当时知识分子型女性杂志的典型代表。"从当时的读者调查中可以看到，读者阶层从原来的精英女性下降到普通白领，而且越是往地方上走读者越多。在 20 世纪五六十年代，对于地方上的知识分子女性来说，《妇人公论》仍旧是最具阅读性的杂志。"[③]如此看来，三岛在设计女主人公弓川丽子的人物形象时，明显参照了当时杂志读者的群体特性。此外，在一些情节设计上也与《妇人公论》及时代潮流形成了良好的互动和呼应。比如，对于当时的读者来说，看到"东京的 S 女子大学"，很容易联想到彼时的"风云人物"美智子皇太子妃的母校圣心女子大学；丽子单方面解除了婚约的情

---

① 小笠原賢二：「音楽」，见松本徹，佐藤秀明，井上隆史編：『三島由紀夫事典』，東京：勉誠出版，2000 年，第 50-51 頁。

② 岸井圭子：「貧しくむなしい BG 生活」，『婦人公論』，1964 年 5 月号，第 215 頁。

③ 渡辺一衞：「女性のなかの二つの近代—『女性自身』と『婦人公論』—」，『思想の科学』第 5 次 (11)，1963 年 2 月，第 76-77 頁。

节，与《妇人公论》在 1964 年 8 月号推出手记特辑"我的婚约解约记录"（わが婚約破棄の記録）相呼应，该特辑肯定女性主动解除婚约是自我觉醒的象征，应该引以为豪；丽子照料完前未婚夫后去伊豆南端的 S 市旅游散心，呼应了昭和三十年代兴起的日本全民旅游热，而《妇人公论》也正好从 1964 年 1 月号开始设立了"读者的一万日元之旅"（読者の一万円の旅）栏目；丽子的性心理问题也与《妇人公论》乃至整个日本社会对心理精神问题、性问题的关注相呼应，比如第二次连载时，《妇人公论》同期就刊载了作家小田实的《警惕日本的性的落后性》[①]和心理学专家池见酉次郎的《你的内心生病了》[②]。三岛在内容涉及心理学专业知识较多的第一次连载和第四次连载末尾，特意附上共计 7 本国内外相关专业书籍的参考书目，也是进一步呼应了《妇人公论》对心理精神问题的关注。

敢于解除婚约的丽子必然不是一个任人摆布的无知少女。第一次咨询时，丽子就隐晦地将自己的性冷淡比作"听不到音乐"，一度导致汐见误诊。在第九至第十一章中，丽子编造了虚假的日记，并故意让男友江上隆一看到，产生误会，从而利用汐见来激怒将自豪全部建立在作为男性的性自大上的隆一。汐见第一次读到前来兴师问罪的隆一带来的丽子日记时，也因日记中流露出的深深恶意一度无法冷静。当隆一读完汐见的治疗记录，意识到是丽子在撒谎后，他向汐见表示，"我从未有过被一个女人弄得这般团团转的经历。仿佛是被拽入深渊一样"[③]，汐见也不由地感同身受。在第十八至第十九章中，丽子参加完前未婚夫的葬礼回到东京后，直接去了汐见的诊所。在交谈中，汐见建议丽子出去旅行放松，丽子随即邀请汐见一起去，汐见为此还心动了一会儿。汐见随后发现丽子其实早就订好了单人的车票，根本没有打算和他一起去。汐见不禁感慨道："至今为止我可是被她的谎言折磨了无数次。"[④]丽子的性冷淡治疗甚至还影响到了汐见自己的性生活，不仅幻听到了初诊为丽子播放音乐时唱片机的杂音，甚至还有那么一瞬间将女友明美看成了丽子。作为"为丽子而感到苦恼的受害者"[⑤]，汐见甚至坦言："在我的身体里潜藏着冷漠的客观性、半功利的学术好奇心等各种动机不纯的情感。丽子仿佛是上天派来的使者，督促我反省自身的不足。……如果是普通的患者，明明越难对付，我就越有干劲，但是丽子却

---

① 小田実：「日本の性の後進性を戒める」，『婦人公論』，1964 年 2 月号，第 225-229 頁。
② 池見西次郎：「あなたは心で病気する」，『婦人公論』，1964 年 2 月号，第 230-235 頁。
③ 三島由紀夫：『音楽』，『三島由紀夫全集第 14 巻』，東京：新潮社，1974 年，第 509 頁。
④ 三島由紀夫：『音楽』，『三島由紀夫全集第 14 巻』，東京：新潮社，1974 年，第 540 頁。
⑤ 三島由紀夫：『音楽』，『三島由紀夫全集第 14 巻』，東京：新潮社，1974 年，第 615 頁。

有能力巧妙地摧毁我的斗志。"[①]

　　丽子不仅将汐见玩弄于股掌之中，还周旋于其他男子之间。她拒绝了父母之命、媒妁之言，却在前未婚夫罹患癌症濒临死亡时，专程赶回老家，精心照顾到对方离世；她与江上隆一交往，却保持着若即若离的状态；她与性无能男子花井做实验，看似无意实则有意地时刻直戳其痛处——性无能。在《妇人公论》1964 年 4 月号的手记特辑"告白特辑　女性心中的恶魔"（「告白特集　女の心の中の悪魔」）中，第一位告白者就表示喜欢看追求者因为自己而走向毁灭。[②]1964 年 5 月号的特辑"我遇到的恶女"（「私の会った悪女」）[③]邀请了五位男性——伊藤整、黑岩重吾、北原武夫、今东光、田村泰次郎分别讲述他们被女性玩弄的经历，也让人不禁联想到《音乐》中周旋于多位男性之间的丽子。

　　剪刀是《音乐》中一个非常重要的意象。在连载中，带有剪刀的插图出现了五次：在第三回、第六回、第八回和第九回的连载插图中，都出现了剪刀与女子构成的插画，第十回连载的插图是剪刀在剪一枝花枝丫的构图。小说中，丽子幻想过拿剪刀去剪男根。丽子小时候有一次与亲戚家的男孩们玩猜拳游戏时，男孩们约定输了的人要被剪去男根。丽子输了后，男孩们脱掉她的裤子，却发现丽子竟然没有男根，于是嘲笑丽子是彻头彻尾的输家，"很久很久以前就被剪了，然后就再也没长出来过"[④]。男孩们的口无遮拦给丽子造成了严重的心理阴影，她甚至幻想过晚上拿着剪刀去剪掉这群男孩的男根。后来哥哥侵犯她时，丽子瞟到了一把反射着光芒的剪刀，便将其悄悄藏在枕头下，打算用它杀死哥哥。汐见指出，从民俗学上来说，剪刀作为女子缝纫时的工具，一般被视为女性的象征。然而，在丽子的联想中，剪刀（实施剪断的物体）与男根（被剪断的物体）被视为同一物体，汐见认为这背后暗藏的是丽子拒绝承认男女在生理构造上的性别差异，指出："不知道为什么，您好像沉浸于强烈的男女平权思想中，不认可女性的宿命，认为只有男性是进攻者的观念是不公平的，自幼就怀有不能输给男性的强烈信念，总之就是任何事都要做到男女平等。"[⑤]三岛对丽子的这种人物设定契合了《妇人公论》有意将女性放置与男性平等，甚至是高于男性的位置上的想法。1958 年 7 月号别册附录"男性饲养法"（「男

---

①　三島由紀夫：『音楽』，『三島由紀夫全集第 14 巻』，東京：新潮社，1974 年，第 508 頁。

②　佐藤愛子：「愛にひそむ残酷さ」，『婦人公論』，1964 年 4 月号，第 116-119 頁。

③　「特集・私の会った悪女」，『婦人公論』，1964 年 5 月号，第 160-179 頁。

④　三島由紀夫：『音楽』，『三島由紀夫全集第 14 巻』，東京：新潮社，1974 年，第 498 頁。

⑤　三島由紀夫：『音楽』，『三島由紀夫全集第 14 巻』，東京：新潮社，1974 年，第 501 頁。

性饲育法」）的宣传语就提出了"没有暴力的男性是时代的弱者，女性应该精心呵护男性"①的理念。而在连载期间《妇人公论》推出的"我遇到的恶女"特辑中，受邀的五位男性也根据自己的亲身经历，讲述了女性对他们人生造成的"不良"影响，从男性视角定义所谓的"恶女"是什么。在《妇人公论》看来，新时代的女性不仅与男性是平起平坐的，甚至可以给强势的男性造成伤害。在《音乐》中，丽子给三位主要男性角色汐见、江上和花井造成过不同程度的伤害，丽子的这种"恶女"形象，某种意义上也是呼应了《妇人公论》的理念。

　　然而，无论是因为个人私心介意女性高于男性，还是综合考虑到男权社会的现实情况，三岛都没有"放任"丽子"独霸一方"，而是塑造了"汐见和顺"来与之抗衡。表面上看，在整个治疗过程中，丽子利用一些心理学知识，频繁妨碍汐见的分析，但汐见每次都能自己找到突破口，甚至将计就计，反将丽子一军。从某种意义上说，汐见对女性的轻视从他的人物设定——精神心理医生时就已经埋下了伏笔，"精神分析对女性的蔑视是其难以抹去的一种思想"②。小说开篇，汐见就抱怨说，"最近让我烦心的新倾向是无用的自白癖，尤以女性患者为多。也就是说，有不少人来我诊所问诊是为了满足自身的所谓精神性暴露症"③；"我的诊所不是生活咨询室，因此我有时候会觉得，如果是这种水平的问题，还不如给报纸的生活咨询栏目投稿"④。石垣绫子在读完 1964 年 3 月号《妇人公论》的特辑"性咨询的烦恼"（「セックス・カウンセラーの悩み」）中五位男医生的自白后表示，虽然医生们从医学、社会学的角度来观察分析女性的肉体，却没有关注到女性的性欲部分。石垣指出，心理医生们的态度有一个共同点，即都是从男性的立场来处理女性的性烦恼，因而他们只停留在浅层的安慰上，没有深入到微妙的内部。⑤小说中汐见的态度真实地反映了现实世界中男性对女性根深蒂固的蔑视。在《音乐》里，无论是屡屡向汐见撒谎的丽子，还是频繁看穿汐见心思的明美，汐见总是能在面对女性时保持强势。或许从丽子决定接受心理治疗的初衷——对江上隆一的愧意开始，丽子就已经处于弱势。

---

　　①「目録」，『婦人公論』，1958 年 4 月号。

　　② 石原千秋：「否定的な自己肯定　三島由紀夫『音楽』」，『あの作家の隠れた名作』，東京：PHP研究所，2009 年，第 218 頁。

　　③ 三島由紀夫：『音楽』，『三島由紀夫全集第 14 巻』，東京：新潮社，1974 年，第 472 頁。

　　④ 三島由紀夫：『音楽』，『三島由紀夫全集第 14 巻』，東京：新潮社，1974 年，第 482 頁。

　　⑤ 石垣綾子：「セックス・カウンセラーへの不信」，『婦人公論』，1964 年 4 月号，第 306-310 頁。

　　在丽子的诊疗过程中，三岛特意描写了汐见做记录时用的铅笔。汐见喜欢神经质地把铅笔削得很尖。石原千秋指出，"依据弗洛伊德的精神分析法，可以将铅笔理解为阴茎的象征。这就是尖笔头的铅笔在这里所蕴含的象征意义"。[1]铅笔的第一次出现是在隆一拿着丽子的虚假日记登门质问汐见后的第一次治疗之中。

　　"那我问你，如果你接受了分析疗法，完全治愈了性冷淡的话，你是会选择与隆一一起体验性快感，还是会抛弃隆一，选择与别的男人一起品尝第二春？"

　　"那当然是前面那个。也就是说，我因为觉得对不起隆一，所以才像现在这样来就诊。肯定是选择隆一啊！"

　　"不是，"我将铅笔放到纸上，直视着她的眼睛说道，"不是那样的。你想对隆一永远保持性冷淡。"[2]

　　"我觉得如果不全盘托出的话，医生是不会理解的。之前，医生问我'你是不是有跟自己激烈争夺过妈妈乳房的弟弟或者哥哥？'其实是有的。可能那一直影响着我的生活。我要是不说的话……"

　　"请说出来吧。"

　　我握着削尖的铅笔，心满意足地等着丽子开口。[3]

　　汐见听到丽子对隆一的爱的表白后，将铅笔放下，又因为丽子决定对他开诚布公而重新拿起铅笔。从放下到拿起，从消沉到振作，"铅笔"暗示着汐见内心的波动。虽然丽子坚定地选择隆一让汐见感到沮丧，但让汐见内心窃喜的是，自己能够听到隆一听不到的丽子的自白。铅笔的第二次出现，是在丽子最后一次来诊室治疗时。已经看穿了丽子谎言的汐见，"手握着削尖的铅笔戳着笔记本"[4]，督促丽子，"来吧，把想说的话全都说出来吧"[5]，丽子终于坦白了哥哥强奸自己的恶行，汐见也终于真正抓住了解决丽子性冷淡病症的关键线索。

　　如此看来，铅笔的两次出现都是在汐见反击或者进攻丽子的时候。借

---

① 石原千秋：「否定的な自己肯定　三島由紀夫『音楽』」，『あの作家の隠れた名作』，東京：PHP研究所，2009 年，第 223-224 頁。

② 三島由紀夫：『音楽』，『三島由紀夫全集第 14 巻』，東京：新潮社，1974 年，第 515 頁。

③ 三島由紀夫：『音楽』，『三島由紀夫全集第 14 巻』，東京：新潮社，1974 年，第 517 頁。

④ 三島由紀夫：『音楽』，『三島由紀夫全集第 14 巻』，東京：新潮社，1974 年，第 616 頁。

⑤ 三島由紀夫：『音楽』，『三島由紀夫全集第 14 巻』，東京：新潮社，1974 年，第 616 頁。

用石原千秋的观点来说，"铅笔"象征着汐见对丽子的挑衅。可以认为，《音乐》不是单纯的诊疗记录，其实是汐见记录自己如何征服丽子、达成自身欲望的手记，即一个男性征服女性的记录。虽然丽子存在男女平权的意识，但最终还是渴望被男性征服。三岛在小说中插入这样一个极具性暗示的细节描述，表达了他对以知识女性为主的《妇人公论》读者的一种轻视与挑衅。只不过，虽然丽子的性冷淡最后被成功治愈了，但汐见认为九成归功于幸运，自己并没有什么成就感。因为汐见只是预想到丽子的哥哥会带来冲击，却没有想到真正的症结其实是丽子的哥哥的孩子。汐见坦白，如果不是丽子的哥哥正好有了自己的孩子，那么治愈丽子可能还需要多费些时日。丽子摆脱性冷淡之后，汐见在诊疗报告中表示，现在的他已经不再怀有忌妒之情，能够衷心地祝福丽子与隆一的爱情。从这个结局来说，三岛虽然有挑衅读者的意图，但还是顾及了以女性为主的杂志读者的感受，选择与杂志读者妥协，没有让汐见获得完全的胜利，保留了丽子独立、强势的一面。

6.2.2　手记文体：沉浸式阅读

三岛在《音乐》中采用了"手记"式的文体，这与当时《妇人公论》的手记热有着密切关系。

在重视与读者互动的杂志总编三枝佐枝子主持期间，《妇人公论》基本每期都会以一个主题向读者征集手记，并择优刊登。进入 20 世纪 60 年代后，手记的内容特色就是性问题。自创刊以来，性问题一直是《妇人公论》非常关注的话题之一。在《妇人公论》编辑部看来，如果性问题被视为禁忌，性生活中夫妻地位不平等，那就更谈不上男女平权了。在这种思想背景下，"二战"后复刊后，《妇人公论》进一步鼓励女性像男性一样追求性快乐，肯定女性的性欲望。一方面，从男性读者讲述女性的"性"，变为由女性读者讨论男性及其"性"；另一方面，进入 20 世纪 60 年代后，除了原有的由专家介绍性知识的文章之外，还开始刊登读者的性体验手记。"周刊杂志还不像现在这么普及时，《妇人公论》就发挥了相似的作用。然而，与现在的周刊杂志不同，《妇人公论》从不让职业写手、编辑来写这类报道，总是邀请当事人本人来写。正因为如此，基本没有出现过歪曲事实、捏造是非的情况。至今为止，《妇人公论》刊登过的'手记'总数惊人。这些手记的作者和涉及的当事人涵盖作家、评论家、艺人、美术家、政治家等社会各界人士。"① 濑户内晴美也赞赏和肯定手记的真实性："手记与小说不

---

① 大宅壮一：「女のたたかいの跡を見て」，『婦人公論』，1964 年 1 月号，第 207 页。

同。即使是作家写的东西，如果是作为手记写的，则会在不经意间透露出真实的想法。而且，大多都是在事情发生后不久写的，因为都没有精力去整理思绪，所以文字就更加接近事实真相了。"[1]手记因其真实性而受到欢迎。"现在社会上自称手记的文章四处泛滥。翻阅周刊杂志等，马上就能看出许多文章都是捏造的，是头版头条专职写手或者编辑们随意编造的假新闻。……《妇人公论》长期以来刊登当事者的亲笔文章，这种真实生动的组稿模式让读者的期待和喜悦翻倍。今后也请继续刊载字字流露着真情实意的手记"[2]。可以说，"将近半个世纪以来，不仅是女性，这本杂志还能引发包括男性在内的广大读者的兴趣。其中不容忽视的是，杂志邀请在社会上引发各种话题的事件当事人将自己的亲身经历写成'手记'，《妇人公论》已经和'手记'无法分割了"[3]。

在连载《音乐》的十二期《妇人公论》中，除了 2 月号和 10 月号以外，每期都有手记特辑（见表 6-1）。有意思的是，在《音乐》开始连载的 1964年 1 月号上，《妇人公论》推出手记特辑"女人的历史"，从以往刊载过的手记中挑出 10 篇重新刊载。其中一篇就是畔上辉井在 1959 年 10 月号《妇人公论》上发表的《般若苑夫人离婚真相》，颇有为三岛制造声势的感觉。1964 年 6 月号，《妇人公论》更是直接安排了一个与《音乐》联动的读者手记特辑——"第一次听到'音乐'之时"。

除了向读者征集手记和邀请名人写手记，《妇人公论》还刊登基于手记而写的报道。比如，1964 年 3 月号的《人生咨询五十年　女性的悲欢》一文，根据报纸上人生咨询主题中关于女性地位的烦恼的咨询实例，来探讨随时代潮流而变化的女性心路历程[4]；1964 年 5 月号上刊登的"意大利版金赛报告"节选自意大利畅销书籍《意大利女性的告白》（*LA ITALIANE SI CONFESSANO*），该书就参考了过去十年间意大利女性报纸和周刊杂志上的情感咨询、读者来信、应征手记等 500 万篇记录。[5]

《音乐》采用手记的叙述方式与推崇手记的《妇人公论》形成了良好的互动，《妇人公论》整本杂志为《音乐》的"真实性"做了担保。《音乐》从连载小说变成单行本之后，脱离了原来的载体《妇人公论》的语境，独立

---

① 瀬戸内晴美：「解説」，『愛の現代史 5　愛と情熱の未来』，東京：中央公論社，1984 年，第 35 頁。
② 白浜秀子：「手記特集『女の歴史』に寄せる」，『婦人公論』，1964 年 2 月号，第 290 頁。
③ 大宅壮一：「女のたたかいの跡を見て」，『婦人公論』，1964 年 1 月号，第 207 頁。
④ 西清子：「身上相談五十年　女の悲歓」，『婦人公論』，1964 年 3 月号，第 68-77 頁。
⑤ ガブリエラ・バルカ編：「告白記録　イタリア版キンゼイ報告」，桜井真一訳，『婦人公論』，1964 年 5 月号，第 192-203 頁。

表 6-1　1964 年《妇人公论》手记特辑专题

刊　号	主　题
1964 年 1 月号	女人的历史（女の歴史）
	挑战世界大舞台（世界の檜舞台に挑む）
1964 年 3 月号	性心理咨询师的烦恼（セックス·カウンセラーの悩み）
1964 年 4 月号	职场上扭曲的男女关系（職場における男女関係の歪み）
	手记征稿·我的奇迹之人（応募手記·私の奇跡の人）
1964 年 5 月号	女性燃起野心时（女が野心に燃えるとき）
	独家手记·成为一个孩子的父亲（独占手記·一人の子の父となって）
1964 年 6 月号	手记征稿·第一次听到"音乐"之时（応募手記·はじめて「音楽」をきいたとき）
	单身男子的孤独的结婚作战（独身男性の孤独な結婚作戦）
1964 年 7 月号	被解放的爱情国际市场（解放された愛の国際市場）
1964 年 7 月号	我突然成为寡妇（私が突然未亡人になったら）
1964 年 8 月号	我的婚约解约记录（わが婚約破棄の記録）
1964 年 9 月号	直到夺回丈夫的爱（夫の愛を取り戻すまで）
1964 年 11 月号	特别手记·与前夫堤清二的"距离"（特別手記·別れた夫堤清二との「距離」）
	手记征稿·我幼稚的妻子不懂爱情（応募手記·わが妻は稚くて愛を知らず）
1964 年 12 月号	手记征稿·我恨母亲（応募手記·私は母を憎む）
	独家手记·毕加索恋爱的日子（独占手記·ピカソの恋の日）

成为一个单独的文本。这种媒体的改变必然对小说本身的阅读理解造成影响，读者从习惯手记的《妇人公论》读者扩展为全体社会成员，读者群体从相对具体变得更加模糊，变得无法把控。为了维持原来的叙述环境氛围，约束读者的解读方式，保证读者能够继续将丽子的性冷淡视作一个现实生活中普遍存在的性冷淡病例，三岛选择通过添加"刊行者序"和内封来弥补脱离载体《妇人公论》所造成的语境缺失问题，强化《音乐》的手记属性。三岛借此向单行本读者强调其内容的真实性，要求单行本读者将其作为报告文学而非虚构小说来阅读。在单行本的"刊行者序"中，刊行者表

示，"汐见和顺的这本名为《音乐》的手记，记录了一位患有性冷淡症的女性病例。因为所有内容全部基于事实，所以所有人物均为化名"[①]。刊行者还特意提醒读者，虽然"因为手记内容大幅度偏离常识，也与正常女性的生活、情感有着很大的距离，所以整个手记很可能会被视为荒唐无稽的创作"[②]，"但是我们必须让读者认可这部手记完全源自真实病例，而且读者一旦接受了这个事实，就必须直面深不可测的人性"[③]。这样的语句势必给读者造成小说是基于事实创作的先入观念，从而限制读者对小说的阅读理解。此外，单行本的内封上也写有"汐见和顺述/音乐/一个女性性冷淡的精神分析案例"。对此，山中刚史评价到，"单行本的《音乐》就像是书中书一样"[④]。三岛正是用"刊行者序"和内封来弥补杂志语境缺失所造成的影响，尽可能地为单行本版本读者还原出连载版本读者的阅读环境，督促读者将小说作为手记来阅读。除非读者跳过了"刊行者序"或者内封，否则读者就会在序言或内封的"规定"影响下，解读小说《音乐》。

三岛将《音乐》设计为心理医生的治疗手记，而非丽子的自白手记，还与精神疾病、心理咨询在当时日本是极受关注的热门话题有关。心理咨询由弗洛伊德首创，他希望找到一种人性的结构，可以解释一切人类的心理现象。在 20 世纪 20 年代，弗洛伊德精神分析疗法还是一种智识运动，只流行于知识分子和艺术家之间。直到 20 世纪 50 年代，美国遭遇精神健康危机，这种治疗方法才进入大众的视野。随着战后驻日盟军的进入，心理咨询也在日本流行普及开来。精神健康问题是战后《妇人公论》一直都在关注的问题之一。在《音乐》连载期间，杂志就曾邀请九州大学医学部教授池见西次郎撰文介绍精神心理科。[⑤]性冷淡作为一种精神疾病，事关女性幸福和女性解放，受到了《妇人公论》的关注。在 1964 年 3 月号上，编辑部推出"性咨询的烦恼"特辑，以一些具体的事例来揭示精神与肉体相结合的苦恼与极限。心理医生松洼耕平表示，"几乎每天都会接待前来咨询性冷淡问题的女性，人数在临床病例中最多"[⑥]。在 1964 年 5 月号的"爱的咨询室"（愛の相談室）专栏里，编辑部特意选择了一封性冷淡读者的咨

① 「刊行者 序」，『音楽』，東京：中央公論社，1965 年。
② 「刊行者 序」，『音楽』，東京：中央公論社，1965 年。
③ 「刊行者 序」，『音楽』，東京：中央公論社，1965 年。
④ 山中剛史：「三島由紀夫『音楽』への一視点」，『芸術・メディア・コミュニケーション』第二号，日本大学大学院芸術学研究科，2003 年 12 月，第 1 頁。
⑤ 池見西次郎：「あなたは心で病気する」，『婦人公論』，1964 年 2 月号，第 230-235 頁。
⑥ 松窪耕平：「『詐欺の医師』と言われようとも」，『婦人公論』，1964 年 3 月号，第 198 頁。

询——《我在性上是不完整的吗？》①。无论是从时代背景还是从《妇人公论》本身的组稿情况来看，性冷淡及性咨询对于《妇人公论》的读者而言都不陌生。《音乐》模仿《妇人公论》上各类心理专家的稿件，以医生的口吻来叙述整个故事，不仅真实性或者说写实性得到了极大的保证甚至是加强，而且杂志读者在阅读时也会觉得非常自然，更容易沉浸其中，这与《妇人公论》的启蒙女性、引导女性的办刊宗旨相吻合。手记采用医生汐见的角度比采用患者丽子的角度效果更好。

为了让故事更为逼真，三岛在《音乐》中采用手记形式，营造出一种沉浸式阅读氛围，让读者在阅读时能有更好的代入感。三岛将《音乐》定性为一份性心理病例报告，把小说与《妇人公论》当时几乎每期都有的性咨询文章放在了同等位置，削弱丽子的特殊性，使其看似是日常生活中众多病例里的一个普通案例而已，以便让读者更容易产生情感共鸣。因此，一旦离开连载的杂志媒体，考虑到读者群体的变化，三岛便另外添加"刊行者序"和内封，让《音乐》从连载时期默认的"汐见叙述的手记形式"变为单行本时官宣的"公开发表的医学研究者汐见的临床报告式手记"，以保证小说的阅读效果。

6.2.3 "性冷淡"：三岛对性泛滥的批判

"二战"结束后，日本迎来了一个性解放的时代。"性"受到了占领军当局和保守派政客的鼓励，被用来转移民众对政府和社会的不满，消解他们参与激进的政治变革与抗议运动的能量，是"三 S"政策——体育（sports）、银幕（screen）和性（sex）的一部分。此前将性与婚姻绑定在一起的严格的道德规范逐渐松弛，人们的性意识、性行为逐渐变得自由随意，日本的性产业也获得了很大的发展。

在性解放的过程中，很快就开始出现一些变质情况，引发了一定程度的性泛滥。"大概没有哪个国家的性信息比当今日本更为泛滥。既有性话题的畅销书籍，女性杂志上基本都开设了'性咨询室'，更有低俗不堪的'恶俗杂志'摆在店头。"②随着媒体的迅猛发展，性泛滥被媒体当作竞争手段之一，招致越来越多的日本人的反感。科普和煽情之间的界限变得模糊不清，单纯的性爱描写不断增加，取代了对性爱互利、婚姻幸福等身心两方面复杂问题的真诚探讨。最典型的就是出现了持续繁荣到 20 世纪 50 年代

---

① 浜野みち子：「私は性的に不具合なのでしょうか」，『婦人公論』，1964 年 5 月号，第 406-409 頁。
② 小田実：「日本の性の後進性を戒める」，『婦人公論』，1964 年 2 月号，第 225 頁。

的"粕取文化"。"粕取文化"的世界是一个由性导向的娱乐活动和性泛滥的低俗杂志所支配的商业世界。作为对由妓女和黑市商贩组成的世界的一种自然补充，粕取文化留下了可观的文化遗产——逃避现实的空想主义、性挑逗的刺激和赤裸裸的低级趣味，"性解放"不再是单纯的"性"的解放。粕取文化的拥趸"粕取分子"表现出从权威和教条下解放出来后的激情与活力。在低俗杂志的主导下，颓废成了唯一的真诚和信仰，色情的肉体成了唯一值得崇拜的"体"。粕取文化的写作宗旨就是强行赋予狂乱的颓废生活方式以所谓的意义乃至哲学意味，在某些时候性、颓废和"爱"甚至就等同于"革命"。作为粕取文化最短命的产物，低俗杂志通常被称为"粕取杂志"。村上兵卫曾撰文批评这些"不良周刊"和导致性泛滥的大众传媒。[1]从《拥抱战败》里可以看到，粕取杂志《猎奇》的编辑们在创刊号上强调，他们没有"任何启蒙或教育读者诸贤的大胆野心"，相反，只是想给那些"努力建设和平国家而身心疲惫"的读者提供暂时的娱乐，这也是所有低俗读物出版者的理念，即否认任何严肃的目的。粕取杂志的封面通常是性感女人的特写，偶尔也有成双成对的情侣，绝大多数时候是白人模特。第一幅女性的半裸照片出现在 1946 年年末的月刊杂志《赤与黑》上。到了 1947 年夏天，以全裸或半裸女人的绘画做杂志封面配图的情况就已经司空见惯了。即便有时没有直接的裸露画面，低俗杂志也会使用各种暗示，比如用女演员扮演的女科学家的照片来做"性问题特辑"的封面。日本年轻男性通过阅读粕取杂志来进行他们的性幻想。一项基于对 1600 期粕取刊物的调查发现，这类读物的"关键词"包括接吻、脱衣舞、内衣、"潘潘"和"有闲妇人"、贞洁、近亲相奸、自慰以及寂寞的寡妇。[2]

虽然日本政府早在 1946 年年底就召开了"取缔和防止暗娼发生及保护对策"会议，并示意文部省也在 1947 年发出"关于实施纯洁教育"的通知，试图恢复社会道德秩序，预防性病，但纯洁教育的成效差强人意。作家小田实在《警惕日本的性落后》一文中一针见血地指出，日本当下这种局面看似是性解放的结果，实际上只不过是性信息的解放，战后日本人的性观念与战前并无差别。性交罪恶的观念在日本人心目中根深蒂固，日本人依旧对性是极为避讳的，仍然追求精神愉悦而鄙视肉体快感。这种性观念导致日本男性一方面抵触与神圣的恋人发生性关系，无法正常满足性欲；另

---

① 村上兵衛：「「不良週刊誌」拝見」，『婦人公論』，1959 年 8 月号，第 114-119 頁。

② 约翰·W. 道尔：《拥抱战败：第二次世界大战后的日本》，胡博译，北京：生活·读书·新知三联书店，2008 年，第 117-123 页。

一方面通过嫖娼等其他途径发泄欲望，《卖春防止法》也只是阻碍了男性发泄情欲而已。[1]

针对社会上的性泛滥问题，《妇人公论》在 1959 年 8 月号推出特辑"审议性泛滥"（性の氾濫を審議する），调查社会上的性泛滥情况，以警醒世人。在这期特辑中，野间宏在《性混乱与人性》一文中指出，虽然性的神秘面纱早已被揭开，但是性从未像当前社会一样，被如此积极地关注、展示和讨论，性混乱随之蔓延开来。当前的性混乱不是性本身出现混乱，而是时代、社会的混乱波及了性。成年人认为性混乱是青少年的问题，青少年则认为是成年人的问题，所有人都对性混乱的严重性认识不足。原本只有周刊杂志公然将性作为卖点来吸引读者眼球，如今翻阅当下的报纸，可以明显看到大多数报社也都在大肆报道各种与性相关的丑闻、犯罪，而且这些报道缺乏对性的深入思考，仅仅停留于猎奇层面。这就导致新闻报道不仅没有起到警醒世人的作用，反倒成了性丑闻、性犯罪的催化剂。性成了提高报纸销售量的最大法宝，成了电影高票房的保证。当下的性混乱包括两方面：一是乱交、出轨等行为宣告一夫一妻制的破产；二是为了获得真正的一夫一妻制而要求改变现行的不合理的一夫一妻制。人类的性早已超越原始的性本能，成为一种有爱情参与的性交。婚姻不是为了繁衍后代、继承家业，而是男女双方希望将自己的性爱变成更加优秀、更加美好、更加深入的关系。然而，随着女性地位的提高、财产继承需求的消失，基于一夫一妻制的性爱形式和内容出现了根本上的动摇。因此，性混乱其实也是由爱情混乱所引发的，是男女结合方式的混乱，同时还导致有关性的认识和思考出现混乱。[2]

石垣绫子在《性解放到底给女性带来了多少幸福》一文中，一方面肯定了性解放的意义，认为性解放打破了性的禁忌，推翻了性神秘主义打压人性的伪善。性是男女的高度结合，是崇高的生命力源泉，是人类亲手创造出的不尽的欢乐。另一方面认为，了解性技巧是自然的且必要的，不过，性技巧也存在极限。石垣强调，仅靠技巧是无法获得完美性爱的，两情相悦才是重点。性是肉体与精神、理性与感性的庄严结合。男女的性交不仅是肉体的结合，更是精神的融合。石垣认为，性相关书籍的泛滥是因为现代人的性欲得不到满足，于是只好从文字中寻找慰藉。在报刊上的读者咨询栏、医院的诊室，都能看到或听到人们特别是中年女性的抱怨。性是需

---

① 小田実：「日本の性の後進性を戒める」，『婦人公論』，1964 年 2 月号，第 225-229 頁。

② 野間宏：「性の混乱と人間性」，『婦人公論』，1959 年 8 月号，第 90-95 頁。

要男女双方协同合作完成的，完美的性是双方都能感到快乐。在性爱中，男女应该是平等的，双方都可以表达自己的感受、提出自己的诉求。石垣还批评了与商业主义相结合的新闻媒体，指责他们将性作为娱乐对象，详细地描绘和介绍性技巧，日复一日地生产着性欲狂躁者。在那些以"新闻故事""罪犯手记"等名号发表的文章中，藏匿着大量不健康、不洁净的要素。即使是普通的性知识科普文章，媒体在宣传时为了吸引眼球，也会使用一些夸张的表述。①

在性泛滥的时代背景下，三岛选择了性冷淡作为小说主题，意欲警示读者重新审视性问题。虽然《音乐》里没有直接涉及性泛滥的描述，却塑造了一个因为哥哥"禽兽般的行为"②而患上性冷淡的"圣女"③丽子，将性无能的花井称为"真正的男人"④。值得注意的是，在整部小说中，所有的地名都使用了实际存在的地名，唯有丽子邂逅花井的城市被化名为 S 市，但三岛又提供了包括位于伊豆南端、每天东京站只有一两趟前往该地的准急行电车的信息，暗示读者，S 市就是下田市（日文罗马音：Shimodashi）。在一部通篇涉及性话题的小说里，"S"其实很容易让人联想到"sex"，三岛让两个性冷淡患者在"S"市邂逅，颇有一种反讽的意味。将丽子的哥哥与伯母的情事定性为"丑事"⑤，"无论多么优秀的男人都会被欲望弄得滑稽可笑"⑥等表述，其实都直接或间接地暗示了三岛对于战后性泛滥的批判。

在《音乐》中，三岛将丽子的性冷淡原因归结为想为哥哥生孩子，欲借此告诫《妇人公论》的读者，面对杂志铺天盖地的性及性问题文章，不应忘记细腻且神秘的人类情感与性的关系。三岛在连载预告中就表示，"如今我们内心的音乐已经绝响"⑦，在精神枯竭的当代，无论是"精神的音乐"⑧还是"肉体的音乐"⑨，都在逐渐远离人类。在手记特辑"第一次听到'音乐'之时"的点评中，三岛说，"性冷淡是对于战后性知识泛滥的一个讽刺性反击……在这些手记当中，患有性冷淡的女性往往不是通过高超的

---

① 石垣綾子：「性の解放はどこまで女性を幸福にしたか」,『婦人公論』, 1959 年 8 月号, 第 104-109 頁。
② 三島由紀夫：『音楽』,『三島由紀夫全集第 14 卷』, 東京：新潮社, 1974 年, 第 630 頁。
③ 三島由紀夫：『音楽』,『三島由紀夫全集第 14 卷』, 東京：新潮社, 1974 年, 第 490 頁。
④ 三島由紀夫：『音楽』,『三島由紀夫全集第 14 卷』, 東京：新潮社, 1974 年, 第 588 頁。
⑤ 三島由紀夫：『音楽』,『三島由紀夫全集第 14 卷』, 東京：新潮社, 1974 年, 第 521 頁。
⑥ 三島由紀夫：『音楽』,『三島由紀夫全集第 14 卷』, 東京：新潮社, 1974 年, 第 588 頁。
⑦ 三島由紀夫：「作者のことば」,『婦人公論』, 1963 年 12 月, 第 141 頁。
⑧ 三島由紀夫：「作者のことば」,『婦人公論』, 1963 年 12 月, 第 141 頁。
⑨ 三島由紀夫：「作者のことば」,『婦人公論』, 1963 年 12 月, 第 141 頁。

性技巧治愈了病症，而是借助某种感情的自然流露，即重新发现人类内心最柔软的部分，才得以摆脱性冷淡"。[①]在《音乐》出版单行本后的一次宣传采访（《小姐》1965 年 4 月号）中，三岛进一步明确表示，"战争结束二十年后，如今性的无力感在逐渐蔓延开来。奥地利心理学家威赫姆•斯特科[②]曾指出，文明越进步，就会出现越多的性冷淡女性患者、性无能男性患者。我觉得这种征兆正在日本慢慢显现。我就是以此为背景构思了小说"[③]。在 1964 年 2 月号《妇人公论》上刊登的一篇名为《关于女性的无用论》的文章中，作者同样指出，真正导致女性性生活不满足的，不是性知识的缺乏，而是情感的缺失，"并非生理上而是观念上的欲求不满"[④]。关于性烦恼，三岛认为，大部分是由于人际关系而非性本身引起的。羽仁进表示，性问题与人类的社会关系、人际关系有着很大关系，人类关于性的感情、道德并非自成一体的，而是与对于整个人际关系的感觉和思考密切相关的。[⑤]在三岛看来，性技巧不是万能的。人类内心有着极为纤细的部分，而这又与性问题有着千丝万缕的关系。三岛希望读者更加关注内心而非技巧。当前的性信息泛滥不仅不能帮助人们过上更加高质量的性生活，反倒会导致人们忽略更重要的伴侣感情，最终适得其反。

　　从当初没人敢去购买正经的性知识书籍，到现在特别是电影、周刊杂志里泛滥的性信息、过分煽情的性乱交时代、各类侧重性的犯罪报道、各种假借普及科学知识等名义的淫秽文章、小说里露骨的性描写、电影里大胆的情色画面，不一而足。日本的大众媒体利用性吸引眼球、提高销量（收益），性则通过大众媒体充斥于街头巷尾。性信息的爆炸导致了人们的麻木，只顾追求刺激和快感，而忽视或无视性背后的东西。三岛对性泛滥的批判，与其说只是"对女性读者在性心理上的启蒙尝试，而这种启蒙尝试也契合了《妇人公论》的办刊理念——启蒙女性、解放女性"[⑥]，不如说还有出于其对自身文学作品传播的考虑。三岛的文学作品中有许多性描写。三岛呼

① 三島由紀夫：「『選評』真実の教訓」，『婦人公論』，1964 年 6 月，第 258 頁。

② 威赫姆•斯特科（Wilhelm Stekel，1868—1940 年）

③ 三島由紀夫：「作者にお伺いたします」，『決定版三島由紀夫全集第 33 巻』，東京：新潮社，2003 年，第 447-448 頁。

④ 三浦朱門：「女性に関する無用論」，『婦人公論』，1964 年 2 月号，第 171 頁。

⑤ 安部公房，大江健三郎，倉橋由美子，戸川昌子，羽仁進：「誌上討論•現代の若いセックス」，『婦人公論』，1964 年 5 月号，第 244-245 頁。

⑥ 加藤邦彦：「冷感症の時代——三島由紀夫『音楽』と「婦人公論」——」，见佐藤泰正編：『三島由紀夫を読む』，東京：笠間書院，2011 年，第 140 頁。

吁人们关注性背后的人类情感，其实也是在间接提醒读者，在阅读其文学作品时，要能够透过各种性描写，看到作者真正想要表达的内容和思想，不要把他的某些小说，如《忧国》等，当作"小黄书"来消遣。大江健三郎曾表示，自己有意将性导入自己的小说，是为了去探寻人性。"思考静物时思考人际关系，反过来说，思考整个人际关系时则思考性关系"①。三岛同样也在其小说中赋予性以各种复杂的寓意。将近十年前，三岛在《沉潜的瀑布》里创造了性冷淡女性"菊池显子"，暗示了对昭和天皇的"人间宣言"的不满。那么这一次，三岛在《音乐》中又创作了一位性冷淡患者"弓川丽子"，其用意何在呢？

6.3 "音乐"为何绝耳：三岛对战后日本的绝望

6.3.1 兄妹乱伦与丽子的性冷淡

在汐见的努力和丽子的配合下，汐见终于查明了丽子性冷淡的原因：丽子曾与现在处于失联状态的亲哥哥发生过性关系。早在小学三年级时，丽子就遭到过年长其十岁的哥哥的猥亵，让她品尝到了强烈的甜蜜感觉。然而，疯狂地爱着哥哥的丽子在次年小学四年级暑假期间，亲眼看见了哥哥与伯母的交媾，这让丽子在精神上受到了巨大的打击。而更为致命的一击则是在丽子上大学时发生的。一度销声匿迹的哥哥突然现身，丽子跟着哥哥去了他当时的住处，并意外地见到了哥哥当时的女朋友——一个妆扮浓艳的酒吧女人。酒吧女怀疑丽子与哥哥的兄妹关系，坚称丽子的哥哥在撒谎，并提出只有丽子兄妹无法完成性交，她才相信两人是真正的兄妹。然而，丽子的哥哥却坚持认为，即使和丽子交媾，也无法改变丽子是自己亲妹妹的事实。丽子的哥哥与酒吧女两人为此争执不休，最后恼羞成怒的哥哥突然扑向丽子，并与丽子发生了性关系。

原本令人不齿的兄妹乱伦，在三岛的笔下却变成一种神圣的仪式似的东西。虽然丽子拼命地想要忘记，但是占据她心里的想法只有一个，那就是为了拯救自己，要尽可能地净化和美化记忆。正因为以世人眼光来看是令人不齿的行为，所以才能变成最为神圣的记忆。丽子从哥哥禽兽般的行为中，觉察到了潜藏于人类性行为和爱的温柔中某种神圣不可侵犯的本质，

---

① 安部公房，大江健三郎，仓桥由美子，户川昌子，羽仁进：「誌上討論・現代の若いセックス」，『婦人公論』，1964年5月号，第245頁。

决定将那次交媾记忆变成象征性的神圣幻觉。残酷的记忆逐渐发生了变化：哥哥成了祭司，丽子则是纯洁的处子巫女。因为即将举行的既神圣又恐怖的仪式，光靠哥哥和丽子是无法完成的，必须要有一个目击者亲眼见证才能算完成，于是酒吧女成了证人，代表了世间的所有禁忌、指责和挑衅。"那间狭小的公寓房间逐渐被看成是小神殿的里间一样的地方，不知从何处射入的神秘光芒照亮了三人。"①丽子的哥哥企图让忙于忌妒普通男女关系的酒吧女，目击超越世俗常识的、不同次元的性的神圣领域。丽子虽然表面上予以拒绝，但是无意识中识破了哥哥胡言乱语背后的图谋。丽子兄妹的这场交媾是只能在神殿的熹微中发生的奇迹，无论酒吧女回到世间后告诉谁，都不会有人相信。因为奇迹需要证人，所以酒吧女的作用是重要的。酒吧女只能见证却无力阻挡，交媾时的丽子兄妹眼中早已没有他人，他们渐渐沉入无底深渊，将证人酒吧女留在了远方的世界。自从与哥哥发生性关系以后，丽子觉得世间的所有事情都无聊透顶。虽然以常识来看，哥哥因为自己的卑劣行为而选择销声匿迹，但是丽子说什么也不愿意离开哥哥藏身的东京。因为一旦回到故乡嫁为人妇，就会永远失去见到哥哥的机会，而只要待在东京，或许某一天就能再见到哥哥像神灵一样以污浊的姿态清爽地现身。

听完丽子的最终告白后，汐见意识到找到丽子的哥哥，是彻底揭开丽子心结、治愈其性冷淡的唯一方法。然而，找到哥哥后，丽子的注意力并没有放在哥哥身上，而是一直盯着哥哥怀里的小婴儿。丽子盯着哥哥孩子的模样，让汐见想到了描绘基督耶稣诞生在马厩的中世纪油画。丽子的哥哥现在的家——两帖②的房间，就像耶稣诞生时的马厩一样狭小、难闻；围在一起的丽子、丽子的哥哥、隆一、汐见和明美，"就像圣母、一无所知的父亲约瑟夫和东方三圣人及天使们一样，注视着瘦削的婴儿"③，房间的电灯泡替代了画作中的圣光，照亮了房间的所有角落。

在聊天中，丽子本来想问哥哥是不是婴儿的母亲在干活赚钱，无意中却将"母亲"说成了"妹妹"。丽子察觉到自己的口误后面红耳赤，"那不是犯了小口误的反应，倒像是说了世界上最粗鄙下流的话后羞愧难当的样子"④。汐见从丽子的异样中觉察出了端倪。丽子是出于对婴儿"母亲"的

---

① 三島由紀夫：『音楽』，『三島由紀夫全集第 14 巻』，東京：新潮社，1974 年，第 632 頁。

② 1 帖＝$1.65m^2$ 或 $1.62m^2$。

③ 三島由紀夫：『音楽』，『三島由紀夫全集第 14 巻』，東京：新潮社，1974 年，第 659 頁。

④ 三島由紀夫：『音楽』，『三島由紀夫全集第 14 巻』，東京：新潮社，1974 年，第 660 頁。

忌妒，故意将"母亲"和"妹妹"互换了，因为丽子真正的愿望其实是生育哥哥的孩子。自从与哥哥发生那件事后，丽子的恐惧与愿望相互纠缠，最终凝聚成一个执念——"为哥哥生孩子"。这个愿望一直在不断地蚕食着丽子的内心，丽子性冷淡的症结就在于，她担心自己还没有给哥哥生孩子时，就先怀上了别的男人的孩子。因此，面对病危的前未婚夫、性无能的花井时，完全不需要担心怀孕的丽子可以听到"音乐"，而精力充沛、身体健康的隆一则会让丽子感到害怕。丽子将"因为与哥哥的性交而怀上哥哥的孩子"的想法，等同于纯洁观念。只要为哥哥守住了子宫，那么丽子就能永远地纯洁下去。当丽子有了这个奇怪的想法后，她就患上性冷淡了。直到看到哥哥的孩子，丽子才发现，自己为哥哥和自己的纯洁坚守"性冷淡"所忍受的肉体与精神的苦难全是徒劳。对于丽子而言，这才是最大的冲击。"哥哥的孩子"也已经由丽子不认识的一个街边娼妇为哥哥生下来了，哥哥的人生已经完整了，哥哥不需要丽子为其做任何事情了。丽子终于释怀，从担心无法给哥哥生子的不安中解脱出来，摆脱了性冷淡的困扰，并与隆一步入婚姻。

6.3.2 三岛由纪夫与《古事记》

三岛将丽子兄妹比作神社的祭司和纯洁的巫女，将两人所在的脏乱小房间比作小神殿的"里间"（奥の間），将明明是违背世间伦理的兄妹交媾比作在神殿举行的神圣仪式。《音乐》里兄妹的交媾不禁让人想起了《古事记》开篇里伊耶那岐命和伊耶那美命兄妹俩的"近亲私通"。丽子曾经对花井说，"你的体内有一颗黑珍珠，我的体内有一颗白珍珠"[①]。虽然不是丽子与哥哥间的对话，但多少与伊邪那岐神和伊邪那美神的那段"我有一个多余之物""我有一处缺陷"有异曲同工之妙。如果将《音乐》和《古事记》联系起来看，丽子没有为哥哥生下孩子，也不应单纯只是因为三岛顾忌伦理道德，其背后或许隐藏着更复杂的寓意。

在未完成的遗稿《日本文学小史》（「日本文学小史」）中，三岛介绍的第一部日本文学作品就是《古事记》。三岛回忆称，自己第一次接触《古事记》是在上小学的时候，当时读的是铃木三重吉的现代日语译本。因为政治问题、道德问题和性欲问题，这本《古事记》里有很多缺字，而这些缺字反而激发了三岛莫大的兴趣，期待着有一天能够读到完整版的《古事记》，从而通过这本日本最古老的文献去破解日本以及天皇的终极秘密。

---

① 三島由紀夫：『音楽』，『三島由紀夫全集第14卷』，東京：新潮社，1974年，第586頁。

　　在三岛眼里，《古事记》从来就不是一个阳光向上、天真无邪的神话，他从《古事记》里感受到的是某种阴暗与悲痛、猥亵和神圣之间的令人恐惧的混杂。即使接受过"二战"时期的军国主义"爱国教育"，但是三岛仍旧觉得，在以儒家道德为基础制订的教育敕语的精神和《古事记》的精神之间存在裂痕。比如，《教育敕语》要求臣民"孝乎父母、友于兄弟、夫妇相和、朋友相信、恭俭持己、博爱及众"，而《古事记》中却有倭建命残忍肢解杀害兄长大碓命的情节。《古事记》的下卷之所以从仁德天皇开始，是因为这位天皇被称赞是"圣帝"，日本人对天皇的认知方式也是从此处开始发生变化的。换言之，儒教的圣天子思想传入日本后，日本固有的"天神御子"的天皇观出现变化，因此《古事记》以儒教东渡时的应神天皇的统治为节点结束了中卷，以儒家思想色彩浓厚的仁德天皇作为下卷的起始。三岛越是厌倦儒教道德的伪善和陈腐，就越坚信日本人真正的喜剧气质与真正的悲剧感情这两个相反的东西都源自《古事记》，而天皇家族则同时继承了日本文学最耀眼的光芒和最深邃的黑暗。

　　在三岛看来，诗与政治是互不理解的两个事物，当诗与政治之间的理解的桥梁崩塌之时，就是"神人分离"[①]之时。三岛认为，《古事记》集中体现了"神人分离"的文化意志，并在《日本文学小史》中重点围绕倭建命的悲剧展开论述。倭建命十六岁时，有一天景行天皇问倭建命，为何其兄大碓命不与他共餐，并命倭建命去劝说大碓命。然而过了五天，大碓命迟迟没有现身。于是，景行天皇再度询问倭建命，倭建命答复说自己已经劝说过了。天皇追问倭建命是如何劝说大碓命的，倭建命回复说，自己趁大碓命早上如厕时，将他抓住并斩断其头部与四肢，然后用草席裹住尸身后抛尸了。在三岛看来，一方面景行天皇被倭建命的残暴行径所震慑；另一方面却也从倭建命身上看到了藏于天皇自己体内的"神性"。与其说倭建命越俎代庖，不如说倭建命体察了父皇的真正意图，具象化了父皇体内潜藏的神的杀意，完整地了却了天皇的心愿。倭建命用其雷厉风行的行动毫无保留地展现了神的愤怒。三岛认为，倭建命的行动无一丝怠慢、犹豫和污点，用尽全力代替景行天皇践行了其想要惩罚大碓命的想法，让景行天皇大为吃惊，甚至感到害怕——"形则我子，实则神人"[②]。倭建命弑兄大概就是政治里神的恶魔性与统治功能最初的分离，是约束神的恶魔性、让神的恶魔性承担诗意或者说文化意志的最初体现。倭建命是神的天皇和纯

　　① 三岛由纪夫：『日本文学小史』，『三岛由纪夫全集第 34 卷』，東京：新潮社，1976 年，第 128 頁。
　　② 三岛由纪夫：『日本文学小史』，『三岛由纪夫全集第 34 卷』，東京：新潮社，1976 年，第 129 頁。

粹的天皇；景行天皇是人的天皇和统治的天皇。诗与暴力源自并属于倭建命，因此倭建命必定会遭遇流放，死于荒野战场，灵魂化作白鸟。后来景行天皇下令让倭建命西征讨伐熊袭和东征平定虾夷，变相地放逐倭建命，使其远离皇宫。倭建命被景行天皇疏离，其实是神力超出统治功能后，遭到放逐，被迫漂泊。倭建命因为自身的正统性（神的天皇）而听由景行天皇的派遣，所以倭建命的每个行为都带有实现命运的意义，其整个行为都应被视作文化意志。依照三岛的"神人分离"观念，文化从属于被放逐的神灵。文化不是作为批评者，而是以悲伤和抒情的形式漂泊，唯有这种方式才能代表正统性。

虽然倭建命不明白为何天皇总是给自己下达危及生命的征战任务，但景行天皇是因为看透了倭建命的"神人"属性，所以只能赋予其"传说化"和"神话化"的命运，有意地将文化意志托付于倭建命。也就是说，三岛认为景行天皇之所以如此，是因为他明白，在古代国家，诗与政治只在祭祀仪式的片刻会完全融合在一起，并产生祭祀与政治一致的至上幸福。当这种幸福破裂时，只有诗的分离以及分离的诗才能代表神力。虽然倭建命本人会因此处于悲惨境遇，其肉体的一生会幻化成诗，但勇猛的皇子理应承担起史无前例的重任。即便倭建命是孤独的、漂泊的，甚至是失败的，却也正因为如此，才能看到众神的最后光辉。依三岛来看，在天皇万世一系的国度，作为光荣的源头，诗与统治功能的分离应该被归源于无限。倭建命就是在替无力实现的景行天皇实现诗与统治功能的分离。即使在古代，诗也无法顺利地与政治相结合，毕竟诗属于神灵的领域。虽然倭建命不明白景行天皇的用意并为此感到伤心，但倭建命依旧全力以赴地完成景行天皇下达的敕令。唯有隐秘的敕令才能促使文化意志的发生。在《古事记》中，以"倭建命的东征"这一节为开端，倭建命被逼至绝对不可知论的世界的苦恼直至今日依旧在不断地上演，这种悲剧性文化意志的原型正是倭建命的故事。三岛的这种观念与《忧国》《英灵之声》直接相关联，纯洁无瑕的行动意味着死亡。

三岛认为，在《古事记》里，其实早已反复出现"神人分离"的悲剧。在《古事记》的下卷中，轻王子与衣通姬这对同父同母的亲兄妹互相爱慕并最终一起殉情，可以说是日本最古老的殉情故事。在这则殉情故事里，倭建命的"暴力"被替换成了轻王子与衣通姬的"爱情"。虽说是亲兄妹，但两人之间的爱慕之情是自然萌发的。轻王子生来就是要继承皇位的皇子，这段恋情本应受到神灵的庇佑。如果人们完全认可这对恋人的爱情等于"诗"的话，那么轻王子的婚事与统治就都会被认为是符合神祇旨意的，那诗与政治也就达成了统一。然而，反对这对恋人的"民众"登场，改变了故事的结局。三岛认为，由这些民众支撑的政治出现，导致轻王子的自然行为被定性为叛乱，轻王子无权违抗，其个人恋情只在被流放地才得到了非正式的认可。如此一来，连思念国家这种自然情感中都出现了悲剧的悖论，这也形成了轻王子与衣通姬死前最后的长歌的夸张效果。国家与女性被一视同仁，甚至在价值观上被放在了同等的高度。然而，那不是对爱欲的宣扬，而是对失败的叹息。因为那首长歌唱到，有女性的地方才是令人怀念的故国，女性离开后则是荒凉无缘的地方。这就暗示着一种绝望，即同时将女性与国家同一化而产生的乡愁的结晶破碎后，此时女性的存在因为国家价值的丧失而变得毫无价值。轻王子失去了爱欲最终的依据，并为了复活而选择殉情。长歌始终坚持着反抗的姿态，伪装着真情实意，其背后更多的是对虚无化的国家的批判。轻王子拒绝了让不道德的爱情和王位达成统一的国家，拒绝了诗和政治的最终统一。虽然拒绝统一的国家早已是不值得留恋的国家，但是失去国家时，本应继承皇位的皇子也必须死去，"神""人"就此分离。

三岛庆幸兼具阴暗与悲痛、猥亵和神圣的《古事记》在进入"二战"时期后，因为是神祇典籍而免遭军国政府的检阅黑手。在三岛看来，仿佛是为了弥补《教育敕语》那种静止的道德视角一样，"国家或许暗地里其实一直在渴望着《古事记》中众神们恶魔般的力量"[①]。政府利用民众的"暴力"来实现自身的梦想。然而，在最大限度地利用了《古事记》里众神之力后，日本也相应地付出了应有的代价，即《古事记》中出现的"神人分离"的悲剧重现，昭和天皇在"玉音放送"中公开否定了天皇作为"现御神"的地位，宣告天皇也是具有人性的普通人。

> 然朕誓与尔等臣民共在，欲与尔等同利害。朕与尔等国民之纽带始终依相互信赖及敬爱而缔结，并非单纯神话及传说而生成。亦不复是基于架空之观念以天皇为现御神，且以日本国民为优越于他民族之民族，皆享有支配世界之命运之谓也。[②]

6.3.3　丽子"性冷淡"的寓意

三岛曾在《沉潜的瀑布》里塑造了一位性冷淡女子"菊池显子"。"弓

---

① 三岛由纪夫：『日本文学小史』，『三岛由紀夫全集第34卷』，東京：新潮社，1976年，第128页。
② 小森阳一：《天皇的玉音放送》，陈多友译，北京：生活·读书·新知三联书店，2004年，第161页。

川丽子"与"菊池显子"的名字里都带有水的元素，"川"汇入"池"，似乎暗示着两者之间存在某种联系。被城所升与瀑布联结在一起的"菊池显子"象征着天皇，在《音乐》中丽子则让汐见想起民俗学中的"水女"①。三岛反复强调丽子身上的"神圣"性。从人物设定来说，在当时的语境下，丽子的母校"东京的 S 女子大学"很容易让读者联想到美智子皇太子妃的母校天主教女子大学——圣心女子大学。在第六章中，丽子第一次接受自由联想法治疗平躺在躺椅上时，她的脸"看上去宛如圣女一般"②，"自白完后丽子脸上，浮现出从未有过的神圣的、通透的表情"③。在第十六章中，丽子不仅在其病危的前未婚夫眼中宛如圣女，连丽子的男友隆一看到丽子照顾前未婚夫的场景都"像是一幅圣像一样，看似属于不可侵犯的东西"④。在第四十三章中，汐见形容五人看丽子的哥哥孩子的场景，"我们就像圣母、一无所知的父亲约瑟夫和东方三圣人及天使们一样，注视着瘦小的婴儿"⑤，此处的"圣母"指的就是脸上露出神圣色彩的丽子。在汐见看来，因为对性的关心而不断进行着自我毁灭的丽子拥有将丑陋变为神圣的不可思议的力量。丽子在哥哥禽兽般的行为中，察觉到了潜藏于人类性行为和爱的温柔里的某种神圣不可侵犯的本质，无以言状的耻辱感渐渐地转化成了神圣的记忆。

在《古事记》里，伊耶那岐命和伊耶那美命兄妹二神"近亲私通"后诞下日本国土；在《音乐》中，作为祭司的丽子的哥哥与作为巫女的妹妹丽子的交媾却没有任何结果，只留下丽子为了护住子宫而患上性冷淡，遗失了"音乐"的结果。乔治·巴塔耶认为，神圣世界的一面是位于世俗世界下端的色情，另一面则是在世俗世界上端的宗教。如果说色情否定了世俗世界的禁令的话，那么宗教献祭否定的则是世俗世界的统治性法则。因此，色情和宗教献祭是对世俗世界再否定的两种强烈形式。⑥三岛在《音乐》中直接将色情与宗教献祭合为一体，形成对世俗世界的彻底否定。结合三岛对《古事记》的解读，昭和天皇的"人间宣言"昭示着，在"二战"后的日本，"神""人"已经分离，诗与政治之间理解的桥梁已经崩塌。如果说"诗"代表日本传统文化、"政治"代表日本政治（日本政府），那么战后的

① 三岛由纪夫：『音楽』，『三岛由紀夫全集第 14 卷』，東京：新潮社，1974 年，第 514 页。
② 三岛由纪夫：『音楽』，『三岛由紀夫全集第 14 卷』，東京：新潮社，1974 年，第 490 页。
③ 三岛由纪夫：『音楽』，『三岛由紀夫全集第 14 卷』，東京：新潮社，1974 年，第 521 页。
④ 三岛由纪夫：『音楽』，『三岛由紀夫全集第 14 卷』，東京：新潮社，1974 年，第 535 页。
⑤ 三岛由纪夫：『音楽』，『三岛由紀夫全集第 14 卷』，東京：新潮社，1974 年，第 659 页。
⑥ 汪民安：《乔治·巴塔耶的色情和死亡》，《读书》，2004 年第 2 期，第 163 页。

日本政治抛弃了"神格"天皇，抛弃了珍贵的日本传统文化，也就是抛弃了日本的根本。不仅如此，还任凭美国占领军带来的"新殖民主义革命"[①]进行民主主义改造。在这个"神隐"的国度，丽子与兄长的私通自然不能像伊耶那岐命和伊耶那美命二神的结合一样，孕育出新的生命即新的"日本"。也正因为如此，丽子"为哥哥生孩子"的愿望会进一步演变成"将哥哥塞回自己子宫"的念头。三岛在《音乐》中解释道，在"我肯定会生下哥哥的孩子"[②]的决定背后凝聚着神话般的恶意，"有朝一日我一定要把哥哥变成小婴儿，塞进我的子宫"[③]。此时，丽子已经演变成"诗"的化身，哥哥则变身成了"政治"。"丽子是主动选择了性冷淡"[④]寓意着在"诗"与"政治"之间理解的桥梁崩塌时，三岛选择"诗"，并排斥变异的"政治"。也正因为如此，哥哥的住处被三岛安排在远离皇居的"山谷贫民窟"[⑤]。在三岛看来，脱离了日本传统文化管束的日本战后政治已经丧失"生育"新日本的能力，需要"回炉重造"——回到丽子的子宫即"诗"的母胎里进行重生。"生下哥哥的孩子"成为更为荒诞的"生下哥哥"，其实象征的是用"诗"重塑"政治"，也就是三岛要恢复的日本传统文化，实现"文化概念的天皇"的构想。

在《音乐》的结尾，丽子在解开了子宫心结后摆脱了性冷淡，可小说没有提到丽子的哥哥后来的情况。在整个会面中，丽子和哥哥都闭口不提三年前那一夜的噩梦。读者无法得知丽子的哥哥对那件事的态度，包括丽子的哥哥的生活情况等，一切都不明朗。不过，三岛还创作了一部被看作《音乐》"派生作品"[⑥]的短篇小说《时钟》（「時計」）。这部作品刊载于1967年1月号《文艺春秋》上，可以说补充讲述了《音乐》中没有展开的丽子的哥哥和其同居女友的生活。同丽子的哥哥一样，《时钟》的男主人公勉自己不工作，让同居女友千荣卖身养家。勉痴迷于一种叫"时钟"的扑克牌占卜。千荣要勉答应只要占卜成功了就娶她为妻，勉却像是受到了惊吓一般，将牌弄得乱七八糟，此后也再没玩过"时钟"占卜。在《时钟》的结尾，某个阴雨天，勉突然带千荣来到江之岛的海滩边，玩"时钟"扑克牌

---

① 约翰·W.道尔：《拥抱战败：第二次世界大战后的日本》，胡博译，北京：生活·读书·新知三联书店，2008年，第177页。

② 三岛由纪夫：『音楽』，『三島由紀夫全集第14巻』，東京：新潮社，1974年，第662页。

③ 三岛由纪夫：『音楽』，『三島由紀夫全集第14巻』，東京：新潮社，1974年，第663页。

④ 三岛由纪夫：『音楽』，『三島由紀夫全集第14巻』，東京：新潮社，1974年，第588页。

⑤ 三岛由纪夫：『音楽』，『三島由紀夫全集第14巻』，東京：新潮社，1974年，第645页。

⑥ 田中美代子：「解題」，『決定版三島由紀夫全集第11巻』，東京：新潮社，2001年，第626-627页。

占卜，并且成功了。就当千荣为此欢呼雀跃时，勉却意味深长地微笑着站起来，手插在口袋里把玩着剃须刀。等待千荣的与其说是盼望已久的婚姻，不如说是死亡的可能性更大。如果说《音乐》中离家出走的丽子的哥哥一直生活潦倒表达了三岛对战后日本的失望，那么《时钟》的结局则已经是绝望了。三岛当然明白，哥哥是不可能回到妹妹子宫里的，妹妹也不可能为同胞哥哥生育子女。丽子性冷淡的治愈看似是一个美满的结局，其中却隐含了三岛内心的虚无。小笠原贤二就指出，当时的三岛已经敏锐地察觉到过密化和复杂化的社会体系出现了故障，人际关系开始失调。虽然小说表面上是一个圆满的结局，但整个时代的症状依旧残留着。三岛视为甘美的兄妹之爱以近亲通奸这一古代人类的胁迫观念的消解给小说画上了一个圆满的句号，反倒凸显出了三岛对时代的绝望和其虚无主义的严重程度。[①]在《音乐》的结尾，"能听到音乐。音乐不绝于耳"[②]的电报出自江上隆一而非丽子，寓意"音乐"已经变了。三岛放弃寻找战前"神人一体"时代的旧"音乐"，而接受了战后"神人分离"时代的新"音乐"。造成"音乐"改变的恰是天皇的"玉音"。一直以来，三岛通过各种活动，试图恢复以天皇为中心的日本传统文化，事到如今，三岛已经隐约意识到自己的挣扎不过是徒劳。只不过，他还是不愿意承认和放弃，侥幸地希望能够通过自己的"死谏"来"唤醒"昏睡的日本国民，于是就有了 1970 年 11 月 25 日发生在日本陆上自卫队市谷驻屯地东部方面总监室的那场闹剧。

6.4 小　结

在浅层的读者意识中，无论是主人公丽子的人物塑造，还是手记式的叙述方式，三岛都充分考虑到了《妇人公论》的读者，将《音乐》与杂志本身完美地结合在了一起，力图为读者带来一种沉浸式的阅读体验。而且，三岛还有意识地"避免了其一贯的严苛修辞，转而采用浅显易懂的文体"[③]。在《音乐》里，三岛既尽量让读者产生共鸣，又有意引发读者的思考。他试图提醒读者，在性泛滥的时代，面对杂志铺天盖地的性"科普"，以及大量描写性与性问题的文章，真正应该关注的是细腻且神秘的人类情感与性的关系，而非单纯的性技巧。并由此试图进一步启发读者在阅读其作品时，应

---

① 小笠原賢二：「音楽」，见松本徹，佐藤秀明，井上隆史編：『三島由紀夫事典』，東京：勉誠出版，2000 年，第 50-51 頁。

② 三島由紀夫：『音楽』，『三島由紀夫全集第 14 巻』，東京：新潮社，1974 年，第 667 頁。

③ 澁澤龍彦：「解説」，见三島由紀夫：『音楽』，東京：新潮社，1970 年，第 229 頁。

该尝试去思考各种性描写背后的意图，而不是浅尝辄止，满足于娱乐消遣。

《音乐》问世的 1964 年，正好是奥运年，东京奥运会对于日本人来说既是一场盛事，又是一次挑战。在 1964 年 10 月号《妇人公论》的问卷调查"奥运会　我的担忧"中，可以看到大量外国人的涌入，激发了日本人的自我反省："要重视日语"[①]，希望日本人不要胆小怕事、"要学会大胆地说不"[②]，"不要丢失了身为日本人的自豪感"[③]，"不要对外国人特殊对待"，"要如实展现日本原本的姿态"[④]，"要不卑不亢、有礼有节"[⑤]，等等。三岛在这个特殊时期，再次塑造了一名性冷淡女子，并且取了与《忧国》女主人公相同的名字，绝非偶然。经历了《宴后》的"隐私权审判案"的打击后，这一次三岛调整了写作策略，直接在小说里暗示和诱导读者去理解其深层读者意识。他将丽子兄妹比作神社的祭司和纯洁巫女，将两人所在的脏乱小房间比作小神殿的里间，将明明是违背世间伦理的兄妹交媾比作在神殿举行的神圣仪式，并由此将《音乐》与《古事记》联系起来，试图给读者以某种暗示和启示。三岛认为，《古事记》集中体现了"神人分离"的文化意念。诗与政治本是互不理解的两个事物，那么诗与政治之间理解的桥梁崩塌之时，在三岛看来，便是神人分离之时。昭和天皇的"人间宣言"昭示着，在战后日本，"神""人"已经分离，"诗＝日本传统文化"与"政治＝日本政治（日本政府）"之间理解的桥梁已经崩塌，"整个日本都遭遇着一个恶咒……"[⑥]。在这个"神隐"的国度，"诗"的化身丽子与"政治"的化身哥哥之间的私通自然不能像伊耶那岐命和伊耶那美命二神的结合一样，孕育出新的生命即"新日本"，徒留丽子忍受性冷淡的折磨，哥哥潦倒失意。即便不愿承认、不想放弃，此时的三岛其实已经看到了其终究不可能实现"文化概念的天皇"构想的结局。

---

① 秋山ちえ子：「国語を大切に」，见「『アンケート』オンリヒ□ック私の心配」，『婦人公論』，1964 年 10 月号，第 76 頁。

② 石垣綾子：「ノーをはっきりと」，见「『アンケート』オンリヒ□ック私の心配」，『婦人公論』，1964 年 10 月号，第 76-77 頁。

③ 奥村綱雄：「日本人の誇りを失うな」，见「『アンケート』オンリヒ□ック私の心配」，『婦人公論』，1964 年 10 月号，第 77 頁。

④ 菅原通済：「ありのままの姿を」，见「『アンケート』オンリヒ□ック私の心配」，『婦人公論』，1964 年 10 月号，第 79 頁。

⑤ 藤山愛一郎：「節度ある態度を」，见「『アンケート』オンリヒ□ック私の心配」，『婦人公論』，1964 年 10 月号，第 82 頁。

⑥ 亨利·斯各特·斯托克斯：《美与暴烈：三岛由纪夫的生与死》，于是译，上海：上海书店出版社，2007 年，插图页第 19 页。

第 7 章　《忧国》中的读者意识：指引读者

7.1　小说《忧国》电影化的必要性

作为"二二六事件三部曲"的第一部，三岛由纪夫在小说《忧国》中对天皇的讨论已经非常直接。小说《忧国》的故事发生在"二二六事件"后的第三天，1936 年 2 月 28 日，近卫步兵一连队的武山信二中尉接到敕令，要去讨伐参加了"二二六事件"的军官友人。在友情和大义之间挣扎的武山中尉，最终选择了与新婚燕尔的妻子丽子一道自杀。小说对中尉切腹自杀的过程进行了详细的描述，几乎占到小说篇幅的三分之一。

《忧国》于 1960 年 10 月 16 日脱稿，最初发表在《小说中央公论·1961年冬季号》上。其实，三岛原本应该是希望像之前的多部作品一样，直接发在《中央公论》上的，但是因为一个意外情况的出现，《忧国》被刊登在《小说中央公论》而非《中央公论》上。1960 年，全日本围绕日美安保条约修订的讨论呈现出两极分化，引发了日本全国范围内的抗议运动。在这种敏感时期，《中央公论》却在 1960 年 12 月号上刊载了含有对日本皇室"大不敬"情节的小说《风流梦谭》。其实，在刊载之前，编辑部也是有所顾虑的。因为《风流梦谭》的作者深泽七郎是第一届"中央公论新人奖小说"获奖者，身份比较特殊，所以竹森清总编辑还为是否刊载一事专门咨询过第一届新人奖的评委会成员三岛由纪夫和武田泰淳（同为评委的伊藤整当时在美国），两人的态度都是不置可否。不过，三岛提议，"不如和我的《忧国》刊登在同一期《中央公论文艺特辑》上如何？……'右翼'的《忧国》和看似站在'左翼'立场创作的《风流梦谭》，能达到一种平衡就好"[①]，以避免可能出现的右翼抵制。编辑部询问三岛和武田后得到的意见到底对最后刊载《风流梦谭》的决策起到多大的影响并不清楚。据嶋中鹏二的回忆，因为深泽七郎提出，如果中央公论社拒绝刊载他的《风流梦谭》，他就转投其他杂志。出于同行竞争意识，编辑部决定按照深泽的意愿发表在《中央公论》上。实际上，社长嶋中鹏二并不希望刊载《风流梦谭》，但又不想给人留下逆战后民主潮流的独裁专制印象，故而他也没有阻止小说的连载。

---

① 中央公論新社：『中央公論新社 120 年史』，東京：中央公論新社，2010 年，第 191 頁。

果不其然，那期《中央公论》发售六日后，《东京每夕新闻》（1960 年 11 月 16 日）就以醒目的标题"用小说侮辱皇室？"（小说で皇室を侮辱する？）刊文批判《风流梦谭》，其他报刊紧随其后，对《中央公论》群起而攻之。宫内厅也表示，将与法务省进行商讨。右翼势力的抗议活动更是不断升温。1961 年 2 月 1 日，曾从属于右翼团体大日本爱国党的少年 K 手持匕首潜入嶋中鹏二家，刺伤了社长夫人并刺死了一名保姆，这就是著名的"嶋中事件"（又称"风流梦谭事件"）。随即在 1961 年 3 月号的《中央公论》上，杂志社发布了道歉声明①和通告②，一方面为刊载《风流梦谭》道歉，另一方面谴责威胁言论自由的暴力行为。"嶋中事件"引发了日本全社会对"言论自由"的讨论。直至 1968 年，在刊发了三岛的《文化防卫论》的 7 月号上，中央公论社又一次发表题为《关于"言论自由"》的公告（通称为"新社告"），表示经过一系列的风波，中央公论社再一次确认了维护言论自由的宗旨。③即便如此，《中央公论》还是在《风流梦谭》遭到抨击后开始避免在杂志上刊载政治敏感度高的作品，因此也就拒绝了《忧国》的刊载。《小说中央公论》作为一本大众文学刊物，而且是作为从综合杂志独立出来的刊物，虽然其政治性要远低于《中央公论》，但读者面比纯文艺杂志更广，读者构成更复杂。相较于文艺杂志，《小说中央公论》的作品会更容易被读者从政治角度进行审视，而这正是三岛期望的效果。因此，三岛选择在《小说中央公论》而非一般的文艺杂志上发表小说《忧国》。

　　三岛格外重视《忧国》，这本小说于他而言有着不同寻常的意义。在其本人为单行本《鲜花盛开的森林・忧国》所撰写的解说里，三岛表示，书中所收录的所有短篇"绝非以'余裕派'的态度写的"④，在《忧国》等三部短篇小说看似单纯的故事背后，隐藏着对他来说最切实的问题。三岛多次表示，如果事务繁忙的人只能读一部三岛的小说，那《忧国》就是那本凝聚了自己所有优点和缺点的精华小说，"只要读《忧国》这一篇小说就可以了"⑤。相对于知名度更高的《潮骚》等作品，这部不足五十页的短篇小

---

　　① 嶋中鹏二：「社告」，『中央公論』，1961 年 3 月号。

　　② 中央公論社：「社告」，『中央公論』，1961 年 3 月号，第 213 頁。

　　③ 「「言論の自由」について」，『中央公論』，1968 年 7 月号，第 392-393 頁。

　　④ 三岛由纪夫：「『花ざかりの森・憂国』解説」，『三岛由紀夫全集第 33 卷』，東京：新潮社，1976 年，第 439 頁。

　　⑤ 三岛由纪夫：「『花ざかりの森・憂国』解説」，『三岛由紀夫全集第 33 卷』，東京：新潮社，1976 年，第 439 頁。

说是"难忘的作品"，"凝结了我自身的各种要素"①。《忧国》是"彻头彻尾来自自己的大脑，并通过语言实现了的那个世界"，"即使是从没有读过我的作品的读者，如果能够读《忧国》这一篇短篇小说，我想大概就能拥有关于我这个作家的正确认识。虽然是短篇小说，但那里包含着我的一切"。②"虽然《忧国》故事本身是单纯的二二六事件外传，但是这里所写的爱与死的光景、色情与大义的完全融合和叠加作用，可以说是我这一生期待的唯一幸福巅峰。虽然令人忧伤的是，这份至高幸福可能只能在纸上得以实现，然而作为一个小说家，我或许应该知足了。"③

《忧国》引发了广泛的讨论，文艺界普遍高度评价《忧国》。比如，寺田透评价说，《忧国》存在残酷小说的倾向，带有残酷趣味，浓墨重彩，文章紧凑，是当期（1961 年 2 月号）"创作合评"栏目提到的四部作品④中最好的。⑤受到 1960 年发表的《宴后》的影响，当时的作品解读和分析大多是顺着《宴后》的中心主题"政治与爱情"的逻辑来展开的。江藤淳认为，《忧国》是一部观念小说，非常巧妙地捕捉并描绘了政治与性爱的碰撞，"比《宴后》等小说有趣多了"，可以计入三岛的优秀作品名单里。将"忧国"的大义推到极致之后，这个"大义"就直接发现了最佳的性爱，为大义殉情将性爱推向了顶点，大义给性爱的顶点带来幸福。《忧国》是一场大义与性爱相互交错的秘密仪式，一切都是按照严格的流程进行的，日常琐碎全都不在考虑范围之内。《忧国》的美与至高幸福是彻底的"无思想"的美。换言之，它源自将"我"完全表面化。三岛让交欢与切腹形成对比，从情色而非政治的角度，捕捉帝国陆军叛乱这一政治非常时期的顶点，成功地实现了其讽刺意图。⑥矶田光一在《殉教的美学》中高度评价《忧国》是三岛文学中将"政治"与"性爱"联系起来的作品中完成度最高的，是自森鸥外以后最为典型的描写为义殉情的作品。他认为，支撑《忧国》的不仅

---

① 三島由紀夫：「製作意図及び経過（『憂国　映画版』）」，『三島由紀夫全集第 32 巻』，東京：新潮社，1975 年，第 306 頁。

② 三島由紀夫：「あとがき」（講談社『三島由紀夫短篇全集・全 6 巻』），『三島由紀夫全集第 32 巻』，東京：新潮社，1975 年，第 20 頁。

③ 三島由紀夫：「『花ざかりの森・憂国』解説」，『三島由紀夫全集第 33 巻』，東京：新潮社，1976 年，第 439 頁。

④ 其他三部小说：里见弴《极乐蜻蜓》（「極楽とんぼ」）、外村繁《热爱太阳》（「日を愛しむ」）、吉行淳之介《童谣》（「童謡」）。

⑤ 寺田透，江藤淳，花田清輝：「創作合評」，『群像』，1961 年 2 月号，第 238-251 頁。

⑥ 1. 寺田透，江藤淳，花田清輝：「創作合評」，『群像』，1961 年 2 月号，第 238-251 頁。2. 江藤淳：「文芸時評」，『朝日新聞』，1960 年 12 月 20 日。

是圣战思想、国家主义，更是对情色主义这一人类普遍性格的执着关心。三岛直接进入选择死亡的人物的内部去描写死亡的真实性问题，而不是将死亡的真实性问题作为对第三者内心的反应看待，从中可以看到乔治·巴塔耶的影响。[①]山本健吉指出，三岛想要在这对皇道主义年轻男女之间，形成停止思考的虚无主义世界的美或者说魅惑，并由此产生对现代人的一种净化。[②]可以看到，因为有《风流梦谭》的前车之鉴，迫于右翼势力的威胁，评论家们大多单纯地从文学艺术角度评价和分析《忧国》，即使从中读出了作品与天皇的关系，也多是点到为止，没有人敢公开批评。江藤淳的"如果是有思想的人看《忧国》会觉得无聊"[③]，已经算是非常直白的表达了。

因为有意或无意地对《忧国》中蕴含的天皇思想的回避，导致人们的关注点不断偏离。寺田透指出，年轻夫妇在自杀前的交欢是受到大义与神威承认和庇护的热烈的肉体欢愉。虽然用小说进行处理使得故事更具有现实性，但是从某种意义上来说，《忧国》不算是小说，更像是浓墨重彩的歌舞伎场景，而如何在既成事实中发挥想象力则是《忧国》的看点。[④]花田清辉觉得，"这种（色情主义）小说非常无聊。跟王尔德什么的没关系"[⑤]。文坛里尚且只是有部分人关注对小说情色部分的解读，而社会上的普通读者对情色描写的关注则越发变本加厉。按照三岛的意图，让武山夫妇死前交欢，是为了让人们注意到"性高潮说到底是精神上的，不仅要两人相互爱慕，还需要被更宏大的政治条件、道德条件、社会条件紧紧束缚，在此之中抵达最后的悲剧高潮。在两人发生关系后就只能死的情形下，人类的性才会达到极致"[⑥]。然而，实际上几乎没有读者去思考这场交欢背后的寓意。连三岛自己都表示："当然，从读者的立场来说，可以不考虑任何问题性等，只享受故事本身（实际上，在银座某个酒吧，就有一位夫人告诉我她将《忧国》完全当作黄色书籍读完后，一夜未眠），但是我无论如何也要先把这三

① 磯田光一：「殉教の美学　三島由紀夫論」，『殉教の美学』，東京：冬樹社，1964 年，第 11-73 頁（原載于《文学界》1964 年 2-4 月号）。

② 山本健吉：「文芸時評」，『北海道新聞』、『中部日本新聞』、『西日本新聞』（三社連合），1960 年 12 月 27 日，见佐藤秀明：「合唱の聞き書き—『英霊の声』論—」，『三島由紀夫の文学』，東京：試論社，2009 年，第 320 頁。

③ 寺田透，江藤淳，花田清輝：「創作合評」，『群像』，1961 年 2 月号，第 248 頁。

④ 寺田透，江藤淳，花田清輝：「創作合評」，『群像』，1961 年 2 月号，第 238-251 頁。

⑤ 寺田透，江藤淳，花田清輝：「創作合評」，『群像』，1961 年 2 月号，第 249 頁。

⑥ 三島由紀夫，川喜多かしこ：「対談·映画『憂国』の愛と死」，『婦人公論』，1966 年 5 月号，第 198 頁。

篇（即"二二六事件三部曲"）写出来。"[1]

种种的误读一直到三岛的小说《英灵之声》问世后，才得到一定的缓解。1966 年 6 月，河出书房新社出版了单行本小说集《英灵之声》，其中收录了《忧国》、发表于 1961 年 12 月号《文学界》上的三幕剧《十日菊》和发表于 1966 年 7 月号《文艺》上的短篇小说《英灵之声》。三岛在该书的出版说明中，将三部作品称为"二二六事件三部曲"。三岛的这个声明导致收录在作品集《明星》（『スタア』，新潮社，1961 年 1 月）里的《忧国》和收录在作品集《英灵之声》里的《忧国》从此在读者的心目中不再是同一部作品。在《明星》阶段，人们多是从美学角度来品读《忧国》；到了《英灵之声》阶段，人们往往是从国家主义的角度来理解《忧国》。此后关于《忧国》的研究，基本都同时涉及"二二六事件三部曲"。

无论社会舆论是有意还是无意地回避天皇话题，反正当时的三岛觉得自己的用意没有真正传达出去。在更为"直截了当"的《英灵之声》问世前，三岛便已经另有打算。1964 年年末，三岛开始筹划将《忧国》改编成电影。三岛在决定亲自总揽拍摄全局之前，其实找过几家电影公司洽谈翻拍事宜。三岛表示，自己在向电影公司转售小说翻拍版权时，一般不会提出很苛刻的要求，但是《忧国》不一样。加之《忧国》故事本身的翻拍难度较高，导致翻拍电影的商谈接连失败。在找寻合作方的过程中，三岛脑海中电影版《忧国》的轮廓反倒越发清晰。既然是投入了自己一切的作品，尽管自筹拍摄制作经费存在困难，但三岛最后还是决定由自己来翻拍。1965 年 1 月 16 日，三岛完成电影《忧国》的剧本改编，从挑选演员到准备服装、道具，他都自己亲手操办。为了找到"二二六事件"的同款军装、军帽和中尉襟章，三岛跑遍了东京的军服店和帽子店都没有找到满意的，最后找到了一位长期卧病在床的军服老裁缝，军服问题才得以解决。此外，三岛还亲自购买纸墨书写片中的日、英、法文字幕[2]；拍摄时购买了大量猪血、猪内脏，用于拍摄日本军官的剖腹场景[3]。1965 年 4 月 15 日，在大藏电影的摄影棚完成拍摄。1966 年 1 月，电影《忧国》在图勒国际短片电影节（ツール国际短编映画祭）上首映；1966 年 4 月 12 日，电影《忧国》在日本艺术电影类的新宿文化剧场和日剧文化剧场两个剧场同时上映。

---

① 三岛由纪夫：「『花ざかりの森・忧国』解説」，『三岛由纪夫全集第 33 卷』，東京：新潮社，1976 年，第 439 頁。

② 三岛由纪夫：「製作意図及び経過（『忧国 映画版』）」，『三岛由纪夫全集第 32 卷』，東京：新潮社，1975 年，第 313 頁。

③ 克里斯托弗·罗斯：《三岛由纪夫之剑》，王婷婷译，南京：江苏人民出版社，2012 年，第 182 頁。

电影《忧国》同样引发了轰动。在正式公映前三岛曾举行过一次秘密放映，但此事走漏了消息，三岛等人只好召开记者会进行解释。在电影还没有正式公映的情况下，三岛就已经开始收到接二连三的采访和约稿了。电影《忧国》公映首日，剧场的大门因为人太多而关不上，刷新了当时"艺术剧院新宿文化"剧场的上座率。[①]电影《忧国》上映时，需要按照当时日本电影院的行规与另外一部电影捆绑组合进行售票和放映。在东和映画副社长川喜多 KASHIKO（川喜多かしこ）的建议下，对票房缺乏信心的三岛选择了与口碑不错的外国电影《女仆日记》（*Le Journal d'une femme de chambre*，1964 年）进行捆绑组合，以求保证票房。然而事实上，在正式放映时，很多观众看完《忧国》后就直接退场了。[②]显然观众们是冲着三岛的电影来的。虽然产生了轰动效应，但是在专业的文艺评论界，对电影《忧国》的评价褒贬不一。比如，涩泽龙彦称赞电影用影像将日本人集体无意识深处沉淀的复杂欲望具象化，从色情和死亡两个方面来展现人类的肉体痉挛——性高潮。[③]安部公房在题为《三岛美学的傲慢挑战——电影〈忧国〉中存在的问题是什么？》一文中指出，相较于支撑着小说的精致均衡，电影更为平稳，并就电影的象征性主题为何必须是"二二六事件"表示疑惑[④]。堀川正美评价电影《忧国》是"业余选手的粗制货"[⑤]。在更广泛的社会讨论中，有许多与忠诚主题产生共鸣的人批评《忧国》将忠诚主题与色情描写混淆在一起。因此，后来三岛接到小泽金四郎有意将《忧国》改编成芭蕾舞剧[⑥]的联络时，他立即应允，就是希望能借助芭蕾舞剧《忧国》想要表现的"神圣的色情主义"[⑦]来为《忧国》去色情化。三岛认为，当代日本人

① 藤井浩明，松本徹，佐藤秀明，井上隆史，山中剛史：「原作から主演・監督まで——プロデューサー藤井浩明氏を囲んで——」，見松本徹，佐藤秀明，井上隆史編：『三島由紀夫研究②三島由紀夫と映画』，東京：鼎書房，2006 年，第 13-15 頁。

② 藤井浩明，松本徹，佐藤秀明，井上隆史，山中剛史：「原作から主演・監督まで——プロデューサー藤井浩明氏を囲んで——」，見松本徹，佐藤秀明，井上隆史編：『三島由紀夫研究②三島由紀夫と映画』，東京：鼎書房，2006 年，第 13 頁。

③ 澁澤龍彦：「戦りつすべき映画の詩」，「東京新聞夕刊」，1966 年 3 月 22 日。

④ 安部公房：「三島美学の傲慢な挑戦—映画『憂国』のはらむ問題は何か」，『週刊読書人』，1966 年 5 月 2 日。

⑤ 堀川正美：「死の様式化の分裂—小説の美学と映画との間」，『日本読書新聞』，1966 年 5 月 9 日。

⑥ 1968 年 7 月 5 日、6 日，作为小泽金四郎独奏会的演出曲目，《忧国》被改编成芭蕾上演。

⑦ 三島由紀夫：「バレエ『憂国』について」，『三島由紀夫全集第 33 巻』，東京：新潮社，1976 年，第 407 頁。

因为长期受到儒教道德的"毒害"，遗忘了《古事记》中的"神圣的色情主义"，只留下了"卑贱的色情主义"，因而无法理解《忧国》。[①]

无论如何，电影《忧国》对于三岛来说是成功的。相对于小说文本，生动形象的电影显然更容易为大众所接受。它让不熟悉三岛或者小说《忧国》的大众知道了"三岛由纪夫"，进而对《忧国》乃至三岛文学产生兴趣。日本知名电影评论家四方田犬彦回忆，还在上初二时的他在看完三岛的电影《忧国》后，就径直去了影院附近的大盛堂书店，寻找三岛的作品。[②]《忧国》这部看似是纯文学的小说，其实有着明显的读者意识在里面。花田清辉在评价《忧国》时就敏锐地觉察到了，"感觉这是以外国人为目标读者而写的小说"[③]。三岛在构思电影之初，也是明确要让电影《忧国》不仅在国内公映，还要参加国外的电影节。

小说问世后，面对众说纷纭却无一击中要害的评价，三岛"想自己亲手拨散这个混沌。那里不仅有无法用言语表现的一个时代的一部电视剧，还包含有存在于日本人民族意识中的混沌、杂糅和错综复杂"[④]。三岛选择亲自翻拍《忧国》绝非仅仅是出于所谓的表现欲。三岛曾数次公开表示其对《忧国》的重视与喜爱，翻拍电影与他的读者意识有着密切的关系。对三岛来说，借助电影这个更为大众化的媒体，能够让更多人接触到《忧国》，从而能更顺利地实现其天皇思想的表达和传播。那么，为了更好更准确地传达自己的思想，三岛在翻拍电影时，相对于小说文本，又做了哪些调整呢？

7.2　小说《忧国》与电影《忧国》：三岛的新尝试

从小说到电影剧本，《忧国》已经有了很多变化。从剧本到电影成品，中间依然存在一些删减和增加。在整个取舍过程中，可以更清楚地看到，面对比小说读者范围更广更复杂的电影观众，三岛想要强调的是什么，想要传达的又是什么。

---

① 三岛由纪夫：「バレエ『憂国』について」，『三岛由纪夫全集第 33 卷』，東京：新潮社，1976 年，第 407-408 頁。

② 四方田犬彦：《日本电影与战后的神话》，李斌译，南京：南京大学出版社，2011 年，第 101 頁。

③ 寺田透，江藤淳，花田清輝：「創作合評」，『群像』，1961 年 2 月号，第 248 頁。

④ 三岛由纪夫：「製作意図及び経過（『憂国　映画版』）」，『三岛由纪夫全集第 32 卷』，東京：新潮社，1975 年，第 307 頁。

7.2.1　丽子形象的改造

虽然丽子在电影中占据了与武山不相上下的篇幅长度，但是对许多小说情节的删减和改编明显削弱了"丽子"人物形象的厚度，使她在电影里被简化为一个顺从丈夫的贤妻。

23 岁的丽子比丈夫武山中尉小了 7 岁，两人是经由尾关中将做媒而结为夫妻的。在电影《忧国》第二章的英文字幕里，明确注明了武山是武士家庭出身，而丽子的家庭出身，在小说和电影里都未给出明确的说明。不过，三岛用武山夫妇新婚之夜的一幕点明了丽子的武士道教育背景。在被电影省去的小说第二节里，提到了武山夫妇的新婚之夜。武山中尉嘱咐丽子，身为军人的妻子要有丈夫随时可能丧生的心理准备。丽子随即起身，从抽屉里拿出了嫁妆里的怀剑①默默地放在丈夫面前，以表明心志。怀剑的嫁妆和对死亡的无惧，其背后的支撑明显是武士价值体系，由此可以推断，丽子同样也是武士家庭出身或者至少认可武士道价值体系，这个情节为其随后的自尽行为提供了有力的铺垫。丽子追随丈夫自尽并不是单纯出于对丈夫的爱，其中夹杂着武士道的思想精神。

然而，电影省略了这个重要的情节，直接从丽子整理物品的场景开始。在小说里的描述是，自觉时日不多的丽子在等待丈夫的时间里，独自收拾打扫好房间，并将自己的物品悉数整理好，准备将它们分别赠予自己的父母及友人。在处理小动物瓷器摆件时，丽子拿起松鼠瓷器把玩，脑海中浮现出丈夫武山中尉。此时，突然有人猛烈地敲打房门。在电影里，三岛设计了一个丽子因为受惊导致手中松鼠瓷器落地摔碎的场景，而这是小说里没有的。在小说里，激烈的敲门声的确让丽子受到了惊吓，但也只是到了"颤抖着打开了门"②的程度。电影里摔碎瓷器这种过于外化的情感表达，虽然反衬出了丽子后面自尽的勇敢，却并不符合丽子原本的隐忍沉稳形象。此外，电影里还删去了小说里的一个情节：丽子看到丈夫反常地重复给房门上锁的行为，觉得奇怪，不过丽子并没有吱声。小说里丽子那种欲言又止的心理描写在电影里被省略。电影里的丽子只剩下了顺从，而隐忍与沉稳没有得到应有的表现。

接着是丽子向武山表明追随他自尽的想法。在电影里，夫妇对视片刻后，丽子起身将分配好的物品包裹摆到丈夫面前，以表明自己追随武山自杀的决心。在小说里却不是这样的。武山是在丽子拉开抽屉为他拿衣服时，

---

① 可以藏于胸前的护身短刀。
② 三岛由纪夫：『憂国』，『三島由纪夫全集第 13 卷』，東京：新潮社，1973 年，第 228 頁。

不经意间看到了放在抽屉里的包裹，才有了后面的解释说明。从小说的无意到电影里的刻意，丽子赴死的自主性和纯粹性被削弱了。在小说里，丽子赴死不是为了做给丈夫看，而是源自其身为"军人妻子"的尊严和作为武士妻子的信仰。正如她遗书开头所说，"作为军人妻子的大限之日到了"①。丽子向武山表达了追随赴死的决心后，她感受到的是"新婚之夜仿佛又一次来临"②，武山必然也想起了那夜丽子从嫁妆中拿出怀剑时的模样。

在互相表明了赴死的决心后，两人体验了临死前最后一次夫妻生活。作为一个深受武士道价值观熏陶的传统女性，丽子是顺从、贤良的，在男女情事上并非主动方。然而，在最后的这场交欢中，丽子却主动要求仔细观察丈夫武山的身体。在电影里，三岛在第三章"最后的交欢"中还加入了小说里没有的"刀架"意象，让放着军刀的刀架两次出现在电影里。第一次是第 36 号镜头，画面从侧卧在榻榻米上的两人切换到刀架上的军刀，然后回到深情对视的两人；第二次是第 44 号镜头，丽子回头看放在"床头"的刀架，盯着刀架上的刀，然后仿佛获得了某种力量，猛然回头拥吻武山。武士道把刀当作力量和勇敢的象征，电影里新出现的"刀架"镜头可以理解为对丽子的武士教育背景的一种说明与强调，即军刀赋予了丽子力量，导致了丽子态度的转变。不过，从嫁妆里的怀剑变成刀架上的军刀，这里面还暗示了三岛想要强调的不是普遍意义上的武士道精神，而是"二二六事件"军官们身上的武士道精神。

结束完人生最后一次交欢后，《忧国》迎来了故事的最高潮——切腹。在小说里武山切腹的整个过程中，丽子是害怕的。"第一次看到丈夫的血，丽子心跳陡然加速了"③，虽然她想要信守对丈夫的诺言，亲眼见证丈夫切腹，但是她还是做不到直视，只能低头看着丈夫的血慢慢流到自己身边，逐渐染红她的白无垢④。即便如此，丽子仍旧顽强地在丈夫无法独自割喉时，挣扎着跪行到丈夫身后，帮丈夫拉开了遮挡的军装立领，让丈夫能够顺利地将刀尖插入自己的咽喉。然而在电影里，丽子则一直是泪流满面却又面无表情地正面直视着武山的切腹。在拉立领部分，丽子是挣扎着起身走到丈夫身后拉开了立领。这种改动严重降低了丽子为武山拉立领这一举动的重要性。丽子只不过是一个普通的少妇，面对丈夫的鲜血、痛苦和死亡，她是害怕的，但武士教育迫使她不能退缩，即使觉得撕心裂肺、痛苦万分，

---

① 三島由紀夫：『憂国』，『三島由紀夫全集第 13 卷』，東京：新潮社，1973 年，第 223 頁。
② 三島由紀夫：『憂国』，『三島由紀夫全集第 13 卷』，東京：新潮社，1973 年，第 230 頁。
③ 三島由紀夫：『憂国』，『三島由紀夫全集第 13 卷』，東京：新潮社，1973 年，第 244 頁。
④ 和服的一种，一般特指神道教婚礼的新娘礼服。

也不能影响丈夫的切腹。丽子或许一直在哭，但她不会像电影里一样让丈夫武山看到；当丈夫无法顺利刺穿喉咙时，即使无法像电影里那样能够站起来，那么跪着也要爬过去助丈夫一臂之力。正因为有武士教育的强力支撑，丽子才会在丈夫死后，能够从容不迫地考虑死后的事情：丽子在自杀前，下楼检查屋内安全隐患，确保家中电源、火源、气源全部关闭；为了两人的尊严，要让尸体在腐烂前被发现，丽子故意打开家门，留了一条缝；为了防止自杀时因痛苦抽搐导致衣冠不整，丽子特意用毛巾和腰纽固定了白无垢。然而，这些细节在电影中都被三岛舍弃了。

在三岛的笔下，丽子是柔弱的，丈夫就是她的全部世界，她听从丈夫的一切安排；丽子又是强大的，面对即将到来的死亡，她泰然自若。武士道最赞赏的妇女特质，是从性别特有的脆弱中解放了自我，发挥出足以媲美最刚强、最勇敢的男子的刚毅不屈。[1]武士道教育要求女子压抑自己的感情，学会在遇到突发情况时使用刀来维护自身的尊严——刺向敌人的胸膛或者自己的胸膛，所以女孩成年后都会获得自己的怀剑。男性为了君主舍弃自己，女性则为了男性而舍弃自己。武士家女子为了保持家庭的名誉和体面，甚至可以放弃生命。《忧国》中的丽子就是这样一种存在，唯有如此，她才能够从丈夫的死亡过程中找到了自己存在的确证与意义。崇尚武士道的三岛在小说《忧国》里，为武山，更是为自己，创造了一个理想的妻子形象。三岛用许多情节，着力将普通的年轻女子丽子打造成一位自己心目中的合格军人妻子，其人物形象是立体、丰富的。即便如此，三岛为了凸显切腹的武山，还是选择在电影里对丽子进行简单化处理，降低了丽子的人物饱满度，削弱了其本身的人物特点。

需要指出的是，丽子形象的改造并不影响其人物的特殊性。在电影剧本里，三岛设计了将丽子的乳房与雪山相重合的镜头（第57号和第61号镜头，电影中删除了）。虽然三岛没有说明雪山具体指代哪座山，但对于一般日本人来说，"雪山"所唤起的具体图像基本上可以认定为是富士山，而且小说中三岛还将丽子的额头形容为"富士额"[2]，点明了"富士山"的意象。富士山作为极具代表性的日本国家符号，往往象征着日本。小说中还通过将丽子的乳头比喻成"山樱的花蕾"[3]，影射了日本的另一个象征符号"樱花"。无论是在电影剧本里还是在小说中，三岛明显有意将丽子与更宏

---

①　新渡户稻造：《武士道》，张俊彦译，北京：商务印书馆，1993年，第117页。

②　三岛由纪夫：『憂国』，『三岛由纪夫全集第13卷』，東京：新潮社，1973年，第236頁。

③　三岛由纪夫：『憂国』，『三岛由纪夫全集第13卷』，東京：新潮社，1973年，第236頁。

大的意象"日本国"或者是"大和民族"捆绑在一起，暗示丽子象征着日本。在电影里，三岛加入了丽子聚拢五指模仿白百合形态的镜头（第 55 号镜头，电影中删除了武山中尉亲吻丽子手指的部分），寓意的不只是丽子本人的纯洁神圣，更是象征着"体现了日本的美之传统"①的大和民族的圣洁，是三岛记忆中那个天皇尚是现世神时的日本的圣洁。由此，进一步联系到武山夫妇自杀前的交欢，它既让人觉得是情理之中的行为，又让人有些无法理解。三岛在小说里特意强调，武山的情欲完全纯洁，武山夫妇这场临死前的交欢不仅不会损害两人赴死决定的高尚，而且其本身就是一种神圣的仪式，与此后的自尽一脉相承。这不禁让人想起《忧国》发表三年后问世的《音乐》。《音乐》的女主人公也是叫"丽子"。三岛在《音乐》里描述丽子与哥哥交欢时，也用到了神社仪式的比喻。在本书第 6 章中，笔者分析认为，《音乐》里兄妹的交欢与《古事记》里伊耶那岐命和伊耶那美命兄妹二神交欢诞下日本的神话传说有着一定的关联性。如果《忧国》里的"丽子"和《音乐》里的"丽子"并非意外重名，那么武山夫妇临死前的这场交欢也就包含了更多的寓意。武山与丽子的结合，是武士道与日本（大和民族）的结合，寓意着三岛希望借助武士道"拯救"战后日本国民精神的愿望，这也就解释了为何在两人交欢过程中会出现"至诚"挂轴和武山的军装身影。在三岛看来，"二二六事件"军官们的所作所为是守卫日本的正义举动。

7.2.2　无声电影的尝试

在《制作意图及过程》一文中，三岛提到，为了节省资金，电影《忧国》的表演参考能剧的表演形式，全剧没有任何对话，整部电影只穿插着威廉·理查德·瓦格纳（Wilhelm Richard Wagner，1813—1883 年）的《特里斯坦与伊索尔德》（トリスタンとイゾルデ）作为背景音乐。三岛认为，整首乐曲与电影情节十分契合。1965 年 1 月 20 日，他邀请制片人、制片经理②藤井浩明和演出导演堂本正树到家中试听后，大家都为音乐与电影的高度契合而感到震惊。不过，笔者认为，《特里斯坦与伊索尔德》与《忧国》的契合，不仅是在音乐本身，还在于与《忧国》里丽子追随丈夫武山中尉自尽一样，《特里斯坦与伊索尔德》所讲述的故事中的女主人公伊索尔德公主也是追随病逝的恋人特里斯坦自尽身亡的。

---

① 三岛由纪夫：「反革命宣言」，『三岛由纪夫全集第 34 卷』，东京：新潮社，1976 年，第 12 頁。
② 日语原文：製作並びにプロダクション・マネージャー。

在小说中，武山和丽子赴死前，两人有过多次对话。

第一次是武山告诉丽子自己打算切腹自杀，丽子表示自己愿意一起赴死。

"你听好了"，"我今晚打算切腹"。

"我已经做好心理准备了。请让我追随您一同赴死。"

"好。我们一起走。不过，我想让你看我切完腹后再死。好吗？"[①]

接着丽子问武山：

"热水烧好了。您要现在沐浴吗？"

"嗯。"

"晚饭呢？"

"饭就不吃了。你能给我暖壶酒吗？"

"好的。"[②]

第二次是在两人交欢时，武山对丽子说："这是我最后一次看你的身体了。让我好好看看。"[③]丽子对武山说："让我看看……也让我在离开前好好看看（你的身体）。"[④]

第三次是在两人收拾自尽房间时，武山回忆道："我和加纳、本间、野口，曾经常在这里喝酒啊。"丽子附和道："大家经常在这里喝酒哪。"武山接着说："不久后我们会和他们在黄泉重逢。他们要是看到我带着你，我估计会被他们开玩笑的。"[⑤]

第四次是在切腹前，武山压低声音宽慰丽子："因为没有介错人，所以我会切得很深。可能会有些难堪，但是你不可以感到害怕。反正死亡在旁人看来都是恐怖的。你不要因为看到我难受而退缩。好吗？""好的。"[⑥]

在电影里，三岛将第一次对话处理为武山和丽子用肢体语言表明自尽方式，将第二次对话替换成以一方注视另一方身体的视角拍摄的身体特写，剩余对话全部被删去。此外，电影还删减了武山单方面对丽子说的话。关

---

① 三岛由纪夫：『憂国』，『三岛由纪夫全集第13卷』，东京：新潮社，1973年，第229-230页。

② 三岛由纪夫：『憂国』，『三岛由纪夫全集第13卷』，东京：新潮社，1973年，第231页。

③ 三岛由纪夫：『憂国』，『三岛由纪夫全集第13卷』，东京：新潮社，1973年，第235页。

④ 三岛由纪夫：『憂国』，『三岛由纪夫全集第13卷』，东京：新潮社，1973年，第237页。

⑤ 三岛由纪夫：『憂国』，『三岛由纪夫全集第13卷』，东京：新潮社，1973年，第240页。

⑥ 三岛由纪夫：『憂国』，『三岛由纪夫全集第13卷』，东京：新潮社，1973年，第242页。

于决定切腹的原因，在小说里是由武山亲口说出来的。"我不知道。加纳、本间，还有山口他们没有喊上我，大概是顾忌到我新婚燕尔。"[①]"可能敕令明天就会下达。他们大概会背上叛军的污名。我则必须指挥部下去讨伐他们。……我做不到。我做不出那种事情。"[②]"我现在接到命令，交接了警备工作，获准回家住一晚。明天早上肯定要去讨伐他们。我做不出那种事情啊，丽子。"[③]在电影里，武山关于切腹的解释则变成了第二章开始前的字幕。另外，在看到妻子提前整理打包好的遗物后，武山从背后搂住妻子，"泡完澡，喝完酒后……听好了，你上二楼把床铺好……"[④]；在喝酒时，武山喊妻子坐到自己身边，"来这里"[⑤]；在结束交欢后，武山提醒丽子要做切腹准备了，"那我们去准备吧"[⑥]；在正式开始切腹时，武山提醒丽子"那我开始了"[⑦]。这些被电影省去的对话与交流，原本可以让读者从中感受到武山对年轻妻子的怜爱，让武山的形象更饱满、鲜活和生动。也就是说，三岛在电影里不仅削弱了丽子的人物厚度，同时还强化了武山的人物特点，话语的舍弃使得武山的隐忍果敢和男性气质更为突出。不过，即便在电影里有意削弱了武山夫妻间的互动，但是等到真正要在以女性读者为主的杂志《小姐》（1966 年 5 月号）上介绍和宣传电影《忧国》时，三岛还是屈服妥协了。他表示，"《忧国》是一部拥有数个主题的电影，其中最重要的主题之一就是'夫妻之爱'"，强调武山对妻子丽子的绝对信任和丽子对丈夫武山的绝对忠诚，将两人自尽的血腥场面解释为"爱情因为鲜血的汇合而被净化"。[⑧]

　　舍弃人物的声音，一方面对武山的人物形象塑造产生了影响，另一方面也迫使观众把注意力放到演员们的动作（行动）上。在武山切腹的过程中，甚至连背景音乐《特里斯坦与伊索尔德》都一度停止[⑨]，以求最大限度地保证观众的注意力集中在武山的切腹上，凸显出切腹的庄严和肃穆。电影里对声音的舍弃、对动作（行动）的重视，还与三岛的行动学有着不可分割的联系。

---

① 三岛由纪夫：『憂国』，『三島由紀夫全集第 13 卷』，東京：新潮社，1973 年，第 229 頁。
② 三岛由纪夫：『憂国』，『三島由紀夫全集第 13 卷』，東京：新潮社，1973 年，第 229 頁。
③ 三岛由纪夫：『憂国』，『三島由紀夫全集第 13 卷』，東京：新潮社，1973 年，第 229 頁。
④ 三岛由纪夫：『憂国』，『三島由紀夫全集第 13 卷』，東京：新潮社，1973 年，第 231 頁。
⑤ 三岛由纪夫：『憂国』，『三島由紀夫全集第 13 卷』，東京：新潮社，1973 年，第 233 頁。
⑥ 三岛由纪夫：『憂国』，『三島由紀夫全集第 13 卷』，東京：新潮社，1973 年，第 239 頁。
⑦ 三岛由纪夫：『憂国』，『三島由紀夫全集第 13 卷』，東京：新潮社，1973 年，第 243 頁。
⑧ 三岛由纪夫：『憂国』，『三島由紀夫全集第 32 卷』，東京：新潮社，1975 年，第 335-336 頁。
⑨ 从武山中尉切腹开始音乐停止，直至丽子梳妆时音乐重新响起。

　　三岛从 1955 年开始身体改造，此后写有多篇文章来论述其对肉体和行动的崇拜。在其中重要的著作《行动学入门》的单行本的后记里，三岛表示，《行动学入门》是为年轻男性读者而写的，以易读性为主要着眼点。《行动学入门》在三岛的著作中并不属于严肃类型，但他表示，以随意轻松的方式来讲述自己的思想时，反倒更容易流露真情。"用心的读者大概会（比我的小说更为直接地）从中听到我自身的体验、呼吸、内心的苦闷、告白和预言。"①三岛在后记末尾还表示，"以最通俗易懂的读物方式来阐述最难懂的问题，本应是很潇洒的事情，然而却因为作者的性格根本不潇洒，实在是惭愧至极"②。可以看出，他十分关心读者能否理解其行动学。在《行动学入门》中，三岛认为，所谓行动，就像武器一样，是指用于实现某一目的的道具，要朝着目标勇往直前地行动。没有目的的行动是不存在的。男性的肉体行动必然是为了战斗而存在的。行动的美是矛盾的，因为男性大多都拒绝承认自己是客体。虽然行动主体——男性无法察觉行动的美，但是美的不可思议之处在于它会永远留在第三者的脑海里，最伟大的行动会被人们铭记于心，并流传开来，诱发下一次行动。在举例说明时，三岛还提到，日本刀的亮刀术是一种男性美："拔刀的瞬间，男性的左手猛地向左压住刀鞘，右手拔出日本刀，挺起胸膛用左右开弓的臂力砍向对手，整套动作如行云流水一般，拔刀术的拔刀动作展现了古代战士之美"③。这些文字不禁让人联想到电影《忧国》里的拔刀特写镜头。

　　为了凸显行动，三岛还有意压低武山中尉的军帽，以至于除了交欢和切腹时的几个面部特写镜头之外，观众几乎全程看不到武山的完整面部表情。在三岛的计划中，武山中尉会被处理成一个宛如机器人一样的角色。"他只是军人，只是要为大义殉死，只是要为道德殉死，他必须是纯真无邪的军人精神的化身。"④因为"《忧国》里的身体集中在被观看的身体上"⑤，所以相对于人物的表情与言语，三岛更希望观众集中注意的是人物的肢体

①　三島由紀夫：「あとがき（『行動学入門』）」，『三島由紀夫全集第 34 巻』，東京：新潮社，1976年，第 495 頁。

②　三島由紀夫：「あとがき（『行動学入門』）」，『三島由紀夫全集第 34 巻』，東京：新潮社，1976年，第 496 頁。

③　三島由紀夫：「行動学入門」，『三島由紀夫全集第 34 巻』，東京：新潮社，1976 年，第 231-232 頁。

④　三島由紀夫：「製作意図及び経過（『憂国　映画版』）」，『三島由紀夫全集第 32 巻』，東京：新潮社，1975 年，第 315 頁。

⑤　佐藤秀明：「肯定するエクリチュール—『憂国』論—」，『三島由紀夫の文学』，東京：試論社，2009 年，第 310 頁。

动作。三岛希望观众在电影里看到的不是作家三岛，而是不带任何头衔身份的三岛本人。三岛认为，越是缺乏自发性、意志性，那么存在性就越发重要。表面上，三岛似乎是想利用电影《忧国》来制造自己不在场的证明，但实际效果反倒是三岛想要证明自身的存在。在三岛的认知里，自己扮演的"武山"是一个脱离了社会成见的小说家身份的三岛，是一个更为本质的、原始的三岛。如果电影中"武山信二中尉"的存在有丝毫三岛由纪夫的影子，那么"我的计划就是彻底失败的"[1]，故事的虚构性将瓦解，作品的世界将分崩离析。即便知道有风险，"这次赌局，全世界都投注给了我的敌人"[2]，三岛还是尝试了，"只能等待各位观众观看后作出判定了"[3]。

在自杀前不久，三岛受邀在东京池袋东武百货店举办了一次写真展。在展览的画册介绍里，三岛写道："我充满矛盾的四十五年似乎可以划分成四条河流，那就是写作、舞台、肉体、行动构成的四条河流，汇总流向'丰饶之海'。"[4]

肉体的河流很自然地汇成行动的河流。如果是女人的肉体，则永远不会发生这种变化。男人的肉体因其天生的本性和功能，无论人的意志如何，必然会将人引向行动之河。在最危险的丛林中的河流中，有鳄鱼，有食人鱼，还有从敌方阵营里射出来的毒箭。这条河流与写作的河流正面相对抗。虽说"文武两道"什么的，但是文武两道的实现唯有在死亡的瞬间。然而，在这条行动的河流里，有书写的河流所不知道的血泪与汗水，有不需要语言介入的灵魂交流。正因为如此，（四条河中——译者注）最危险的河就是这条行动之河，人们避而远之也属情理之中。这条河没有农耕灌溉河渠的温柔，不会带来财富和和平，不会给予安息。……只不过，竟然生而为男子，就无论如何也无法抵抗这条河流的诱惑。[5]

在三岛眼里，行动是专属于男人的。明确了这一点，也就不难理解电影《忧国》里对丽子人物形象的弱化了。男性美之所以必然是悲剧性的，是因为行动最后只会凝缩成为需要赌上性命的瞬间，而"文武两道"也只

① 三岛由纪夫：「『憂国』の謎」，『三岛由纪夫全集第 32 卷』，東京：新潮社，1975 年，第 304 頁。

② 三岛由纪夫：「『憂国』の謎」，『三岛由纪夫全集第 32 卷』，東京：新潮社，1975 年，第 304 頁。

③ 三岛由纪夫：「『憂国』の謎」，『三岛由纪夫全集第 32 卷』，東京：新潮社，1975 年，第 304 頁。

④ 三岛由纪夫：「無題（四つの河・三岛由纪夫展カタログ）」，『三岛由纪夫全集第 34 卷』，東京：新潮社，1976 年，第 506 頁。

⑤ 三岛由纪夫：「無題（四つの河・三岛由纪夫展カタログ）」，『三岛由纪夫全集第 34 卷』，東京：新潮社，1976 年，第 508 頁。

有在死亡的瞬间才会成立。武山的切腹展现了男性美，三岛的切腹则实现了文武两道。即便行动不能给三岛带来财富、安宁，但三岛依旧义无反顾地选择了行动。选择死亡的同时也就选择了生命里最高的喜悦。在三岛看来，充满痛苦的自刎，与死于战场的战士一样，都是体现至诚的军人行为。

罗马诺·乌皮塔（Romano Vulpitta）指出，三岛文学中的行动、意志、英雄主义、力量、肉体美、战斗、民族意识和爱国等，同样也是法西斯主义价值观的重要主题。① "法西斯主义可以说是企图实现艺术政治化的产物。"②自诩虚无主义者的三岛，将法西斯主义解释为单纯的行动学，认为能动的虚无主义的一个倾向就是指向法西斯主义，他将法西斯主义解释为是对虚无主义者的救赎。"思考与行动是不可分的，法西斯主义不尊重没有付诸行动的思考。"③在三岛看来，法西斯主义可以将虚无主义的绝望转化为行动的原动力。"虚无主义者直面着世界的崩塌。世界失去了其意义。绝望的心理学发挥作用，绝望者会一度企图用自己所认为的最佳办法来保有其获得的无意义。虚无主义者将成为彻底的伪善者。因为大前提是无意义的，所以他会宛如拥有意义一般行动，拥有最高的自由，也就是说，成为万能的人类。这就是虚无主义者采取行动的时间点。"④不过，虽然三岛最后弄清楚了"行动的河流"的关键是"天皇制度"⑤，却终究未能挣脱虚无主义，反而走上右翼极端，并因此丧命。

7.2.3 "至诚"挂轴和"神龛"的寓意

在小说里面，"至诚"挂轴只出现过一次。在第四节，武山和丽子写完遗书后，将遗书放在了二楼壁龛。而武山家壁龛处挂着的挂轴就是由夫妇俩的媒人尾关中将题字的"至诚"挂轴。"虽然本应撤下挂轴，但因为是尾关中将的题字，而且还是'至诚'二字，所以就那么挂着没动。即使有血

---

① ロマノ・ヴルピッタ：「三島由紀夫に於けるファシズム文学の問題」，见松本徹，井上隆史，佐藤秀明編：『三島由紀夫論集Ⅲ　世界の中の三島由紀夫』，東京：勉誠出版，2001 年，第 187-188 頁。

② 三島由紀夫：「新ファッシズム論」，『三島由紀夫全集第 26 巻』，東京：新潮社，1975 年，第 459 頁。

③ 三島由紀夫：「新ファッシズム論」，『三島由紀夫全集第 26 巻』，東京：新潮社，1975 年，第 460 頁。

④ 三島由紀夫：「新ファッシズム論」，『三島由紀夫全集第 26 巻』，東京：新潮社，1975 年，第 461 頁。

⑤ 亨利·斯各特·斯托克斯：《美与暴烈：三岛由纪夫的生与死》，于是译，上海：上海书店出版社，2007 年，第 241 页。

溅到了字上，中将大概都会原谅的吧。"①

　　在电影剧本里，"至诚"挂轴的第一次出现是在第三章"最后的交欢"之中。第 59 号镜头，特写，15 秒，"乳房的黑色背景变成'至诚'挂轴，'至诚'两字和乳房"②。在第三章中，"至诚"挂轴还出现了一次，也是与丽子的乳房共同出镜。第 61 号镜头，近景镜头，20 秒，"以'至诚'二字为背景，中尉的侧脸剪影逐渐靠近像雪山一样耀眼的乳房，突然侧脸埋入乳房之间"③。在相当于小说第四节的电影第四章"武山中尉的切腹"中，"至诚"挂轴再次出现。第 76 号镜头，中景镜头，3 秒，正面镜头，"'至诚'挂轴"④；第 77 号镜头，近景镜头转为中景镜头，10 秒，稍稍仰视，"中尉正面面对'至诚'挂轴，将军刀放在膝盖前面，端坐着；丽子稍稍远离中尉，坐在与之成直角的位置，面向拍摄舞台左侧；中尉只留给了丽子侧脸"⑤。"至诚"挂轴最后一次出现是在电影的最后一个镜头，即第五章"丽子的自杀"的最后。第 139 号镜头，近景镜头转为后退、俯瞰镜头，15 秒，"两具叠在一起的尸体。镜头拉后，拍摄远处'至诚'挂轴下方重叠的两人尸体，再转为俯视角度，展示两人尸体周围，像龙安寺石庭的枯山水石纹一样优美波动的白布"⑥。

　　实际上，在电影里，因为舞台布景的缘故，只要是从正面拍摄舞台的镜头或者舞台全景镜头，"至诚"挂轴就会出镜。换言之，"至诚"挂轴其实从电影的一开始就出现了，而且每个章节都有出镜。在第一章"丽子"中出现 1 次，即剧本的第 2 号至第 3 号镜头，丽子分配物品的时候；在第二章"武山中尉回家"中共出现 4 次，即剧本的第 18 号镜头、第 20 号至第 21 号镜头、第 24 号至第 25 号镜头、第 27 号至第 28 号镜头，主要是在丽子起身迎接武山中尉、夫妇两人互相表示赴死的意愿的时候；在第三章"最后的交欢"中共出现 6 次，即剧本的第 35 号镜头、第 37 号镜头、第 46 号镜头、第 57 号镜头、第 59 号镜头、第 71 号镜头；在第四章"武山中尉的切腹"中出现 8 次，即剧本的第 73 号镜头、第 76 号镜头至第 77 号镜头、第 81 号镜头至第 82 号镜头、第 82 号镜头、第 97 号镜头、第 103 号

① 三岛由纪夫：『憂国』，『三島由紀夫全集第 13 卷』，東京：新潮社，1973 年，第 241 頁。
② 三岛由纪夫：「憂国（撮影台本）」，『三島由紀夫全集第 23 卷』，東京：新潮社，1974 年，第 357 頁。
③ 三岛由纪夫：「憂国（撮影台本）」，『三島由紀夫全集第 23 卷』，東京：新潮社，1974 年，第 358 頁。
④ 三岛由纪夫：「憂国（撮影台本）」，『三島由紀夫全集第 23 卷』，東京：新潮社，1974 年，第 361 頁。
⑤ 三岛由纪夫：「憂国（撮影台本）」，『三島由紀夫全集第 23 卷』，東京：新潮社，1974 年，第 361 頁。
⑥ 三岛由纪夫：「憂国（撮影台本）」，『三島由紀夫全集第 23 卷』，東京：新潮社，1974 年，第 373 頁。

镜头、第 105 号镜头、第 109 号至 110 号镜头；在第五章"丽子的自尽"
中共出现 7 次，第 114 号至第 115 号镜头、第 121 号镜头、第 123 号镜头、
第 126 号至第 127 号镜头、第 129 号镜头、第 130 号后半段至第 131 号镜
头、第 139 号镜头。在这 26 次出镜中，"至诚"的单独镜头共有 3 次。一
次是在交欢过程中，一次是在两人将遗书供奉到神龛上后（第 76 号镜头），
一次是在两人死后。

　　"至诚"挂轴的反复出现可以理解为是对小说里两次提及的"大义"的
呼应。所谓"大义"，按照《广辞苑》的解释，指"人应该遵守并践行的重
要的道义，特别是对于主君、国家应该履行的道义"[1]。在武士道中，"义"
是最严格的教诲。"义节犹如人体之有骨骼。没有骨骼，头就不能端正地处
于上面。手也不能动，足也不能立。因此，一个人即使有才能、有学问，
没有节义也不能立身于世。"[2] "勇"也唯有建立在"义"之上才有意义、
有价值。"二二六事件"军官们的"义"让三岛一直魂牵梦绕。在这部无声
电影里，三岛没有找到非常适合解释"大义"的机会。只是在电影剧本的
第二章片头字幕中，武山向丽子解释自己的切腹决定时，字幕里多出了一
段小说里没有的文字："若要效忠就得弑友；若要护友则会成为逆臣。作为
军人，自己唯有切腹。而且还是在今晚之内……"[3]

　　除了故事本身，三岛还设计了在电影章节的起始画面里向"二二六
事件"的军官们致敬。电影的第一帧画面是一双戴着白手套的军人的手展
开一幅卷轴，上面写着"憂（YUKOKU）国 or The Rite of Love and Death"
（《忧国》又译《爱与死的仪式》），由此拉开电影序幕。虽然在片头有情节
介绍的第二章"武山中尉回家"和第三章"最后的交欢"的起始画面里，没
有出现军人的白手套，但是在整个故事的高潮部分即第四章"武山中尉的
切腹"和第五章"丽子的自尽"两章，三岛省去了繁复的情节解说，直接
以一双戴着白手套的军人的手展开写着章节标题的挂轴的画面，示意新章
节的开始。这双军人的手当然不是武山中尉的手，而应该是叙述者的手。
也就是说，三岛设定的是在武山为参与"二二六事件"的同僚挚友自杀
后，军队没有置之不理，而是让故事传播开来。三岛说："越是孤独的正义
行动越在意社会舆论，这类行动必须非常自然地获得舆论支持。"[4] "如果

　　① 新村出编：『広辞苑（第五版）』，東京：岩波書店，1998 年，第 1595 頁。
　　② 新渡户稻造：《武士道》，张俊彦译，北京：商务印书馆，1993 年，第 28 页。
　　③ 三岛由纪夫：「憂国（撮影台本）」，『三岛由纪夫全集第 23 巻』，東京：新潮社，1974 年，第 349 頁。
　　④ 三岛由纪夫：「行動学入門」，『三岛由纪夫全集第 34 巻』，東京：新潮社，1976 年，第 220 頁。

报纸电视都没有任何报道，那行动是完全无效的。"①三岛多次公开表示自己支持"二二六事件"的军官们，他不满现实生活中军队、政府以及大众对"二二六事件"的否定或是缄口。在三岛看来，"二二六事件"不仅是昭和历史上最大的政治事件，还是昭和历史上最大的精神与政治相冲突的事件。最后，精神败给了政治。整个事件中真正应该遭到谴责的是那些将军官们定性为叛军的始作俑者，然而人们将对军阀的怨恨发泄到了"二二六事件"的军官身上，这让三岛无法接受。

何谓"忧国至情"②？从某种意义上来说，是"对天皇的单恋"③。发起"二二六事件"的青年军官们的心情是"忧国"，与这些军官们惺惺相惜的武山中尉的心情则是"忧国至情"。如果说武山中尉的自杀动机是不想讨伐背负叛军污名的挚友军官们，那么他违背天皇命令的切腹就成了对天皇的批判。如此一来，"忧国至情"的真正意义是，担忧天皇将因心怀国家而起义的军官们当作叛军，武山中尉的切腹是对天皇的抗议。④这种意图在三岛五年后发表的《英灵之声》里表现得更为直接。在三岛看来，"二二六事件"军官们的所作所为都是基于拯救国家信仰的行动。然而，就因为围绕在天皇身旁的那些怯懦无能、整天哭啼、胆小而又迂腐的庸臣们的污蔑陷害，这群可能为日本带来昭和维新、昭和复国的年轻军官们却被判定为叛乱者。当然，听信谗言的天皇也需要对此负责，因为他接受了这种说法。天皇理应向那些坟墓中的死者传达神旨，恢复他们被剥夺的光荣，终止社会对他们的不敬。

如果说反复出现的"至诚"挂轴象征着"二二六事件"的军官们，那么另外一个重要意象——神龛则象征着天皇。武山家的神龛供奉着皇太神宫的护身符（神符）和天皇、皇后两人的照片。"皇太神宫"即伊势神宫的"皇大神宫"。伊势神宫分为内宫和外宫，内宫的别名就是"皇大神宫"。虽然电影里的神龛并未严格按照小说里的描述进行复原，没有供奉皇太神宫的护身符和天皇夫妇的照片，不过可以将其理解为这更多是出于对电影审核、社会舆论的技术性或策略性考虑，并不影响"神龛"依然是作为象征天皇意象而存在和出现的。不同于挂轴，神龛严格遵照着小说的安排，只

① 三島由紀夫：「行動学入門」，『三島由紀夫全集第 34 卷』，東京：新潮社，1976 年，第 221 頁。

② 三島由紀夫：『憂国』，『三島由紀夫全集第 13 卷』，東京：新潮社，1973 年，第 232 頁。

③ 神谷忠孝：「逆説としての殉死『憂国』」，见松本徹，井上隆史，佐藤秀明編：『三島由紀夫研究II　三島由紀夫の表現』，東京：勉誠出版，2001 年，第 246 頁。

④ 神谷忠孝：「逆説としての殉死『憂国』」，见松本徹，井上隆史，佐藤秀明編：『三島由紀夫研究II　三島由紀夫の表現』，東京：勉誠出版，2001 年，第 245 頁。

出现了两次：第一次是在第一章，丽子闭眼幻想时，出现了神龛以及夫妇两人敬拜神龛的场景（第 10-12 号镜头）；第二次是在第四章，武山中尉与丽子将遗书供奉到神龛上（第 74-75 号镜头），并鞠躬敬礼。武山中尉夫妇的自尽与天皇有着密切的关联，因此神龛意象只出现在两人自杀前的场景里，这种安排体现了三岛对天皇的不满与批判的意图。

三岛曾说：

的确"二二六事件"的挫败似乎导致了伟大的神灵死亡。虽然时年11 岁的我还只是隐约地感觉到，但是到了多愁善感的 20 岁时，再次遇到战败，我所感受到的神灵死亡的令人恐惧的残酷真实感与 11 岁少年时代所感受到的东西似乎紧密相连。虽然很长时间里我不清楚它们之间是如何相连的，但是它若隐若现地出现在促使我创作《十日菊》《忧国》的冲动之中。假设那种感觉是"二二六事件"的阴画，那从少年时代就开始在我体内生根发芽的阳画就是起义军官们的英雄身姿。纯洁无瑕、果敢、年轻、死亡全都符合神话英雄的原型，他们的挫折与死亡让他们成为言语意义上的英雄。[1]

真正的英雄如此长久地支配着我，慰藉他们的灵魂，洗刷他们的污名，尝试恢复他们的权利，这种不同于文学意愿的想法的确存在于我的体内。然而，一旦手握那根线，我就总是会想到天皇的"人间宣言"。[2]

昭和时代被"二战"战败完全划分成前后两个时期，而横跨两个时期的我则产生了一种新的欲望，必须找到自身连续性的根据和理论一贯性的根据。我认为，这与作家身份无关，是生命的自然欲求。彼时，相对于规定天皇是"象征"的新宪法，我总是更加在意天皇自己的"人间宣言"。这个疑问本身投射下一束黑影到"二二六事件"上，我循着黑影，走到了把自己逼得不得不创作《英灵之声》的地步。虽说自称美学有些滑稽可笑，但是我越是挖掘自己的美学，就越发明确，牢不可破的天皇制在底部盘踞着，我不可能永远回避它。[3]

"二二六事件"是一个纠缠了三岛三十年的问题，积聚在三岛体内的悲愤

---

① 三岛由纪夫：「二・二六事件と私」，『三岛由纪夫全集第 32 卷』，东京：新潮社，1975 年，第361 页。

② 三岛由纪夫：「二・二六事件と私」，『三岛由纪夫全集第 32 卷』，东京：新潮社，1975 年，第365 页。

③ 三岛由纪夫：「二・二六事件と私」，『三岛由纪夫全集第 32 卷』，东京：新潮社，1975 年，第365-366 页。

最终与"二二六事件"军官们的深深叹息汇合到一起，产生了"二二六事件三部曲"。

在小说里，武山中尉下笔写遗书时曾有过瞬间的犹豫。佐藤秀明指出，武山犹豫的是，要不要写上"天皇陛下万岁！"[①]。自己为国家献身，却无从得知国家是否会在意自己的死。"二二六事件"的军官们向天皇请旨，表示愿意自杀以平息事态，但天皇拒绝了，并将他们定为叛军。武山切腹是向天皇的"死谏"。三岛认为，武山的死亡是"与战场上的决战一样需要勇气、与战死有着同等性质的死"[②]。"这里并非是光芒四射的战场，这里是无法彰显功勋的战场，是灵魂的最前线。"[③]

三岛通过"二二六事件三部曲"想表达的，是对围绕在天皇周围的人的愤怒以及对天皇本人的谴责。"二战"前，天皇被迫介入"二二六事件"，漠视了那些效忠于他的军人，背叛了尊皇派官兵。"二战"后，"人间宣言"让天皇背叛了那些为了效忠天皇而死于战场的战士们。"二二六事件三部曲"存在一个递进：《忧国》是站在一个被排斥在起义事变之外的年轻军官的立场上，《十日菊》是站在辅臣的立场上，《英灵之声》则是直面整个事件所包含的精神。亨利·斯各特·斯托克斯认为，依三岛来看，在"二二六事件"中，如果天皇是人，他自然是会愤怒的，因为他的大臣被暗杀了；然而，如果天皇是神，就不会有这种反应。倘若天皇曾经与那些年轻军官们有所接触，他就能够理解这起兵变背后的种种想法，也就绝不会肆意践踏年轻爱国者们的信仰与热忱了。[④]寺田透在介绍小说《忧国》时指出，"小说的第一章《壹》是类似于明治时期报纸报道的简短文章，归纳了整个事件"[⑤]。神谷忠孝进一步指出，三岛之所以在《壹》中模仿明治时期报纸报道的文体，是为了让读者联想到1912年9月13日明治天皇大丧之日乃木大将夫妇的殉死。德川时期的切腹多有介错人相伴，而乃木大将则是靠一己之力完成了切腹。身着陆军大将军装的乃木大将在切腹后，将刀竖在地上，用刀刃刺破了颈部，当场毙命。武山最后也是用刀刃刺破颈部结束了生命。不仅是武山的切腹自尽方式模仿了乃木大将，武山夫妇还效仿乃木

---

① 佐藤秀明：「肯定するエクリチュール—『憂国』論—」，『三島由紀夫の文学』，東京：試論社，2009年，第295-312頁。

② 三島由紀夫：『憂国』，『三島由紀夫全集第13卷』，東京：新潮社，1973年，第242頁。

③ 三島由紀夫：『憂国』，『三島由紀夫全集第13卷』，東京：新潮社，1973年，第234頁。

④ 亨利·斯各特·斯托克斯：《美与暴烈：三岛由纪夫的生与死》，于是译，上海：上海书店出版社，2007年，第244页。

⑤ 寺田透，江藤淳，花田清輝：「創作合評」，『群像』，1961年2月号，第247頁。

大将夫妇在房间里摆放了天皇的照片。可以说，三岛在创作《忧国》时，参照了乃木大将夫妇的殉死，有意借乃木大将与武山中尉的切腹性质之差别来暗示明治天皇与昭和天皇的不同。

三岛坚持认为，天皇必须是神。天皇对于所有日本人而言是绝对的存在，他本人绝对支持帝制。"人间宣言"导致皇道的崩塌瓦解，战后所有的道德困惑由此产生。因此，三岛必然拒绝和反对主张建立民主主义国家、坚持废除天皇制的日本共产党，无法与东京大学"全学共斗会议"（简称"全共斗"，全学共闘会議）的学生们达成一致意见，并走上了保守的右翼道路。正如松原新一所指出的那样，三岛在《忧国》里完成了"右翼浪漫主义的完美实践"[①]。

7.3   小   结

小说的传播效果不行，索性就翻拍成电影，亲手撕开表层，将镶嵌于小说里的深层读者意识展现给观众。三岛投入电影《忧国》的心血，绝不逊色于小说《忧国》。即便看似出于节省经费考虑而采用的能乐表演形式，其背后都暗藏着深远的用意。三岛在《行动学入门》里指出，艺术的本质在于可以重复已决定的事项，故而是假的，因此武士蔑视艺术。由于能乐以只公演一次为原则，因此每次都为仅演一次的演出倾注巨大的心血，与实际行动的一次性极为相似，所以能乐能成为武士阶级唯一认可的艺术。[②]正因为如此，推崇武士道的三岛采用了能乐的表演形式来演绎《忧国》的电影版。从表演形式到具体画面，电影《忧国》的每一个细节都饱含着三岛的苦思冥想。

三岛拍电影的意图非常明显，就是拍给普通人看的。在《忧国》公映前的那场秘密试映中，为了获得最纯粹的大众反馈信息，三岛在找观众时特别嘱咐不要找文学青年，最后找来的是新宿当地酒吧里的十五六个普通人。佐藤秀明指出，小说《忧国》的叙述者被赋予了远高于普通观察者的特权，特别是切腹过程中的很多描述，绝非是旁人能够通过观察而知晓的。三岛通过这种复杂多变的叙述方式，企图激发读者的共情。[③]对于三岛来说，

---

① 松原新一：『現代ロマン主義の問題』，转引自池田純溢：「『憂国』『英霊の声』における思想性——天皇制ナショナリズムの萌芽」，见長谷川泉編：『三島由紀夫研究』，東京：右文書院，1970年，第344頁。

② 三島由紀夫：「行動学入門」，『三島由紀夫全集第34巻』，東京：新潮社，1976年，第234頁。

③ 佐藤秀明：「肯定するエクリチュール—『憂国』論—」，『三島由紀夫の文学』，東京：試論社，2009年，第295-312頁。

电影这种新的表现方式能够比文字更好地向观众传达出"真实"。[①]无论是武山的军装还是切腹时的猪血、猪内脏，三岛希望借助一切可能的手段最大限度地营造真实感。这一切与对丽子形象的弱化和人物无声化的处理等一样，都是围绕着一个中心——尽可能地唤起人们对"二二六事件"的反思、对天皇制的思考。如此看来，井上隆史提出的"自我排解"论[②]，即三岛为了摆脱"隐私权审判案"、《风流梦谭》事件、文学座剧团的两次分裂等危机所造成的多重困境，所以选择将自己的小说《忧国》拍成电影，就显得有些过于简单了。

　　虽然三岛不满许多人有意或无意地忽视《忧国》的真正主题，但是在宣传电影时，三岛却有意利用了人们的这种心理，将"夫妻爱"说成是《忧国》数个主题中最重要的主题，表示这对夫妻忠实地再现了《教育敕语》中的"夫妇相和、朋友相信"，强调对性与夫妻感情之间关系的思考[③]等。三岛在宣传时，刻意弱化电影的思想性，并搭上外国电影《女仆日记》，目的在于尽可能地吸引大家去影院观看《忧国》。三岛强调，虽然整部电影非常血腥，但是夫妻鲜血的融汇使得爱情得到了净化。三岛一方面预想到当下的年轻人可能会觉得愚蠢可笑；另一方面却认为，《忧国》中色情的真正高昂和爱的极致是人们无法从日常生活中通过与他人同床共枕而轻易获得的。三岛特别强调了丈夫武山中尉对妻子丽子的绝对信任，能够允许妻子在见证自己的死亡后再死，而不是像一般的殉情中男子先杀了女子再自杀。然而，当三岛不需要卖力进行宣传时，他在《制作意图及经过》中表示，《忧国》的主题是讨论"在一定程度上政治受到逼迫的情况下，日本人的色情是如何与死亡相结合的。为了殉死于正义或者说当时的政治情况，色情会采用何种最高的形式"[④]。

　　"将思想从三岛的作品中抽离出来，是会破坏作品世界的虚无行为和滑稽的品读方式。"[⑤]"至诚""祈祷皇军万岁"的语言是与"思想"处于不同

　　① 三島由紀夫：「世界前衛映画祭を見て」，『三島由紀夫全集第 32 巻』，東京：新潮社，1975 年，第 268 頁。

　　② 井上隆史：「『三島映画』の世界」，見松本徹，佐藤秀明，井上隆史編：「三島由紀夫研究②三島由紀夫と映画」，東京：鼎書房，2006 年，第 44-54 頁。

　　③ 三島由紀夫，川喜多かしこ：「対談·映画『憂国』の愛と死」，『婦人公論』，1966 年 5 月号，第 194-198 頁。

　　④ 三島由紀夫：「製作意図及び経過（『憂国　映画版』）」，『三島由紀夫全集第 32 巻』，東京：新潮社，1975 年，第 308 頁。

　　⑤ 池田純溢：「『憂国』『英霊の声』における思想性——天皇制ナショナリズムの萌芽」，見長谷川泉編：『三島由紀夫研究』，東京：右文書院，1970 年，第 342 頁。

次元的美学世界的语言，因此当读者毫无疑虑地将其作为美学的、被抽象化的"思想"来接触时，会因为无法理解而感到困惑。于是，三岛选择将小说《忧国》翻拍成电影，并且一人包揽编剧、导演、主演多个角色，以确保电影《忧国》能够完全符合自己的表达意愿。在《忧国》中，美学的世界崩塌了，在美学层面已经无法处理的思想萌芽才是现实中三岛想要倾诉的自我，即企图恢复"文化概念的天皇"的国家主义。在三岛看来，守护日本的历史文化传统，归根结底就是要维护天皇，"终极目标是维护天皇，必须要粉碎、击破、祛除最终否定天皇的政治势力"①。

　　"如何解释我的精神状态才好呢？是颓废的，还是激昂的？目的不明的愤慨和悲伤渐渐在我体内堆积，它们最后与'二二六事件'青年军官们的强烈感慨合为一体只是时间的问题。因为'二二六事件'总在无意识和有意识之间往复，这三十年来一直与我同在。"②当时，其实已经有人觉察到了三岛的异常。古林尚就表示，看完电影《忧国》后，觉得三岛由纪夫正陷在一个巨大的错误陷阱中，因为他是一位才华横溢的有为作家，所以希望他能早日脱离危险地带。③近代化是日本的宿命，而文学家和艺术家却抵制这种宿命。如何阻止战后日本不断大众化和美国化，作为一个"纯正的国家主义者"④，三岛找到的解决方案是：否定被西欧化的立宪时代的天皇制，以逃脱宿命的自由象征天皇为理想，从此三岛就开始了他的"一意孤行"。

---

　　① 三島由紀夫：「反革命宣言」，『三島由紀夫全集第 34 巻』，東京：新潮社，1976 年，第 25 頁。

　　② 三島由紀夫：「二・二六事件と私」，『三島由紀夫全集第 32 巻』，東京：新潮社，1975 年，第 365-362 頁。

　　③ 古林尚：「『憂国』にみる三島由紀夫の危険な美学」，「文学的立場」七、1966 年 7、8 合併号，转引自神谷忠孝：「逆説としての殉死『憂国』」，见松本徹，井上隆史，佐藤秀明編：『三島由紀夫研究 II　三島由紀夫の表現』，東京：勉誠出版，2001 年，第 238 頁。

　　④ 池田純溢：「『憂国』『英霊の声』における思想性——天皇制ナショナリズムの萌芽」，见長谷川泉，森安理文，遠藤祐，小川和佑編：『三島由紀夫研究』，東京：右文書院，1970 年，第 348 頁。

第8章 结 语

　　杂志作为文学作品的一个载体，将读者与作家连在一起，构成了一个命运共同体。读者决定了杂志的生存，杂志又影响了作家的职业命运。在大众文化时代，大众媒体蓬勃发展，各个杂志为争夺读者展开了激烈的竞争。为了生存，杂志势必要迎合和讨好读者，对文学作品的提供者即作家有所要求。这就决定了作家的创作必然会受到一定程度的约束，必须按照杂志社的要求提供作品，实际上也就是按读者的阅读喜好创作作品。然而，这并不意味着作家在创作中就要完全放弃自我表达。一名优秀的作家，其创作必然是要为其思想理念服务的，作家的作品就是作家思想意识价值观的具象化产物，这与文学作品究竟属于"纯文学"还是"大众文学"没有关系。

　　纵览三岛由纪夫在中央公论社三本杂志上的活动，可以看到，三岛不仅是在文学以外关注观众，在文学之内也是重视读者的。在与中央公论社的合作中，三岛一直在努力平衡作品的文学性与话题性，兼顾文艺性和社会性，使其既能照顾到刊载媒体读者群的喜好，又能达到其自身的创作需求。三岛在文学内外形象的割裂与三岛研究的片面化不无关系。目前的三岛研究重视其纯文学作品，忽视其大众文学作品；只研究作家和作品，不研究读者及刊载媒体；研究美学思想，回避政治思想。这不仅导致三岛文学的研究陷入一定的僵化，还使得三岛形象失真。

　　本书依托文化研究的理论思想，采用杂志研究与文本研究相结合、读者论与作品论和作家论相结合的研究方法，以三岛在中央公论社三本杂志上的刊载作品为考察对象，深入分析了三岛文学中的读者意识和三岛在其作品中宣扬"文化概念的天皇"思想的方式，尝试解答了三岛形象在文学领域内和文学领域外呈现出的割裂问题，为今后的三岛研究打开一个新视角——从读者意识角度来解读三岛文学，开拓了一个新领域——杂志连载作品研究。

　　本书第2章通过考察三岛与中央公论社三本杂志的合作，初步揭示了三岛的读者意识。三岛的读者意识从其面对三本办刊特点和读者定位均不相同的杂志时所采取的差异化态度即可看出。在拥有一定文坛权威性的《中央公论》上，三岛是一名严肃理性的文坛作家，而在缺乏文坛影响力的《妇人公论》上，三岛则是一位生动活泼的青年作家。从其发表的文学作品来说，三岛在《中央公论》上发表小说、现代戏剧、近代能乐、论述文，在《妇人公论》上则只发表小说和随笔。从其参与的文学活动来说，三岛在《中央公论》上先后担任过两个文学奖的评委，在《妇人公论》上则既没参与过其文学奖的评选，又未担任过读者文艺专栏的评委。从其参加的其他活动来说，在以高学历男性读者为主的《中央公论》上，三岛与专业人士一起谈今论古、纵论时政，而在以女性读者为主的《妇人公论》上，三岛则力图成为受人崇拜的精英男性、意见领袖，对杂志将其一定程度上的偶像化打造也毫不在意。三岛不会在《中央公论》上讨论情感，就像他不会在《妇人公论》上议论政治。不仅如此，三岛在《妇人公论》上的语言表述也较《中央公论》更为浅显易懂。至于从《中央公论》的文艺临时增刊演变而来的《小说中央公论》，三岛并不在意，从未放在心上。若不是因为《风流梦谭》，政治寓意明显的《忧国》应该会发表在《中央公论》而非《小说中央公论》上。当然，无论是将《中央公论》视为重要的表现空间，还是将《妇人公论》当作自我宣传的渠道，抑或是忽视《小说中央公论》，三岛"苦心经营"的意图都只有一个，就是与中央公论社形成良好的合作关系，实现互利共赢。

在第 3 章至第 7 章，通过具体作品的分析，进一步深入考察三岛文学中的读者意识，发现三岛的读者意识具体表现在如何创作小说和为何创作小说两个方面。如何创作小说是浅层的读者意识，为何创作小说则是深层的读者意识，浅层读者意识服务于深层读者意识。三岛在浅层读者意识里迎合读者，在深层读者意识中期待读者。

三岛一直坚称题材是为理念服务的，直言《沉潜的瀑布》的水坝建设题材和《宴后》的知事选举题材都是为其脑海里早已形成的创意服务的。然而，如果我们跳出三岛划定的思维逻辑圈，就会发现其所谓的题材服务于观念并不是他选择题材时的全部理由。创作小说《沉潜的瀑布》时，正好是日本水电业的一个黄金发展期，电力开发所引起的征地赔偿和电力工人罢工是牵涉全日本的社会热点问题。小说《宴后》涉及的东京都知事选举则是创作《宴后》那年日本最受关注的政治话题之一。小说《音乐》涉及的性心理咨询也是战后性解放中非常热门的社会话题。如果将小说文本拉回最初发表的媒介，还能看到三岛在选择及处理小说题材时，充分考虑到了杂志读者的群体特点和阅读心理。

鉴于《中央公论》的目标读者主要是接受过高等教育的男性，所以在《沉潜的瀑布》和《宴后》中，三岛都没有花太多笔墨在人物的情感纠葛上。不仅如此，三岛还对素材进行了相应的调整。在《沉潜的瀑布》中，三岛详细地描述了主人公城所升的工作。考虑到《中央公论》的读者主要为中产阶级群体，三岛在小说里有意弱化征地赔偿和回避电力工人罢工这两大因电力开发引发的社会问题。赔偿问题在《沉潜的瀑布》里被一笔带过，现实社会里电力行业因劳资纠纷所引发的大规模罢工根本没有被提及，小说里反而是整个水坝建设工地上下齐心、一派祥和。资本家的继承人城所升被打造成了吃苦耐劳的好员工，曾在城所升家当过书童的平民濑山反倒成了好吃懒做的工地"老鼠屎"。在《宴后》中，东京都知事选举中的政治争斗被悉数搬进了小说里。原本现实中的知事选举是围绕两位男性候选人展开的，但三岛却在小说里"别出心裁"地将本是东京都知事选举配角的有田八郎夫人畔上辉井设为小说的主人公——福泽胜。如此一来，一方面增加了故事的新鲜感；另一方面也呼应了战后女性从政的时代潮流。在连载于《妇人公论》上的《音乐》里，女主人丽子的人物设定参照了当时杂志主要读者的群体特点，并且人物性格的设定也呼应了杂志追求男女平等，甚至女性强于男性的理念。不仅如此，小说采用手记的叙事方式，与当时极为推崇手记的《妇人公论》本身形成了良好的互动。三岛多种手段并用，竭力为读者营造一种沉浸式阅读体验。而且，三岛会在每次连载的结尾设置悬念，保证结尾具有吸引力。如果小说章节原本的结尾不够吸引人，三岛采取的方式不是重新编排章节，而是中途切段章节内容，下一次再接着继续往后连载。比如，《宴后》的第一次连载包含小说第一章至第四章内容。第一次连载的结尾是，野口和阿胜结束了对环大使的探病后，野口突然邀请阿胜："反正咱俩都闲着没事，一起出去吃个中饭吧。"[1]但这并不是第四章真正的结尾。第四章主要描述野口与阿胜的第一次"约会"，是两人关系的重要节点。第四章的真正结尾是两人在就餐的餐厅聊天，阿胜观赏着餐厅里的花朵、摆设，陷入思考。显然，第一次连载时，在野口的邀请处戛然而止，故意不把第四章内容全部刊发出来，更能引发读者为了看阿胜的回复而期待第二次连载，购买下一个月的杂志。

　　三岛如此用心钻研连载杂志的读者心理，目的是吸引读者来阅读自己的小说。他有太多想通过作品传递给读者的信息。作家的作品必然是要为其思想理念服务的，如果"将思想从三岛的作品中抽离出来，是会破坏作品世界的虚无行为、是滑稽的品读方式"[2]。对三岛读者意识的考察必然

---

① 三岛由纪夫：「宴のあと」，『中央公論』，1960 年 1 月号，第 326 頁。
② 池田純溢：「『憂国』『英霊の声』における思想性——天皇制ナショナリズムの萌芽」，见長谷川泉編：『三島由紀夫研究』，東京：右文書院，1970 年，第 342 頁。

不可停留或满足于对其浅层读者意识的解读上，而应深入其深层读者意识
之中。

在三岛看来，天皇象征着日本文化共同体的国民或者说民众的统一，
只有天皇能够保证日本人的文化一体性。守护日本的历史文化传统，归根
结底就是要维护"神格"天皇。三岛的"终极目标是维护天皇，为此必须
要粉碎、击破、祛除最终否定天皇的政治势力"①。三岛先后两度在小说中
塑造"性冷淡"女性，反复表达自己对"人间"天皇的不满和对"神格"
天皇的怀念。山岸外史指出，在三岛精神的根基处是从其祖辈父辈身上继
承下来的武士之"脊梁"，当艺术至上的文学开始衰亡时，对文学感到绝望
的三岛由此将重心转移到政治并投身于"行动"之中。文学、人类生活、
思想、耽美主义和行动融为一体后才有了三岛的日本近代主义。②三岛在与
林房雄的对话《日本人论》中表示，政治与艺术其实是同源的。野口指出，
这是将以现实人类社会为素材而制作出的艺术视为政治的想法，在此，"政
治的文学化"和"文学的政治化"可以相互转化。③三岛以"艺术至上主义
者"④的自称麻痹世人的神经，殊不知，其艺术的根基或者说美学的核心是
"文化概念的天皇"，其文学天然地与政治有着千丝万缕的联系。三岛评价
林房雄的"纯文学"定义是"文学的古典主义定义"⑤。三岛本人极为推崇
古典文学，曾建议那些立志成为小说家的青少年，要先阅读国内外的古典
文学作品。因为"人类所有的问题都在这里面说完了"，"软弱无力的现代
灵感的独创性全被古典这堵'铁壁'给弹了回去"，"只要品尝过古典的趣
味，现代文学便会变得滑稽可笑，不堪卒读"⑥。古典主义文学的思想特征
之一，就是受到王权的直接干预，在政治思想上主张国家统一，反对封建
割据，歌颂英明的国王，把文学和现实政治结合得非常紧密，表现出拥护
中央王权的强烈政治倾向性。对日本传统文化（古典文学）的推崇，正是
三岛的毕生追求。

---

① 三岛由纪夫：「反革命宣言」，『三岛由纪夫全集第 34 卷』，東京：新潮社，1976 年，第 25 頁。

② 山岸外史：「三岛由纪夫氏　死と真実」，『中央公論』，1971 年 2 月号，第 209-227 頁。

③ 野口武彦：「永劫回帰と輪廻——『宴のあと』その他——」，『三岛由紀夫の世界』，東京：講
談社，1968 年，第 194 頁。

④ 石川淳，川端康成，三岛由纪夫，安部公房：「座談会・われわれはなぜ声明を出したか」，『中
央公論』，1967 年 5 月号，第 324 頁。

⑤ 三岛由纪夫：「「純文学とは？」その他」，『三岛由紀夫全集第 30 卷』，東京：新潮社，1975 年，
第 243 頁。

⑥ 三岛由纪夫：「小説家志望の少年に」，『三岛由紀夫全集第 35 卷』，東京：新潮社，1976 年，
第 327 頁。

三岛在《我的信条》中写道：

在文学的世界里，即便说"我相信文学"，我想也不会有什么效果。第一，在任何时代，都没有人认真考虑过文学本身具有足以撼动现实世界的危险力量。

因此，文人为了成为英雄人物，就必须拥有思想或信仰。如此一来，还会出现像小林多喜二那样被杀害的可能性。没有思想、信仰是难以成为英雄的，仅做到边写小说边练剑什么的也是不够的。

那么放弃当英雄，做个彻底的懦夫就行了。不过，我到底还是厌恶将文人等同于胆小怕事的鄙夫的看法。①

三岛作为一名立志为实现"文化概念的天皇"构想而战的"战士"，文学之于三岛来说就是战斗的利器。不过，三岛也明白，实现"文化概念的天皇"构想仅靠他一己之力是远远不够的，他需要招募到足够多的志同道合者，最好是能唤起全社会的力量与之同行。正因为如此，三岛在1968年创立了属于他自己的"小军队"楯会后，还在1969年时去尝试"笼络"东京大学的"全共斗"学生。

然而，在战后初期的日本，"'打倒天皇制'成了人们的口号"②。"当'圣战'结束时，对天皇这位大司祭和往昔的'现人神'的崇拜也终结了。当时的警方报告以及其他证据表明，许多人对天皇制的态度，仿佛已经只是其命运的旁观者了"③，"只有4%的人选择了'为天皇担忧，为天皇感到耻辱，为他悲哀'"④。在即将迎来战后十五周年的1959年，《妇人公论》以农民、工人和学生为调查对象，针对天皇制展开了调查。调查结果显示：仅有15%的农民、9%的工人和1%的学生希望让天皇制恢复到战前的状态；有11%的农民、31%的工人和46%的学生觉得应该废除天皇制；有70%的农民、59%的工人和35%的学生认为天皇制维持现在的状态即可。⑤对于天皇制的未来，有16%的农民、28%的工人和50%的学生觉得很可能会废除；有25%的农民、31%的工人和33%的学生觉得废除的可能性较低；还有13%

---

① 三岛由纪夫：「私の信条」，『三岛由纪夫全集第32卷』，东京：新潮社，1975年，第35页。

② 小森阳一：《天皇的玉音放送》，陈多友译，北京：生活·读书·新知三联书店，2004年，第104页。

③ 约翰·W.道尔：《拥抱战败：第二次世界大战后的日本》，胡博译，北京：生活·读书·新知三联书店，2008年，第278页。

④ 约翰·W.道尔：《拥抱战败：第二次世界大战后的日本》，胡博译，北京：生活·读书·新知三联书店，2008年，第280-281页。

⑤ 「皇室に関する人びとの意見」，「婦人公論」，1959年7月号，第116頁。

的农民、10%的工人和 4%的学生表示不清楚。[①]三岛事件发生后，日本富士电视台以 200 人为对象进行了调查，共计有 79%的人表示不支持三岛所谓的"死谏"。[②]由此可以看到，逆流而行的三岛想要实现"文化概念的天皇"构想的主张在当时是难以获得社会响应的。他需要努力走近大众，争取大众的理解和支持。从三岛在许多非文艺类报刊上发表作品、涉足戏剧电影的做法就可以看出，三岛非常看重其作品的社会传播性，期望自己的作品可以被尽可能多的人看到和读到。为此，三岛在创作时必然要考虑如何才能吸引读者、赢得读者的青睐，如何更清晰准确地将自己的思想理念传播出去。

三岛感叹自己不被理解，"来访者尽可从这四条河流中选取自己感兴趣的一类，而无须遭受不喜欢的河流的席卷。对于那些追随我人生四条河流的人们，我的感激之情无以言表，但我也相信，这样的追随者不会太多"[③]。他需要从自己的世界里走出来，去贴近读者，吸引读者去了解、接受他的理念，这就促使三岛在构思、创作作品时，脑海里必须要有读者意识。早期的三岛还会将思想意图、政治寓意隐藏在各种文学意象之下，而到了后期，随着三岛对读者或者说大众从期待逐渐变为失望，以"二二六事件三部曲"为标志，三岛开始堂而皇之地在作品里公开表达自己的天皇思想，使深层读者意识外显化、直观化。"每个个体都是非常弱小的。当个人越是拥有很多能力变得越发强大，同时就必然要与自己的行动被完全孤立的恐惧感作斗争，必然会陷入自己的行动不被任何人见证、肯定的深渊中……勇敢或者说勇气需要靠众人的见证，特别是日本人容易因为有人在看、大家在看而越发士气高昂。"[④]正因为如此，三岛会为《音乐》中丽子与哥哥的乱伦安排一位见证者——哥哥当时的女友；会不满足于文字读者，而将《忧国》翻拍成电影，为武山夫妇的自杀安排更多鲜活的见证者——电影观众。自始至终，三岛都渴望得到读者和观众的理解、认可与追随，他是"一个最彻底地利用了大众社会商业主义的作家，同时也是一个最彻底地被利用了的作家"[⑤]。

在创作《沉潜的瀑布》时，三岛还是很信任读者的，觉得读者可以解

① 「皇室に関する人びとの意見」，「婦人公論」，1959 年 7 月号，第 117 頁。
② 尾鍋輝彦：「中央公論整理月表『社会・文化』」，『中央公論』，1971 年 3 月号，第 379 頁。
③ 三島由紀夫：「無題（四つの河・三島由紀夫展カタログ）」，『三島由紀夫全集第 34 巻』，東京：新潮社，1976 年，第 506 頁。
④ 三島由紀夫：「行動学入門」，『三島由紀夫全集第 34 巻』，東京：新潮社，1976 年，第 236 頁。
⑤ 加藤周一：《日本文学史序説》，唐月梅，叶渭渠译，北京：开明出版社，1995 年，第 459 页。

读出小说里暗藏的天皇思想。他用"贵种流离谭"将城所升和菊池显子的关系与建速须佐之男命和天照大神联系在一起。"贵种"始祖建速须佐之男命因为惹怒天照大神而被逐出高天原，而"贵种"城所升则因"侵犯"了"假冒天皇"菊池显子后，自我放逐至深山中的奥野川水坝建设工地。从神圣变得平庸的显子跳入瀑潭自杀，既是对她的解脱，又是对她的洗礼。被世俗化的显子玷污了的瀑布必须"沉潜"，而完成这个任务的就是城所升参与建设的水坝，也即显子心中城所升的化身。城所升通过自己建造的水坝压住瀑布的方式，完成了对菊池显子的征服。天皇的"人间宣言"导致了日本神国思想的破产，"二战"的"合法性"也就随之被否定了。三岛让城所升的化身——水坝压住象征天皇的瀑布，表达了心中对天皇从"神格"降至"人间"的不满。

　　然而，纵观同时代的评论，并没有人谈及"沉潜的瀑布"的深层寓意。在三岛活跃的时代，读者早已从原来的限定群体变成抽象、模糊的人群。读者对作品的理解不再受到固定解读规则的束缚，作家希望通过作品传达的思想越来越难以准确地传达给读者，所谓正确的"解读"早已无影无踪。不仅如此，文学变成了一种大众娱乐消遣的手段，相较于高度抽象化、文艺化的作品，更具噱头或者更通俗化、娱乐化的作品才能受到追捧。

　　在这样的社会背景下，正在创作《镜子之家》的三岛不禁对《镜子之家》的前景感到忧心忡忡。也正是在这时，三岛接到了《妇人公论》的约稿，邀请其为读者提供写作建议。虽然早有文坛前辈谷崎和川端在他们的《文章读本》里为大众建言献策，并营造出了一种文坛作家欢迎业余写作的氛围。然而，三岛还是接下了约稿，打算利用这个机会，以当作家先要做读者的理由，将自己的《文章读本》写成了一本文章鉴赏指南。他企图借《文章读本》在劝退民众的创作热情的同时，为自己培养一批理想的读者——"精读读者"，一群能够洞察其深层读者意识的读者。为了检验其《文章读本》对读者的影响效果，三岛还在《文章读本》发表 3 个月以后，在《妇人公论》上主持了九期有奖文学知识竞猜"三岛由纪夫 QUIZ"。

　　三岛的《文章读本》虽然没有引起社会热议，但多少博得了一些读者的关注。三岛以为自己的读者培养计划"初战告捷"，但之后小说《宴后》引发的"隐私权审判案"宣告了三岛读者培养计划的失败。在《宴后》中，三岛一方面利用读者的八卦心理，照搬东京都知事选举的整个事实细节；另一方面又幻想着读者可以将小说里的主人公与现实中的原型区别开来，注意到其背后的真实用意——对战后日本政治虚无主义的讽刺和批判。然而事实上，在众多的普通读者看来，《宴后》就是一本可以窥探有田八郎夫妇私生活的通俗小说。在关于"隐私权审判案"的社会大讨论中，只有文坛站在了三岛一边，整个社会舆论都在支持有田八郎。"隐私权审判案"一审败诉对于三岛而言，是继事业"滑铁卢"（《镜子之家》）后的又一次沉重打击。至此，三岛幡然醒悟。在去中心化阅读的时代，读者是不可靠和不可控的，想要将自己的思想观念传播出去，唯有改变自己去适应读者。实际读者与理想读者之间的差距造成了其读者意识发生了巨大转变。此后，三岛变得"直言不讳"，在天皇思想表达上越来越激进化。既然民众无法解读自己作品里蕴含的深层读者意识——宣传其天皇思想，那就索性直接表达出来。

在隐晦的《沉潜的瀑布》里，全篇几乎没有涉及任何容易让读者联想到天皇的地方。读者需要在读完小说之后，进一步去了解三岛的思想，知道三岛在1955年5月号《群像》的"创作合评"栏目里提到城所升的人物塑造借鉴了"贵种流离谭"，才有可能挖掘出《沉潜的瀑布》的深层寓意。在经历了《宴后》的打击之后，到了《音乐》里，三岛进一步给读者以暗示。他通过兄妹交媾让人联想到伊耶那岐命和伊耶那美命兄妹二神，并进一步将丽子兄妹比作神社祭司和纯洁巫女，将发生乱伦的脏乱、狭小的房间比作小神殿的里间，将明明是有悖伦理的兄妹交媾比作在神殿举行的神圣仪式，确保读者可以将《音乐》与《古事记》联系起来。三岛认为，《古事记》集中体现了"神人分离"的文化意志。在三岛看来，昭和天皇的"人间宣言"昭示着"神""人"在战后日本已经分离。也就是说，象征着日本传统文化的"诗"与象征着日本政治（日本政府）的"政治"之间的理解桥梁已经崩塌。战后日本政治抛弃了"神格"天皇，就是抛弃了日本的根本。在这样一个"神隐"的国度，丽子兄妹的交媾自然不能像伊耶那岐命和伊耶那美命兄妹二神的交媾一样诞下"新日本"。不仅如此，作为"政治"化身的哥哥还应回到"诗"的化身妹妹的子宫里进行回炉重造。然而，事实却是"政治"拒绝了"诗"的拯救，哥哥与其他女人生育了后代，丽子空为哥哥保留了子宫。因此，即使丽子后来解开了心结，摆脱了性冷淡，她却再也听不到原来的"音乐"。在《音乐》里，三岛不仅再次表达了对"二战"后"人间"天皇的不满，同时也流露出了对自己是否能够完成"文化概念的天皇"事业的不安。

虽然解读《音乐》的寓意已经比解读《沉潜的瀑布》简单了许多，但三岛终究还是采用了委婉的暗示方法。而在同时期的"二二六事件三部曲"中，三岛则选择了直接以"二二六事件"为背景创作作品。虽然三部曲之一的小说《忧国》里的天皇思想非常直白明确，但是受到"风流梦谭"事件的影响，在小说《忧国》问世之初，还是存在各种误读。人们不仅有意或无意地回避《忧国》中涉及的天皇问题，甚至还出现过度关注情色描写部分的情形。再次遭到忽视的三岛，这次大胆地启用了文学以外的媒介，亲自操刀将《忧国》改编成电影。三岛通过弱化丽子的形象、删除所有的人物对话，加强了武山切腹的视觉冲击力，从而引发人们思考造成武山切腹的深层原因。同时，三岛还设计"至诚"挂轴在电影里反复出现，进一步督促人们重新审视"二二六事件"，唤起人们对战后天皇制的思考。

从隐晦的小说《沉潜的瀑布》到明示的小说《音乐》，再到公然的电影《忧国》，三岛经历了一个对读者从信任到期待再到失望的过程。三岛文学中处处暗藏着读者意识，甚至其深层读者意识在后期逐渐上浮至作品的表面。他一直在竭尽全力让读者认识、理解自己的天皇思想。对于三岛而言，文学在充当其右翼天皇思想的宣传工具时，不存在"纯"或"大众"之分。目前的三岛文学研究过于执着于三岛的"纯文学"作品，忽视其"大众文学"作品，这种纯文学与大众文学的二元对立研究框架严重影响了三岛文学研究的深化与拓展。研究者们大多遵循三岛所谓的艺术至上主义思路，从美学的角度来分析其作品，将其政治思想与文学创作区分开来，将文本与读者割裂开来，导致三岛精心设计的众多隐喻被忽视，三岛作品中存在的许多疑点被遗漏，也造成了三岛的"纯文学"作家形象的经典化。三岛文学被定位为"上层自由阶级的文学艺术"[1]，充满了"都市的、贵族的空虚而华丽的趣味"[2]，形成了一种远离尘世的感觉，造成一种三岛只沉浸在自己的美学世界里而不理睬现实读者的刻板印象。

先行研究中存在的片面式、模板化的研究不仅导致对三岛文学认识的片面化，还导致了对其文学中暗藏的右翼思想放松了警惕。于是就出现了"他作品中的古典主义与悲剧性、肉体与精神的对抗、'美'的炙热与精致，令无数读者沉醉。他拥有不可估量的国际影响力，是海外知名度最高的日本近现代作家，被誉为日本的'海明威'"[3]，"我们也不谈政治，艺术本身就代表了艺术家眼中的政治"[4]的声音。于是就有了将《忧国》的女主人公形容为"开放在血与肉之中一朵柔弱而又坚韧的野花，留给我们一缕淡淡的

---

[1] 山岸外史：「三島由紀夫氏　死と真実」，『中央公論』，1971 年 2 月号，第 214 頁。

[2] 山岸外史：「三島由紀夫氏　死と真実」，『中央公論』，1971 年 2 月号，第 214 頁。

[3] 《知日》编辑部：《这就是三岛由纪夫》，《知日·这就是三岛由纪夫》，北京：中信出版社，2017 年，第 13 页。

[4] 《知日》编辑部：《这就是三岛由纪夫》，《知日·这就是三岛由纪夫》，北京：中信出版社，2017 年，第 13 页。

馨香!"①、将《忧国》阐释为"一部描写爱情的作品"②的解读。于是就出现了《11·25自决之日　三岛由纪夫与年轻人们》(「11·25自决の日　三岛由纪夫と若者たち」) 这种美化三岛自杀的电影。于是就有了在刚于2020年3月20日在日本公映的纪录片《三岛由纪夫VS东大全共斗　第50年的真实》(「三島由紀夫VS東大全共闘　50年目の真実」，又名"三岛：最后的辩论") 的豆瓣评论里，出现的"不谈立场，也无关主张。他是时代剧场中光芒耀眼无法忽视的演员，一个超级巨星"③的所谓五星评论。

　　毋庸置疑，三岛文学的艺术性是值得肯定的。然而，不能忘记的是，三岛的文学是为其政治主张服务的。有些研究者，特别是日本研究者，刻意地将文学与政治剥离开来，回避其右翼天皇思想，这既是不客观的，又是十分危险的。笔者希望通过本书，从学术研究方面，结合对作品刊载媒体的考察，将读者拉回到三岛文学研究的视野中，重新审视读者在三岛文学中的作用与地位，还原一个真实的三岛由纪夫，为今后三岛文学研究起到一个"抛砖引玉"的作用。在接下来的三岛研究中，还可以加大对"读者反应批评""接受美学"等侧重读者研究的理论的应用，进一步拓宽和加深对三岛读者意识的研究。同时，还希望在三岛形象娱乐化、去政治化的当下，能够借此书提醒大家注意到三岛文学中无处不在的读者意识，认清三岛文学与其政治主张和思想理念之间的关系，在今后阅读和研究三岛作品时，能够对三岛隐藏在其作品中的右翼天皇思想保持警觉。

---

　　① 曾照华：《血与肉浸润的一朵野花——浅谈〈忧国〉中的丽子形象》，《外国文学研究》1996(01)，1996年，第104页。

　　② 姚亚美：《论三岛由纪夫小说中的女性形象》，福建师范大学，2009年，第13页。

　　③ Uso Foolman：《三岛：最后的辩论（三島由紀夫VS東大全共闘　50年目の真実）》豆瓣短评，https://movie.douban.com/subject/34942338/，2020年4月2日。

参 考 文 献

日 文 文 献

一 文集、专著

[1] 谷崎潤一郎：『文章読本』，東京：中央公論社，1942 年。
[2] 川端康成：『新文章読本』，東京：あかね書房，1950 年。
[3] 竹内好：『国民文学と言語』，東京：河出新書，1954 年。
[4] 中央公論社：『中央公論社七十年史』，東京：中央公論社，1955 年。
[5] 日本近代文学館編：『日本近代文学史』，東京：読売新聞社，1956 年。
[6] 労働争議調査会：『戦後労働争議実態調査第 2 巻·電産争議』，東京：中央公論社，1957 年。
[7] 山崎安雄：『日本雑誌物語』，東京：アジア出版社，1959 年。
[8] 磯田光一：『殉教の美学』，東京：冬樹社，1964 年。
[9] 栗原東洋編：『現代日本産業発達史 3·電力』，東京：現代日本産業発達史研究会，1964 年。
[10] 三島由紀夫：『音楽』，東京：中央公論社，1965 年。
[11] 大江健三郎：『厳粛な綱渡り』，東京：文藝春秋，1965 年。
[12] 中央公論社：『中央公論社の八十年』，東京：中央公論社，1965 年。
[13] 中央公論社：『婦人公論の五十年』，東京：中央公論社，1965 年。
[14] 今井田勲，三枝佐枝子：『編集長から読者へ　婦人雑誌の世界』，東京：現代ジャーナリズム出版会，1967 年。
[15] 富田雅寿：『プライバシー「宴のあと」公判ノート』，東京：唯人社，1967 年。
[16] テツオナジタ，神島二郎，前田愛編：『戦後日本の精神史』，東京：岩波書店，1968 年。
[17] 野口武彦：『三島由紀夫の世界』，東京：講談社，1968 年。
[18] 三島由紀夫，東大全学共闘会議駒場共闘焚祭委員会（代表　木村修）：『三島由紀夫東大全共闘──「美と共同体と東大闘争」』，東京：新潮社，1969 年。
[19] 長谷川泉，森安理文，遠藤祐，小川和佑編：『三島由紀夫研究』，東京：右文書院，1970 年。
[20] 奥野健男：『日本文学史　近代から現代へ』，東京：中央公論社，1970 年。
[21] 伊藤整：『小説の方法·小説の認識』，東京：講談社，1970年。
[22] 伊達宗克：『裁判記録「三島由紀夫事件」』，東京：講談社，1972 年。
[23] 平岡梓：『伜・三島由紀夫』，東京：文藝春秋，1972 年。

[24] 福島鋳郎：『戦後雑誌発掘 焦土時代の精神』，東京：日本エディタースクール出版部，1972 年。

[25] 松本徹：『三島由紀夫論——失墜を拒んだイカロス——』，東京：朝日出版社，1973 年。

[26] 林房雄等：『浪曼人三島由紀夫 その理想と行動』，東京：浪漫，1973 年。

[27] 伊藤整：『伊藤整全集第 18 巻』，東京：新潮社，1973 年。

[28] 三島由紀夫：『三島由紀夫全集』（全 36 巻），東京：新潮社，1973-1976 年。

[29] 平岡梓：『伜·三島由紀夫（没後）』，東京：文藝春秋,1974 年。

[30] 白川正芳編：『批評と研究 三島由紀夫』，東京：芳賀堂，1974 年。

[31] 伊藤整：『伊藤整全集第 15 巻』，東京：新潮社，1974 年。

[32] 臼井吉見：『近代文学論争』（上・下），東京：筑摩書房，1975 年。

[33] 辻清明編：『図説日本の歴史 18：戦後日本の再出発』，東京：集英社，1976 年。

[34] ジョン・ネイスン（John Nathan）：『三島由紀夫——ある評伝——』,野口武彦訳，東京：新潮社，1976 年。

[35] 日本文学研究資料刊行会編：『三島由紀夫 日本文学研究資料叢書』，東京：有精堂出版株式会社，1977 年。

[36] 毎日新聞社編集：『読書世論調査 30 年——戦後日本人の心の軌跡——』，東京：毎日新聞社，1977 年。

[37] 加藤秀俊：『文芸の社会学』，京都：PH 研究所，1979 年。

[38] 柄谷行人：『日本近代文学の起源』，東京:講談社，1980 年。

[39] 四方田犬彦：『貴種と転生』，東京：新潮社，1987 年。

[40] 松本健一：『三島由紀夫 亡命伝説』，東京：河出書房新社，1987 年。

[41] 野坂昭如：『赫奕たる逆光 私説・三島由紀夫』，東京：文藝春秋，1987 年。

[42] 小森陽一：『構造としての語り』，東京：新潮社，1988 年。

[43] 高橋文二：『三島由紀夫の世界—夭逝の夢と不在の美学—』，東京：新典社，1989 年。

[44] 磯田光一：『磯田光一著作集 1（三島由紀夫論考・比較転向論序説）』，東京：小沢書店，1990 年。

[45] 佐藤秀明編：『三島由紀夫・美とエロスの論理』，東京：有精堂，1991 年。

[46] 前田愛：『都市空間のなかの文学』，東京：ちくま学芸文庫，1992 年。

[47] 前田愛：『近代読者の成立』，東京：岩波書店，1993 年。

[48] 奥野健男：『三島由紀夫伝説』，東京：新潮社，1993 年。

[49] 井上靖：『井上靖全集第十巻』，東京:新潮社，1995 年。

[50] 久保田淳，栗坪良樹，野山嘉正，日野龍夫，藤井貞和編集：『岩波講座日本文学史第 13 巻・20 世紀の文学 2』，東京：岩波書店，1995 年。

[51] 久保田淳，栗坪良樹，野山嘉正，日野龍夫，藤井貞和編集：『岩波講座日本文学史第 14 巻・20 世紀の文学 3』，東京：岩波書店，1995 年。

[52] 太安万侶：『新編日本古典文学全集 1・古事記』，山口佳紀,神野志隆光校注・訳，東京：小学館，1997 年。

[53] 永嶺重敏：『雑誌と読者の近代』，東京：日本エディタースクール出版部，1997 年。

[54] 橋川文三：『三島由紀夫論集成』，東京：深夜厳書社，1998 年。

[55] 三島由紀夫：『三島由紀夫未発表書簡——ドナルド・キン氏宛の 97 通』，東京：中央公論新社，1998 年。

[56] 粕谷一希：『中央公論社と私』，東京：文藝春秋，1999 年。

[57] 西本匡克：『三島由紀夫　ダンディズムの文芸世界』，東京：双文社，1999 年。

[58] 三島由紀夫：『決定版三島由紀夫全集』（全 42 巻），東京：新潮社，2000—2010 年。

[59] 服部俊：『三島由紀夫の復活』，東京：夏目書房，2000 年。

[60] 松本徹，佐藤秀明，井上隆史編：『三島由紀夫事典』，東京：勉誠出版，2000 年。

[61] 松本徹，井上隆史，佐藤秀明編：『三島由紀夫研究 I　三島由紀夫の時代』，東京：勉誠出版，2001 年。

[62] 松本徹，井上隆史，佐藤秀明編：『三島由紀夫研究 II　三島由紀夫の表現』，東京：勉誠出版，2001 年。

[63] 松本徹，井上隆史，佐藤秀明編：『三島由紀夫研究III　世界の中の三島由紀夫』，東京：勉誠出版，2001 年。

[64] 藤井淑禎：『小説の考古学へ——心理学・映画から見た小説技法史』，名古屋：名古屋大学出版会，2001 年。

[65] 出口裕弘：『三島由紀夫・昭和の迷宮』，東京：新潮社，2002 年。

[66] テレングト・アイトル（艾特）：『三島文学の原型——始原・根茎隠喩・構造——』，東京：日本図書センター，2002 年。

[67] 小森陽一：『歴史認識と小説——大江健三郎論』，東京：講談社，2002 年。

[68] 小森陽一：『メディアの力学』，東京: 岩波書店，2002 年。

[69] 松浦寿輝：『身体と性』，東京: 岩波書店，2002 年。

[70] 千種キムラ・スティーブン：『三島由紀夫とテロルの倫理』，東京：作品社，2004 年。

[71] 松本徹：『三島由紀夫　エロスの劇』，東京：作品社，2005 年。

[72] 松本徹：『あめつちを動かす——三島由紀夫論集』，東京：試論社，2005 年。

[73] 保阪正康，半藤一利，松本健一，原武史，富森叡児編：『昭和——戦争と天皇と三島由紀夫』，東京：朝日新聞社，2005 年。

[74] 堂本正樹：『回想　回転扉の三島由紀夫』，東京：文藝春秋，2005 年。

[75] 前田宏一：『三島由紀夫「最後の独白」』，東京：毎日ワンズ，2005 年。

[76] 上総英郎：『三島由紀夫論』，東京：パピルスあい，2005 年。

[77] 中条省平編：『三島由紀夫が死んだ日』，東京：実業之日本社，2005 年。

[78] 中条省平編：『続・三島由紀夫が死んだ日』，東京：実業之日本社，2005 年。

[79] 松本健一：『三島由紀夫の二・二六事件』，東京：文藝春秋，2005 年。

[80] 佐藤秀明：『三島由紀夫——人と文学』，東京：勉誠出版，2006 年。

[81] 北影雄幸：『三島由紀夫と葉隠武士道』，東京：白亜書房，2006 年。

[82] 田中美代子：『三島由紀夫　神の影法師』，東京：新潮社，2006 年。

[83] 井上隆史：『三島由紀夫　虚無の光と闇』，東京：試論社，2006 年。

[84] 椎根和：『平凡パンチの三島由紀夫』，東京：新潮社，2007 年。

[85] 杉山隆男：『「兵士」になれなかった三島由紀夫』，東京：小学館，2007 年。

[86] 松藤竹二郎：『三島由紀夫「残された手帳」』，東京：毎日ワンズ，2007 年。

[87] 田坂昂：『三島由紀夫論（増補）』，東京：風濤社，2007 年。

[88] 河西宏祐：『電産の興亡（一九四六年～一九五六年）：電産型賃金と産業別組合』，東京：早稲田大学出版部，2007 年。

[89] 杉山欣也：『「三島由紀夫」の誕生』，東京：翰林書房，2008 年。

[90] 宮下隆二：『三島由紀夫とアンドレ・マルロー　「神なき時代」をいかに生きるか』，東京：PHP 研究所，2008 年。

[91] 佐藤秀明：『三島由紀夫の文学』，東京：試論社，2009 年。

[92] 山口基：『三島由紀夫研究文献総覧』，東京：ニュース社，2009 年。

[93] 石原千秋：『あの作家の隠れた名作』，東京：PHP 新書，2009 年。

[94] 島内景二：『三島由紀夫——豊饒の海へ注ぐ——（ミネルヴァ日本評伝選）』，東京：ミネルヴァ書房，2010 年。

[95] 松本健一：『三島由紀夫と司馬遼太郎——「美しい日本」をめぐる激突』，東京：新潮社，2010 年。

[96] 中央公論新社：『中央公論新社一二〇年史』，東京：中央公論新社，2010 年。

[97] 鳥羽耕史：『1950 年代—「記録」の時代』，東京：河出書房新社，2010 年。

[98] 長崎浩：『叛乱の六〇年代——安保闘争と全共闘運動』，東京：論創社，2010 年。

[99] 竹内洋：『革新幻想の戦後史』，東京：中央公論社，2011 年。

[100] 佐藤泰正編：『三島由紀夫を読む』，東京：笠間書院，2011 年。

[101] 松本徹，佐藤秀明，井上隆史，山中剛史編：『同時代の証言　三島由紀夫』，東京：鼎書房，2011 年。

[102] 宮嶋繁明：『三島由紀夫と橋川文三』，東京：弦書房，2011 年。

[103] 山内由紀人：『三島由紀夫、左手に映画』，東京：河出書房新社，2012 年。

[104] ジェニフェール・ルシュール（Jennifer Lesieur）：『三島由紀夫（ガリマール新評伝シリーズ）』，鈴木雅夫訳，東京：祥伝社，2012 年。

[105] 石原千秋，木股知史，小森陽一，島村輝，高橋修，高橋世織編：『読むための理論——文学・思想・批評』，横浜：世織書房，2012 年。

[106] 根津朝彦：『戦後『中央公論』と「風流夢譚」事件』，東京：日本経済評論社，2013 年。

[107] 鈴木貞美：『日本文学の論じ方—体系的研究法』，京都：世界思想社，2014 年。

[108] 安藤宏：『日本近代小説史』，東京：中央公論新社，2015 年。

[109] 有元伸子，久保田裕子編：『21 世紀の三島由紀夫』，東京：翰林書房，2015 年。

[110] 岡山典弘：『三島由紀夫の源流』，東京：新典社，2016 年。

[111] 北影雄幸：『三島由紀夫の切腹　よみがえる葉隠精神』，東京：勉誠出版，2018 年。

二 期刊

[1] 『中央公論』，東京：中央公論社，1948 年 1 月号—1971 年 12 月号。

[2] 『婦人公論』，東京：中央公論社，1948 年 1 月号—1971 年 12 月号。

[3] 「特集・現代文学の意図と達成」，『群像』，東京：講談社，1970 年 12 月号。

[4] 「特集・三島由紀夫　死と芸術」，『群像』，東京：講談社，1971 年 2 月号。

[5] 『新潮（三島由紀夫読本）』（一月臨時増刊），東京：新潮社，1971 年 2 月。

[6] 『新潮（三島由紀夫特集）』，東京：新潮社，1971 年 2 月号。

[7] 『文藝春秋（特集・三島由紀夫）』，東京：文藝春秋，1971 年 2 月号。

[8] 『文學界（特集・三島由紀夫）』，東京：文藝春秋，1971 年 2 月号。

[9] 『国文学：解釈と鑑賞（特集：現代作家と文体）』41(5)，東京：至文堂，1976 年 4 月。

[10] 『国文学：解釈と教材の研究（特集：三島由紀夫の遺したもの）』21(16)，東京：学燈社，1976 年 12 月。

[11] 『国文学：解釈と教材の研究（特集：三島由紀夫——物語るテクスト）』38(5)，東京：学燈社，1993 年 5 月。

[12] 『新潮（三島由紀夫　没後三十年）』，東京：新潮社，2000 年 11 月臨時増刊号。

[13] 『KAWADE 夢ムック　文藝別冊　三島由紀夫』，東京：河出書房，2005 年。

[14] 松本徹，佐藤秀明，井上隆史編：『三島由紀夫研究①三島由紀夫の出発』，東京：鼎書房，2005 年。

[15] 松本徹，佐藤秀明，井上隆史編：『三島由紀夫研究②三島由紀夫と映画』，東京：鼎書房，2006 年。

[16] 松本徹，佐藤秀明，井上隆史編：『三島由紀夫研究③三島由紀夫・仮面の告白』，東京：鼎書房，2006 年。

[17] 松本徹，佐藤秀明，井上隆史編：『三島由紀夫研究④三島由紀夫の演劇』，東京：鼎書房，2007 年。

[18] 松本徹，佐藤秀明，井上隆史編：『三島由紀夫研究⑤三島由紀夫・禁色』，東京：鼎書房，2008 年。

[19] 松本徹，佐藤秀明，井上隆史編：『三島由紀夫研究⑥三島由紀夫・金閣寺』，東京：鼎書房，2008 年。

[20] 松本徹，佐藤秀明，井上隆史編：『三島由紀夫研究⑦三島由紀夫・近代能楽集』，東京：鼎書房，2009 年。

[21] 松本徹，佐藤秀明，井上隆史編：『三島由紀夫研究⑧三島由紀夫・英霊の声』，東京：鼎書房，2009 年。

[22] 松本徹，佐藤秀明，井上隆史編：『三島由紀夫研究⑨三島由紀夫と歌舞伎』，東京：鼎書房，2010 年。

[23] 松本徹，佐藤秀明，井上隆史，山中剛史編：『三島由紀夫研究⑩越境する三島由紀夫』，東京：鼎書房，2010 年。

[24] 松本徹，佐藤秀明，井上隆史，山中剛史編：『三島由紀夫研究⑪三島由紀夫と編集』，東京：鼎書房，2011 年。

[25] 松本徹，佐藤秀明，井上隆史，山中剛史編：『三島由紀夫研究⑫三島由紀夫と同時代作家』，東京：鼎書房，2012 年。

[26] 松本徹，佐藤秀明，井上隆史，山中剛史編：『三島由紀夫研究⑬三島由紀夫と昭和十年代』，東京：鼎書房，2013 年。

[27] 松本徹，佐藤秀明，井上隆史，山中剛史編：『三島由紀夫研究⑭三島由紀夫・鏡子の家』，東京：鼎書房，2014 年。

[28] 松本徹，佐藤秀明，井上隆史，山中剛史編：『三島由紀夫研究⑮三島由紀夫・短編小説』，東京：鼎書房，2015 年。

[29] 松本徹，佐藤秀明，井上隆史，山中剛史編：『三島由紀夫研究⑯三島由紀夫・没後 45 年』，東京：鼎書房，2016 年。

[30] 松本徹，佐藤秀明，井上隆史，山中剛史編：『三島由紀夫研究⑰三島由紀夫とスポーツ』，東京：鼎書房，2017 年。

三　单篇文章、论文

[1] 大岡昇平，寺田透，三島由紀夫：「創作合評」，『群像』，1955 年 5 月号，第 194-198 頁。

[2] 服部達：「三島由紀夫『沈める瀧』」，『三田文学』，1955 年 8 月号，第 34 頁。

[3] 河上徹太郎，平野謙，中村光夫：「創作合評」，『群像』，1960 年 10 月号，第 238-242 頁。

[4] 平野謙，竹内好，高見順：「文壇」，『群像』，1961 年 2 月号，第 150-160 頁。

[5] 大岡昇平：「病んでいるのは誰か——常識的文学論(2)——」，『群像』，1961 年 2 月号，第 196-203 頁。

[6] 寺田透，江藤淳，花田清輝：「創作合評」，『群像』，1961 年 2 月号，第 238-251 頁。

[7] 平野謙：「文芸雑誌の役割——『群像』十五周年に寄せて」，『朝日新聞』，1961 年 9 月 13 日。

[8] 伊藤整，山本健吉，平野謙：「純文学と大衆文学」，『群像』，1961 年 12 月号，第 154-172 頁。

[9] 渡辺一衛：「女性のなかの二つの近代—『女性自身』と「婦人公論」—」，『思想の科学』第 5 次 (11)，1963 年 2 月，第 76-77 頁。

[10] 林巨樹：「三つの文章読本の文章観——谷崎潤一郎・川端康成・三島由紀夫」，『国文学：解釈と教材の研究』11(5)，1966 年 5 月，第 100-105 頁。

[11] 村松剛：「解説」，見三島由紀夫：『沈める瀧』，東京：新潮社，1968 年，第 239-245 頁。

[12] 西尾幹二：「解説」，見三島由紀夫：『宴のあと』，東京：新潮社，1969 年，第 209-214 頁。

[13] 澁澤龍彦：「解説」，見三島由紀夫：『音楽』，東京：新潮社，1970 年，第 229-234 頁。

[14] 中村光夫：「モデル小説」，『中村光夫全集第 7 巻』，東京：筑摩書房，1972 年，第 333-350 頁。

[15] 栗栖真人：「『沈める瀧』小論」，『昭和文学研究』(3)，1981 年，第 41-47 頁。

[16] 栗栖真人：「三島由紀夫『沈める瀧』考」，『語文』(90)79，1994 年，第 13-23 頁。

[17] 野口武彦：「解説」，見三島由紀夫：『文章読本』，東京：中央公論社，1995 年，第 229-236 頁。

[18] 古河史江：『戦後「婦人公論」における「女性解放」論—一九四六年～一九五五年—』，歴史評論 (636)，2003 年 4 月，第 68-84 頁。

[19] 日浦圭子：「『宴のあと』事件と昭和 30 年代の文学状況」，『聖心女子大学大学院論集』28(1)，2006 年 7 月，第 5-25 頁。

[20] 武内佳代：「一九五〇年代前半の女性誌と三島由紀夫」，『社会文学』2011 (33)，2011 年，第 173-177 頁。

[21] 武内佳代：「性規範からの逸脱としての『純白の夜』『恋の都』『永すぎた春』——1950 年代の女性誌を飾った三島由紀夫の長編小説」，『ジェンダー研究』2011(12)，2011 年，第 115-137 頁。

[22] 武内佳代：「『幸福な結婚』の時代——三島由紀夫『お嬢さん』『肉体の学校』と一九六〇年代前半の女性読者」，『社会文学』2012 (36)，2012 年 8 月，第 44-57 頁。

[23] 武内佳代：「『女性自身』のなかの『三島由紀夫レター教室』——女性誌連載という併走」，『語文』(156)，2016 年 12 月，第 22-39 頁。

[24] 武内佳代：「三島由紀夫と『婦人公論』：早すぎた姦通小説 (作家と女性雑誌)」，『日本古書通信』81(12)，2016 年 12 月，第 9-11 頁。

[25] 武内佳代：「三島由紀夫と『主婦之友』：都市の〈純愛〉物語」，『日本古書通信』82(3)，2017 年 3 月，第 10-11 頁。

[26] 武内佳代：「三島由紀夫と『婦人倶楽部』：婚約不履行時代の『永すぎた春』」，『日本古書通信』82(5)，2017 年 5 月，第 14-15 頁。

[27] 武内佳代：「三島由紀夫と『若い女性』：『お嬢さん』の〈幸福な結婚〉」，『日本古書通信』82(6)，2017 年 6 月，第 34-35 頁。

[28] 武内佳代：「三島由紀夫と『婦人画報』：「優雅」な女賊黒蜥蜴」，『日本古書通信』82(9)，2017 年 9 月，第 4-6 頁。

[29] 武内佳代：「三島由紀夫と『マドモアゼル』：『肉体の学校』へようこそ」，『日本古書通信』82(11)，2017 年 11 月，第 14-15 頁。

[30] 武内佳代：「三島由紀夫と『婦人朝日』：『女神』の憂鬱」，『日本古書通信』83(4)，2018 年 4 月，第 16-17 頁。

中 文 文 献

一 专著

[1] 宫田荣松，由忠凯：《日本的开国神话（再版）》，大连：满洲富山房，1943 年。

[2] 索绪尔：《普通语言学教程》，高名凯译，北京：商务印书馆，1980 年。

[3] 新渡户稻造：《武士道》，张俊彦译，北京：商务印书馆，1993 年。

[4] 吴廷璆：《日本史》，天津：南开大学出版社，1994 年。

[5] 加藤周一：《日本文学史序说》，唐月梅,叶渭渠译，北京：开明出版社，1995 年。

[6] 叶渭渠，千叶宣一，唐纳德·金编：《三岛由纪夫研究》，北京：开明出版社，1996 年。

[7] 叶渭渠：《日本文学思潮史》，北京：经济日报出版社，1997 年。

[8] 斯坦利·费什：《读者反应批评 理论与实践》，文楚安译，北京：中国社会科学出版社，1998 年。

[9] 柄谷行人：《日本现代文学的起源》，赵京华译，北京：生活·读书·新知三联书店，2003 年。

[10] 罗钢，王中忱编：《消费文化读本》，北京：中国社会科学出版社，2003 年。

[11] 小森阳一：《天皇的玉音放送》，陈多友译，北京：生活·读书·新知三联书店，2004 年。

[12] 张进：《新历史主义与历史诗学》，北京：中国社会科学出版社，2004 年。

[13] 亨利·斯各特·斯托克斯：《美与暴烈：三岛由纪夫的生与死》，于是译，上海：上海书店出版社，2007 年。

[14] 王中忱：《走读记：中国与日本之间：文学散札》，北京：中央编译出版社，2007 年。

[15] 约翰·W.道尔：《拥抱战败：第二次世界大战后的日本》，胡博译，北京：生活·读书·新知三联书店，2008 年。

[16] 加藤周一：《日本文化中的时间与空间》，彭曦译，南京：南京大学出版社，2008 年。

[17] 叶琳，吕斌，汪丽影：《现代日本文学批评史》，上海：上海外语教育出版社，2008 年。

[18] 孟庆枢：《二十世纪日本文学批评》，长春：吉林人民出版社，2009 年。

[19] 川端康成，三岛由纪夫：《川端康成三岛由纪夫往来书简》，许金龙译，北京：外国文学出版社，2009 年。

[20] 赵稀方：《后殖民理论》，北京：北京大学出版社，2009 年。

[21] 竹村民郎：《大正文化：帝国日本的乌托邦时代》，林邦由译，台北：玉山社出版事业股份有限公司，2010 年。

[22] 格非：《文学的邀约》，北京：清华大学出版社，2010 年。

[23] 铃木贞美：《文学的概念》，王成译，北京：中央编译出版社，2011 年。

[24] 柄谷行人：《历史与反复》，王成译，北京：中央编译出版社，2011 年。

[25] 铃木贞美：《日本文化史重构：以生命观为中心》，魏大海译，北京：中国社会科学出版社，2011 年。

[26] 刘利国，何志勇编著：《日本文学与文学批评研究》，北京：外文出版社，2011 年。

[27] 赵京华：《转向记》，北京：中央编译出版社，2011 年。

[28] 大江健三郎：《小说的方法》，王成译，北京：金城出版社，2012 年。

[29] 克里斯托弗·罗斯：《三岛由纪夫之剑》，王婷婷译，南京：江苏人民出版社，2012 年。

[30] 王进：《新历史主义文化诗学——格林布拉特批评理论研究》，广州：暨南大学出版社，2012 年。

[31] 张进：《新历史主义文艺思潮通论》，广州：暨南大学出版社，2013 年。

[32] 王中忱：《重审现代主义——东亚视角或汉字圈的提问》，北京：清华大学出版社，2013 年。

[33] 周阅：《比较文学视野中的中日文学与文化》，上海：复旦大学出版社，2013 年。

[34] 王志松，岛村辉编：《日本近现代文学研究》，北京：外语教学与研究出版社，2014 年。

[35] 高建平：《西方文论经典第六卷·后现代与文化研究》，合肥：安徽文艺出版社，2014 年。

[36] 高建平：《西方文论经典第五卷·从文艺心理研究到读者反应理论》，合肥：安徽文艺出版社，2014 年。

[37] 太安万侣：《古事记》，周作人译，上海：上海人民出版社，2015 年。

[38] 唐月梅：《怪异鬼才——三岛由纪夫》，北京：九州出版社，2015 年。

[39] 日本战后 70 年编委会编：《日本战后 70 年轨迹与走向》，北京：中国社会科学出版社，2015 年。

[40] 小森阳一，赵仲明，陈高峰，李雨萍，王海凤：《超越民族与历史》，南京：南京大学出版社，2017 年。

[41] 涩泽龙彦：《三岛由纪夫追记》，邹双双译，桂林：广西师范大学出版社，2017 年。

[42] 子安宣邦：《日本现代思想批判》，赵京华译，上海：译文出版社，2017 年。

[43] 子安宣邦：《何谓“现代的超克”》，董炳月译，北京：生活·读书·新知三联书店，2018 年。

[44] 萨特：《什么是文学？》，施康强译，北京：人民文学出版社，2018 年。

[45] 马克·罗伯逊：《斯蒂芬·格林布拉特》，生安锋译，天津：天津人民出版社，2018 年。

[46] 格奥尔格·卢卡奇：《小说理论：试从历史哲学论伟大史诗的诸形式》，燕宏远，李怀涛译，北京：商务印书馆，2018 年。

[47] 罗兰·巴尔特：《符号帝国》，汤明洁译，北京：中国人民大学出版社，2018 年。

二　论文

[1] 李德纯：《日本当代三作家》，《外国文学研究》1980（02），第 66-73 页。

[2] 李德纯：《"殉教美学"的毁灭》，《日语学习与研究》1987（04），第 45-47 页。

[3] "三岛由纪夫专辑"，《世界文学》1991（01）。

[4] 王向远：《三岛由纪夫小说中的变态心理及其根源》，《北京师范大学学报》1991（04），第76-79、67页。

[5] 叶渭渠：《"三岛由纪夫现象"辨析》，《外国文学》1994（02），第68-75页。

[6] 曾照华：《血与肉浸润的一朵野花——浅谈〈忧国〉中的丽子形象》，《外国文学研究》1996（01），第102-104页。

[7] 许金龙：《三岛由纪夫美学观的形成和变异》，《日本学论坛》2002(Z1)，第150-155页。

[8] 李德纯：《唯美而畸恋的梦幻世界——三岛由纪夫论之一》，《中国社会科学院研究生院学报》2002（06），第67-71、109页。

[9] 李德纯：《抱残守缺的"武士道"说教——三岛由纪夫论之二》，《中国社会科学院研究生院学报》2003（05），第93-96页。

[10] 李德纯：《古典美与现代美的完美融合》，《外国文学》2003（06），第65-69页。

[11] 周宪：《文化研究:为何并如何?》，《文艺研究》2007(06)，第21-26、166页。

[12] 王宁：《文学研究疆界的扩展和经典的重构》，《外国文学》2007(06)，第69-78、125页。

[13] 杨玲：《论从文学研究到文化研究的范式转型》，《首都师范大学学报(社会科学版)》2008(05)，第109-117页。

[14] 藤井淑禎：《文学が庶民に愛されていた時代——高度成長期の読者》，《日语学习与研究》2009(01)，第1-7页。

[15] 王志松：《日本大众文学研究与文学史的重构》，《日语学习与研究》2009(01)，第58-64页。

[16] 李勇：《文学生活：文学研究与文化研究交叉的领域》，《文艺理论研究》2009(03)，第117-121页。

[17] 徐文培，郭红：《互文性视域中的文学研究与文化研究》，《外语学刊》2010(01)，第129-132页。

[18] 高兴兰：《三岛由纪夫的死亡美学》，《外国语言文学》28(02)，2011年，第131-137页。

[19] 李征在：《"口吃"是一只小鸟——三岛由纪夫〈金阁寺〉的微精神分析》，《外国文学评论》2011（03），第180-192页。

[20] 易晓明：《文学研究中的文化身影——从文学研究到文化研究》，《外国文学》2011(03)，第130-135、160页。

[21] 王宁：《走出英语中心主义的文化研究》，《山东外语教学》36(02)，2015年，第55-61页。

[22] 胡春毅：《恶之花：三岛由纪夫〈牡丹〉的大屠杀叙事》，《外语与外语教学》2015（06），第87-90页。

[23] 蒋述卓，李石：《当代大众文化的发展历程、话语论争和价值向度》，《杭州师范大学学报(社会科学版)》41(01)，2019年，第60-78页。

英 文 文 献

[1] Hisaaki Yamanouchi, "Mishima Yukio and His Suicide", *Modern Asian Studies*, Vol.6, No.1(1972), pp.1-16.

[2] Dick Wagenaar and Yoshio Iwamoto, "Yukio Mishima: Dialectics of Mind and Body", *Contemporary Literature*, Vol.16, No.1(Winter,1975), pp.41-60.

[3] Dan P. McAdams, "Fantasy and Reality in the Death of Yukio Mishima", *Biography*, Vol.8, No.4(Fall 1985), pp.292-317.

[4] David E. McPherson, "A personal myth—Yukio Mishima: The samurai narcissus", *The Psychoanalytic Review*, vol.73, No.3(Fall 1986), pp.361-379.

[5] Susan J. Napier, "Death and the Emperor: Mishima, Ōe, and the Politics of Betrayal", *The Journal of Asian Studies*, Vol.48, No.1(Feb.,1989), pp.71-89.

[6] Mikołaj MELANOWICZ, "The Power of Illusion: Mishima Yukio and 'Madame de Sade'", *Japan Review*, No.3(1992), pp.1-13.

[7] Michael Thomas Carroll, "The Bloody Spectacle: Mishima, The Sacred Heart, Hogarth, Cronenberg, and the Entrails of Culture", *Studies in Popular Culture*, Vol.15, No.2(1993), pp.43-56.

[8] Peter Abelsen, "Irony and Purity: Mishima", *Modern Asian Studies*, Vol.30, No.3 (Jul., 1996), pp.651-679.

[9] Douglas Neil Slaymaker, "Japanese literature after Sartre: Noma Hiroshi, Oe Kenzaburo, and Mishima Yukio", Dissertations and Theses of Doctor of Philosophy, Asian Language/Literature of University of Washington,1997.

[10] Takao Hagiwara, "The Metaphysics of the Womb in Mishima Yukio's The Sailor Who Fell from Grace with the Sea", *The Journal of the Association of Teachers of Japanese*, Vol.33, No.2(Oct., 1999), pp.36-75.

[11] Javier Marías and Margaret Jull Costa, "Yukio Mishima in Death", *The Threepenny Review*, No.104 (Winter, 2006), pp.9-10.

[12] Gavin Walker, "The Double Scission of Mishima Yukio: Limits and Anxieties in the Autofictional Machine", *east asia cultures critique*, Volume 18, Number 1, Spring 2010, pp.145-170.

附录 A 三岛由纪夫在《中央公论》上的活动年表

刊 号	题 目	作者（参与者）	页 码
中央公論文藝特集（1949 年 12 月）	聖女	三島由紀夫	第 68-85 頁
中央公論夏季文藝特別号（1950 年 7 月）	日曜日	三島由紀夫	第 62-72 頁
中央公論文藝特集第六号（1951 年 1 月）	綾の鼓	三島由紀夫	第 75-89 頁
1951 年 6 月号	批評に対する私の態度	三島由紀夫	第 91-93 頁
1952 年 5 月号	南米紀行　サン・パウロの「鳩の町」	三島由紀夫	第 178-187 頁
1953 年 6 月号	急停車	三島由紀夫	第 285-298 頁
1953 年 10 月号	ラディゲの死	三島由紀夫	第 96-107 頁
1954 年 12 月号	——新年号から連載の——「沈める瀧」について	三島由紀夫	第 112 頁
1955 年 1 月号—4 月号	沈める瀧	三島由紀夫	
1955 年 4 月号	新しい長編——その発表形式と作者の態度——	伊藤整，椎名麟三，堀田善衛，三島由紀夫	第 276-282 頁
1956 年 2 月号	歴史の外に自分をたづねて—三十代の処生	三島由紀夫	第 248 頁
1956 年 6 月号	小説の新人に望む	伊藤整，武田泰淳，三島由紀夫	第 288-300 頁
1956 年 7 月号	第一回中央公論新人賞小説応募規定	伊藤整，武田泰淳，三島由紀夫	第 333 頁
1956 年 9 月号	亀は兎に追ひつくか？—いはゆる後進国の諸問題	三島由紀夫	第 20-30 頁

刊　号	题　目	作者（参与者）	页　码
1957 年 2 月号	第二回中央公論新人賞小説応募規定	伊藤整，武田泰淳，三島由紀夫	第 337 頁
1957 年 3 月号	「神童」について	三島由紀夫	第 357 頁
1957 年 5 月号	新人小説論	伊藤整，武田泰淳，三島由紀夫	第 316-326 頁
1957 年 8 月号	貴顕	三島由紀夫	第 316-333 頁
1957 年 9 月号	女はよろめかず	宇野千代，三島由紀夫	第 260-265 頁
1958 年 1 月号	第三回中央公論新人賞小説応募規定	伊藤整，武田泰淳，三島由紀夫	第 264 頁
1958 年 3 月号	ミュージカルスみやげ話	越路吹雪，三島由紀夫	第 150-157 頁
1958 年 11 月号	新人賞選後評	三島由紀夫	第 314 頁
中央公論文芸特集号（1949 年 12 月）	［グラビア］ペンは剣に通ず	三島由紀夫	
1959 年 1 月号	第四回中央公論新人賞小説応募規定	伊藤整，武田泰淳，三島由紀夫	第 379 頁
1959 年 7 月号	荷風文学の真髄	伊藤整，武田泰淳，三島由紀夫	第 282-295 頁
1959 年 11 月号	第四回中央公論新人賞小説選評	三島由紀夫	第 293 頁
1959 年 12 月号	新連載予告「題未定」	三島由紀夫	第 313 頁
1960 年 1 月号—10 月号	宴のあと	三島由紀夫	
1960 年 1 月号	第五回中央公論新人賞小説応募規定	伊藤整，武田泰淳，三島由紀夫	第 327 頁
1960 年 11 月号	第五回中央公論新人賞小説選考座談会	伊藤整，武田泰淳，三島由紀夫	第 134-141 頁
1961 年 1 月号	第六回中央公論新人賞小説応募規定	伊藤整，武田泰淳，三島由紀夫	第 271 頁

续表

刊　号	题　目	作者（参与者）	页　码
1961 年 11 月号	第六回中央公論新人賞小説選考座談会	伊藤整，武田泰淳，三島由紀夫	第 321-332 頁
1963 年 5 月号	利用とあこがれ	三島由紀夫	第 65 頁
1963 年 8 月号	切符	三島由紀夫	第 314-325 頁
1964 年 5 月号(特別付録・風報)	文学における硬派—日本文学の男性的原理—	三島由紀夫	第 337-339 頁
1964 年 7 月号	歌舞伎滅亡論是非	福田恆存，三島由紀夫	第 272-278 頁
1964 年 12 月号	敗者復活五輪大会	三島由紀夫，司馬遼太郎，大宅壮一	第 354-361 頁
1965 年 5 月号	谷崎潤一郎賞既定発表：伝統と近代に膀をかけた傑作	三島由紀夫	第 177 頁
1965 年 9 月号	近代日本を創った芸術家 10 人を選ぶ	尾崎宏次，嘉門安雄，河上徹太郎，篠田一士，ドナルド・キーン，三島由紀夫，吉田秀和	第 325-334 頁
1965 年 10 月号	大谷崎の芸術	舟橋聖一，三島由紀夫	第 276-283 頁
1966 年 11 月号	第二回谷崎潤一郎賞決定発表：遠藤氏の最高傑作	三島由紀夫	第 260 頁
1966 年 11 月号	対談・エロチシズムと国家権力	三島由紀夫，野坂昭如	第 268-277 頁
1967 年 5 月号	われわれはなぜ声明を出したか	石川淳，川端康成，三島由紀夫，安倍公房	第 318-327 頁
1967 年 11 月号	第三回谷崎潤一郎賞決定発表：「友達」と「万延元年フットボール」	三島由紀夫	第 228 頁
1968 年 7 月号	文化防衛論	三島由紀夫	第 95-117 頁
1968 年 10 月号	橋川文三氏への公開状	三島由紀夫	第 204-205 頁
1968 年 11 月号	第四回谷崎潤一郎賞決定発表：光芒を放つ三作	三島由紀夫	第 345 頁

刊　号	题　目	作者（参与者）	页　码
1969 年 11 月号	第五回谷崎潤一郎賞決定発表：谷崎賞にふさわしい作品	三島由紀夫	第 162-163 頁
1970 年 11 月号	第六回谷崎潤一郎賞決定発表：選評	三島由紀夫	第 328 頁
1970 年 12 月号	破裂のために集中する	三島由紀夫，石川淳	第 338-350 頁
1971 年 4 月号	附子（未発表戯曲）	三島由紀夫	第 300-307 頁
1971 年 5 月号	LONG AFTER LOVE（未発表戯曲）	三島由紀夫	第 284-299 頁

附录 B 三岛由纪夫在《妇人公论》上的活动年表

刊　号	题　目	作者（参与者）	页　码
1948 年 10 月号	不実な洋傘	三島由紀夫	第 53-63 頁
1949 年 3 月号	男ごころ・女ごころ	吉村公三郎、北原武夫、藤原義江、三島由紀夫	第 42-53 頁
1949 年 8 月号	ダンス時代	三島由紀夫	第 52-53 頁
1950 年 1 月号—10 月号	純白の夜	三島由紀夫	
1950 年 2 月号	可能性の人生	高岡町子, 三島由紀夫	第 80-85 頁
1951 年 4 月号	愛の往復書簡	三島由紀夫, 阿部艶子	第 142-158 頁
1951 年 6 月号	続々・愛の往復書簡	三島由紀夫, 阿部艶子	第 165-158 頁
1951 年 8 月号	朝顔	三島由紀夫	第 81-88 頁
1952 年 8 月号	母の料理	三島由紀夫	第 149 頁
1952 年 10 月号	恋愛をめぐって	福田恒存, 三島由紀夫, 堀田善衛, 木下順二	第 94-99 頁
1952 年 12 月号	最高の偽善者として	三島由紀夫	第 56-57 頁
1953 年 3 月号	思い出の歌	三島由紀夫	第 211-212 頁
1953 年 3 月号（臨時増刊・花薫る人生読本）	「銀座復興」とメドラノ曲馬	三島由紀夫	第 127-128 頁
1954 年 11 月号	「潮騒」ロケ随行記	三島由紀夫	第 178-180 頁
1956 年 8 月号	私の永遠の女性	三島由紀夫	第 230-231 頁
1956 年 9 月号	「潮騒」のこと	三島由紀夫	第 27-29 頁
1957 年 4 月号	平家物語と能・狂言	池田彌次郎, 白洲正子, 三島由紀夫, 山本健吉	第 182-189 頁
1958 年 3 月号	心中論	三島由紀夫	第 85-90 頁

续表

刊　号	题　目	作者（参与者）	页　码
1958 年 4 月号	美食と文学——谷崎文学は饗宴の世界を百％表現した文学だ——	三島由紀夫	第 128-131 頁
1958 年 6 月号	対談・薔薇とロカビリアン	三島由紀夫, 渡辺美佐	第 290-295 頁
1958 年 7 月号	作家と結婚	三島由紀夫	第 158-162 頁
1958 年 12 月号	（社告）新年特大号予告	三島由紀夫	第 122 頁
1959 年 1 月号（別冊付録）	文章読本	三島由紀夫	
1959 年 4 月号—12 月号	三島由紀夫クイズ	三島由紀夫	
1959 年 6 月号（臨時増刊・教養読本）	「教養」は遠くなりにけり	石原慎太郎, 三島由紀夫	第 74-78 頁
1959 年 8 月号（臨時増刊・美しき人生読本）	女が美しく生きるには	三島由紀夫	第 17-20 頁
1960 年 1 月号	一九六〇年代はいかなる時代か	三島由紀夫	第 55 頁
1963 年 12 月号	作者のことば（連載予告）	三島由紀夫	第 141 頁
1964 年 1 月—12 月号	音楽	三島由紀夫	
1964 年 6 月号	＜選評＞真実の教訓	三島由紀夫	第 258-259 頁
1964 年 7 月号	東京オリンピック記念論文募集 主題：日本女性のより高い国際化をめざして	選考委員：大宅壮一, 平沢和重, 三島由紀夫, 葦原英了, 角田房子	第 116-117 頁
1966 年 5 月号	＜対談＞映画『憂国』の愛と死	三島由紀夫, 川喜多かしこ	第 194-198 頁
1966 年 7 月特大号	ナルシシズム論	三島由紀夫	第 108-118 頁
1967 年 3 月号	あなたの楽園、あなたの銀の匙——森茉莉様——	三島由紀夫	第 371-374 頁
1967 年 9 月号	三島由紀夫氏との 50 問 50 答	三島由紀夫	第 134-137 頁
1971 年 2 月号	文章読本	三島由紀夫	第 377-470 頁

附录 C　三岛由纪夫《文章读本》中出现的外国作家名单

	作　家	提及次数	作　品
1	阿尔贝·蒂博代(Albert Thibaudet，1874—1936 年)	1	
2	查尔斯·奥古斯汀·圣伯夫(Charles-Augustin Sainte-Beuve, 1804—1869 年)	1	
3	司汤达（Stendhal，1783—1842 年）	4	1.《帕尔马修道院》 2.《瓦尼娜·瓦尼尼》
4	马塞尔·普鲁斯特（Marcel Proust，1871—1922 年）	7	1.《追忆似水年华》（淀野隆三译） 2.《在少女们身旁》（井上究一郎译）
5	伏尔泰（Voltaire，1694—1778 年）	1	
6	保罗·克洛岱尔（Paul Claudel，1868—1955 年）	1	
7	让-皮埃尔·吉侯杜（Jean Giraudoux，1882—1944 年）	1	
8	费德里科·加西亚·洛尔迦（Federico Garcia Lorca，1898—1936 年）	1	
9	赫伯特·里德（Herbert Read，1893—1968 年）	1	
10	保尔·瓦雷里（Paul Valery，1871—1945 年）	2	
11	埃德加·爱伦·坡（Edgar Allen Poe，1809—1849 年）	4	1.《鄂榭府崩溃记》（日夏耿之介译） 2.《鄂榭府崩溃记》（谷崎精二译） 3.《丽姬娅（Ligeia）》
12	居伊·德·莫泊桑（Henri René Albert Guy de Maupassant，1850—1893 年）	2	《泰利埃公馆》（青柳瑞穗译）

续表

	作　　家	提及次数	作　　品
13	汉斯·克里斯汀·安徒生（Hans Christian Andersen，1805—1875 年）	2	《即兴诗人》（森鸥外译）
14	比利哀·德·利拉丹（Auguste de Villiers de L' Isle-Adam，1838—1889 年）	5	1.《残酷故事》（斋藤矶雄译） 2.《薇拉（ヴェラ）》（短篇集《残酷故事》中的一则）
15	奥斯卡·王尔德（Oscar Wilde，1854—1900 年）	2	1.《作为艺术家的批评家》 2.《莎乐美》（日夏耿之介译）
16	普洛佩斯·梅里美（Prosper Mérimée，1803—1870 年）	3	1.《马特奥·法尔哥内》（杉捷夫译） 2.《托莱多的珍珠》（杉捷夫译）
17	居斯塔夫·福楼拜（Gustave Flaubert，1821—1880 年）	2	1.《三故事》 2.《包法利夫人》（淀野隆三译）
18	约翰·沃尔夫冈·冯·歌德（Johann Wolfgang von Goethe，1749—1832 年）	5	1.《亲和力》（高桥健二译） 2.《浮士德》
19	奥诺雷·德·巴尔扎克（Honoré·de Balzac，1799—1850 年）	3	1.《朗热公爵夫人》（《人间喜剧》） 2.《人间喜剧　莫德斯特·米农》（寺田透译） 3.《都兰趣话》（神西清译）
20	费奥多尔·米哈伊洛维奇·陀思妥耶夫斯基（Фёдор Михайлович Достоевский，1821—1881 年）	4	《卡拉马佐夫兄弟》
21	约瑟夫·阿瑟·戈宾诺（Joseph Arthur Comtede Gobineau，1816—1882 年）	1	《文艺复兴》
22	爱德华·赛登斯德卡（Edward George Seidensticker，1921—2007 年）	1	
23	拉布吕耶尔（Jean de La Bruyere，1645—1696 年）	1	《品格论》

续表

	作　家	提及次数	作　品
24	雷蒙·拉迪盖（Raymond Radiguet，1903—1923 年）	4	《德·奥热尔伯爵的舞会》（生岛辽一译）
25	安德烈·卡耶特（Andre Cayatte，1909—1989 年）	1	
26	达芙妮·杜穆里埃（Daphne du Maurier，1907—1989 年）	1	《蝴蝶梦》
27	延斯·彼得·雅科布森(Jens Peter Jacobsen，1847—1885 年)	1	《莫根斯（モーゲンス）》【收录于《如果这里有玫瑰（ここに薔薇あらば）》（山室静译）】
28	詹姆斯·乔伊斯（James Joyce，1882—1941 年）	1	《尤利西斯》
29	亨利·柏格森（Henri Bergson，1859—1941 年）	1	
30	拉法耶特夫人（Madame de La Fayette，1634—1693 年）		《克莱芙王妃（La Princesse de Clèves）》
31	本杰明·康斯坦（Henri-Benjamin Constant de Rebecque，1767—1830 年）	1	《阿道尔夫（Adolphe）》
32	弗朗索瓦丝·萨冈（Françoise Sagan，1935—2004 年）	1	
33	让·拉辛（Jean Racine，1639—1699 年）	1	
34	弗朗索瓦·莫里亚克（Francois Mauriac，1885—1970 年）	1	《苔蕾丝·德斯盖鲁》（杉捷夫译）
35	安德烈·马尔罗（Andre Malraux，1901—1976 年）	1	
36	让·谷克多（Jean Cocteau，1889—1963 年）	1	1.《骗子托马斯（Thomas l'Imposteur）》（河盛好藏译）2.《托马斯冒名顶替者（Le Grand Écart）》
37	威廉·理查德·瓦格纳（Wilhelm Richard Wagner，1813—1883 年）	1	

附录 D 三岛由纪夫《文章读本》"质疑应答"中出现的外国作家作品名单

	作　家	作　品
1		《查泰莱夫人（Lady Chatterley's Lover）》（伊藤整译）
2		《危险关系（Les Liaisons dangereuses）》
3	让保罗·萨特（Jean-Paul Sartre，1905—1980 年）	
4	皮埃尔·肖戴洛·德·拉克洛（Pierre Choderlos de Laclos，1741—1803 年）	
5	让·考克托（Jean Cocteau，1889—1963 年）	《可怕的孩子们》
6	当拿迪安·阿尔风斯·法兰高斯·迪萨德（Donatien Alphonse Francois Marquis de Sade，1740—1814 年）	《索多玛的一百二十天》（又名《放纵学校》）
7	塞缪尔·泰勒·柯勒律治（Samuel Taylor Coleridge，1772—1834 年）	《忽必烈汗（Kubla Khan or, a Vision In a Dream: A Fragment）》
8	让·谷克多（Jean Cocteau，1889—1963 年）	小说摘抄（河盛好藏译），具体作品名不明
9	龙勃罗梭（Cesare Lombroso，1836—1909 年）	
10	比利哀·德·利拉丹（Auguste de Villiers de L'Isle-Adam，1838—1889 年）	《里兰达（リラダン）》
11	保尔·瓦雷里（Paul Velery，1871—1945 年）	
12	伏尔泰（Voltaire，1694—1778 年）	《老实人》
13	查理·路易·孟德斯鸠（Charles-Louis de Secondat，1689—1755 年）	《波斯人信札》
14		《格列佛游记》
15	伊索（Aesop，公元前 620—公元前 564 年）	
16	奥诺雷·德·巴尔扎克（Honoré de Balzac，1799—1850 年）	

续表

	作　家	作　品
17	本杰明·贡斯当(Benjamin Constant，1767—1830 年)	《阿尔道夫》
18	欧内斯特·米勒尔·海明威（Ernest Miller Hemingway，1899—1961 年）	《老人与海》
19	詹姆斯·乔伊斯（James Joyce，1882—1941 年）	《芬尼根的守灵夜》

附录 E "三岛由纪夫 QUIZ"
（1959 年 4 月号—12 月号）

	刊号	主题	题目	答案	截止日期	答题人数	正确人数	正确率
第一回	1959 年 4 月号	著名的恋人们	漫画中，画家按照现代风格描绘了古今中外的故事（小说、神话）中出现过的十对情侣，请回答这十对情侣分别是谁。	1. 蝴蝶夫人和平克尔顿 2. 保尔和薇吉妮 3. 间贯一和鸥泽宫 4. 阿富和与三郎 5. 罗密欧和朱丽叶 6. 参孙和达丽拉 7. 哈姆雷特和奥菲莉娅 8. 杜尔西内亚和堂吉诃德 9. 查泰莱夫人和帕尔金 10. 阿葛和主税	3 月 18 日	11863	205	1.7%
第二回	1959 年 5 月号	俳句	为 8 幅漫画分别配对对应俳句及其作者。另，俳句作者范围是松尾芭蕉、与谢芜村、小林一茶、山口素堂、加贺千代女、正冈子规、高浜虚子、夏目漱石。	1. 千代女：朝顔につるべとられてもらひ水 2. 与谢芜村：菜の花や月は東に日は西に 3. 山口素堂：目には青葉山ほととぎす初鰹 4. 夏目漱石：叩かれて昼の蚊を吐く木魚かな 5. 小林一茶：雀の子そこのけそこのけ御馬が通る 6. 高浜虚子：桐一葉日当りながら落ちにけり 7. 松尾芭蕉：荒海や佐渡によこたふ空の川 8. 正冈子规：柿くへば鐘が鳴るなり法隆寺	4 月 18 日	19152	1897	9.9%

续表

	刊号	主题	题目	答案	截止日期	答题人数	正确人数	正确率
第三回	1959年6月号	现代日本文学地图	从给出的13张作家照片和地图中标记的13个地点中，为节选的文章（小说、戏剧、诗歌）找出对应的作者以及地点。	5-L-イ《流淌》（流れる）6-D-ハ《冰壁》7-G-ヘ《歌的离别》（歌のわかれ）8-A-ニ《望乡五月歌》（望乡五月歌）9-M-ト《细雪》10-B-ヌ《二十四只眼睛》11-C-ワ《暗夜行路》12-I-ロ《天翻地覆》（てんやわんや）13-F-ホ《风浪》（風浪）	5月18日	10822	65	0.6%
第四回	1959年7月号	世界名作剧场	小道具在话剧中具有重要的意义。请从给出的十段台词中，为漫画中的十个小道具找到对应的台词。	《玩偶之家》《奥赛罗》《茱莉小姐》《声音》《威廉·泰尔》《纸气球》《销售员之死》《莎乐美》《加罗先代萩》《海鸥》	6月18日	2200	130	5.9%
第五回	1959年8月号	大海的文学散步	天气变热了。本月让我们去看看大海。漫画选择八本全世界以海洋为故事舞台的小说场景。请从给出的八段文字中，为八幅漫画找到对应的文字，并回答出相应的小说书名及其作者。	《金银岛》《鲁滨逊漂流记》《赤道祭》《老人与海》《海神丸》《蟹工船》《白鲸》《太阳的季节》	7月18日	8623	251	2.9%
第六回	1959年9月号	短歌动物园	9首短歌中的空格对应一种动物。请为漫画中的动物找到对应的短歌，并从给出的歌人名单中找到短歌的作者。（柿本人麻吕、大伴旅人、山部赤人、小野小町、纪贯之、和泉式部、西行、藤原定家、源实朝、橘曙览良宽、正冈子规、伊藤佐千夫、与谢野晶子、北原白秋、石川啄木、斋藤茂吉、释迢空、会津八一）	斋藤茂吉、会津八一、释迢空、与谢野晶子、藤原定家、大伴旅人、石川啄木、北原白秋、山部赤人	8月18日	5713	273	4.8%

续表

	刊号	主题	题目	答案	截止日期	答题人数	正确人数	正确率
第七回	1959 年 10 月号	文学的合成美女	美女图是由 9 部欧美文学作品（小说和戏剧）绘制而成。请结合 9 段节选段落对美女图的描述，回答对应的作品及其作家。作家提示：福楼拜、莫泊桑、利拉丹、契诃夫、左拉、霍桑、托尔斯泰、米切尔、王尔德	契诃夫《带小狗的女人》、托尔斯泰《安娜·卡列尼娜》、左拉《娜娜》、莫泊桑《项链》、霍桑《红文字》、王尔德《温德米尔夫人的扇子》、玛格丽特·米切尔《飘》、福楼拜《包法利夫人》、利拉丹《残酷故事》	9 月 18 日	8119	676	8.3%
第八回	1959 年 11 月号	日本文学都市	漫画中是出现在现代日本文学作品中的 12 家商店。请根据 12 段节选文字的描述找到对应的漫画，并回答对应的作品名及作家名。（作家提示名单：夏目漱石、德田秋声、森鸥外、佐藤春夫、谷崎润一郎、宇野浩二、志贺直哉、川端康成、久保田万太郎、井伏鳟二、横光利一、宫泽贤治、冈本加乃子（冈本かの子）、林芙美子、宇野千代、织田作之助、佐多稻子、大冈升平、伊藤整、梅崎春生、井上靖）	佐多稻子《奶糖厂的女童工》（キャラメル工場から）、宫泽贤治《银河铁道之夜》、志贺直哉《剃刀》、德田秋声《缩略图（縮図）》、伊藤整《泛滥》、冈本加乃子《寿司（鮨）》、久保田万太郎《如果太寂寞（寂しければ）》、织田作之助《夫妇善哉（夫婦善哉）》、佐藤春夫《观潮楼附近》、井上靖《黑潮》、宇野浩二《仓库之中（蔵の中）》	10 月 18 日	5233	150	2.9%

续表

	刊号	主题	题目	答案	截止日期	答题人数	正确人数	正确率
第九回	1959年12月号	文学世界报纸	报纸中出现了13部世界文学作品及14位出场人物。请回答对应的作品名及作者名。	1. 西哈诺•德•贝热拉克、艾德蒙德•罗斯坦德（Edmond Rostand）、《西哈诺》（又名《大鼻子情圣》） 2. 于连、司汤达、《红与黑》 3. 玛格丽特、小仲马、《茶花女》 4. 赫列斯达可夫、果戈里、《钦差大臣》 5. 内海文三、二叶亭寺迷、《浮云》 6. 濑川丑松、岛崎藤村、《破戒》 7. 青成瓢吉、尾崎士郎、《人生剧场》 8. 水岛上等兵、竹山道雄、《缅甸的竖琴》 9. 一等兵田村、大冈升平、《野火》 10. 拉斯柯尔尼科夫、陀思妥耶夫斯基、《罪与罚》 11. 汉斯、托马斯•曼、《魔山》 12. 时任谦作、志贺直哉、《暗夜行路》 13. Karl Heinrich，Käthie，Wilhelm Meyer-Förster、《Alt-Heidelberg》	11月18日	5692	535	9.4%

后　记

　　在此，首先要感谢导师王成教授的不离不弃。从三岛与战后思想到大众文学、大众文化，再到最后的《中央公论》，课题的每一个转变、每一次调整都凝聚着导师的智慧和心血。导师用渊博的学识和严谨的治学态度，言传身教地告诉了我一个研究者应该有的样子。在未来漫长的学术求索路上，我将牢记导师的教诲，谦虚谨慎，砥砺前行，不负众望，不负此生。

　　其次要感谢父母的不离不弃。我从没有觉得读博的自己高人一等，反倒是会为自己至今还未能独立养活自己而焦躁不安。一直在当学生的我给父母增添的麻烦远远超出他们应尽的义务。如果没有父母一直以来的鼎力支持，或许我连读博的念头都不敢有，是他们让我能够有机会筑梦、逐梦、圆梦。无数次崩溃的时刻，父母是我唯一的支柱，让我知道这个世界上还是有人在乎我的。只是我太无能，面对他们，我心存愧疚、无地自容……希望父母能老得再慢点，让女儿能多陪伴你们，留下更多美好的回忆。

　　再次要感谢清华大学外文系的陈朝辉副教授、陈爱阳副教授、隽雪艳教授、孙彬副教授、王燕副教授，清华大学中文系的王中忱教授，北京师范大学的王志松教授，中国社会科学院大学的邱雅芬教授，北京第二外国语学院的赵京华教授，北京语言大学的周阅教授，日本立教大学的藤井淑祯教授，他们都为我的论文写作提出了宝贵的意见和尽可能的支持。

　　此外还要感谢日本菲莉斯女学院大学的佐藤裕子教授和早稻田大学的十重田裕一教授。在我先后两次赴日交换留学期间，无论是在学业还是生活上，他们都给予了我耐心的指导和多方面的帮助。感谢清华大学外文系的王婉莹教授、高阳副教授等所有老师和清华历史系的刘晓峰教授。感谢各位老师为我的学业提供的各种帮助。

　　还有，感谢同门的周翔、杜雪雅、徐嘉熠、吕腾飞、田笑萌、杨力师姐、林子愉等各位同学，感谢在日本帮我找资料的陈鹏安、邓燕平、贾晓璐、李建、梁颖华、任可欣、孙爱琪、吴松熊和邢亚楠等各位同学朋友，感谢仓重拓、丁丁、高焓、高华鑫、龚卉、栗诗涵、阮芸妍师姐、王柱、邢欢、杨迪、张志玮等各位同学朋友。感谢大家在平日的学习生活中对我的关照与帮助、鼓励与支持。

如果将博士阶段的求学比作在茫茫学海中的行舟，那么导师就是掌舵的人，我不过是埋头划桨的人，而父母则是在船底下默默托着船、推着船的人，所有遇到的老师们是一边看护着自己的行船还时不时望望我这条小船并给予点拨和帮助的人，同学朋友们是在岸边或者自己的船里为我加油鼓劲的人。谢谢你们出现在我的人生里！我将一辈子心怀感激，感恩一切！

目前，我任职于南京理工大学外国语学院。在今后的教学科研中，我一定奋发图强，不负母校和老师们的辛勤培养，不负亲朋好友们的关怀帮助。

陶思瑜

2022 年 12 月